예고 살인

A Murder Is Announced

Copyright ⓒ 1975 Agatha Christie Ltd.

Korean translation edition is published by arrangement with Agatha Christie Ltd., a Chorion group company.

이 책은 Agatha Christie Ltd., a Chorion group company와 적법한 계약을 통해 출간되었습니다. 저작권법에 의해 한국 내에서 보호를 받는 저작물이므로 무단 전재와 무단 복제를 금합니다.

애거서 크리스티 추리 문학 11
예고 살인
이가형 옮김

해문

■ 옮긴이 이가형

동경제국대학 불문과, 미국 윌리엄스 대학 수학. 전남대학교, 중앙대학교, 국민대학교 교수 역임. 한국영어영문학회, 한국추리작가협회 회장 역임. 국민대학교 대학원장 역임

예고 살인

초판 발행일	1985년 11월 10일
중판 발행일	2008년 11월 30일
지은이	애거서 크리스티
옮긴이	이 가 형
펴낸이	이 경 선
펴낸곳	해문출판사
주 소	서울시 마포구 합정동 392-2 써니힐 202호
TEL/FAX	325-4721~2 / 325-4725
홈페이지	http://www.agathachristie.co.kr
출판등록	1978년 1월 28일 (제3-82호)
가격	6,000원
ISBN	978-89-382-0211-6 04840
	978-89-382-0200-0(세트)

※ 잘못된 책은 바꾸어 드립니다.

'달콤한 죽음'을 처음으로 맛보게 해준

랠프와 앤 뉴먼에게

차 례

- 9 ● 제1장 예고 살인
- 22 ● 제2장 리틀 패덕스에서의 아침식사
- 30 ● 제3장 오후 6시 30분
- 45 ● 제4장 로열 스파 호텔
- 54 ● 제5장 블랙로크 양과 버너 양
- 66 ● 제6장 줄리어와 미치, 그리고 패트릭
- 75 ● 제7장 목격자들
- 91 ● 제8장 마플 양의 등장
- 108 ● 제9장 문에 대해서
- 118 ● 제10장 핍과 에머
- 130 ● 제11장 다과회에 온 마플 양
- 136 ● 제12장 치핑 클래그혼의 활발한 아침—1
- 149 ● 제13장 치핑 클래그혼의 활발한 아침—2

차 례

제14장 과거로의 여행 ● 165
제15장 달콤한 죽음 ● 175
제16장 크래독 경위 돌아오다 ● 186
제17장 앨범 ● 193
제18장 편지 ● 202
제19장 사건의 재구성 ● 216
제20장 마플 양의 실종 ● 229
제21장 세 여인 ● 241
제22장 진실 ● 256
제23장 목사관의 저녁 ● 259
에필로그 ● 285
작품해설 ● 288

예고 살인

1

    일요일만 제외하고는 매일 아침 7시 30분부터 한 시간 동안 조니 버트는 자전거로 배달을 하기 위해 치핑 클래그혼 마을을 돌았다.

    하이 거리에 있는 토트먼 씨 가게에서 조간신문을 받아다가 해당 가구의 편지통에 찔러 넣으면서 시끄럽게 휘파람을 불어댔다. 이스터브룩 대령 부부에게는 타임스지와 데일리 그래픽지를, 스웨튼햄 부인에게는 타임스지와 데일리 워커지, 힌클리프 양과 머거트로이드 양에게는 데일리 텔레그래프지와 뉴스 크로니클지를, 블랙로크 양에게는 텔레그래프지를 각각 배달했다.

    치핑 클래그혼 마을의 모든 집에는 매주 금요일마다 이곳에서는 가제트라고 부르는 '노드 벤햄 뉴스 앤드 치핑 클래그혼 가제트'지가 배달된다.

    그래서 금요일 아침이면 치핑 클래그혼의 마을 사람들은 대부분 일간 신문의 큰 제목(국제적 위기 상황! 오늘 국제 연합 총회! 탐정, 금발의 타이피스트 살인녀 추적! 탄광 3개 폐업. 해변의 한 호텔에서 식중독으로 23명 사망 등등)만 재빨리 훑어보고는 곧바로 가제트지를 집어들었다.

    그들은 먼저 독자 통신란(대부분 시골 생활에 대한 격심한 혐오나 반목의 내용이다)을 대충 훑어보고는 인사란으로 눈을 돌린다.

    여기에는 특별 판매나 찾는 사람, 가정 문제에 대한 호소, 개에 관련한 수많은 광고, 애완동물이나 정원 장비에 대한 광고, 그리고 치핑 클래그혼이라는 작은 공동 사회에 사는 거주자들에게 흥미를 줄만한 여러 가지 사항들이 혼잡하게 섞여 있다.

    이 10월 29일 금요일에도 예외는 아니었다.

2

이마에 내려온 곱슬곱슬한 짧은 회색 머리를 뒤로 넘겨 올리며 타임스지를 펴든 스웨튼햄 부인은 흐리멍덩한 눈으로 신문의 왼편을 보고는, 만일 어떤 흥미로운 소식이 있다면 그것은 타임스사에서 완벽하게 꾸며낸 기사일 거라고 생각했다. 출생, 결혼, 사망자란을 훑어보고는 임무를 마친 듯 타임스를 내려놓고 치핑 클래그혼 가제트를 샅샅이 살펴보았다.

인사란을 읽으려고 할 때 아들 에드먼드가 들어왔다.

"잘 잤니? 스메들리네가 다이믈러 차를 판다는구나. 1935년형이라면 너무 오래된 것 같지 않니?"

에드먼드는 커피를 따르면서 무뚝뚝하게 대답하고는 훈제 청어 두 마리를 접시에 담아 식탁에 앉았다. 그러고는 토스트 받침 그릇 위에 데일리 워커지를 펴놓았다.

"마스트프 종 수캐라……."

스웨튼햄 부인이 읽어 내려갔다.

"요즘 같은 때에 그렇게 큰 개들을 어떻게 먹여서 키우는지 모르겠어. 정말 모르겠어……. 음, 실라이너 로렌스가 또 요리사를 구하는 광고를 냈구나. 요즘 세상에 광고하는 것은 정말 시간 낭비지. 주소도 없이 사서함 번호만 적었군. 아주 좋지 않은 방법이야. 하인들은 자기가 어디로 가는가 하는 정도는 알고 싶어 하거든. 그들은 좋은 주소를 좋아하지. 틀니라……, 왜 틀니가 그렇게 인기가 있는지 모르겠단 말이야. 엄청난 값이 치러지다……. 아름다운 전구. 우리의 특별 선택. 좀 점잖지 못한 말이 있군……. 임신을 원하는 소녀, 여행하려고 하다. 그렇지! 누가 원치 않겠어? 닥스훈트라……. 닥스훈트는 내가 키워 보지 못했지. 독일산 개라서 특별히 꺼려했던 것은 아니야. 그저 키우지 않은 것뿐이지. 들어와요, 핀치 부인."

문이 열리더니 구식 벨벳 베레모를 쓴 차가운 인상의 여자가 들어왔다.

"안녕히 주무셨어요, 부인?"

핀치 부인이 인사했다.

"상을 치울까요?"
"아직 안 끝났어요." 스웨튼햄 부인이 말했다.
"아직 완전히 끝나지 않았어요." 그녀는 좀더 상냥하게 덧붙여 말했다.
핀치 부인은 신문을 보고 있는 에드먼드를 알아차리고 물러났다.
"이제 겨우 시작했는데……."
에드먼드가 투덜거리자 스웨튼햄 부인이 기다렸다는 듯이 한마디 했다.
"그 지독한 신문 좀 치웠으면 좋겠구나, 에드먼드 핀치 부인은 식사 때 신문 읽는 것을 좋아하지 않아."
"제 정치적인 견해가 핀치 부인과 무슨 관계가 있는지 모르겠군요."
"너는 마치 막일하는 사람처럼 말하는구나. 너는 아무 일도 안 하고 있어."
스웨튼햄 부인이 달래듯이 말했다.
"그건 그렇지가 않아요. 저는 글을 쓰고 있잖아요."
에드먼드가 화가 난 듯이 말했다.
"내 말은 진짜 일을 말하는 거다. 그리고 핀치 부인을 생각해줘야지. 부인이 우리를 좋아하지 않게 되면 오지도 않을 텐데, 그러면 또 누굴 구할 수 있겠니?"
"가제트에 광고를 내죠."
싱글싱글 웃으면서 에드먼드가 빈정거리듯이 말했다.
"그게 아무 소용이 없다고 아까 내가 말했잖니. 주방일을 도와줄 늙은 하인이 없는 한 가정부를 구하기란 하늘의 별따기란다."
"왜 우리는 늙은 하인이 없죠? 제게 한 명 정도 딸려 주실만도 한데, 너무 무관심하셨어요! 그것에 대해 어떻게 생각하세요?"
"전엔 네게 유모가 있었다, 얘야."
"선견지명도 없으셨군요."
에드먼드가 중얼거렸다.
스웨튼햄 부인은 다시 인사란을 읽었다.
"중고 전동 잔디깎기. 세상에! 이 값 좀 봐! 닥스훈트가 또 나왔군……. 의사 표시와 의사소통이 가능하며, 악착같은 성격의 워글스. 엉뚱한 별명들도 다 있군……. 코커스패니얼……. 그 귀엽던 수지를 기억하니, 에드먼드? 사람과 똑같았지. 네가 하는 말을 모두 알아들었단다……. 셰라톤식 찬장 특매. 정통 명문의 골동품. 데이어스 홀의 루커스 부인. 이런 사기꾼 같은 여자가 다 있나! 진짜 셰라톤식이라고?"

스웨튼햄 부인은 콧물을 닦고는 계속 읽어 나갔다.

"모두 잘못된 거란다. 영원한 사랑. 평범한 금요일. J(내가 보기엔 그들이 사랑싸움을 한 것 같은데), 혹시 이것이 도둑들의 암호가 아닐까? 닥스훈트가 또 나왔구나! 닥스훈트가 뭐가 좋다고 이러는 거지. 네 아저씨 시몬은 맨체스터 테리어를 키웠었지. 정말 우아하면서도 귀여운 개였단다. 나는 다리가 긴 개가 좋아……. 해군 투피스를 사러 해외로 가는 여인……. 치수도 정찰가도 없음. 결혼식을 알리다. 아니, 살인……, 뭐? 세상에, 이럴 수가! 에드먼드, 이걸 들어 보렴. '10월 29일 금요일 오후 6시 30분, 리틀 패독스에서 살인이 일어날 예정. 여러분, 이 예고를 꼭 믿으시오.' 이런 괴상한 일이 다 있담."

"언제라고요?"

에드먼드가 보고 있던 신문에서 고개를 떼고 물었다.

"10월 29일 금요일. 아니, 오늘이잖아?"

"어디 봐요."

그는 어머니의 신문을 집어들었다.

"도대체 무슨 뜻인지 모르겠구나."

스웨튼햄 부인은 호기심에 가득 차서 말했다.

에드먼드는 미심쩍은 듯이 코를 문질렀다.

"일종의 파티 같은 것이 아닐까요? 살인 게임이라든가, 뭐 그런 종류 말이에요."

"오, 그러기에는 너무 이상한 광고야. 이런 식으로 광고를 내다니. 리티시어 블랙로크답지 않군. 그녀는 언제나 상식적이고 현명해 보였는데."

그녀는 의심에 찬 목소리로 말했다.

"아마 그녀 집에 있는 똑똑한 젊은 친구들이 한 짓일 거예요."

"이건 너무 급박한 통보야. 오늘이라니, 우리도 가야 하는 걸까?"

"여기에 '여러분, 이 예고를 꼭 믿으시오.'라고 쓰여 있잖아요."
에드먼드가 신문을 가리키며 말했다.
"글쎄, 그 말이 좀처럼 머리에서 떠나지를 않는구나."
그녀는 무엇인가 확신한 듯이 말했다.
"좋아요, 어머니. 가실 필요 없어요."
"그래."
부인은 동의하고 잠시 말을 끊었다가 다시 이었다.
"너는 정말 이 토스트를 모두 먹어야 하겠니, 에드먼드?"
"저 노파가 이 식탁을 치우는 것보다는 제가 영양을 섭취하는 것이 더 중요하다고 생각하는데요."
"쉿! 얘야, 부인이 듣겠다……. 살인 게임이란 것이 도대체 뭘 하는 거니?"
"정확히는 모르지만, 사람들이 등 뒤에 종이쪽지를 붙여줄 거예요. 아니면 뭔가를……, 아니죠, 제 생각엔 어머니가 모자 속에서 종이쪽지를 뽑는 걸 거예요. 그리고 한 사람은 희생자가 되고, 어떤 사람은 탐정이 되어 갑자기 불을 끈 뒤에 누군가가 어머니의 어깨를 톡톡 치지요. 그러면 어머니는 비명을 지르고 땅바닥에 쓰러져서 죽은 체하는 거예요."
"무척 재미있겠구나."
"아마 지긋지긋하게 지루할 거예요. 저는 안 가겠어요."
"무슨 소리니, 에드먼드? 나는 갈 거다. 너도 나와 함께 가야 해!"
스웨튼햄 부인은 단호하게 말했다.

3

"아치, 이것 좀 들어 보세요."
이스터브룩 부인이 남편에게 말했다.
이스터브룩 대령은 타임스에 실린 사설을 보고 참을 수 없다는 듯이 코웃음을 치면서 그녀의 말엔 주의도 기울이지 않았다.
"인도에 대해 아는 사람이 하나도 없다는 데 우선 문제가 있는 거야. 아무도 모른다고!"

"알아요, 여보, 알아요."

"알고 있다면 이런 쓸데없는 글을 써내진 않을 거야."

"예, 알아요. 아치, 이것 좀 들어 보세요. '10월 29일 금요일(오늘이에요) 오후 6시 30분, 리틀 패덕스에서 살인이 일어날 예정. 여러분, 이 예고를 꼭 믿으시오.'"

그녀는 흥미진진한 표정으로 말을 멈추었다.

이스터브룩 대령은 관심 없다는 듯이 그녀를 바라보며 말했다.

"살인 게임이로군."

"오!"

"그뿐이야! 내가 이야기해주지."

그는 기지개를 켜면서 말했다.

"살인 게임이란 잘 이루어지면 재미있지만, 그렇게 되려면 모든 실마리를 다 알고 있는 사람이 잘 조작을 해야 돼. 먼저 제비뽑기를 해서 살인자를 정하는 거야. 불이 꺼지면, 살인자가 선택한 희생자는 20까지 세고는 비명을 지르는 거야. 그러고는 탐정으로 뽑힌 사람이 일을 맡아서 하게 되지. 모두에게 살인이 일어난 시간에 어디에 있었느냐, 무엇을 하고 있었느냐고 질문을 해가면서 살인자를 밝혀내는 거야. 재미있는 게임이지. 지명된 탐정이 실제 경찰에서 하는 일을 안다면야."

"당신처럼 말씀이죠, 아치? 당신은 당신 구획에서 일어나는 그 흥미진진한 사건들을 맡고 계시잖아요."

이스터브룩 대령은 미소를 지으면서 만족스러운 듯이 콧수염을 쓰다듬었다.

"그래, 로라. 내가 그들에게 한두 가지 실마리를 제공해 줄 수도 있지."

이렇게 말하면서 대령은 어깨를 똑바로 폈다.

"블랙로크 양도 문제를 해결하려면 당신에게 도움을 받아야 할 거예요."

"글쎄, 그녀의 집에 있는 젊은 애들의 생각인지도 모르지. 조카인가 뭐 그런 애들이 있잖아. 그래도 신문에까지 싣다니, 우스운 생각이군."

"게다가 인사란에 실렸잖아요. 이상한 일이에요. 제 생각에는 일종의 초대

같아요, 아치."

"초대치고는 좀 괴상한 방법이군. 아무튼 한 가지 분명한 것은 내가 거기에 갈 필요가 없다는 거야."

"오, 아치."

그녀는 애처롭게 그의 말을 막았다.

"너무 급박하게 통보했어. 모두 알다시피 나는 몹시 바쁜 몸이잖아."

"하지만 사실은 그렇지 않잖아요?"

그녀는 애원하듯이 남편을 졸랐다.

"아치, 제 생각에 당신은 꼭 가야 할 것 같아요. 가엾은 블랙로크 양을 도와줘야 하잖아요. 그녀는 분명히 당신이 해결해줄 것이라고 믿고 있을 거예요. 당신은 경찰 업무나 그 처리 방법을 잘 아시잖아요. 당신이 가서 처리하시지 않으면, 모든 것이 허사가 될 거예요. 결국 사람이란 남에게 친절을 베풀어야 한다고요."

이스터브룩 부인은 금발 가발을 한쪽으로 쓸어 넘기면서 푸른 눈을 크게 떴다.

"당신이 그렇게 말한다면, 로라······."

이스터브룩 대령은 신중하게 콧수염을 쓰다듬으면서 작고 탐스러운 부인을 부드럽게 쳐다보았다. 그의 부인은 그보다 적어도 서른 살이 어린 여자였다.

"저는 그것이 당신의 의무라고 생각해요, 아치."

이스터브룩 부인은 진지하고도 엄숙하게 말했다.

4

치핑 클래그혼 가제트는 볼더스에도 배달된다. 그곳에서는 힌클리프 양과 머거트로이드 양이 같은 오두막집 세 채를 한 채로 만들어서 살고 있다.

"힌크!"

"왜, 머거트로이드?"

"어디에 있어?"

"닭장에."

"오."

에이미 머거트로이드는 길게 뻗어 있는 젖은 잔디를 조심스럽게 밟으며 그녀의 친구에게로 갔다. 힌클리프 양은 코르덴바지에 군복 윗도리 차림으로 김이 모락모락 나는 감자 껍데기와 야채 찌꺼기 사료에 곡식 가루에 뿌려 넣고 있다가 친구를 쳐다보았다. 그녀의 얼굴은 세파에 거칠어지고, 머리는 남자처럼 깎은 모습이었다.

머거트로이드는 토실토실하고 귀여운 여자로서, 트위드로 된 체크무늬 치마에 밝고 선명한 남빛의 헐렁한 외투를 걸치고 있었으며, 새둥지처럼 곱슬곱슬한 잿빛 머리는 헝클어져 있었다.

"가제트……."

그녀는 숨이 차올라서 말을 채 잇지 못했다.

"도대체 무슨 말인지 모르겠어. '10월 29일 금요일 오후 6시 30분, 리틀 패덕스에서 살인이 일어날 예정. 여러분, 이 예고를 꼭 믿으시오.'"

그녀는 다 읽고서 숨소리도 죽여 가며 친구의 반응을 기다렸다.

"미친 짓이야."

힌클리프 양이 말했다.

"그래, 하지만 이게 무슨 뜻이라고 생각해?"

"그건 술을 말하는 걸 거야."

"그럼 초대란 말이니?"

"그곳에 가보면 무슨 뜻인지 알게 되겠지 뭐. 지독한 셰리주가 나올 거야. 잔디에서 나가는 것이 좋겠어, 머거트로이드. 그리고 네가 침실 슬리퍼를 증류기 위에 올려놓는 바람에 다 젖어 버렸지 뭐니."

"오, 저런!"

머거트로이드 양은 미안하다는 듯이 고개를 숙이고 발등을 내려다보았다.

"오늘은 달걀이 몇 개나 나왔어?"

"일곱 개. 빌어먹을 닭은 아직도 알을 품고 있어. 이제 닭을 우리 안에 넣어야겠어."

"이건 참 재미있을 것 같지 않니?"

에이미 머거트로이드는 가제트로 다시 눈을 돌리며 말했다. 그녀의 목소리엔 뭔가 아직도 아쉬워하는 것이 남아 있었다.

하지만 마음이 굳은 힌클리프 양은 우리 안의 짐승들을 다루어 보려고 할 뿐, 신문의 광고에는 관심을 기울이지 않았다. 그녀가 진흙땅을 철벅거리며 걸어가 얼룩무늬 암탉을 잡으려고 달려들자, 닭은 놀란 듯이 요란하게 소리를 질렀다.

5

"오, 놀랍군!"

하몬 부인은 맞은편에 앉아서 아침식사를 하는 남편 줄리언 하몬 목사에게 말했다.

"블랙로크 양 집에서 살인이 있을 예정이라는군요."

"살인?"

조금 놀란 듯이 남편이 물었다.

"언제 말이오?"

"오늘 오후에요……, 저녁때군요. 6시 30분. 오, 운이 나쁘군요. 당신이 그렇게도 견신례 준비를 열심히 하셨는데, 그래도 당신이 안 가신다면 부끄러운 일이에요. 당신도 살인 게임을 좋아하시잖아요!"

"무슨 말을 하는지 모르겠군, 번치."

둥그스름한 얼굴을 가진 하몬 부인은 식탁 위로 신문을 밀어 건네주었다.

"거기, 중고 피아노와 틀니 기사 사이에 있어요."

"별 희한한 예고도 다 있군."

"정말이에요."

번치가 재미있다는 듯이 말했다.

"당신도 블랙로크 양이 살인 게임 같은 것에 관심이 있을 여자라고는 생각하지 않겠지요? 아마 젊은 시몬즈 남매들이 그녀의 이름을 빌려서 실었을 거예요. 줄리언 시몬즈가 만들어 낸 것이 틀림없어요. 아무튼, 여보, 당신이 거기에 안 가신다면 부끄러운 일이에요. 어둠 속에서 벌어지는 게임이라 내키지도 않고 피곤하겠지만, 당신이 못 가신다면 제가 갔다 와서 모두 말씀드릴게요. 저는 부들부들 떨며 살해자가 되지 않기를 바라고 있겠죠. 그때, 누군가가 제 어깨를 갑자기 치면서 속삭입니다. '당신은 죽었소' 저는 아마 놀라서 심장마비를 일으키게 될지도 몰라요. 그럴 것 같지 않나요?"

"아니오, 번치. 당신은 나와 함께 오랫동안 살게 될 거요."

"똑같은 날 죽어서 똑같은 장소에 묻히고요? 정말 행복한 일이에요."

하몬 부인은 언제까지나 남편과 함께 있을 생각에 한껏 미소를 머금었다.

"행복해 보이는구려, 여보."

미소를 지으며 남편이 말했다.

"저처럼만 되면 누군들 행복하지 않겠어요?"

그녀는 좀 당황한 듯이 덧붙였다.

"당신과 수잔, 에드워드가 저를 이렇게 사랑해주는데요. 또 태양도 환히 비추고, 행복하게 살아갈 이런 집도 있고요!"

줄리언 하몬 목사는 낡아빠진 큰 주방을 둘러보고는 미심쩍은 듯한 표정으로 고개를 끄덕였다.

"사람들은 이렇게 터무니없이 크고 바람이 새는 집에서 살기가 무척 힘들 거라고 생각할 거요."

"글쎄요, 저는 큰 방이 좋아요. 밖에서 향기가 스며 들어와서 이 집 안에 온통 가득 차게 되죠. 당신이 물건들을 아무 곳에나 놓아도 거추장스럽게 걸리지도 않고요."

"집안일에 도움이 될 만한 기계나 중앙난방 장치도 없잖소? 그래서 당신이 할 일이 얼마나 많소, 번치."

"오, 줄리언, 그렇지 않아요. 아침 6시 30분에 일어나서 보일러를 켜고 집 안을 돌아다니면서 일을 하면 8시에는 다 끝나는걸요. 그러고는 왁스로 닦고, 낙엽을 쓸면서 멋지게 꾸미는 거예요. 안 그래요? 작은 집이라고 해서 큰 집보다 쉬울 것도 없어요. 작은 집에서 당신이 빗자루를 들고 일을 하려면, 여기저기에 엉덩이가 부딪쳐서 아무 일도 못 하실 거예요. 그리고 저는 크고 시원한 방에서 자는 것이 좋아요. 그 큰 방에서 당신 곁에 바짝 누워서 앞으로 일어날 일들을 이야기하는 건 생각만 해도 평온하거든요. 아무리 집이 작다고 해도 당신이 깎을 감자 껍질이나 설거지 접시 같은 것은 하나도 줄어들지 않을 거예요. 얼마나 좋아요! 에드워드와 수잔이 크고 넓은 방바닥에서 기차놀이와 소꿉장난을 실컷 하고도 치울 필요가 없다는 것을 상상해보세요. 또, 손님들이 오셔도 편히 지낼 수 있을 만큼 넉넉한 공간이 있다는 게 얼마나 멋진 일이에요. 하지만 지미 시메스나 조니 핀치를 보세요. 그 사람들은 좁은 집에서 장인과 장모님까지 모시고 살아야 하잖아요. 줄리언, 당신도 우리 부모님과 함께 사는 건 좋아하지 않을 거예요. 부모님을 모시고 결혼생활을 시작한다는 것은 정말 불편한 일이잖아요. 저도 좋아할 수 없고요. 저는 소녀 때와 같은 기분으로 살고 싶어요."

줄리언은 미소를 지었다.

"당신은 아직도 소녀 같소, 번치."

줄리언 하몬은 전형적인 60세 노인의 모습이었지만, 사실은 서른다섯 살 정도 밖에 되지 않았다.

"제가 어리석다는 것은 알아요……."

"그렇지 않아, 번치. 당신은 굉장히 머리가 좋아."

"아니에요. 저는 지적인 것과는 거리가 멀죠. 아무리 노력해도……. 하지만 당신이 소설이나 역사 이야기를 해주실 때는 정말 좋아요. 그러나 저녁때 기본의 책을 읽어 주시는 것은 별 효과가 없어요. 추운 곳에 있다가 따뜻하고 아늑한 곳에 가면 그런 책은 제게 수면제나 마찬가지예요."

줄리언은 웃었다.

"하지만 당신이 읽어 주는 것은 좋아요, 줄리언. 아하수에루스에 대해서 설교했다는 나이 많은 목사님 이야기, 또 해주세요."

"그 이야기는 당신이 욀 정도로 많이 했잖아, 번치."

"그래도 또 해주세요, 예?"

그는 아내의 말에 따라서 이야기를 시작했다.

"그건 늙은 스크림거 이야기야. 어느 날 누군가가 그의 교회를 들여다보았더니, 그가 설교단에 기댄 채 몸을 앞으로 내밀고는 두 명의 날품팔이 부인네들에게 열심히 설교를 하고 있더라는 거야. 그는 그들에게 손가락으로 가리키면서 이렇게 말했어. '아하! 나는 여러분이 무슨 생각을 하고 있는지 다 압니다. 제1과의 아하수에루스 대왕이 바로 아르탁세르크세스 2세라고 생각하죠? 하지만, 틀렸어요!' 그러고는 승리에 찬 듯이 말했지. '그는 아르탁세르크세스 3세였소!'"

그 이야기는 줄리언 하몬에겐 우스갯소리가 아니었지만, 번치는 언제나 즐거워했다. 그녀의 맑은 웃음소리가 터져 나왔다.

"그 늙은 귀염둥이!"

그녀는 소리를 질렀다.

"제 생각에는, 당신도 언젠가는 그렇게 될 것 같아요, 줄리언."

줄리언은 좀 불쾌한 듯이 바라보았다.

"알고 있어. 나도 내가 항상 쉽게 신도들과 가까워지지 못한다는 것을 절실하게 느끼고 있소."

그는 힘없이 말했다.

"걱정할 필요 없어요."

번치는 일어나서 쟁반에 아침식사 접시를 놓기 시작했다.

"어제 버트 부인한테 들었는데, 교회에 절대로 나가지 않겠다던 철저한 무신론자인 버트도 당신 설교를 들으러 교회에 나간대요."

그녀는 버트 부인의 기품 있는 목소리를 흉내 내어 계속 말했다.

"버트가 어제 리틀 워스데일에서 온 팀킨스 씨에게 말하는 걸 들었는데요, 이곳 치핑 클래그혼이야말로 진정한 문화를 가지고 있는 마을이래요. 마치 교회에 모인 신자들을 교육도 못 받은 어린애들 취급하는 리틀 워스데일의 고스 씨와는 다르다니까요. 버트의 말로는 우리가 진정한 문화를 가지고 있다나요. '우리 목사님은 고등교육을 받으신 지성인이시고요(밀체스터가 아닌 옥스퍼드 출신이잖아요). 또 그분이 배우신 충만한 은혜를 우리에게 주시잖아요. 그분은 로마나 그리스, 또 바빌로니아 아시리아에 대해서도 모두 알고 계시죠. 버트의 말에 의하면, 목사님의 집에 있는 고양이 이름까지도 아시리아 왕의 이름에서 따온 것이라면서요!' 이렇게 당신은 칭찬을 받고 있어요."

번치는 승리감에 차서 말을 끝맺었다.

"아차, 빨리 끝내지 않으면 아무것도 안 되겠는데. 티글래트필레세르, 따라와. 청어 뼈 줄게."

그녀는 문을 열어 능숙하게 발로 문을 고정시키고는 접시가 가득 담긴 쟁반을 날랐다. 그러면서 별로 곡조도 없는 목소리로 그녀가 가사를 붙인 장난스런 노래를 크게 불러댔다.

맑은 살인의 날
5월처럼 향긋하고
마을에서 온 탐정들은 가 버렸다네.

다음 노래는 설거지통 속에 쏟아지는 그릇 소리 때문에 들리지 않았다.

하지만 줄리언 하몬 목사는 집을 나서기 전에 그녀의 자신감에 넘친 노래 소리를 들을 수 있었다.

그리고 우리는 오늘 살인 장소를 가리라!

제2장

리틀 패덕스에서의 아침식사

1

리틀 패덕스에서도 아침식사 중이었다. 집주인인 예순 살 가량 된 블랙로크 양이 식탁의 윗자리에 앉아 있었다. 그녀는 트위드 천의 촌스러운 옷에 어울리지 않게 목이 꽉 맞는 굵은 가짜 진주 목걸이를 하고 있었다.

그녀가 '데일리 메일'의 레인코트를 읽고 있는 동안 줄리어 시몬즈는 내키지 않는 듯이 텔레그래프 지를 훑어보았다. 패트릭 시몬즈는 타임스의 글자 맞추기를 하고 있었고, 도라 버너 양은 지방 주간지에 온 정신을 쏟고 있었다.

블랙로크 양은 터져 나오려는 웃음을 억지로 참았다.

패트릭이 중얼거렸다.

"'점착성의Adherent'가 맞아('접착성의Adhesive'가 아니라). 이게 틀려서 안 맞았구나."

놀란 암탉이 울듯이 갑자기 버너 양이 소리를 질렀다.

"레티……, 레티, 이것 읽어 봤어? 이게 도대체 무슨 말일까?"

"뭔데 그래, 도라?"

"이렇게 희한한 광고는 처음 봤어. 리틀 패덕스를 아주 이상하게 써놨는데. 그런데 이게 도대체 무슨 말이지?"

"내가 좀 봐도 될까, 도라?"

버너 양은 블랙로크 양이 내민 손에 순순히 신문을 건네주면서 떨리는 손가락으로 그 기사를 가리켰다.

"여기, 레티……"

블랙로크 양은 그것을 보더니 눈썹을 추켜세우고 식탁 주위를 유심히 둘러보았다. 그리고 나서 그녀는 큰 목소리로 광고를 읽기 시작했다.

"살인 예고. 10월 29일 금요일 오후 6시 30분, 리틀 패덕스에서 살인이 일어날 예정. 여러분, 이 예고를 꼭 믿으시오."

그녀는 다 읽고 나서 날카롭게 말했다.
"패트릭, 이거 네가 꾸민 짓이지?"
그녀는 식탁 끝에 느긋한 태도로 앉아 있는 잘생긴 젊은이의 얼굴을 유심히 바라보았다.
패트릭은 재빨리 부인했다.
"제가 한 게 아닙니다, 레티 아주머니. 어떻게 그런 생각을 하실 수 있죠? 저는 그것에 대해선 아무것도 몰라요."
"나는 또 네가 했는지 알았지."
블랙로크 양이 웃으며 말했다.
"정말 네가 장난으로 꾸민 것이 아니란 말이지?"
"장난이오? 저는 그런 장난 한 적 없어요."
"줄리어, 너는?"
줄리어는 지겨운 얼굴로 그녀를 쳐다보았다.
"저도 물론 아니에요."
버너 양이 중얼거렸다.
"혹시 헤이메스 부인이 아닐까?"
그러고는 벌써 식사를 마치고 가버린 빈자리를 바라보았다.
패트릭이 말했다.
"오, 필리파는 그런 일을 꾸밀 사람이 아니에요. 그녀는 아주 얌전한 여자 같아요. 안 그래요?"
줄리어가 하품을 하며 물었다.
"그런데 도대체 무슨 일일까요? 무슨 뜻이죠?"
블랙로크 양이 천천히 대답했다.
"내 생각에는 누군가가 짓궂은 장난을 한 것 같구나."

도라 버너가 소리쳤다.

"도대체 이유가 뭘까? 바로 그것이 문제야. 이건 아주 어리석은 장난이라고."

도라 버너의 축 처진 볼이 모욕감에 떨리며, 근시인 두 눈이 번뜩거렸다.

블랙로크 양이 웃으며 말했다.

"그렇게 신경 쓸 것 없어, 버니. 누군가가 장난으로 한 짓일 거야. 사실, 나도 누구 짓인지 몹시 궁금해."

"오늘이라고 했잖아. 오늘 오후 6시 30분. 무슨 일이 벌어질까?"

버너 양이 말했다.

"죽음이죠! 달콤한 죽음 말입니다."

패트릭이 음침한 목소리로 말했다.

"그만둬, 패트릭."

버너 양이 짧은 비명을 지르자 블랙로크 양이 말했다.

"저는 미치가 만들어 주는 케이크를 말한 거예요."

패트릭이 미안한 듯이 둘러댔다.

"우리가 그 케이크를 달콤한 죽음이라고 부르는 것을 모르셨던 모양이군요."

블랙로크 양은 관심 없다는 듯이 웃어 넘겼다.

"레티, 너는 어떻게 생각하니?" 버너 양이 물었다.

그녀의 친구는 분위기를 바꾸려고 애썼다.

"6시 30분에 일이 벌어지면 분명해지겠지."

그녀는 냉담하게 말했다.

"우리 마을의 절반이 떠들썩하게 될 거야. 집에 셰리주가 있나 봐야겠군."

2

"걱정이 되는 모양이구나, 로티?"

블랙로크 양은 깜짝 놀랐다. 그녀는 책상에 앉아서 무심코 압지 위에 작은 물고기들을 그리고 있었다. 그녀는 오랜 친구인 도라 버너의 얼굴을 보자, 무슨 말을 해야 할지 언뜻 생각이 나지 않았다. 버니는 걱정도 하지 않았으며, 기분도 별로 나빠 보이지 않았다. 블랙로크 양은 잠시 아무 말 없이 생각에 잠겼다. 그녀와 도라 버너는 함께 학교에 다녔다.

도라는 금발에 푸른 눈을 가진 예쁘장하고 다소 모자라 보이는 소녀였다. 하지만 그녀는 명랑하고 활발했기 때문에 좀 모자라 보이는 것은 아무 문제가 되지 않았다. 블랙로크 양은 도라가 워낙 예쁘장해서 친구로 삼고 싶었다. 그녀는, 도라가 멋진 육군 장교나 지방 사무 변호사 정도와 결혼할 것이라고 생각했다.

도라는 대단히 좋은 여자였다. 사랑, 헌신, 충성심 등을 모두 지닌 여자였다. 하지만 그녀의 운명은 평탄하지 못했다. 도라는 먹고 살기 위해 돈을 벌어야 했다. 그녀는 성실히 일했지만, 자기가 맡은 일에 재질을 갖고 있지 못했다.

두 친구는 눈을 돌렸다.

6개월 전에 블랙로크 양에게 편지가 날아 들어왔다. 두서없는 글이었지만 애처로운 내용이었다. 도라의 건강이 나빠졌다는 것이었다. 그녀는 방 한 칸에서 연금으로 근근이 살아가고 있으며, 바느질이라도 하고 싶지만 류머티즘으로 손가락도 굳어 버렸다는 것이었다.

그녀는 학창 시절의 이야기를 하면서 그때 이후로 서로 헤어져 지내기는 했지만, 옛 친구가 혹시 도움을 줄 수 없을까 해서 편지를 보내는 거라고 했다. 블랙로크 양은 충동적으로 그녀의 부탁을 받아들였다.

가엾은 도라, 가엾고 연약하고 어리석고 지친 도라.

그녀는 당장에 도라에게 달려가서, '집안일이 점점 벅차지니 누군가가 도와주었으면 해.' 하고는 리틀 패덕스에 와서 함께 살자고 했다. 그녀는 의사가 말한 대로, 도라가 안타까운 시련을 겪고 있는 것을 직접 보게 되었다.

도라는 일을 벌여 놓고 나서는 얼토당토않은 '도움'을 청해서 사람들을 어리둥절하게 했으며, 세탁물도 엉망으로 다루었고, 청구서며 편지들을 잃어버리기 일쑤였다. 그래서 가끔 블랙로크 양을 흥분하게 만들었다.

늙고 가엾은 도라는 어느 누구든지 몹시 도와주고 싶어 했으며, 늘 진지하게 대해 주었다. 그러고는 자기가 남을 도왔다는 사실을 매우 기뻐하고 자랑스럽게 여겼다. 그렇지만 도라야말로 늘 남에게 도움을 받아야 할 처지였다.

블랙로크 양이 날카롭게 말했다.

"아니야, 도라. 아까 네게 부탁한 것 있지?"

버너 양이 미안하다는 표정을 지으며 말했다.

"오, 알고 있어. 내가 깜빡 잊었구나. 하지만, 너, 걱정하고 있지?"

"걱정하고 있다고? 아니야, 그런 게 아니야."

그녀는 심각하게 덧붙였다.

"가제트에 나온 그 터무니없는 광고 때문에 내가 걱정을 한다는 거야?"

"그래, 그게 장난이라고 해도 내가 보기엔 뭔가 앙심이 있는 장난인 것 같아."

"앙심?"

"그래. 악의가 숨어 있는 것 같지 않니? 내 말은, 그것은 절대로 유쾌한 장난이 아니란 거야."

블랙로크 양은 그녀의 친구를 바라보았다. 유순한 눈매, 고집이 있어 보이는 긴 입술, 약간 위로 들린 들창코. 가엾은 도라. 이 나이 든 여자는 아직도 충동적이며 값싼 감정을 버리지 못하고 있었다.

"도라, 그건 네 말이 맞아. 그렇게 유쾌한 장난은 아닐 거야."

"나는 정말 싫어." 도라 버너가 뜻밖에 생기에 찬 목소리로 말했다.

그녀는 갑자기 덧붙여 말했다.

"무서워. 너도 무서워하고 있지, 리티시아?"

"그렇지 않아."

블랙로크 양이 발끈해서 대들었다.

"위험한 일이야, 분명해. 폭탄을 집어넣은 소포를 보내는 사람처럼 말이야."

"도라, 그건 어떤 멍청이가 단지 재미로 한 짓일 거야."

"그렇지만 우리는 하나도 재미없잖아."

사실 그렇게 재미있는 일은 아니었다.

블랙로크 양의 얼굴에도 그렇지 않다는 표정이 뚜렷하게 나타나 있었다.

도라가 의기양양하게 소리쳤다.

"너도 그렇게 생각하고 있잖아."

"하지만, 도라……."

그녀는 갑자기 입을 다물었다.

그때 몸에 꼭 맞는 저지로 된 옷을 입은, 풍만한 가슴을 가진 젊은 여자가 화가 잔뜩 나서 안으로 들어왔다. 밝은 색의 치마를 입은 그녀의 이마에는 윤기나는 검은 고수머리가 흘러내렸다. 그녀는 검은 두 눈을 번뜩이며 총을 쏘듯이 말했다.

"드릴 말씀이 있는데, 지금은 곤란한가요?"

블랙로크 양은 한숨을 쉬며 대답했다.

"괜찮아, 미치. 무슨 말인데 그러지?"

그녀는 가끔 이 젊은 피난민이 일으키는 끝도 없는 짜증에 시달리느니, 차라리 요리와 집안의 모든 잔일을 혼자 다하는 한이 있어도 그녀 없이 살았으면 좋겠다고 생각할 때가 있었다.

"먼저 블랙로크 양에게 말씀드리겠어요. 그게 순서일 것 같아서요. 그러고 나서 저는 가겠어요, 당장에 나가겠어요!"

"무엇 때문에 그러지? 누가 기분 나쁘게 했나?"

"그래요. 기분이 안 좋아요."

미치가 마치 연극 대사를 외듯이 말했다.

"저는 정말 죽고 싶지 않아요. 그래서 유럽에서 이곳으로 온 거예요. 제 가족은 모두 죽었어요. 모두 살해당했다고요. 어머니, 남동생, 그렇게 사랑스러운 조카까지 모두 살해당했다고요. 하지만 저는 도망쳐 나왔지요. 숨어버렸어요. 저는 영국으로 와서 일을 했지요. 정말 열심히 일했어요. 제 고향에서도 그렇게, 그렇게 열심히 일해 본적이 없었어요. 저는……."

"그건 다 알고 있어."

블랙로크 양이 엄격한 목소리로 말했다. 미치는 입속말로 계속 중얼거리고 있었다.

"도대체 왜 떠나겠다는 거지?"

"그들이 또 저를 죽이려고 하니까요?"

"누가?"

"적들이에요. 나치스 당원들 말이에요! 어쩌면 이번엔 볼셰비키 당원들일지도 모르지요. 그들이 제가 여기에 있는 것을 알아내고는 저를 죽이려 온 거예요. 저는 그것을 읽었거든요. 분명히 읽었어요. 오늘 아침 신문에서요!"

"아, 가제트 말이군?"

"여기 있어요. 여기에 쓰여 있다고요."

미치는 등 뒤에 감추고 있던 가제트를 내밀었다.

"보세요, 여기 살인이라고 쓰여 있잖아요. 리틀 패덕스에서. 그럼, 바로 여기가 아니에요? 안 그래요? 오늘 저녁 6시 30분. 아! 저는 그때까지 기다리지 않겠어요. 절대로."

"하지만 왜 미치가 피해자일 거라고 생각하지? 그건, 우리는 장난이라고 생각하고 있는데."

"장난? 사람을 죽이는 게 장난이란 말이에요!"

"아니지, 물론 아니야. 하지만, 미치, 만일 누군가가 정말 미치를 죽이려고 한다면 이렇게 신문에 광고를 낼까?"

"그럼, 그렇지 않을 거라고 생각하세요?"

미치는 약간 떨고 있는 것 같았다.

"아무도 죽이지 않을 거라고 생각하세요? 어쩌면 그들이 바로 당신을 노릴지도 모른다고요, 블랙로크 양."

"누가 날 죽이겠어." 블랙로크 양은 가볍게 대꾸했다.

"왜 누가 미치를 죽일 거라고 생각하는지 도대체 모르겠군. 그들이 왜 미치를 죽여야 하는지 모르겠단 말이야."

"그들은 나쁜 사람들이니까요……. 아주 나쁜 사람들이에요. 제가 말씀드렸잖아요. 어머니와 어린 남동생, 그리고 사랑스러운 조카까지도……."

"알아, 알고 있어."

블랙로크 양은 재빨리 그녀의 말을 가로챘다.

"하지만 나는 누군가가 미치를 죽이고 싶어 한다고는 생각하지 않아. 네가 신문에 나온 짤막한 광고를 보고 이런 식으로 떠나겠다면 말릴 수는 없어. 하지만 내 생각에는 네가 바보짓을 하는 것 같구나."

미치가 망설이는 듯하자 그녀는 엄한 말투로 덧붙였다.

"점심에는 정육점에서 보내온 쇠고기로 스튜를 해먹어야겠다. 무척 질겨 보이던데."

"굴래시 스튜를 해드리겠어요. 특별 굴래시 스튜로요."

"마음대로 해. 치즈 스트로를 만드는 데 딱딱한 치즈를 쓰면 되겠군. 오늘 저녁엔 한잔하러 오는 손님이 있을 것 같아."

"오늘 저녁에요? 오늘 저녁이라니, 무슨 말씀이세요?"

"6시 30분에."

"그건 신문에서 말한 바로 그 시간 아니에요? 그때 누가 온다는 거죠? 왜 오는 거예요?"

"장례식에 오는 거야."

블랙로크 양이 눈을 빛내며 대답했다.

"이제 그만 됐어, 미치. 나가면서 문을 닫아 줘."

그녀는 딱딱하게 덧붙여 말했다.

"미치는 당분간 조용히 있을 거야."

문이 닫히고 나서 그녀가 말했다.

"참 능숙하구나, 레티."

버너 양이 감탄한 듯이 말했다.

오후 6시 30분

1

"자, 다 준비되었군." 블랙로크 양이 말했다.

그녀는 건축 감정가 같은 눈으로 방 두 칸이 연결된 넓은 거실을 둘러보았다. 장미 무늬의 무명 수건들, 국화 모양의 청동 그릇 두 개, 제비꽃이 꽂힌 작은 꽃병, 벽 쪽에 붙은 탁자에 놓인 은제 담배 상자, 가운데 탁자 위에 있는 음료수를 담은 쟁반.

리틀 패덕스는 초기 빅토리아 시대의 형식으로 세워진 크지도 작지도 않은 집이었다. 낮은 난간의 긴 베란다와 녹색 덧문의 창이 있었다. 베란다 지붕에 가려서 어둡고 좁은 거실 한쪽 끝에는 퇴창이 달린 작은 방과 연결된 이중문이 있었으나, 선조들이 그 이중문 대신에 벨벳 천으로 된 커튼을 달아 놓았다.

블랙로크 양은 그 커튼을 없애고 방 두 칸을 연결시켜서 사용했다. 양쪽 방에는 벽난로가 설치되어 있어서 따뜻하게 할 수 있었으나 둘 다 불을 피우지는 않았다.

"중앙난방을 했군요." 패트릭이 말했다.

블랙로크 양은 고개를 끄덕였다.

"안개가 자욱하고 습한 날씨가 계속되어 집 안이 축축하고 끈적끈적해서 말이다. 에반스에게 가기 전에 불을 피우라고 했다."

"그 귀하디 귀한 코크스로군요?"

패트릭이 빈정거리며 말했다.

"그래, 네 말대로 그 귀한 코크스다. 하지만, 그보다 더 귀한 석탄도 있을 텐데 뭐. 너도 알다시피 연료국에서는 매주 우리에게 허용된 연료만 쓰도록 하고 있잖니. 적어도 우리가 요리할 수 없다고 신고하지 않는 다음에야."

"석탄과 코크스가 잔뜩 쌓여 있었던 때가 생각나는군요."
줄리어가 마치 미지의 세계를 상상하듯이 말했다.
"그래, 그때는 값도 쌌지."
"그리고 누구나 원하는 만큼 살 수 있었어요. 아무도 집 안에 쌓아놓지도 않았고요. 그때는 연료 부족이라는 것은 상상도 못했으니까요."
"종류도 다양했고 질도 좋았어. 지금처럼 돌덩이나 슬레이트 따위가 아니었지."
"그때가 좋았는데……." 줄리어는 추억에 젖은 목소리로 말했다.
블랙로크 양은 미소를 지으며 말했다.
"그때를 생각해보니 나도 그런 느낌이 드는구나. 하지만 나야 나이가 먹었으니 과거를 그리워하는 것이 당연하지만 너희같이 젊은 사람들이 그런 생각을 해서 되겠니?"
"그때는 일할 필요도 없었어요."
줄리어가 말했다.
"그저 집에서 꽃을 가꾸고 편지를 쓰며 지냈었는데……. 왜 사람들은 편지를 썼지요? 누구에게 보내려고요?"
"네가 요즘 전화를 거는 사람들이 다 거기에 해당될 거다. 나는 네가 편지를 쓸 줄 아는지조차 의심스럽다, 줄리어."
블랙로크 양이 장난기 어린 눈초리로 말했다.
"제가 어제 읽은 《완벽한 편지 교본》처럼 멋진 형식으로는 쓸 수 없을 거예요. 그 책에는 구혼자의 청혼을 거절하는 방법까지도 나와 있어요."
"네가 상상하는 것처럼 집에서 즐길 수만은 없는 거다."
블랙로크 양이 말했다.
"너도 알다시피, 사람에게는 의무가 있는 법이야."
그녀는 냉정한 목소리로 말을 이었다.
"하지만 나는 그런 것에 대해서는 잘 모른다. 버니와 나는……."
그녀는 도라 버니에게 따뜻한 미소를 지어 보이며 말했다.
"어려서부터 노동자 시장에 들어갔었으니까."

"아, 그랬었지. 정말 그랬어." 버너 양이 말했다.

"그 버릇없는 장난꾸러기 아이들. 나는 절대로 그 애들을 못 잊을 거야. 그때 레티는 총명했었지. 굉장한 사업가의 비서였으니까."

문이 열리고 필리파 헤이메스가 들어왔다. 그녀는 키가 크고 금발의 차분해 보이는 여자였다.

그녀는 놀란 눈으로 방 안을 둘러보았다.

"안녕하세요? 파티가 있나 보죠? 저는 전혀 듣지 못했는데요."

"물론 그랬을 거예요." 패트릭이 소리쳤다.

"치핑 클래그혼에서 이 파티를 모르고 있는 사람은 아마 당신뿐일 겁니다."

필리파는 어리둥절한 표정으로 그를 쳐다보았다.

"지금 당신이 보는 것은 살인 장면입니다."

패트릭이 커다랗게 손을 흔들며 말했다.

필리파는 약간 어리둥절해하며 바라보았다.

패트릭은 국화 모양의 청동 그릇을 가리키며 말을 이었다.

"여기, 장례식의 화환이 있습니다. 이 치즈 스트로와 올리브를 담은 그릇들은 장례식의 구운 고기를 말하는 거죠."

필리파는 무슨 말이냐는 듯이 블랙로크 양이 바라보았다.

"농담이지요?" 그녀가 물었다.

"저는 농담을 구별해 내는 데는 항상 둔하거든요."

"아주 불쾌한 농담이야. 나는 그런 것은 정말 싫어."

도라 버너가 흥분해서 말했다.

"필리파에게 그 기사를 보여 줘." 블랙로크 양이 말했다.

"나는 나가서 오리들을 우리에 넣어야겠어. 지금쯤이면 벌써 들어가 있어야 하는 건데."

"제가 할게요."

필리파가 말했다.

"아니야, 필리파. 낮에 해야 할 일도 다 끝내지 않았잖아."

"제가 하겠습니다." 패트릭이 말했다.

"안 돼. 너는 안 돼."

블랙로크 양은 단호하게 말했다.

"지난번에 너는 빗장을 제대로 걸지 않았어."

"내가 하겠어, 레티." 버너 양이 외쳤다.

"솔직하게 말해서 나는 그 일을 좋아해. 고무 덧신을 신어야겠어. 음, 내가 털 스웨터를 어디에 두었더라?"

하지만 블랙로크 양은 미소를 지으며 밖으로 나갔다.

"그냥 계세요, 버너 아주머니." 패트릭이 말했다.

"레티 아주머니는 무슨 일이나 잘하시기 때문에 다른 사람이 자기 일을 해주는 것을 싫어하세요. 아주머니는 무슨 일이든지 혼자 해내는 것을 좋아하시거든요."

"정말이에요." 줄리어가 말했다.

"나는 누나가 도와주는 것을 한 번도 보지 못했는데."

그녀의 동생이 말했다.

"네가 방금 레티 아주머니는 혼자 일하는 것을 좋아한다고 말했잖아."

그녀는 느긋하게 미소를 지으며 말했다.

"게다가……."

그녀는 얇은 스타킹을 신은 늘씬하게 뻗은 다리를 슬쩍 내보이며 말했다.

"나는 내가 가장 아끼는 스타킹을 신었거든."

"실크 스타킹이나 신다가 죽겠군!"

패트릭이 빈정거렸다.

"실크가 아니라 나일론 스타킹이야."

"그럼 별로 좋은 것도 아닌데 뭐."

"제발 말 좀 해줘요. 왜 온통 죽는 이야기뿐이죠?"

필리파가 호소하듯이 소리쳤다.

모두 그녀에게 설명해주려고 했지만 아무리 찾아도 가제트가 보이지 않았다. 왜냐하면 미치가 주방으로 그 신문을 가져갔기 때문이었다.

블랙로크 양이 몇 분 뒤에 돌아와서 간단하게 말했다.

"다 넣었어." 그녀는 시계를 보았다.

"6시 20분. 이제 곧 오겠군. 내가 이웃 사람들을 봐왔던 눈이 틀리지 않았다면 말이야."

"왜 누가 온다는 건지 통 모르겠군요."

필리파가 당황하며 물었다.

"모르고 있어, 필리파? 당연히 모르겠지. 하지만 다른 사람들도 필리파만큼 궁금해하고 있어."

"필리파는 인생에 대해서 전혀 관심이 없는 사람이니까."

줄리어가 심술궂은 목소리로 말했다.

필리파는 대꾸하지 않았다. 블랙로크 양은 방 안을 둘러보았다. 방 한가운데에 놓인 식탁 위에는 미치가 갖다 놓은 셰리주와 올리브, 그리고 치즈 스트로와 작은 파이 몇 개를 담은 그릇 세 개가 놓여 있었다.

"저 쟁반을 옆방의 퇴창 쪽에 있는 구석으로 옮겨 주겠니, 패트릭? 나는 파티를 열지 않을 거다! 아무에게도 오라고 하지 않았으니까. 그리고 내가 사람들이 찾아오길 바랐다는 것을 그들에게 보여 주고 싶지도 않아."

"레티 아주머니는 자신이 무언가를 예상하고 있었다는 걸 감추고 싶으신 거죠?"

"바로 맞혔다, 패트릭."

"그럼, 우리는 조용히 저녁 한때를 지내는 화목한 가족 분위기를 연출해야겠군요. 그리고 누군가가 찾아오면 깜짝 놀라는 거고요."

줄리어가 말했다.

블랙로크 양은 셰리주 병을 들고는 어떻게 할까 망설였다.

패트릭이 그녀에게 말했다.

"저기에 반쯤 남은 병이 있어요. 그것만으로도 충분할 텐데요."

그녀는 당황하며 얼굴을 약간 붉히고 말했다.

"아, 그래, 그래. 패트릭, 식기실의 찬장 안에 새 병이 있는데……, 그것하고 병따개 좀……, 가져다주지 않겠니? 나는 음, 새 병을 갖다 놓는 게 좋을 것 같구나. 이것은, 이것은 마시다 남은 거라서."

패트릭은 아무런 말없이 그녀가 시키는 대로 했다. 그는 새 병을 가지고 돌아와서는 마개를 땄다. 그러고는 쟁반 위에 병을 놓으면서 호기심 어린 눈으로 블랙로크 양을 바라보았다.

"물건들을 조심해서 다루셨겠죠?" 그가 말했다.

"오! 레티, 너는 상상도 못했잖아." 도라 버너가 소리쳤다.

"쉿!" 블랙로크 양이 얼른 말했다.

"벨이 울렸어. 이제 나의 지적인 예견이 들어맞는 걸 보게 될 거야."

2

미치는 거실 문을 열고 이스터브룩 대령 부부를 맞았다. 그녀는 늘 독특한 방법으로 사람들을 소개했다.

"이스터브룩 대령 부부가 여러분을 만나러 와계십니다."

그녀는 유창하게 말했다.

이스터브룩 대령은 호탕하고 활달한 성격이라 전혀 어색한 기색을 나타내지 않았다.

"우리가 공연히 방해가 되지나 않았는지 모르겠습니다."

대령이 말했다(줄리어는 터져 나오는 웃음을 억지로 참았다).

"우연히 이 앞을 지나게 되어서 잠깐 들렀습니다. 음, 오! 정말 부드러운 저녁입니다. 블랙로크 양은 벌써 중앙난방을 하는군요. 우리는 아직 때지 않았답니다."

이스터브룩 부인이 감탄한 듯이 말했다.

"댁의 국화 모양 청동 그릇이 정말 사랑스럽군요. 어쩜 저렇게 아름다운 그릇이 있을까?"

"사실은 좀 엉터리예요."

줄리어가 말했다.

이스터브룩 부인은 좀더 성의 있게 필리파 헤이메스와 인사하면서, 필리파가 농사꾼이 아니라는 것을 자기가 알고 있다는 것을 보여 주려고 했다.

이스터브룩 부인이 조심스럽게 물었다.
"루커스 부인의 정원은 어떻게 되어가나요? 그곳에서 다시 식물이 자랄 수 있을까요? 전쟁 중에 완전히 황폐해졌는데요. 지독한 애쉬 노인이 나뭇잎에 물을 뿌리고, 채소를 몇 포기 심긴 했었는데……."
"손질만 잘하면 좋아질 거예요. 하지만 시간이 좀 많이 걸릴 것 같아요."
필리파가 말했다.
미치가 다시 문을 열고 말했다.
"여기 볼더스에서 숙녀분들이 와계십니다."
"안녕하세요?"
힝클리프 양은 인사를 하고 성큼성큼 방을 가로질러 와서 그녀의 우람한 손으로 블랙로크 양의 손을 잡았다.
"내가 머거트로이드에게 리틀 패덕스에 들러 보자고 했어요. 블랙로크 양네 오리들이 알을 품은 게 어떻게 되어 가는지 너무 궁금했거든요."
"저녁이 되면 빨리 우리에 넣어야 하지 않나요?"
머거트로이드 양이 조금 수다스럽게 패트릭에게 말했다.
"저 예쁜 국화 좀 봐요!"
"엉터리예요!" 줄리어가 말했다.
"도대체 왜 그러는 거야?"
패트릭이 그녀 옆으로 다가가서 남들이 듣지 못하도록 핀잔을 주었다.
"중앙난방을 했군요. 이렇게 일찍부터."
힝클리프 양이 비난하듯이 말했다.
"매년 이맘때면 집 안이 축축해지거든요."
블랙로크 양이 대답을 했다.
패트릭이 눈썹을 움직여서 신호를 했다.
'셰리주를 드려도 될까요?'
블랙로크 양이 그 신호에 대답했다.
'아직 안 돼.'
그녀는 이스터브룩 대령에게 말했다.

"올해는 네덜란드에서 수은구를 안 가지고 오셨어요?"

문이 열리고 스웨튼햄 부인이 미안해하는 얼굴로 들어왔다. 그녀 뒤에 에드먼드가 얼굴을 잔뜩 찌푸리고 불안한 듯한 태도로 따라 들어왔다.

"우리가 왔어요!"

스웨튼햄 부인이 명랑하게 말하면서 호기심에 찬 눈길로 주위를 둘러보았다. 그러고는 갑자기 불안해하는 목소리로 말했다.

"혹시 고양이를 기르시고 싶지 않나 물어보려고요, 블랙로크 양. 우리 고양이가 막……"

"빨간 수고양이와 교미를 해서 새끼를 낳게 되었습니다. 제 생각으로는 나중이 안 좋을 것 같아요. 제가 이렇게까지 말씀드렸으니까 나중에 가서 그런 말을 듣지 못했다고는 못 하실 겁니다." 에드먼드가 말했다.

"하지만 쥐는 아주 잘 잡아요."

스웨튼햄 부인이 재빨리 말했다. 그러고는 이렇게 덧붙였다.

"어머, 예쁜 국화 좀 봐!"

"중앙난방을 하셨군요?"

에드먼드가 의아하다는 듯이 물었다.

"모두들 레코드판 같군."

줄리어가 중얼거렸다.

이스터브룩 대령이 패트릭을 꼭 붙들고 이야기했다.

"나는 뉴스를 싫어한다네. 나는 정말 뉴스가 싫어. 전쟁은 불가피한 거지. 절대적으로 불가피한 거야."

"저는 뉴스 같은 것에는 신경 쓰지 않습니다." 패트릭이 말했다.

또 문이 열리고 하몬 부인이 들어왔다. 그녀는 낡아서 보풀이 일어난 모자를 한껏 모양을 내어 머리 뒤쪽으로 젖혀서 쓰고 있었다. 그리고 어느 때 입던 외투 대신에 주름이 늘어진 블라우스를 입고 있었다.

"안녕하세요, 블랙로크 양?"

그녀는 둥근 얼굴에 활짝 웃음을 지으며 커다란 목소리로 인사를 했다.

"제가 그렇게 늦은 건 아니겠죠? 살인 게임은 언제 하죠?"

3

그녀는 다른 사람에게 들릴 정도로 숨을 헐떡였다.

줄리어는 조그만 소리로 킬킬거렸다. 패트릭은 얼굴을 찌푸렸고, 블랙로크 양은 마지막 손님에게 미소를 지어 보였다.

"줄리언은 여기에 오지 못한다고 야단이에요."

하몬 부인이 말했다.

"그이는 살인 게임을 무척 좋아하거든요. 사실은 그래서 지난 일요일에도 그렇게 훌륭한 설교를 할 수 있었던 거예요. 제 남편을 칭찬하는 것이 좀 우스운 일이지만, 하지만, 정말 멋진 설교였잖아요. 그렇게 생각하지 않으세요? 평소 그이가 하던 설교보다 훨씬 훌륭한 거였어요. 그런데 그게 《세 번의 연속 죽음》 덕분이었어요. 그 책을 읽어 보셨나요? 부츠에 사는 여자아이가 제게 특별히 갖다 주었는데, 수수께끼 사건을 다룬 내용이에요. 범인을 알고 있다고 생각하는데, 갑자기 모든 게 뒤바뀌어 버리고 연속 살인사건이 터지는 거예요. 결국 그들 중 4~5명이 살해당하죠. 대강 이런 내용의 책인데 줄리언이 설교문을 생각하고 있을 때, 제가 그것을 서재에 놔두었거든요. 그랬더니, 그이가 글쎄 그것을 집어들더니 손에서 놓을 줄을 모르는 거예요! 그러고는 자기가 설교할 내용을 적어 나갔어요. 다른 학자들의 서적이나 학술적인 논문도 참고하지 않고 말이에요. 그러니 자연적으로 더욱더 훌륭한 내용이 나오게 된 거죠. 어머, 제가 너무 많이 떠들어댔군요. 그런데 살인 게임은 언제 시작되죠?"

블랙로크 양은 벽난로 선반 위의 시계를 쳐다보고 명랑하게 말했다.

"만일 그 게임이 벌어진다면, 이제 곧 시작되겠군요. 6시 30분까지는 1분이 남았으니까요. 그동안에 셰리주나 드시죠."

패트릭은 얼른 입구로 나갔고, 블랙로크 양은 담배 상자가 놓여 있는 탁자 쪽으로 걸어갔다.

"저는 셰리주를 좋아하는 편이에요." 하몬 부인이 말했다.

"그런데 블랙로크 양이 만일이라고 하신 것은 무슨 뜻이죠?"

"글쎄요. 나도 여러분들과 마찬가지로 아무것도 몰라요. 무슨 일이 일어날지……."

블랙로크 양이 대답했다. 벽난로 위의 작은 괘종시계가 울리기 시작하자, 그녀는 말을 멈추고 고개를 그쪽으로 돌렸다. 그것은 어떤 노래의 곡조처럼 아름답게 들렸다.

사람들은 모두 침묵을 지키며 꼼짝 않고 그 시계를 바라보고 있었다. 시계는 15분을 알리는 종을 울렸고, 그러고는 30분을 알렸다. 그 마지막 종소리의 여운이 사라지자 집 안의 불이 모두 꺼졌다.

4

숨을 헐떡이는 소리와 여자들의 비명 소리가 어둠 속에 들려왔다.

"이제 시작이군요."

하몬 부인이 흥분한 듯이 소리쳤다.

호소하는 듯한 도라 버너의 목소리도 들렸다.

"오, 나는 이런 게 싫어!"

다른 목소리가 소리쳤다.

"너무도 끔찍해요, 끔찍해!"

"섬뜩하군요."

"아치, 어디 있어요?"

"도대체 어떻게 해야 하지?"

"어머, 제가 발을 밟았나 보죠? 미안해요."

그러고는 요란한 소리와 함께 문이 활짝 열렸다.

강한 손전등의 불빛이 방안을 급히 비추며 움직였다. 영화에서나 나오는 멋진 밤을 연상시키는 듯한 남자의 콧소리가 섞인 거친 목소리가 우렁차게 들려왔다.

"손들어! 손들어! 어서!"

그 목소리는 쩌렁쩌렁 울려 퍼졌다.

사람들은 재미있어 하며 기꺼이 손을 머리 위로 올렸다.

"재미있는데요."

어떤 여자가 거칠게 숨 쉬며 말했다.

"나는 굉장히 무서워요."

그때 뜻밖에 권총 소리가 두 번 울렸다.

그 소리는 방 안의 만족스러운 분위기에 찬물을 끼얹었다. 이제 그것은 단순한 게임이 아니었다. 누군가가 비명을 질렀다······.

문간에 있던 그림자가 갑자기 방 안을 빙빙 돌면서 우왕좌왕하는 듯했다.

세 번째 방아쇠가 당겨지자 그 그림자는 쓰러졌다. 손전등이 떨어지고 불이 나갔다. 다시 방 안은 어두워졌다. 그리고 희미한 신음과 같은 소리가 들리며, 좀처럼 열지 않았던 거실 문이 부드럽게 닫히고는 달그락거리며 걸쇠로 잠그는 소리가 들렸다.

5

거실 안은 커다란 혼란이 벌어졌다.

그곳에 모인 사람들은 동시에 외치기 시작했다.

"불!"

"스위치가 어디 있는지 모르세요?"

"누구 라이터 가진 사람 없어요?"

"오, 나는 싫어. 나는 정말 싫어."

"하지만 그 총소리는 정말이었어!"

"진짜 권총을 쏜 거야."

"좀도둑이 아닐까?"

"오, 아치, 여기서 나가고 싶어요."

"제발, 누구 라이터 가진 분 없으세요?"

그러고는 거의 동시에 두 개의 라이터가 찰칵 하더니 조그만 불빛이 타올랐다. 사람들은 눈을 깜빡거리며 흘끔흘끔 서로 바라보았다.

블랙로크 양은 손으로 얼굴을 가리고 입구 쪽의 벽에 기대어 서 있었다. 불빛이 희미했기 때문에 그녀의 손가락 위로 그림자가 드리워졌다.

이스터브룩 대령은 목소리를 가다듬고 앞장서서 일을 처리하기 시작했다.

"스위치를 켜보게, 스웨트햄."

그가 명령하듯이 말했다.

문 옆에 있던 에드먼드는 순순히 스위치를 잡아당겼다.

"전깃줄이나 퓨즈가 끊어진 모양이군. 누가 또 저 끔찍한 소란을 피우고 있는 거지?"

대령이 말했다.

닫힌 문 밖에서 찢어질 듯한 여자의 비명이 들려왔다. 그 소리는 점점 높아지고, 이내 주먹으로 문을 두드리는 소리가 들렸다.

조용히 있던 도라 버너가 소리쳤다.

"미치예요. 누가 미치를 살해하고 있어요……."

패트릭이 중얼거렸다.

"정말 기분 나쁜 일이군."

블랙로크 양이 말했다.

"촛불을 켜야겠어. 패트릭, 어서 촛불을……."

이스터브룩 대령이 문을 열었다. 그와 에드먼드는 라이터를 켜들고 홀로 들어갔다. 그러다가 거기에 누워 있는 물체에 걸려 하마터면 넘어질 뻔했다.

"얻어맞고 쓰러진 것 같은데." 대령이 말했다.

"그 비명을 지르던 여자는 어디에 있지?"

"식당일 겁니다."

홀을 가로질러 바로 식당이 있었다. 누군가가 벽을 두드리며 울부짖었다.

"그녀가 안에서 잠갔어요."

에드먼드는 몸을 구부렸다. 그가 열쇠를 맞추어 돌리자 미치가 호랑이처럼 튀어나왔다. 식당에는 여전히 불이 켜져 있었다. 그 환한 방에서 미치는 미친 듯이 계속 비명을 질러댔다. 그러면서도 그녀는 은그릇을 닦고 있었는지, 한 손에는 샘 가죽을 들고 다른 손으로는 생선 접시를 들고 있는 모습이 너무나도 우스꽝스럽게 보였다.

"조용히 해, 미치."

블랙로크 양이 말했다.

"그만해요."

에드먼드가 말했다.

그래도 미치가 계속 비명을 지르자, 그는 몸을 기울여서 그녀의 뺨을 때렸다. 미치는 숨을 헐떡이며 입을 꾹 다물고 딸꾹질을 하기 시작했다.

블랙로크 양이 말했다.

"주방 선반에서 초를 꺼내라. 패트릭, 너 두꺼비집이 어디 있는지 알지?"

"설거지대 뒤에 있을 거예요. 제가 찾아보지요."

블랙로크 양은 불빛이 새어 나오는 식당으로 들어갔다.

도라 버너는 또다시 울먹이고 있었으며, 미치는 끔찍한 비명을 질러댔다.

"피, 피예요!" 그녀가 숨을 헐떡이며 말했다.

"총에 맞았어요. 블랙로크 양, 출혈이 심해서 돌아가실지도 몰라요."

"바보같이 굴지 마. 별로 다치지 않았어. 총알이 귀를 살짝 스쳐 갔을 뿐이야."

블랙로크 양이 날카롭게 말했다.

"하지만, 레티 아주머니, 피가 많이 흐르잖아요." 줄리어가 말했다.

사실 블랙로크 양의 흰 블라우스와 진주 목걸이, 그리고 그녀의 손은 온통 피투성이였다.

"내 귀는 원래 피가 잘 난다." 블랙로크 양이 말했다.

"내가 어렸을 때, 미용사 아가씨가 가위로 내 귀를 살짝 스치는 바람에 피가 한 대접은 나왔을 거야. 그것보다도 빨리 초를 찾아야 해."

"제게 초가 있어요." 미치가 말했다.

줄리어는 그녀와 함께 나갔다가 접시에 초를 세워서 들고 왔다.

"자, 이제 범인을 봐야겠군요. 촛불을 아래로 비추어 주게, 스웨튼햄."

대령이 말했다.

"제가 다른 쪽을 비출게요."

필리파가 말했다.

그녀는 뻣뻣하게 굳은 채로 촛대 접시 두 개를 들고 있었다.

이스터브룩 대령이 쭈그리고 앉았다.

누워 있는 물체는 거친 옷감의 검은색 망토에 싸여 있었고, 머리에는 두건이 덮여 있었다. 얼굴에는 검은색 복면을 하고 있었고, 손에는 검은색 면장갑을 끼고 있었다. 두건이 뒤로 벗겨져 금발의 곱슬머리가 드러나 보였다.

이스터브룩 대령은 누워 있는 사람을 뒤집어 맥박을 짚어보고 심장이 뛰나 살펴보았다. 그러고는 깜짝 놀라며 그의 손가락을 들어 자세히 보았다. 뻣뻣하게 굳은 손가락에는 피가 묻어 있었다.

"자기를 쏜 거야." 그가 말했다.

"위험한 상태인가요?"

블랙로크 양이 물었다.

"흠, 죽은 것 같습니다. 자살일 수도 있고, 아니면 넘어지면서 그 순간에 총이 발사되었는지도 모르죠. 좀더 잘 볼 수 있었다면 좋았을 텐데……."

바로 그 순간, 마치 마술을 부린 듯이 불이 다시 들어왔다. 야릇한 기분에 휩싸인 치핑 클래그혼 사람들은 리틀 패딕스의 홀에 서서 자기들이 지금 갑작스럽게 벌어진 살인 현장에 있다는 것을 깨달았다.

이스터브룩 대령의 손에는 피가 묻어 있었고 블랙로크 양의 귀에서 떨어지는 핏방울은 여전히 그녀의 목과 블라우스, 그리고 치마를 타고 흘러내리고 있었다. 그리고 그들의 발밑에는 이상한 모습으로 쓰러져 있는 시체가 누워 있었다.

패트릭이 식당에서 나오며 말했다.

"퓨즈가 한 개 끊어진 것 같아요."

그는 멈춰 섰다.

이스터브룩 대령이 검은색의 작은 복면을 잡아당기고는 말했다.

"누구인지 보십시오. 안면이 있는 사람 같지는 않군요."

대령은 복면을 아예 벗겨 버렸다. 사람들이 목을 길게 빼고 자세히 쳐다보려고 했다. 미치가 딸꾹질하는 소리만이 들릴 뿐 홀 안은 조용했다.

"젊은 사람이군요." 하몬 부인이 동정 어린 목소리로 말했다.

갑자기 도라 버너가 흥분된 목소리로 소리쳤다.

"레티, 레티, 메든햄 웰스의 스파 호텔에 있는 청년이야. 여기에 와서 네게 스위스로 돌아갈 여비를 달라고 부탁했다가 거절당했었잖니? 그것이 모두 구실이었던 것 같아. 이 집을 탐지해보려고 말이야……. 오, 레티, 그는 너를 죽이려고 했던 거야."

블랙로크 양은 상황을 알아차리고 얼른 말했다.

"필리파, 버니를 식당으로 데려가서 브랜디 한 잔을 주도록 해. 줄리어, 목욕탕에 가서 벽장에 있는 반창고 좀 가져오너라. 마치 돼지 피처럼 지저분하구나. 패트릭, 너는 경찰에 신고해주겠니?"

로열 스파 호텔

1

미들셔 주 경찰서장인 조지 리디스데일은 조용한 성격의 소유자였다. 그는 좀 굵은 눈썹과 날카로운 눈매에 중간 정도의 키를 가졌으며, 말하기보다는 주로 듣는 편이었다. 그가 냉정한 목소리로 짧게 명령을 내리면 그 명령은 곧 이행되었다. 그는 지금도 더모트 크래독 수사 경위의 보고를 듣고 있었다.

크래독은 그 사건을 맡고 있었다. 리디스데일 서장은 크래독을 신뢰하고 있었다. 그는 뛰어난 두뇌와 상상력을 지녔을 뿐만 아니라, 무엇보다도 높이 평가하고 있는 것은 경위가 사실을 검토하고 조사하며 사건을 종결지을 때까지 언제나 자제력을 지킨다는 점이었다.

크래독이 말했다.

"레그 순경이 신고 전화를 받았습니다. 그는 침착하고도 신속하게 일을 잘 처리한 것 같습니다. 그런데 사건이 그리 쉽지가 않겠습니다. 12명이나 되는 사람들이 한꺼번에 말을 하려고 아우성이더군요. 그중에는 경찰관만 보면 자제력을 잃어버리는 사람도 있었는데, 그 여자는 아예 문을 걸어 잠그고 자지러질 듯이 비명을 질러댔답니다."

"사망자는 확인되었나?"

"그렇습니다. 루디 쉐르츠라는 청년인데, 국적은 스위스이고, 메든햄 웰스의 로열 스파 호텔에서 종업원으로 일하고 있었습니다. 서장님이 허락하신다면, 로열 스파 호텔에서부터 조사하고 싶습니다. 그다음에 치핑 클래그혼으로 가는 것이 좋을 것 같습니다. 플레처 경사가 지금 그곳으로 갔습니다."

리디스데일 서장은 허락한다는 듯이 고개를 끄덕였다.

문이 열리자 경찰서장이 고개를 들었다.

"들어오시오, 헨리." 서장이 말했다.

"좀 이상한 사건이 들어왔다네."

눈썹이 약간 올라간 헨리 클리더링 경은 런던경시청의 경찰국장으로, 키가 크고 기품 있는 모습에 나이가 지긋한 사람이었다.

"아마 향락에 지친 자네의 구미를 당겨 줄 걸세."

리디스데일이 말했다.

"나는 향락에 지친 적이 없어."

헨리 클리더링 경은 화가 난 투로 대꾸했다.

"이상하게도 범행을 미리 예고했다는군. 헨리 경에게 그 광고를 보여 주게, 크래독."

리디스데일이 말했다.

"'노드 벤햄 뉴스 앤드 치핑 클래그혼 가제트'라. 대단히 긴 이름이군."

헨리 경이 말했다.

그는 크래독이 손가락으로 가리킨 광고문을 읽어 내려갔다.

"흠, 그렇군. 평범하지는 않은데."

"누가 이 광고를 부탁했는가?"

리디스데일 서장이 물었다.

"기록에 의하면, 그것은 루디 쉐르츠가 직접 부탁했다고 하는군요. 지난 수요일에요."

"아무도 그것에 대해 수상한 점을 못 느꼈다던가? 광고 신청을 받은 사람은 뭐라고 하는가?"

"선(腺)증식 비대 증세가 있는 금발 여자가 광고문을 받았다는데, 그녀는 그런 걸 기억해낼 만한 인물이 아니더군요. 그녀는 단지 단어 수만 세고 돈을 받았다고 합니다."

"무슨 생각으로 그런 광고를 냈을까?" 헨리 경이 물었다.

리디스데일 서장이 설명했다.

"마을 사람들에게 호기심을 불러일으켜 그들을 일정한 장소로 모이게 해놓고는 위협해서 돈과 보석을 털어 가려고 했겠지. 제법 독창성이 있는 방법 아닌가?"

"치핑 클래그혼은 어떤 곳인가?"

헨리 경이 물었다.

"넓고 쭉 뻗은 그림 같은 마을이지. 정육점, 빵집, 식품점과 제법 훌륭한 골동품 가게도 있고, 찻집이 두 곳 있네. 분명히 아름다운 곳이야. 여행객들을 위해 음식도 배달해주고, 주택시설도 고급인 편이지. 예전에는 농부들이 살던 농가에 지금은 나이 지긋한 독신 여성들이나 정년퇴직한 노부부들이 주로 살고 있네. 빅토리아풍의 집도 꽤 있지."

"그건 나도 알고 있네."

헨리 경이 말했다.

"기품 있는 늙은 독신녀와 퇴역한 장교들 말이지. 만일, 그들이 광고를 보았다면 틀림없이 6시 30분에 그 집 근처를 기웃거렸을 거야. 오, 그곳에 내가 아는 여자가 있을지도 모르겠군. 그녀가 이 사건에서도 실력을 발휘해주면 좋을 텐데."

"자네가 아는 여자가 누군가, 헨리? 숙모 말인가?"

"아니." 헨리 경이 한숨을 쉬었다.

"친척이 아니야."

그는 엄숙하게 말했다.

"그녀는 하느님이 창조한 가장 훌륭한 탐정일세. 좋은 흙에서 빚어진 선천적인 재능을 가졌지."

그는 크래독에게로 돌아섰다.

"자네는 자네 마을에 사는 노처녀들을 경멸하지 않나?"

헨리 경이 말했다.

"상황으로 봐서, 이번 사건은 꽤 복잡한 것 같군. 한 번 놀라게 하고는 시시하게 끝날 사건 같지가 않단 말일세. 그래서 하는 말이네만, 뜨개질과 정원 가꾸는 것을 좋아하는 노처녀가 있는데, 그녀는 정말 훌륭한 탐정이라네. 그녀는 어떤 일이 벌어졌을 것이라는 것, 어떤 일을 해야 한다는 것뿐만 아니라 나중에 가서는 실제로 어떤 일이 일어났었는가를 밝혀 줄 것일세! 그리고 또 한 왜 그러한 일이 벌어졌는가 하는 것도 뚜렷이 알려 줄 것일세."

"참 어렵군요!"

크래독 경위는 형식적인 태도로 말했다. 사실 그가 헨리 경의 대자(代子)로서 부담없이 지내는 사이라는 것은 아무도 몰랐다.

리디스데일 서장은 친구에게 사건 경위를 간단하게 설명해주었다.

"그들은 모두 6시 30분에 모여들었을 거야. 하지만 그 스위스 청년이 정말 그렇게 될 거라고 생각했을까? 또 한 가지 의심스러운 것은 그들이 값진 물건을 지니고 모였을까 하는 것이네."

"구식 브로치 두 개, 작은 진주 목걸이 하나(돈 몇 푼, 기껏해야 지폐 한두 장 정도일 테고) 이 정도가 아니었겠나? 블랙로크 양은 집 안에 많은 돈을 두고 있었나?"

헨리 경이 생각에 잠겨서 말했다.

"그녀의 말로는 그렇지 않다고 합니다. 5파운드 정도 있었던 것 같습니다."

"닭 모이 정도나 살 돈이로군."

리디스데일 서장이 말했다.

"자네 말은 그 청년이 연극을 꾸미려고 했다는 것이로군."

헨리 경이 말했다.

"진짜 강도가 아니라 단지 강탈하는 것처럼 꾸며서 재미를 보려고 했다는 거겠지, 영화에서처럼. 그럴 수도 있겠군. 그렇다면 왜 자신을 쏘았을까?"

리디스데일 서장은 그에게 종이 한 장을 건네주었다.

"검시 보고서일세. 총알은 아주 가까운 거리에서 발사되었어. 총구를 태우면서……. 흠, 사고인지 자살인지 확인할 수 있는 단서는 없어. 교묘하고 지능적으로 꾸며진 것일 수도 있고, 아니면 그가 어떤 물건에 걸려 넘어지면서 총이 발사되었을 수도 있지. 아마 나중 쪽이 더 신빙성이 있을 것 같네."

그는 크래독을 쳐다보았다.

"목격자들을 신중히 심문해보고, 그들이 정확히 무엇을 보았는지 알아내도록 하게."

크래독 경위는 우울하게 말했다.

"그들은 모두 다른 것들을 보았을 겁니다."

"그것이 항상 흥미로운 거라네. 팽팽한 실처럼 긴장된 순간에 사람들이 목격한 것. 더 흥미로운 것은 그들이 보지 못한 것들이지."

헨리 경이 말했다.

"권총에 대한 보고서는 어디에 있는가?"

"외제라네. 유럽에서 흔히 볼 수 있는 거야. 쉐르츠는 총기 소유 허가증도 없고, 영국에 가지고 왔다는 신고도 하지 않았어."

"골치 아픈 녀석이군." 헨리 경이 말했다.

"어느 면으로 보나 불만스런 인물이야. 크래독, 로열 스파 호텔에 가서 그에 대해 알아보게."

2

로열 스파 호텔에 도착한 크래독 경위는 곧바로 지배인실로 찾아갔다.

롤랜드슨 지배인은 키가 크고 혈색이 좋으며 다정다감한 사람이었다. 그는 지나칠 정도로 친절하게 크래독 경위를 맞았다.

"우리가 할 수 있는 최대한 도와드리겠습니다, 경위님. 정말 놀라운 일입니다. 도저히 그 사실을 믿을 수가 없군요. 절대로요. 쉐르츠는 지극히 정상적인 사람이었거든요. 명랑한 청년이었습니다. 그가 강도라니, 나로서는 상상도 할 수 없는 일입니다."

"여기에서 얼마나 일했습니까, 롤랜드슨 씨?"

"오시기 전에 알아보았더니 석 달이 조금 넘었더군요. 아주 훌륭한 추천장을 갖고 있었고, 필요한 면허증도 모두 갖추고 있었습니다."

"일은 잘하는 편이었습니까?"

크래독은 롤랜드슨 지배인이 대답하기 전에 약간 망설이는 것을 알아차렸다.

"아주 잘했습니다."

크래독은 그전에 사용해서 효과를 보았던 방법을 사용했다.

"아뇨, 그렇지 않습니다, 롤랜드슨 씨."

그는 가볍게 고개를 저으며 말했다.

"사실은 그렇지가 않았죠, 그렇잖습니까?"

"글쎄요……."

지배인은 약간 놀라는 것 같았다.

"말해보세요. 뭔가 문제가 있습니다. 무슨 문제가 있었죠?"

"말씀드린 대로입니다. 나는 모릅니다."

"하지만 당신은 뭔가 문제가 있다고 생각하고 계셨잖습니까?"

"글쎄, 그래요. 사실 그렇게 생각했었습니다……. 하지만 정말 확실한지는 모릅니다. 나는 내 추측이 기사화되어 난처한 입장을 당하고 싶진 않습니다."

크래독은 미소 지었다.

"무슨 말씀인지 알겠습니다. 하지만 그런 걱정은 할 필요 없습니다. 어떻게 해서든지 쉐르츠가 어떤 인물인지 알아내야 합니다. 당신이 의심스럽게 생각한 것을 말해 주시겠습니까?"

롤랜드슨은 마지못한 듯이 대답했다.

"그러니까 한두 번 계산서 때문에 문제가 있었습니다. 없어야 될 품목이 적혀 있었거든요."

"그러니까 호텔 기록계에는 있지도 않은 품목을 계산서에 써넣고, 계산서에 의해 지불된 차액을 그 친구가 슬쩍 했다는 말씀입니까?"

"뭐 대충 그렇습니다. 그런 행동이 익숙해져 가자, 그는 조심성이 줄어든 모양입니다. 언젠가는 아주 묵직한 품목을 적어 넣었더군요. 솔직히 말씀드리자면, 나는 그의 계산서를 점검하기 위한 호텔의 계산서를 따로 갖고 있었습니다. 하지만 실수가 많고 깨끗하지는 못했으나 실질상의 액수는 항상 정확히 들어맞았습니다. 그래서 내가 실수한 모양이라고 생각하게 되었지요."

"하지만 당신이 틀릴 리가 없다고 생각하지 않습니까? 여기저기서 약간의 액수를 마음대로 빼어 쓰고는 다시 보충하면서 지탱해 나갔다고 생각했겠죠?"

"사실 그렇습니다. 만일 쉐르츠가 돈을 갖고 있었다면 말입니다. 하지만 당신이 말한 것처럼 적은 액수를 빼어 쓰는 사람은 대개 그런 적은 돈 때문에 곤란해지고, 또 그만한 돈을 아무렇게나 써 버리지요."

"만일 그가 빼낸 돈을 채워 넣으려면 어디서든지 돈을 구해야 하겠지요. 강도나 뭐 다른 방법으로라도 말입니다."

"그렇습니다. 아마 이번이 그로서는 첫 번째 범행이었을 겁니다."

"그럴 겁니다. 아마추어 냄새가 나거든요. 그가 돈을 얻을 만한 사람은 없습니까? 사귀던 여자는요?"

"그릴에서 급사로 일하는 마이르나 해리스라는 처녀가 있습니다."

"그녀와 이야기해보는 게 좋을 것 같군요."

3

마이르나 해리스는 빨강 머리에 건방져 보이는 코를 가진 예쁘장한 처녀였다. 그녀는 놀란 기색을 나타냈으나 조심스러운 태도로 대했으며, 경찰에게 심문받는다는 것을 불쾌하게 여겼다.

그녀가 말했다.

"저는 그런 것에 대해서는 몰라요. 전혀 몰라요. 만일 루디가 그런 사람이라는 것을 알았다면 그와 데이트도 하지 않았을 거예요. 그가 여기에서 일하는 것을 보고, 당연히 괜찮은 사람인 줄 알았지요. 이 호텔은 사람을 고용할 때는 다른 곳보다 훨씬 까다롭게 뽑거든요. 특히 외국인에 대해서는. 그 사람들의 마음속은 통 알 수 없잖아요. 루디는 흔히 신문에 나오는 그런 범죄 조직에 관련되어 있었나 보지요?"

"우리는 그가 혼자서 저질렀다고 보고 있습니다."

크래독이 말했다.

"말도 안 돼요. 그는 아주 조용하고 예의 바른 사람이었어요. 절대로 그렇지 않을 거예요. 지금 생각났는데, 몇 가지 없어진 물건이 있긴 했어요. 다이아몬드 브로치 한 개, 그리고 금으로 된 작은 장신구가 없어졌어요. 하지만 그것이 루디의 짓일 거라고는 꿈에도 생각지 못했어요."

"그랬겠지요. 누구라도 속을 수 있는 법이니까요. 아가씨는 그 청년과 잘 알고 지냈죠?"

크래독이 말했다.

"잘 알고 지냈다고 해야 하는지 모르겠군요."

"하지만 친하게 지내지 않았습니까?"

"오, 그래요. 친했죠. 그뿐이에요. 친했을 뿐이에요. 절대로 깊은 관계는 아니었다고요. 저는 외국인들을 무척 조심하거든요. 그들이 물건을 훔쳐서 달아나도 어떻게 손을 쓸 수가 없잖아요. 안 그런가요? 전쟁 중의 폴란드인들! 그리고 미국인들까지! 기혼자인 것을 빤히 숨기고 있다가 그것이 드러났을 때는 이미 늦어 버린 뒤죠. 루디는 자신에 대해 과장해서 말하곤 했지만 저는 항상 그것을 에누리해서 들었어요."

크래독은 그 부분에 관심을 나타냈다.

"과장했다고? 그것참 재미있군요. 해리스 양, 당신은 우리에게 큰 도움을 줄 거라고 봅니다. 어떤 식으로 그가 과장했습니까?"

"글쎄요, 스위스에 있는 자기 가족이 굉장히 부자이며 또, 무척 중요한 인물들이라는 둥 하는 거죠. 하지만 그런 것은 그의 쪼들리는 생활과는 맞지가 않았어요. 그는 돈에 대한 법규 때문에 스위스에서 많은 돈을 가지고 올 수 없다고 했어요. 하긴, 뭐 그럴 수도 있었을 거예요. 하지만 그의 물건들은 모두 싸구려였어요. 고급스러운 것이 하나도 없었다고요. 또, 그가 제게 해준 이야기들도 너무나 터무니없는 거였어요. 알프스 산맥에 오른 이야기나 빙하의 가장자리 위에서 사람들을 구해 준 이야기 말이에요. 왜냐하면 그는 한곳에 붙어 있는 성미가 아니기에 단지 볼터 골짜기 가장자리 근처에나 가보았을 거예요. 알프스 산맥도 마찬가지고요."

"그와 데이트를 여러 번 했습니까?"

"예, 글쎄, 그래요, 그랬었죠. 루디는 정말 점잖게 대해 주었고, 또 여자를 어떻게 대해야 하는지도 잘 알고 있었어요. 극장에서는 가장 좋은 자리에 항상 앉혀 주었고요. 그리고 때때로 제게 꽃다발을 사다 주기도 했지요. 또, 그는 춤을 아주 잘 추었어요. 사랑스럽게 말이에요."

"혹시 루디가 당신에게 블랙로크 양에 대해 말한 적이 있습니까?"

"그분은 가끔 여기에 오셔서 점심을 드셨어요. 언젠가 한 번은 이곳에서 묵은 적도 있었고요. 하지만 루디가 블랙로크 양 얘기를 한 것 같지는 않아요. 그가 그분을 알고 있었는지도 몰랐어요."

"그가 치핑 클래그혼에 대해서 말하지 않던가요?"

그는 마이르나 해리스의 눈에 희미하게 경계하는 빛이 떠올랐다고 생각했으나 확신할 수는 없었다.

"들은 기억이 없어요……. 한번은 버스에 대해 물었던 것 같아요. 버스가 몇 시에 출발하느냐고요. 하지만 그게 치핑 클래그혼으로 가는 버스였는지, 아니면 다른 곳이었는지 잘 기억이 나지 않아요. 오래된 일이라서요."

크래독은 그녀에게서 더 이상 얻어낼 것이 없었다.

그녀 말에 의하면, 루디 쉐르츠는 지극히 평범한 인물이었다. 그녀는 사건 당일 저녁 이전에는 그를 보지 못했다. 그녀는 아무것도 몰랐다. 정말이지 아무것도. 단지 루디 쉐르츠가 사기꾼일 거라는 점만 강조했을 뿐이다.

아마 그것은 사실일 거라고 크래독은 생각했다.

블랙로크 양과 버너 양

리틀 패딕스는 크래독 경위가 상상한 그대로였다. 그는 오리와 닭, 아직도 아름다움을 잃지 않고 우거진 풀잎, 그리고 자줏빛 얼룩이 있는 시든 미가엘제의 데이지를 바라보았다.

잔디와 보도는 자주 손질을 해주지 않은 것 같았다. 이러한 것들을 봐서, 정원사에게는 많은 돈을 들이지 않지만 집주인이 꽃을 좋아하며, 정원의 가장자리 장식을 꾸미는 데는 눈이 높다고 생각했다.

집은 다시 칠을 해야 할 것 같았다. 하지만 요즘은 대부분이 다 이런 형편이니까. 대체로 호감이 가는 곳이다.

크래독이 정문 앞에 차를 세우자, 플레처 경사가 집 옆에서 돌아 나왔다. 그는 군인처럼 곧은 자세를 가지고 있었으며, '서Sir'라는 말 한 마디에도 여러 가지 다른 의미를 나타내곤 했다.

"여기 있었군, 플레처."

"예."

플레처 경사가 대답했다.

"보고할 것이 있나?"

"집을 한 바퀴 다 둘러보았습니다만, 경위님. 쉐르츠는 지문을 남기지 않은 것 같습니다. 그는 장갑을 끼고 있었으니까요. 문이나 창문에도 억지로 들어가려고 한 흔적은 없습니다. 그는 메든햄에서 버스를 타고 6시에 이곳에 도착한 것으로 보입니다. 이 집의 옆문은 5시 30분에 잠겼다고 하니, 그는 현관문으로 들어온 것 같습니다. 블랙로크 양은 현관문은 밤에 집안 문을 잠글 때 닫는다고 하는데, 가정부 말로는 오후 내내 잠가 놓는다고 합니다. 하지만 그녀 말은 믿을 수가 없습니다. 경위님도 아시게 되겠지만, 그녀는 도대체 믿을 수가 없습니다."

"애먹이는 여자인 모양이군, 응?"

"그런 것 같습니다." 플레처 경사는 긴장된 목소리로 대답했다.

크래독은 미소를 지었다.

플레처는 보고를 계속했다.

"전기는 모두 정상입니다. 그가 어떻게 불을 작동시켰는지는 아직 모르지만, 회로가 한 개 나가 있었습니다. 거실과 홀이죠. 요즘에는 벽의 전등받이와 전등이 한 퓨즈에 연결되어 있지 않지만, 이 집은 모든 것이 구식으로 설비되어 있고, 전선 연결도 그렇더군요. 하지만 그가 두꺼비집을 건드린 것 같지는 않습니다. 왜냐하면 그것은 설거지대 옆에 있기 때문에 그가 그것을 만지려면 주방을 거쳐야 했을 것이고, 그러면 가정부가 그를 보았을 테니까요."

"그가 들어갔을 때, 가정부가 주방에 있지 않았다면?"

"그럴 가능성도 있긴 합니다. 두 사람 다 외국인입니다. 그리고 가정부는 믿을 수가 없습니다. 도무지 믿을 수가 없는 여자지요."

크래독은 현관문 옆의 창문에서 놀라서 커다랗게 뜬 검은 눈이 이쪽을 보고 있다는 것을 느꼈다. 얼굴은 창틀에 가려서 거의 볼 수가 없었다.

"저기 있는 게 그녀인가?"

"그렇습니다, 경위님."

그 얼굴은 이내 사라졌다.

크래독은 현관문으로 가서 벨을 눌렀다. 한참 기다리자 금발에 짜증스러운 인상의 잘생긴 젊은 여자가 문을 열어 주었다.

"크래독 경위입니다."

크래독이 말했다.

젊은 여자는 매력적인 푸른 눈으로 차갑게 바라보면서 말했다.

"들어오세요. 블랙로크 양이 기다리고 계세요."

홀은 길고 좁으며, 놀랄 만큼 많은 문이 있었다.

그 젊은 여자는 왼쪽 문 하나를 열고 말했다.

"크래독 경위님이세요, 레티 아주머니. 미치가 문을 열려고 하지 않아요. 여전히 주방에 틀어박혀서는 끔찍한 신음 소리만 내고 있어요. 점심을 먹긴 틀린 것 같아요."

그녀는 크래독을 향하여 말했다.

"그녀는 경찰을 싫어해요."

그러고는 나가버렸다. 크래독은 리틀 패덕스의 주인을 만나기 위해 앞으로 걸어갔다. 그녀는 키가 크고 활동적으로 보이는 예순 살 정도의 여자였다.

자연스러운 웨이브가 있는 희끗희끗한 머리는 지적이며 고집스러워 보이는 얼굴과는 대조적이었다. 그리고 회색의 날카로운 눈매와 각진 턱을 갖고 있었다. 그녀의 왼쪽 귀에는 붕대가 감겨져 있었다.

화장기 없는 얼굴에, 트위드 천으로 된 윗도리와 단정한 치마를 입고 있었으며, 그 위에 스웨터를 걸치고 있었다. 스웨터의 목에는 다소 어울리지 않는 구식 모조 진주 목걸이가 둘러져 있어서 언뜻 보기에는 그렇지만, 빅토리아풍의 감상적인 분위기를 주고 있었다. 그녀의 바로 옆에는 동그란 얼굴에, 헤어네트 밖으로 머리카락이 흘러내려서 단정치 못하게 보이는 비슷한 나이의 노파가 앉아 있었다.

크래독은 그녀가 레그 순경의 기록에서 본 도라 버너라는 것을 금방 알 수 있었다. 그의 비공식 기록에 '주의가 산만함!'이라고 적혀 있었다.

블랙로크 양은 명랑하면서도 품위 있는 목소리로 말했다.

"안녕하세요, 크래독 경위님? 이쪽은 내 친구인 버너 양이에요. 나와 함께 집안일을 도와주고 있지요. 앉으시죠. 담배를 피우시겠어요?"

"근무 중에는 안 피웁니다. 죄송합니다, 블랙로크 양."

"괜찮아요!"

크래독은 노련한 눈빛으로 방 안을 재빨리 둘러보았다.

전형적인 빅토리아 양식의 거실 두 개를 연결시킨 방, 그 한쪽에는 긴 창이 두 개 있었으며, 다른 쪽에는 내닫이창, 의자들, 소파, 국화 모양의 커다란 청동 그릇이 놓인 중앙 탁자(창 쪽에는 또 다른 그릇)가 있었다. 독특하지는 않았지만 차분하고 아늑해 보였다.

단 한 가지 어울리지 않는 것은, 다른 방으로 통한 입구 옆 탁자 위에 놓인 작은 은빛 꽃병과 거기에 꽂혀 있는 시들시들한 제비꽃이었다. 그는 블랙로크 양이 방 안에 시든 꽃을 놓아 둘 사람이라고는 생각할 수 없었다. 그것은 뭔가 평온한 가정의 파괴를 암시하는 것이라고 느껴졌다.

크래독 경위가 말했다,

"블랙로크 양, 이 방이 바로 그 사고가 일어난 방입니까?"

"그래요."

"당신이 지난밤에 벌어진 그 사건을 보셨어야 하는 건데."

버너 양이 소리쳤다.

"끔찍한 혼란이었어요. 조그만 탁자의 다리 두 개가 부러지면서 쓰러졌어요. 어둠 속에서 사람들은 야단법석을 떨었지요. 게다가 누군가 담배꽁초를 잘못 버려서 무척 아끼는 가구가 타버렸지 뭐예요. 사람들은(특히 젊은이들은) 그런……, 일에 너무 소홀한 것 같아요. 다행히 중국제 그릇은 하나도 안 깨졌지만."

블랙로크 양은 부드럽지만 엄격한 말투로 그녀의 말을 끊었다.

"도라, 그런 일은 단지 하찮은 소동일 뿐이야. 우리로서는 크래독 경위의 질문에 솔직하게 대답하는 것이 최선의 방법이야. 계속하시지요."

"감사합니다, 블랙로크 양. 저는 지난밤의 일을 정확하게 알고 싶습니다. 먼저 그 죽은 젊은이를 처음으로 본 것은 언제였습니까? 루디 쉐르츠 말입니다."

"루디 쉐르츠?"

블랙로크 양은 약간 놀라는 것 같았다.

"그 청년의 이름이 그건가요? 웬일인지, 내 생각으로는……, 아, 됐어요. 그건 문제가 아니지요. 내가 그를 처음 만난 것은 메든햄 스파에 쇼핑하러 갔었을 때였어요. 그러니까 약 3주 전이겠군요. 우리가(버너 양과 나 말이에요) 로열 스파 호텔에서 점심을 먹고 나가려는데, 누가 내 이름을 부르는 거였어요. 바로 그 청년이었지요. 그는, '블랙로크 양이시죠?' 하고 묻더군요. 그러고는 내가 자기를 기억할지 모르겠지만, 자기는 전쟁 중에 내 여동생과 내가 1년 동안 묵었던 몽트루에 있는 알프스 호텔 주인의 아들이라고 하더군요."

"몽트루에 있는 알프스 호텔이라……." 크래독은 메모를 했다.

"그를 알아보셨습니까, 블랙로크 양?"

"아뇨, 못 알아봤어요. 사실 나는 그를 본 기억이 전혀 없어요. 호텔 접수계에 앉아 있는 청년들은 모두 똑같아 보이잖아요. 몽트루에 있는 동안 우리는 매우 즐겁게 지냈어요. 그 호텔 주인은 무척 친절한 사람이었지요. 그래서 나는 가능한 한 잘 대해 주며 영국에 있는 동안 즐겁게 보내길 바란다고 했지요. 그러자 그는 그러겠다고 하면서, 자기 아버지가 호텔 일을 배우게 하려고 여섯 달 동안 그곳으로 보냈다고 하더군요. 아주 자연스러웠어요."

"그리고 다음에 언제 또 만나셨습니까?"

"음, 열흘 전이었어요. 그가 불쑥 이곳으로 찾아왔더군요. 나는 무척 놀랐어요. 그는 나를 곤란하게 할 생각은 없지만, 자기가 이 영국에서 아는 사람이라고는 나밖에 없다고 하더군요. 그러면서 자기 어머니가 위급해서 스위스로 돌아가야 하는데 돈이 없다고 하는 거였어요."

"하지만 레티는 그에게 돈을 주지 않았어요."

버너 양이 숨도 쉬지 않고 말했다.

"그의 이야기는 왠지 믿을 수 없었거든요."

블랙로크 양은 힘차게 말했다.

"나는 그가 좋지 않은 청년이라고 판단했지요. 스위스로 가기 위해 돈이 필요하다는 이야기는 말도 안 되는 소리예요. 스위스에서 이곳으로 얼마든지 송금할 수 있었으니까요. 호텔 사람들끼리는 서로 친한 사이거든요. 그래서 나는 그가 돈을 횡령하거나 뭐 그런 종류의 일을 저지른 모양이라고 생각했지요."

그녀는 잠깐 멈추었다가 다시 무뚝뚝하게 말했다.

"내가 너무 차가운 여자라고 생각할지도 모르지만, 나는 오랫동안 대사업가의 비서였기 때문에 돈 문제에 대해서는 아주 냉정해요. 그런 비참한 이야기를 늘어놓는 것만으로도 쉽게 알 수 있거든요. 내가 놀란 것은······."

그녀는 신중하게 덧붙였다.

"그가 너무 쉽게 포기했다는 거예요. 그는 더 이상 한 마디도 하지 않고 즉시 가버리더군요. 마치 진작부터 돈을 얻으리라고는 기대도 하지 않았다는 듯이 말이에요."

"블랙로크 양은 그가 이 집을 염탐하기 위해 속임수를 쓴 것이라고 생각지는 않습니까?"

블랙로크 양은 눈을 빛내며 고개를 끄덕였다.

"내 생각이 바로 그거예요. 그는 집을 나가면서 주의 깊게 살펴보더군요. 방들을 말이에요. 그러고는 '식당이 무척 훌륭하군요.' 하고 말했어요. 사실은 그리 훌륭하지 못하죠. 음침하고 어둡고 작은 곳이니까요. 결국 그것은 내부를 들여다보기 위한 구실이었던 거예요. 그러고는 현관문을 열고 '이제 가겠습니다.' 하더군요. 지금 와서 생각해보니까, 자물쇠를 살펴보려고 했었던 것 같아요. 이곳 사람들은 모두 어두워지기 전에는 현관문을 잠그지 않기 때문에 누구든지 들어올 수 있죠. 우리 집도 마찬가지였고요."

"옆문은요? 정원으로 통하는 옆문이 있던데."

"손님들이 오기 훨씬 전에 오리를 우리에 넣기 위해 그 문으로 나갔었죠."

"나가실 때 그 문이 잠겨 있었습니까?"

블랙로크 양은 얼굴을 찌푸렸다.

"기억이 잘 안 나는데요……. 그랬던 것 같아요. 내가 들어오면서 그 문을 잠근 것만은 틀림없어요."

"그때가 6시 15분경이었습니까?"

"그 정도 되었을 거예요."

"그리고 현관문은요?"

"그 문은 대개 늦게까지 열어 놓아요."

"그러니까 쉐르츠는 현관문을 통해 들어왔거나 당신이 오리를 우리에 넣으러 나가 있는 동안 몰래 숨어들어왔겠군요. 그는 미리 이 집 구조를 살펴보고 갔으니까 아마 숨을 곳을 여러 군데 봐 두었을 겁니다. 벽장이라든가 뭐 그런 곳 말입니다. 맞아요, 이제 모든 것이 분명해지는군요."

"분명해진 것은 하나도 없어요." 블랙로크 양이 말했다.

"도대체 그 사람은 왜 그런 소동을 일으키면서 어리석은 강도 짓을 꾸며냈을까요?"

"집 안에 현금을 많이 갖고 있습니까, 블랙로크 양?"

"저기 있는 책상 서랍에 5파운드가량 있고, 지갑에 아마 1, 2파운드 있을 거예요."

"보석은요?"

"반지 두 개, 브로치 두 개, 그리고 지금 내가 걸고 있는 모조 진주 목걸이가 전부예요. 겨우 이 정도예요, 크래독 경위. 모두가 어리석은 짓이에요."

"아니, 강도 같지는 않아요." 버너 양이 말했다.

"내가 그렇게 말했었잖아. 레티, 그건 복수야! 네가 그에게 돈을 주지 않았기 때문이라고! 그는 너를 노렸어, 두 번이나."

"아, 지난밤으로 다시 되돌아갑시다. 정확하게 무슨 일이 일어났습니까, 블랙로크 양? 기억나는 대로 모두 말씀해주십시오."

크래독이 말했다.

블랙로크 양은 잠시 생각을 정리했다.

"시계가 울렸어요. 벽난로 위에 있는 시계가요. 나는 만일 무슨 일이 일어난다면, 지금 곧 일어날 거라고 말했었지요. 15분을 알리는 종이 두 번 울리자 갑자기 불이 꺼졌어요."

"어떤 전등이 꺼졌습니까?"

"이곳과 다른 방에 있는 벽의 전등이에요. 다리가 달린 전등과 작은 독서용 전등도 켜지지 않았어요."

"불이 꺼질 때 혹시 번쩍거리거나 이상한 소리가 나지 않았습니까?"

"나지 않았어요."

"나는 번쩍거리는 것을 보았어요. 찢어지는 듯한 소리도 들었고요. 위험했어요!"

버너 양이 말했다.

"그러고는요, 블랙로크 양?"

"문이 열렸어요."

"어느 문 말입니까? 방에는 문이 두 개 있잖습니까?"

"아, 여기 있는 이 문이에요. 저쪽 문은 열리지 않아요. 그것은 장식용이거든요. 문이 열리고 그 사람의 모습이……, 복면을 쓰고 권총을 들고 있는 그 사람이 나타났어요. 그 장면이 너무도 기이해서 처음에는 장난이라고 생각했을 정도예요. 그가 뭐라고 말을 했는데 기억이 안 나요."

"손들어. 안 그러면 쏜다!"

버너 양은 연극하듯이 소리쳤다.

"뭐 그런 말이었을 거예요."

블랙로크 양은 다소 의심스러운 듯이 말했다.

"그래서 모두들 손을 들었습니까?"

"예, 그랬어요. 우리는 모두 손을 들었어요. 나는 그것이 게임의 일부라고 생각했으니까요."

버너 양이 말했다.

"나는 손을 들지 않았어요. 너무 어리석어 보였거든요. 그리고 그 모든 것이 귀찮았어요."

블랙로크 양이 또렷또렷하게 말했다.

"그러고는요?"

"손전등 불빛이 내 눈을 비추었답니다. 나는 눈이 부셨어요. 그 순간, 총알이 나를 스치고 지나가 머리 뒤의 벽에 박히는 소리를 들었지요. 누군가 비명을 질렀고 나는 귀가 타는 듯이 쓰라린 것을 느꼈어요. 그리고 이어서 두 번째 소리가 들렸습니다."

"정말 끔찍했어요."

버너 양이 끼어들었다.

"그다음엔 무슨 일이 벌어졌습니까, 블랙로크 양?"

"말씀드리기가 어렵군요. 나는 아프기도 하고 또 놀라기도 해서 정신이 하나도 없었어요. 그러고는 그 사람이 어떤 것에 발이 걸려서 넘어진 것 같았어요. 그때도 한 차례 총소리가 울렸고, 그의 손전등이 꺼졌지요. 그러자 사람들이 서로 밀치고 불러대고 외치고 난리법석을 떨었어요."

"그때 어디에 서 있었습니까, 블랙로크 양?"

"그녀는 탁자 뒤에서 제비꽃 꽃병을 들고 있었어요."

버너 양이 숨 가쁘게 말했다.

"나는 이곳에 있었어요."

블랙로크 양은 입구 옆의 작은 탁자로 갔다.

"그때 나는 꽃병이 아니라, 은제 담배 상자를 들고 있었어요."

크래독 경위는 블랙로크 양이 서 있는 뒤쪽의 벽을 조사했다. 두 개의 총알 자국이 또렷하게 보였다. 총알은 빼내어져 권총과 대조되기 위해 보내졌다.

"아슬아슬하게 목숨을 건졌군요, 블랙로크 양."

"그녀를 향해 쏘았어요. 의식적으로 그녀를 향해 쏜 거예요. 내가 분명히 봤어요. 그는 손전등으로 모든 사람들을 차례로 비춰 본 다음, 그녀를 발견하고는 곧바로 총을 쏜 거예요. 그는 너를 죽일 계획이었어, 레티."

"도라, 너는 너무 그것에만 집착하기 때문에 다른 사실은 차근차근 생각하지 못하고 있어."

"그는 너를 향해 쐈어."

도라는 고집스럽게 되풀이해서 말했다.

"그는 너를 쏘려고 하다가, 실패하자 자살한 거라고!"

"나는 그가 자기를 쏠 생각이었다고는 생각하지 않아. 그는 자살할 만한 인물이 아니야."

"당신은 권총에 맞기 전까지 그 모든 것이 장난인 줄 알았다고 했죠, 블랙로크 양?"

"물론이에요. 당연히 게임일 거라고 생각했지요."

"누가 그 장난을 꾸몄을 거라고 생각했습니까?"

"너는 처음에 패트릭이 한 짓이라고 생각했었잖아."

도라 버너가 그녀에게 상기시켜 주었다.

"패트릭?"

경위가 날카롭게 물었다.

"패트릭 시몬즈라고 하는 내 친척이에요."

블랙로크 양은 친구의 말에 귀찮아하며 날카롭게 말했다.

"주간지에서 그 광고를 보고 그 애가 웃음거리를 만들려고 꾸민 거라고 생각했었는데, 그 애가 자기는 아니라고 완강하게 부인하더군요."

"하지만 너는 걱정했었잖니, 레티? 너는 안 그런 척하려고 했지만, 걱정하고 있었어. 그것은 살인을 예고한 것이었어. 바로 너의 죽음을 예고한 것이었다고! 만일 그가 실수하지 않았다면 너는 살해되었을 거야. 그러면 우리는 어떻게 되었겠니?"

도라 버너는 떨고 있었다. 그녀의 얼굴은 금방이라도 울음을 터뜨릴 듯이 잔뜩 찌푸려져 있었다.

블랙로크 양은 그녀의 어깨를 토닥거리며 말했다.

"괜찮아, 도라, 흥분하지 마. 몸에 안 좋아. 이제 모든 게 다 좋아졌잖아. 단지 우리는 기분 나쁜 경험을 했을 뿐이야. 이제는 모두 끝난 일이야."

그녀는 덧붙여 말했다.

"진정해, 도라. 이 집을 꾸려 나가는 데는 네 도움이 필요해. 오늘 세탁물이 도착하는 날 아니니?"

"아, 내 정신 좀 봐. 레티, 말해줘서 고마워! 그 사람들이 잃어버린 베갯잇을 되돌려 줄지 모르겠군. 그것에 대해 어딘가에 적어 놓았을 거야. 가서 봐야지."

"그리고 이 제비꽃 좀 치워줘. 시들어 죽은 꽃보다 더 끔찍한 것은 없어."

"가여워라. 어제 분명히 싱싱한 것을 꽂아 두었는데 너무 일찍 시들어 버렸어. 내가 깜빡 잊고 물을 주지 않았구나. 정말 한심한 일이야! 나는 항상 그 일을 잊어버리거든. 얼른 가서 세탁물을 봐야지. 금방 갔다 올게."

그녀는 즐거운 얼굴로 재빨리 밖으로 나갔다.

"도라는 마음이 강하지 못하답니다. 그리고 흥분은 그녀에게 아주 좋지 않아요. 더 알고 싶은 게 있나요?"

"이 집에 몇 사람이 살고 있으며, 또 그들에 대해서 알고 싶습니다."

"대답해 드리죠. 나와 도라 버너, 그리고 두 명의 친척이 있어요. 패트릭과 줄리어라고."

"친척? 조카가 아닙니까?"

"아니에요. 그 애들은 나를 레티 아주머니라고 부르지만, 사실은 먼 친척이지요. 그 애들의 엄마가 나와 육촌 간이에요."

"그들은 쭉 여기서 당신과 함께 지내 왔습니까?"

"아, 아니에요. 함께 지낸 것은 두 달밖에 되지 않아요. 전쟁 전에 그들은 프랑스 남부에서 살았죠. 패트릭은 해군에 입대했고, 줄리어는 봉사대에 있었다고 들었어요. 그녀는 랜드두드노에 있었다더군요. 전쟁이 끝난 뒤에 그 애들의 엄마가 내게 편지를 보냈더군요. 그 애들이 내 집에 묵었으면 좋겠다고요. 줄리어는 밀체스터 종합병원에서 약사 교육을 받고 있었고, 패트릭은 밀체스터 대학에서 공학사 학위를 받기 위해 공부하고 있었어요. 아시다시피, 밀체스터는 여기에서 버스로 50분밖에는 안 걸리고, 나도 그 애들과 함께 있는 것이 좋겠다고 생각했지요. 사실, 이 집은 나 혼자 지내기에는 너무 큰 편이었으니까. 그 애들은 숙식비로 돈을 조금 내고 있는데, 아주 잘 지내고 있어요."

그리고 그녀는 미소를 지으며 덧붙였다.

"나는 젊은 사람과 함께 지낸다는 것이 무척 즐겁답니다."

"헤이메스 부인도 함께 지낸다고 들었습니다만……?"

"그래요. 그녀는 루커스 부인의 데이어스 홀에서 보조 정원사로 일하고 있어요. 그 집의 오두막에는 늙은 정원사 부부가 살기 때문에 루커스 부인이 내게 그녀를 여기에 묵게 해달라고 부탁했지요. 그녀는 무척 멋쟁이인데, 남편은 이탈리아에서 죽고 초등학교에 다니는 여덟 살 난 아들이 하나 있어요. 주말이면 그 아이와 부인이 여기에 와서 보내곤 하지요."

"그리고 집안일을 누가 돕습니까?"

"마을에 사는 허긴스 부인이 1주일에 닷새를 아침부터 와서 도와주고, 발음하기도 힘든 이름을 가진 망명 온 외국 여자가 간단한 요리를 해주고 있어요. 당신도 미치가 좀 어려운 여자라는 것을 알게 될 거예요. 그녀는 피해망상증을 가지고 있는 것 같아요."

크래독은 고개를 끄덕였다.

그는 레그 순경이 일러준 조사 내용을 마음속으로 다시 한 번 새겼다. 도라 버너에 대해서는 '주의가 산만함'이라는 말을 덧붙였고, 리티시어 블랙로크에게는 '정상', 미치에 대해서는 '거짓말쟁이'라고 설명했다.

그의 생각을 알아챈 듯이 블랙로크 양이 말했다.

"불쌍한 여자예요. 그녀가 거짓말쟁이라고 너무 편견을 갖지 마세요. 다른 거짓말쟁이들처럼 그녀의 거짓말 뒤에도 분명한 근거가 있을 거예요. 그녀는 자신이 끔찍하게 학대받았던 과거를 지나치게 의식해서 그런지 신문에 실린 끔찍한 사건들이 자신과 자신의 친척들에게 일어났었다고 꾸며대기도 해요. 그리고 자신이 그 일로 엄청난 충격을 받았으며 자기 친척이 살해당한 거라고 한답니다. 그녀는 다른 사람의 관심과 동정을 얻기 위해서 자기가 받아온 끔찍한 과거의 불행을 더욱 과장하고 꾸며대서 이야기하는 것 같아요."

그녀는 계속했다.

"사실 미치는 정신 이상자예요. 그녀는 종종 우리를 불쾌하고 화가 나게 만들죠. 의심도 많고 음산한데다가, 자신이 항상 모욕당하고 있다고 느끼고, 또 그렇게 생각하는 모양이에요. 그럴수록 나는 그녀가 불쌍하고 측은하게 보인답니다."

블랙로크 양은 미소를 지었다.

"하지만 마음만 먹으면 매우 훌륭한 요리를 만들기도 하지요."

"나는 그녀에게 도움을 주려는 겁니다. 내게 문을 열어 준 사람이 줄리어 시몬즈 양입니까?"

"그래요. 그 애를 만나고 싶으세요? 패트릭은 나가고 없고 필리파 헤이메스는 데이어스 홀에서 일하고 있는데."

"감사합니다, 블랙로크 양. 괜찮다면, 지금 시몬즈 양을 만나고 싶습니다."

제6장

줄리어와 미치, 그리고 패트릭

1

줄리어가 방에 들어와 의자에 앉고 리티시어 블랙로크가 나가는 동안 그녀는 줄곧 침착한 태도로 있었다. 크래독은 몇 가지 이유 때문에 짜증이 났다. 그녀는 그를 또렷이 바라보며 그의 질문을 기다렸다.

블랙로크 양은 슬그머니 그 방을 떠났다.

"지난밤의 일을 설명해주겠습니까, 시몬즈 양?"

"지난밤이오?"

그녀는 멍하니 바라보며 중얼거렸다.

"오, 우리는 모두 통나무처럼 꼼짝도 않고 잠잤어요. 그런 것을 반작용이라고 하던가요?"

"나는 지난 저녁 6시 이후를 말하는 겁니다."

"아, 무슨 말인지 알겠어요. 짜증스러운 손님들이 많이 왔었어요. 그리고……."

"짜증스럽다고요?"

줄리어는 또 그를 똑바로 바라보았다.

"경위님은 벌써 다 알고 오신 게 아닌가요?"

"지금은 내가 질문하고 있는 중입니다, 시몬즈 양."

크래독이 웃으며 말했다.

"제가 실수했군요. 저는 항상 너무 지나치게 묻는 게 병이죠. 분명히 경위님은……, 아니에요. 말씀드리죠. 이스터브룩 대령 부부, 힌클리프 양과 머거트로이드 양, 스웨튼햄 부인과 아들인 에드먼드 스웨튼햄, 그리고 하몬 부인이 오셨죠. 제가 말씀드린 순서로 도착했어요. 그들이 무슨 말을 했는지 알고 싶으시다면 말씀드리겠어요. 그들은 모두 똑같이, '중앙난방을 하셨군요.' 그러고는 '저 사랑스런 국화 좀 봐!' 하고 말하더군요."

크래독은 입술을 깨물었다.

"흉내를 잘 내는군요."

"그런데 하몬 부인만이 다른 말을 했지요. 그녀는 모자까지 떨어트려 가며 구두끈도 묶지 않은 채 들어와서는 살인 게임을 언제 시작할 거냐고 노골적으로 물었어요. 다른 사람들은 모두 우연히 지나다가 들른 척했기 때문에 그녀의 질문에 모두 당황했지요. 레티 아주머니는 무뚝뚝하게 곧 시작될 거라고 말씀하셨어요. 그때 시계가 6시 30분을 알렸고, 시계 종소리가 그치자마자 불이 나갔지요. 그러고는 문이 활짝 열리더니 복면을 쓴 사람이 나타나서 말했어요. '손들어!' 뭐 그런 말이었을 거예요. 그것은 마치 삼류 영화의 한 장면 같았어요. 정말 촌스럽다고 생각했으니까요. 그때 레티 아주머니를 향해 두 발의 총성이 울렸고, 갑자기 모든 상황이 완전히 바뀌었던 거예요."

"그때 사람들은 모두 어디에 있었습니까?"

"불이 나갔을 때를 말씀하시는 건가요? 글쎄요, 아시다시피 이 방 여기저기에 흩어져 있었죠. 하몬 부인은 소파에 앉아 있었고 힌크(힌클리프 양 말이에요.)는 벽난로 앞에서 남자 같은 태도로 있었어요."

"모두 이 방에 모여 있었습니까, 아니면 다른 방에도 있었습니까?"

"제 생각으로는 모두 이 방에 있었던 것 같아요. 패트릭이 셰리주를 가지러 잠깐 나간 적이 있어요. 이스터브룩 대령이 그를 따라 나갔었던 것 같기도 한데, 확실하지는 않아요. 말씀드린 대로, 우리는 여기저기 흩어져 있었으니까요."

"당신은 어디 있었습니까?"

"창문 옆에 있었어요. 레티 아주머니는 담배를 가지러 가셨어요."

"입구 쪽의 탁자 위에 있었죠?"

"그래요. 그러고는 불이 나갔고, 삼류 영화가 시작된 거죠."

"그가 손전등을 들고 있었다는데, 그것으로 어떻게 하던가요?"

"우리를 비추었지요. 불빛이 너무 밝아서 눈이 부셨어요."

"이 질문에는 신중히 대답해주십시오, 시몬즈 양. 그가 그것을 한곳에 집중

시켰습니까, 아니면 방 안을 두루 살피며 보았습니까?"

줄리어는 신중히 생각했다. 좀전의 지루하다는 듯한 태도는 이제 보이지 않았다.

"방 안을 두루 살폈어요." 그녀는 천천히 대답했다.

"댄스 홀에서 화려한 조명이 비추듯이 말이에요. 제 눈을 똑바로 비추고 나서는 방 안을 계속해서 두루 살폈어요. 그때 총소리가 울렸어요. 두 차례나 말이에요."

"그래서요?"

"그는 계속 손전등으로 방 안을 살폈고 미치가 어디에선가 사이렌 소리 같은 비명을 지르기 시작했어요. 그의 손전등이 깨지면서 또 한 차례의 총소리가 울렸지요. 그리고 문이 닫혔어요. 그 문이 삐걱거리는 소리를 내며 닫히는 바람에 우리는 더욱 당황했어요. 우리는 어둠 속에서 무슨 일이 일어나고 있는지 모른 채 떨고 있었고, 가엾은 버니 아주머니는 동물 울음소리 같은 비명을 질렀지요. 그때 미치가 홀을 가로질러 나가버렸어요."

"당신은 그가 자기 자신을 쏘았다고 봅니까, 아니면 넘어질 때 우연히 총알이 나온 것으로 봅니까?"

"뭐라고 단정 지을 수가 없군요. 모든 일이 사실 같지가 않아요. 사실 저는 그때 그것이 장난이라고 생각했어요. 그런데 레티 아주머니의 귀에서 흐르는 피를 보고는 그게 아니라는 것을 알았죠. 아무리 사실처럼 보이기 위해 진짜 총을 쏜다고 해도 사람의 머리 근처를 쏠 만큼 자신 있는 사람은 없지 않겠어요?"

"그렇겠죠. 그럼, 당신은 그가 자신이 쏘는 사람을 분명히 봤다고 생각합니까? 그가 블랙로크 양의 모습을 손전등으로 분명히 확인했다고 생각하느냐고 묻는 겁니다."

"잘 모르겠어요. 저는 아주머니 쪽을 보고 있지 않았거든요. 저는 그를 보고 있었어요."

"내가 알고 싶은 것은, 그가 일부러 블랙로크 양을 향해 쏘았느냐는 겁니다. 특히 아주머니를 노리고서 말입니다."

줄리어는 그의 말에 약간 놀라는 것 같았다.

"그러니까 그가 레티 아주머니를 목표로 했다는 말씀이세요? 오, 저는 그렇게 생각할 수 없어요……. 정말로 그가 레티 아주머니를 쏠 생각이었다면, 더 적당한 기회가 많았을 거예요. 게다가 친구들이나 이웃 사람들을 모아 놓았을 리도 없지 않겠어요? 그가 멋진 에이레풍의 울타리 뒤에서 아주머니를 쏘았다면 언제든지 성공할 수 있었을 텐데요."

크래독은 이 말이 리티시어 블랙로크를 고의로 쏜 것이라는 도라 버너의 주장과는 아주 정반대가 된다고 생각했다.

그는 한숨을 쉬며 말했다.

"고맙소, 시몬즈 양. 이제 미치를 만나봐야겠군요."

"그녀의 손톱을 주의하세요. 그녀는 좀 힘들 거예요!"

줄리어가 경고했다.

2

플레처와 함께 크래독은 주방에서 미치를 찾아냈다. 그녀는 밀가루를 반죽하고 있다가, 그들이 들어가자 수상쩍은 눈으로 쳐다보았다. 그녀의 검은 머리카락은 눈 위까지 흘러내려 있었다. 그녀는 침울해 보였고, 입고 있는 자주색 스웨터와 밝은 녹색 치마는 그녀의 창백한 얼굴에 어울리지 않았다.

"주방엔 왜 오신 거죠? 당신은 경찰관이 맞죠? 끈질기게 저를 학대하는군요! 이제 저는 그런 것에 익숙해졌어요. 영국에서는 다르다고들 하지만 다를 게 하나도 없어요. 다 똑같아요. 당신들은 저를 고문하러 온 거죠? 제가 말을 하도록 말이에요. 하지만 저는 아무 말도 하지 않을 거예요. 그러면 제 손톱을 빼고 성냥불로 살을 지지겠죠. 하지만 그래도 저는 말하지 않을 거예요. 그러면 당신네들은 저를 포로수용소로 보내겠죠. 그래도 저는 겁나지 않아요."

크래독은 그녀를 신중히 바라보면서 어떻게 접근을 해야 가장 효과적일까 하고 생각했다.

마침내 그는 한숨을 쉬며 말했다.

"좋아요. 그렇다면 모자와 외투를 입으시죠."
"무슨 말을 하는 거예요?"
미치가 놀라서 쳐다보았다.
"모자와 외투를 입고 따라와요. 나는 손톱을 빼는 고문장치를 갖고 오지 않았어요. 그런 건 모두 본부에 두고 다니죠. 플레처, 수갑 갖고 있지?"
"예!"
플레처 경사가 눈치 있게 대답했다.
"아니! 저는 가고 싶지 않아요!"
미치는 뒤로 물러서며 소리쳤다.
"그러면 당신은 우리 질문에 대답해야 합니다. 원한다면, 사무변호사를 대동해도 좋소."
"변호사요? 저는 변호사가 싫어요. 원하지도 않고요."
그녀는 밀대를 내려놓고 옷에다 손을 문지르며 앉았다.
"뭘 알고 싶으신 거죠?"
그녀는 퉁명스럽게 물었다.
"어젯밤에 여기에서 무슨 일이 일어났는지 아는 대로 말해주면 됩니다."
"당신도 잘 알잖아요?"
"당신의 설명을 듣고 싶어요."
"저는 이 집을 나가려고 했어요. 블랙로크 양이 당신에게 말하지 않던가요? 주간지에 난 살인 광고를 보고 저는 이곳을 떠나려고 했어요. 하지만 그녀가 저를 못 가게 붙잡았죠. 블랙로크 양은 동정심이라고는 눈곱만큼도 없는 무뚝뚝한 여자예요. 그녀는 제게 그냥 있으라고 하더군요. 하지만 저는 알았지요, 무슨 일이 벌어질지 알았단 말이에요. 제가 살해당할 줄 알고 있었어요!"
"하지만 당신은 살해당하지 않았잖소?"
"그래요." 미치가 마지못해 인정했다.
"자, 그럼 무슨 일이 벌어졌는지 말해보시오."
"저는 불안했어요. 정말 불안했다고요. 그날 저녁 내내 그랬지요. 저는 소리를, 사람들이 이리저리 움직이는 소리를 들었어요. 한번은 홀에서 누군가가 움직이는 소리가 들려서 살펴봤더니 헤이메스 부인이 들어오는 거였어요. 현관문의 충계를 더럽히지 않으려고 옆문으로 들어왔다고 하더군요. 그녀는 아주 조심스럽게 행동하죠! 나치스 당원이었거든요. 금발에 푸른 눈을 가진 그녀는 늘 우월감에 차서 저를 바라보며, 저를 단지 하찮은 것으로밖에는 생각하지 않았어요."

"헤이메스 부인에 대해서는 신경 쓰지 말아요."

"그녀는 자신이 뭐라도 된다고 생각하는 모양이에요. 그녀가 저처럼 값비싼 대학교육을 받았겠어요, 아니면 공학사 학위를 받았겠어요? 그녀는 단지 고용된 일꾼에 불과해요. 잔디나 깎고 매주 토요일마다 주급을 받는 고용인일 뿐이라고요. 누가 그녀 같은 사람을 숙녀라고 불러 주겠어요?"

"헤이메스 부인에게는 신경 쓰지 말라고 했지 않습니까? 계속해봐요."

"저는 셰리주와 술잔, 그리고 제가 훌륭하게 구워 낸 조그만 파이들을 거실로 내갔어요. 그때 벨소리가 울려서 문을 열었지요. 계속해서 손님이 오고, 저는 계속 문을 열어 손님을 맞아야 했어요. 자존심이 상하긴 했지만 계속해서 그 일을 했지요. 그리고 식기실로 가서 은순가락과 은그릇을 닦기 시작했어요. 저는 누군가가 저를 죽이러 올 것 같아서 날카로운 칼을 옆에 갖다 놓아야겠다고 생각했어요."

"선견지명이 있군요."

"그때 갑자기 총소리가 들렸어요. 저는 드디어 올 게 오고야 말았다고 생각했어요. 저는 식당을 지나서 달려갔어요(다른 문도 있었지만 열리지 않았어요). 잠시 서서 귀를 기울이자 또 한 차례 총소리가 들리고, 무거운 것이 쿵 떨어지는 소리가 들렸어요. 저는 문손잡이를 돌렸지만, 밖으로 잠겨 있어서 열리지 않더군요. 저는 덫에 걸린 쥐처럼 어찌할 바를 몰랐어요. 그래서 비명을 지르면서 문을 세차게 두드렸죠. 그래서 나중엔 사람들이 열쇠로 문을 열고 저를 나오게 해주었지요. 저는 초를 가져왔어요, 아주 여러 개를요. 불을 붙여서 밖으로 나가자 피가 보이더군요! 피 말이에요! 저는 피를 그때 처음 본 게 아니에요. 제 어린 남동생도……, 저는 그 애가 죽는 것을 직접 보았어요. 길가에 떨어진 피도 보았고요(사람들은 총을 마구 쏘고, 죽어갔어요). 오, 저는……."

"좋아요, 대단히 고맙습니다."

크래독 경위가 말했다.

"이제……, 저를 체포해서 감옥에 넣을 건가요?" 미치가 물었다.

"오늘은 아닙니다."

크래독 경위가 대답했다.

3

크래독과 플레처가 홀을 가로질러 정문으로 갔을 때, 문이 갑자기 열리며 들어오는 키 크고 잘생긴 젊은이와 하마터면 부딪힐 뻔했다.

"형사이시군요!"

그 젊은이가 외쳤다.

"패트릭 시몬즈 씨죠!"

"예, 맞습니다. 경위님이시죠? 그리고 이쪽은 경사이시고요?"

"맞습니다. 시몬즈 씨. 잠깐 이야기 좀 했으면 하는데요."

"저는 결백합니다, 경위님, 제 결백을 맹세할 수 있어요."

"시몬즈 씨, 농담은 그만두세요. 우리는 만나볼 사람이 많습니다. 이 방은 무엇을 하는 곳이죠? 들어가도 될까요?"

"소위 서재라는 곳이죠. 하지만 아무도 여기에서 공부하지 않습니다."

"학생이라고 들었는데요?"

크래독이 물었다.

"수학 공부가 되지 않아서 집으로 온 겁니다."

크래독 경위는 사무적인 태도로 그의 이름, 나이, 군복무 사항을 물었다.

"시몬즈 씨, 이제 어젯밤에 있었던 사건에 대해 말해주겠소?"

"우리는 살찐 송아지를 잡았습니다, 경위님. 미치가 그것으로 맛있는 파이를 만들어줬죠. 레티 아주머니는 셰리주 한 병을 새로 따셨고……."

크래독이 끼어들었다.

"새 병을요? 그럼 먹다 남은 것도 있었소?"

"그렇습니다. 반 병쯤 남았었는데 레티 아주머니는 그것이 마음에 안 드셨던 모양입니다."

"그때 블랙로크 양은 긴장하고 있었소?"

"오, 그렇지는 않습니다. 아주머니는 무척 냉정하시거든요. 그런데 버니 아주머니가 옆에서 온종일 끔찍한 생각만 하셨어요."

"버니 양이 긴장하고 있었단 말이오?"

"예, 하지만 은근히 기대하고 있는 것 같기도 했습니다."

"그 광고문도 신중히 보시던가요?"

"그것을 보고 몹시 무서워하시는 것 같았어요."

"블랙로크 양은 그 광고를 읽고, 당신이 냈을 거라고 생각했다는데 그 이유가 뭘까요?"

"아, 그랬었지요. 저는 무슨 일에 대해서든지 항상 의심을 받고 있으니까요!"

"당신은 그 일과는 관계가 없소, 시몬즈 씨?"

"제가요? 절대로 없습니다."

"전에 루디 쉐르츠를 보거나 말을 해본 적이 있소?"

"세상에 태어나서 처음 본 사람입니다."

"비록 당신이 그러지 않았다고는 하지만, 그 광고는 당신이 할 만한 일이 아니오?"

"누가 그런 말을 하던가요? 그것은 아마 제가 전에 버니 아주머니에게 가짜 사과 파이로 속였고 그리고 미치에게 나치스 비밀경찰이 그녀를 추적하고 있다는 엽서를 보낸 적이 있었기 때문일 겁니다."

"어젯밤에 일어났던 일을 말해주겠소?"

"저는 술을 가지러 작은 거실로 갔는데, 바로 그때 마술처럼 전깃불이 나갔습니다. 제가 돌아와 보니 현관에서 어떤 남자가 서서 '손들어!' 하고 소리치고 있었고, 사람들은 비명을 질러댔습니다. 제가 혹시나 그를 덮칠 수 있지 않을까 생각하는 순간, 그는 총을 쏘았습니다. 그리고 뭔가 무너지는 소리와 함께 그가 없어졌으며 그의 손전등 불빛도 사라졌습니다. 우리는 다시 어둠 속에 갇히게 되었고, 이스터브룩 대령이 군대식 목소리로 명령하기 시작했습니다. 그는 '불!' 하고 소리쳤습니다. 하지만 제 라이터가 어땠는 줄 압니까? 엉터리 제조업자들이 만들어 낸 것들이란 늘 그렇다니까요."

"당신이 보기엔, 그가 고의로 블랙로크 양을 목표로 하여 쏜 것 같던가요?"

"아, 그걸 제가 어떻게 알겠습니까? 그는 상황을 재미있게 꾸미려고 권총을 쏘았는데, 그것이 아마 너무 심했던 것 같습니다."

"그래서 자신을 쐈다는 건가요?"

"그럴 수도 있죠. 그는 소심하고 나약한 도둑 같아 보였으니까요."

"틀림없이 한 번도 본 적이 없는 얼굴입니까?"

"전혀 본 일이 없습니다."

"고맙소, 시몬즈 씨. 지난밤에 여기에 있었던 다른 사람들을 만나보고 싶은데 어떻게 하면 될까요?"

"필리파 헤이메스 부인은 데이어스 홀에서 일하고 있습니다. 그 집의 문은 이 집과 가깝게 마주 보고 있죠. 그 다음에는 스웨튼햄 부인 댁이 이 근처에서 가장 가깝습니다. 사람들에게 물으시면 누구든지 말해줄 겁니다."

제7장

목격자들

1

데이어스 홀은 전쟁 중에 시달려 온 것이 분명했다.

아스파라거스 밭이던 곳에 무성하게 자란 개밀 사이로 간간히 보이는 아스파라거스가 그런 과거를 설명해주는 것 같았다.

곳곳에 개쑥갓과 메꽃, 그리고 식물의 기생충이 눈에 띄었다. 어떤 노인이 언짢은 얼굴로 삽에 기대어 생각에 잠겨 있는 모습이 보였다.

"헤이어스 부인을 찾고 있는 모양이군요? 나도 그녀가 어디에 있는지 모르오. 그 여자는 언제나 자기 생각대로만 하니까. 충고 같은 것이 통하지를 않소. 아무 소용이 없지요. 도대체 들으려고도 하지 않으니. 요즘 젊은 여자들은 그런 걸 들으려 하지도 않는다고요! 그들은 바지나 입고 트랙터를 굴릴 줄 안다고 뭐든지 다 아는 걸로 생각한다니까요. 하지만 여기에서 필요한 것은 정원 가꾸는 일이오. 그것은 하루아침에 배울 수 있는 것이 아니지요. 정원 가꾸기, 바로 그게 여기에서 필요한 일이라고요."

"그렇지요."

크래독이 말했다.

노인은 그의 말을 비꼬는 소리로 들은 모양이었다.

"여기를 둘러보시오, 선생. 이렇게 넓은 땅을 내가 혼자 어떻게 감당해 내겠소? 어른 남자 세 명과 어린애 한 명 정도는 있어야 가꿀 수 있다고. 적어도 그만큼은 필요하다고요. 하지만 이곳엔 사람이 많지 않아요. 어떤 때는 밤 8시까지도 일을 한다니까, 글쎄. 8시 말이오."

"그럼 어떻게 일을 하시죠? 기름등을 켜놓고 하시나요?"

"요즘에 그렇게 한다는 것이 아니오. 내가 말하는 건 한여름에는 저녁때까지 한다 이거지요."

"오, 제가 헤이메스 부인을 찾아보겠습니다."

크래독이 말했다.

그 시골 노인은 이 말에 관심을 나타내는 것 같았다.

"왜 그 여자를 찾는 거요? 당신, 경찰 아니오? 그녀에게 무슨 문제가 생겼소? 혹시 리틀 패덕스에서 일어난 그 일 때문이오? 복면을 쓴 남자가 난데없이 나타나서 그곳에 있는 사람들에게 총을 들이대고 위협했다면서요. 아! 그런 일은 전쟁 전에도 많이 있었지. 도망자들 말이오. 궁지에 몰린 그들은 시골 마을을 전전하지요. 왜 군대가 나서서 그들을 몰아내지 못하는지 모르겠어."

"저는 잘 모르겠습니다. 하지만 이번 일로 말들이 많은 것 같군요."

크래독이 말했다.

"그렇소, 왜 이런 일이 생겼는가 하는 거지요. 네드 바커가 그럽디다. 이게 다 그 영화를 너무 많이 본 결과라고. 톰 릴리는 그 외국인들을 이곳에서 너무 설치게 내버려두었기 때문이라고 하더군요. 그 때문에 블랙로크 양 집에 있는 그 기분 나쁜 요리사 여자까지도 설친다고 하더군요. 그 여자는 공산당원보다도 더하다던데. 우리는 그런 걸 좋아하지 않아요.

그리고 술집 뒤에 사는 말린이라는 여자는(나는 그 말을 믿지 않지만) 블랙로크 양의 집에 분명히 값진 물건들이 있을 거라고 하더군요. 사실 나는 블랙로크 양이 목에 걸고 있는 굵은 모조 진주 목걸이를 제외하고는 상당히 소박한 사람이라고 생각해왔소. 말린은 그 진주가 진짜인 줄로 알고 있지만, 벨러미 노인의 딸인 플로리는 '말도 안 된다.'고 하더군요.

그 애는 인조 장신구를 뭐라고 이상하게 부르더군요. 상류계층에서는 로마 진주라고 했던 적이 있지요. 내 아내가 귀족 부인의 하녀였는데, 그 사람들은 그걸 파리의 다이아몬드라고 한답니다. 하지만 그 이름이야 어떻든지 다 유리 조각을 말하는 게 아니겠소! 젊은 시먼즈 양은 금색 덩굴 잎이나 강아지 모양의 인조 장신구를 하고 다니는 것 같더군요. 요즘 세상에 진짜 금으로 된 장신구는 쉽게 보기가 어렵다오. 심지어는 결혼반지까지도 그 희끄무레한 백금으로 해버리니까. 그런 것은 좀 천박해 보이지 않소?"

애쉬 노인은 잠깐 숨을 돌리고 나서 말을 이었다.

"짐 허긴스는 '블랙로크 양은 집에 많은 돈을 두지 않아요. 내가 압니다.' 하고 말하더군. 그의 부인이 리틀 패덕스에서 일을 해주고 있으니까 어느 정도 알고 하는 소리겠지. 그 부인은 세상 돌아가는 사정을 다 알고 있을 만한 여자이니까요. 아실지 모르지만, 그 여자는 참견을 잘한답니다."

크래독이 물었다.

"허긴스 부인이 뭐라고 했답니까?"

"미치가 개입되어 있을 거라고 했다더군요. 그녀는 성격도 안 좋고, 음흉한 사람이라오. 어제 아침에만 해도 허긴스 부인의 코에다 대고 여자 노동자라고 말하며 빈정거렸다오."

크래독은 잠시 서서 그 늙은 정원사의 말 하나하나를 머릿속에 차근차근 정돈해 넣었다.

그의 말은 치핑 클래그혼과 같은 시골 사람의 의견을 단면적으로 보여 주는 것이었으나, 그가 해야 할 임무에는 별 도움을 주지 못했다.

그가 돌아서서 가자, 노인은 그의 뒤에서 마지못해 말한다는 투로 외쳤다.

"사과밭에 가면 그녀를 만날 수 있을 거요. 사과 같은 걸 따기에는 나보다 젊은 그 여자가 더 적합하니까."

크래독은 사과밭에서 필리파 헤이메스를 만날 수 있었다.

그가 처음 본 것은 바지를 입은 늘씬하게 뻗은 다리가 나무를 타고 가볍게 내려오는 모습이었다.

붉게 달아오른 얼굴로 나뭇가지 옆에서 금발을 휘날리고 있는 필리파는 놀란 표정으로 그를 쳐다보았다. 크래독은 반사적으로 그녀가 로절린드 역할을 멋지게 해낼 거라고 생각했다.

크래독 경위는 셰익스피어의 애독자였으며, 경찰 고아원을 위한 '뜻대로 하세요'의 공연에서도 우울한 자크 배역을 성공적으로 해냈었다. 잠시 뒤 그는 생각이 바뀌게 되었다.

필리파 헤이메스는 로절린드 역에는 너무 딱딱했으며, 그녀의 아름다움이나 냉정함은 영국적이긴 했으나 20세기의 영국 분위기이지 16세기의 영국은 아니었다. 실수라고는 모르는 품위 있고 차가운 영국인의 태도.

"안녕하십니까, 헤이메스 부인? 놀라게 해드렸다면 용서하십시오. 미들셔 경찰서의 크래독 수사 경위입니다. 부인과 잠깐 이야기를 나누고 싶은데요."

"어젯밤 사건에 대해서 말인가요?"

"그렇습니다."

"글쎄, 오래 걸리나요? 어디에서……?"

그녀는 다소 의심스런 눈으로 그를 바라보았다.

크래독은 쓰러져 있는 나무 기둥을 가리켰다.

"좀 개인적인 질문입니다. 하지만 부인의 일하시는 시간을 필요 이상으로 빼앗지는 않겠습니다."

그는 명랑하게 말했다.

"고마워요."

"보고서를 작성하기 위한 것뿐이니까요. 지난밤에는 몇 시쯤 일을 마치고 돌아갔습니까?"

"5시 반경이었어요. 온실에 물을 주느라고 20분쯤 더 있었지요."

"어느 문으로 들어갔습니까?"

"옆문이에요. 차도에서 닭장과 오리 우리를 지나면 가깝지요. 돌아가는 시간도 절약되고 현관을 더럽히지 않아도 되니까요. 저는 가끔 신발이 더러울 때가 있거든요."

"항상 그 문으로 들어갑니까?"

"예."

"그 문은 잠겨 있지 않았습니까?"

"아니에요. 여름에는 활짝 열어 두지요. 이맘때는 닫아 두기는 하지만, 잠그지는 않아요. 우리는 보통 그 문으로 들락날락하는 걸요. 제가 들어간 다음엔 그걸 잠그죠."

"항상 그럽니까?"

"지난주에는 그랬어요. 아시다시피 6시면 어두워지니까요. 블랙로크 양이 저녁때 오리 우리와 닭장 문을 닫으려고 나오시지만 주로 주방문을 이용하시죠."

"어제도 옆문으로 들어간 다음에 문을 잠갔습니까?"

"그것에 대해서는 확신할 수 있어요."

"됐습니다, 헤이메스 부인. 집에 들어가서는 무엇을 했습니까?"

"신발에 묻은 흙을 털고 위층으로 올라가서 목욕을 하고 옷을 갈아입었지요. 그러고 나서 내려와 보니 파티가 벌어지고 있더군요. 그때까지도 저는 그 재미있는 광고에 대해서는 모르고 있었어요."

"그 사건이 벌어진 순간을 설명해주겠습니까?"

"저, 갑자기 불이 나갔어요."

"그때, 부인은 어디에 있었습니까?"

"벽난로 앞에 있었어요. 라이터를 거기 선반에 놔 둔 기억이 나서 그걸 찾으려고요. 불이 나가자, 사람들이 모두 킬킬거리고 웃더군요. 그때 문이 활짝 열리면서 그 남자가 손전등을 우리에게 들이대고는 권총으로 위협하면서 모두 손을 들라고 소리쳤어요."

"그래서 손을 들었습니까?"

"안 들었어요. 저는 피곤한데다가 그게 장난인 줄 알았기 때문에 손을 들 생각도 하지 않았어요."

"부인은 그런 것이 모두 귀찮았던 모양이군요?"

"예, 사실 그랬어요. 그때 총소리가 났어요. 저는 귀가 멍멍해지고 몹시 당황했지요. 손전등이 방 안을 둘러 비추고, 무엇이 떨어지는 소리가 나더니 손전등이 꺼지더군요. 그리고 미치가 비명을 지르기 시작했어요. 그건 정말 돼지를 잡는 소리 같았답니다."

"그 손전등 빛은 아주 눈이 부셨습니까?"

"아뇨. 그렇지는 않았지만, 그런대로 강한 빛이었어요. 그 손전등이 잠시 버너 양을 비추자 그녀는 새하얗게 질려 버리더군요. 아시겠죠? 핏기 없이 하얀 얼굴에 입을 헤벌리고 툭 튀어나온 눈으로 바라보는 그녀의 모습 말이에요."

"그 남자는 손전등을 움직였습니까?"

"예, 온 방 안을 다 둘러 비추었어요."

"그가 누군가를 찾는 것 같았습니까?"

"특별히 그렇지는 않았어요."

"그다음에는 어떻게 되었습니까, 헤이메스 부인?"

필리파 헤이메스는 눈살을 찌푸렸다.

"오, 그러고는 온통 혼란과 소란이 뒤범벅되었죠. 에드먼드 스웨튼햄과 패트릭 시몬즈가 라이터를 켜들고 홀로 나갔고, 우리가 뒤따라갔어요. 누군가 식당 문을 열었는데, 그곳은 불이 나가지 않았어요. 에드먼드 스웨튼햄이 뺨을 때리니까 미치가 그 끔찍한 비명을 그치더군요. 그다음에는 특별한 일은 없었어요."

"죽은 사람을 봤습니까?"

"예, 봤어요."

"아는 사람이던가요? 전에 그를 본 적이 있습니까?"

"없어요."

"그의 죽음이 사고였다고 생각합니까, 아니면 그가 스스로를 쏘았다고 봅니까?"

"그건 모르겠어요."

"그가 그전에 리틀 패덕스에 왔었다고 하던데, 혹시 보지 못했습니까?"

"오전에 왔었기 때문에 보지 못했어요."

"감사합니다, 헤이메스 부인. 한 가지만 더 묻겠습니다. 부인은 값진 보석을 갖고 있습니까? 반지나 팔찌, 뭐 그런 종류의 물건 말입니다."

"약혼반지, 그리고 브로치 두 개가 있어요."

"블랙로크 양의 집에 특별히 값진 물건은 없습니까?"

"아뇨, 멋진 은그릇이 있기 하지만 특별난 것은 아니에요."

"고맙습니다, 헤이메스 부인."

2

크래독이 채소밭을 지나가고 있을 때, 그는 조심스럽게 코르셋을 꽉 죄어 입은 넓적하고 불그레한 얼굴을 가진 여자와 마주쳤다.

"안녕하세요. 여기서 뭘 하시는 거죠?"

그녀는 조금 당돌하게 물었다.

"루커스 부인인가요? 크래독 수사 경위입니다."

"아, 그러시군요. 용서하세요. 저는 낯선 사람이 정원에서 서성거리며 정원사의 시간을 빼앗는 것을 좋아하지 않아요. 하지만 당신은 직무를 수행하셔야 하니까 이해해요."

"아, 그러십니까?"

"지난밤 블랙로크 양의 집에서 벌어진 그 끔찍한 사건에 대해 물어봐도 될까요? 그건 범죄 조직에 의한 건가요?"

"다행히도 그런 것 같지는 않습니다, 루커스 부인."

"요즘은 곳곳에서 도둑들이 들끓고 있어요. 경찰은 낮잠만 자는 모양이지요?"

크래독은 대꾸하지 않았다.

"경위님은 필리파 헤이메스와 이야기를 하고 있던 것 같던데요?"

"목격자로서 그녀의 설명이 필요했습니다."

"1시까지 기다리셨다가 이야기했으면 좋았을 걸 그랬어요. 제 시간이 아닌 그녀의 시간에 질문하는 것이 공정한 일 아니에요?"

"그만 본부에 가봐야겠습니다."

"요즘은 심사숙고라는 것을 기대할 수가 없어요. 하루 일과를 근면하게 보내는 사람도 찾아보기 힘들고요. 늦게 출근해서 30분을 늑장부리다가 10시만 되면 휴식시간이고, 비만 오면 종일 일을 안 한답니다. 잔디를 깎으려고 하면 항상 기계가 고장이고, 게다가 퇴근은 5분이나 10분 일찍 한다고요."

루커스 부인이 말했다.

"헤이메스 부인은, 어제 5시가 아니라 5시 20분에 퇴근했다고 하던데요?"

"아, 그랬던가요? 그녀는 맡은 일을 정확하게 해내는 편이에요. 간혹 나갔다가 들어와 보면 없어져서 문제이기는 하지만, 그녀는 전형적인 숙녀예요. 그녀를 보면, 가엾은 전쟁미망인들에게 무엇인가를 해줘야 할 의무를 느끼곤 한답니다. 살아가기도 여간 불편한 게 아니죠.

아이들의 긴 방학이나 그 준비를 위해 그녀는 또 시간을 내야 해요. 제가 요즘엔 좋은 캠핑 그룹이 많아서 아이들이 거기에서 어울리는 것을 부모와 함께 빈둥거리는 것보다 더 재미있어 할 거라고 말해주었어요. 그러면 그 애들은 여름 방학이 되어도 집에 올 필요가 전혀 없거든요."
"헤이메스 부인은 그 생각에 찬성하지 않았습니까?"
"그녀는 고집 센 노새 같아요. 저는 거의 매일 정구장의 잔디를 깎고 점검해주기를 바라요. 이제 애쉬 노인은 허리가 구부러져서 저에게는 신경을 써주지 못해요."
"헤이메스 부인의 봉급은 좀 적은 편이더군요."
"당연하죠. 어떻게 그 이상을 바랄 수가 있겠어요?"
"됐습니다. 안녕히 계십시오. 루커스 부인."

3

스웨트햄 부인이 흥분하며 말했다.
"끔찍해요. 너무, 너무 끔찍한 일이에요. 가제트사에서는 그 광고를 받을 때 좀더 주의를 기울였어야 해요. 나는 그 광고를 보고 정말 이상하다고 생각했답니다. 내가 그러지 않았니, 에드먼드?"
"불이 나갔을 때 무엇을 하고 있었는지 기억이 납니까, 스웨트햄 부인?"
경위가 물었다.
"이상하게도 옛 친구인 내니가 떠올랐어요! '불이 꺼졌을 때 모세는 어디에 있었던가?' 물론 대답은 '어둠 속에'이겠지요. 어제저녁처럼 말이에요. 모두 무슨 일이 벌어질 것인가 가슴을 졸이고 있었어요. 갑자기 암흑의 세계가 되었을 때의 그 오싹함은 당신도 아시겠죠? 그때 문이 열리고 그 희미한 형체가 권총을 들고 나타난 거예요, 글쎄. 그리고 눈이 부신 손전등을 우리에게 들이대고 소리쳤답니다. '돈을 내 놔! 그러지 않으면 죽여 버리겠어.' 하고요.
오, 그것은 절대로 게임이 아니었어요. 그리고 몇 분 뒤, 끔찍한 일이 터진 거예요. 귀가 멍멍해질 정도로 큰 총소리가 울렸어요. 그 소리는 마치 전쟁 중에 돌격대원이 쏘아대는 것 같았다니까요."

"그때 어디에 서 있었습니까? 혹시 앉아 있지는 않았습니까, 스웨튼햄 부인?"

"글쎄, 어디에 있었더라? 내가 누구와 이야기하고 있었지, 에드먼드?"

"전혀 기억이 안 나는데요, 어머니."

"쌀쌀한 날씨에 닭들에게 간유를 주는 것에 대해 힌클리프 양과 얘기하고 있었던 것 같기도 하고 하몬 부인이었던 것 같기도 하고, 아니지, 그 부인은 그때 막 도착했었어. 내 생각엔 이스터브룩 대령에게 영국에 원자력 연구소가 설치된다는 것은 위험한 일이라고 말하고 있었던 것 같아요. 그런 것은 라디오 전파가 자유로운 외딴섬에 설치되어야 한다고 했지요."

"서 있었는지 앉아 있었는지는 기억나지 않습니까?"

"그것이 그렇게 중요한가요, 경위님? 나는 창가나 난롯가에 있었던 것 같아요. 시계 소리가 울렸을 때 그 근처에 있었다는 것은 기억이나요. 정말 소름끼치는 순간이었지요! 나는 어떠한 일이 벌어질까 조마조마하게 기다리고 있었죠."

"부인은 손전등의 불빛이 눈이 부실 정도라고 하셨는데, 그것이 부인의 얼굴을 직접 비추었습니까?"

"내 눈을 정면으로 비추었어요. 나는 아무것도 볼 수가 없었지요."

"그가 한곳만을 비추었습니까, 아니면 사람들을 두루 비추던가요?"

"오, 기억이 잘 안 나는군요. 에드먼드, 너는 기억할 수 있겠니?"

"불빛이 우리를 천천히 비추어 나갔어요. 우리가 무엇을 하고 있는지를 살펴보려는 듯이 말입니다. 마음만 먹는다면 그 순간 우리는 그를 충분히 덮칠 수도 있었을 겁니다."

"당신은 정확히 어느 곳에 있었소, 스웨튼햄 씨?"

"저는 그 방 한가운데 서서 줄리어 시몬즈와 이야기를 하고 있었습니다."

"그때 사람들은 모두 그 방에 있었습니까, 아니면 다른 방에도 있었나요?"

"필리파 헤이메스는 다른 방에 있었던 것 같은데, 난롯가를 돌아다니면서 무언가를 찾는 것 같았습니다."

"세 번째 총소리는 사고였다고 봅니까, 아니면 고의적인 것이라고 봅니까?"
"전혀 모르겠습니다. 그는 갑자기 돌아서다가 무엇엔가 걸려서 넘어진 듯했는데, 너무 혼란스러워서, 그때 상황으로는 아무것도 볼 수 없다는 것을 아셔야 합니다. 그러고는, 그 외국 여자가 집이 떠나가라 비명을 질러댔습니다."
"당신이 식당 문을 열고 그녀를 나오게 해주었다고 들었는데요?"
"맞습니다."
"문이 분명히 밖으로 잠겨 있었습니까?"
에드먼드는 호기심 어린 눈으로 그를 바라보았다.
"틀림없습니다. 왜 그런 것을……?"
"사실을 분명히 해두고 싶어서 그럽니다. 고맙소, 스웨튼햄 씨."

4

크래독 경위는 이스터브룩 대령 집에서 오랫동안 지체해야 했다.
대령은 그 사건에 대한 심리학적인 설명으로 시간을 질질 끌었다.
대령은 그에게 말했다.
"요즘에는 모든 일에 심리학적 접근이 필요합니다. 그래야만 사건을 제대로 이해할 수 있게 될 겁니다. 그런 경험이 많은 나에게는 모든 과정이 지극히 평범한 겁니다. 왜 그가 광고를 냈을까? 심리학적으로 보면 그는 자신을 널리 알리고 싶었던 겁니다. 자신에게 주의를 집중시키려고 말입니다.
그는 스파 호텔의 다른 직원들에게 외국인이라고 무시당하고 경멸당해왔습니다. 여자 친구도 그를 따돌렸을 겁니다. 그래서 그는 사람들의 관심을 받고 싶었던 거죠. 요즘 영화의 우상이 누구인지 아십니까? 범죄 집단이나 무법자들이죠. 그는 바로 무법자가 되고 싶었던 겁니다. 그는 복면을 쓰고 권총까지 들었어요. 하지만 관중이 필요했습니다. 그는 그런 무대를 준비했죠. 그리고 극적인 순간에 도피해버린 겁니다. 그는 단순한 좀도둑이 아닙니다. 그는 살인자였으니까요. 그는 맹목적으로 쏘아댄 거죠."
크래독 경위는 그의 말을 공손히 중단시켰다.

"'맹목적으로'라고 하셨지요, 대령님? 대령님은 그가 특별히 어느 사람을 향해 쏘았다고 생각지 않습니까? 블랙로크 양을 향해서 말입니다."

"아뇨, 아닙니다. 그는 내가 말한 대로 맹목적으로 방아쇠를 당긴 겁니다. 그래서 자신을 쏠 수밖에 없게 된 것이지요. 사실 총알이 누군가에게로 날아가서 살짝 스치기는 했지만, 그런 사실을 몰랐을 겁니다. 그는 자기 자신을 그 총으로 쏘았지요. 결국, 그가 꾸며대고 있던 모든 연극이 현실로 된 겁니다. 그는 누군가를 쏘았습니다. 사람을 죽인 것이지요……. 그는 끝장이 난 겁니다. 그래서 몹시 당황한 나머지 자기 자신을 쏘게 되었죠."

이스터브룩 대령은 말을 끊고 목을 가다듬은 뒤, 만족스러운 목소리로 다시 이었다.

"사건은 아주 분명합니다. 아주 명백해요."

"정말 멋져요. 당신이 생각하시는 상황은 정말 멋져요, 아치."

이스터브룩 부인이 말했다.

그녀의 부드러운 목소리에는 존경심이 깃들어 있었다.

크래독 경위도 그 생각이 훌륭하다고는 느꼈지만, 부인처럼 부드러운 찬사를 보내지는 않았다.

"총소리가 울렸을 때 대령님께서는 정확히 그 방 어디에 있었습니까?"

"꽃이 놓인 중앙 탁자 옆에서 아내와 함께 서 있었습니다."

"일이 벌어지는 순간 제가 당신 팔을 잡았지요? 그때는 우리가 죽는 줄 알았어요."

"가엾기도 하지."

대령은 장난스럽게 말했다.

5

크래독 경위는 돼지우리 옆에서 흙을 덮고 있는 힌클리프 양에게로 갔다.

"멋진 동물이죠? 돼지 말이에요."

힌클리프 양은 주름진 분홍빛 잔등을 긁어 주며 말했다.

"잘 자라고 있죠? 크리스마스 때는 좋은 베이컨을 선사할 거예요. 왜 나를 보자고 하셨죠? 나는 벌써 지난밤에 경찰관에게 그에 대해 아는 게 없다고 말했는데. 그가 마을에서 기웃거리며 다니거나 하는 모습을 본 적이 없어요. 모프 부인의 말로는, 그가 메든햄 웰스에 있는 큰 호텔의 종업원이었다고 하더군요. 강도라면 그곳에서 하는 게 더 좋았을 텐데 말이에요. 한몫 잡으려고 했던 모양이지요?"

그것도 부인할 수 없는 사실이다.

크래독은 질문을 하기 시작했다.

"사고가 일어날 당시에 힌클리프 양께서는 어디에 있었습니까?"

"사고? 민간 방공 조직대원으로 있었을 때가 생각나는군요. 그때는 그런 사고가 간혹 있었지요. 총소리가 울렸을 때 내가 있었던 장소를 알고 싶은 건가요?"

"그렇습니다."

"나는 벽난로에 기대서 누군가가 마실 것을 좀 갖다 주기를 기다리고 있었어요."

힌클리프 양은 재빨리 대답했다.

"그럼 그가 총을 맹목적으로 쏘아댔다고 생각합니까, 아니면 특별히 한 사람만을 노리고 쏜 것 같습니까?"

"레티 블랙로크 양을 말하는 거죠? 그건 모르겠어요. 그때 상황이 어땠는지, 정말 무슨 일이 벌어졌었는지 기억해 내기가 어렵군요. 어차피 다 끝난 일이니까요. 불이 나가자, 손전등이 방 안을 두루 비추어 우리는 모두 당황하고 있었는데, 바로 그때 총이 발사되었어요. 나는 패트릭 시몬즈가 장전된 총으로 장난을 한다면 누군가 다칠지 모르겠다고 문득 생각했어요."

"그럼 패트릭 시몬즈의 짓이라고 생각했다는 겁니까?"

"그러기가 쉽지요. 에드먼드 스웨튼햄은 지적인 작가이며, 그런 소동을 좋아하지 않아요. 그리고 늙은 이스터브룩 대령은 그런 장난으로 재미있어 할 사람이 아니고요. 패트릭은 좀 거친 편이거든요. 하지만 내가 그렇게 생각했다는 것에 대해서는 그에게 진심으로 미안하게 여기고 있어요."

"당신 친구도 패트릭 시몬즈의 짓일 거라고 생각했습니까?"

"머거트로이드 말씀이세요? 그녀에게 직접 물어보세요. 그녀에게서는 아무런 말도 얻어내지 못할 거예요. 지금 과수원에 있는데 원한다면 불러 드리지요."

힌클리프 양은 힘차게 큰 목소리로 아래쪽을 향해 소리쳤다.

"머거트로이드!"

"알았어."

희미한 대답 소리가 들려왔다.

"빨리 와 봐. 경찰에서 오셨어!"

힌클리프 양이 또 소리쳤다.

머거트로이드 양은 숨을 헐떡이며 뛰어왔다. 그녀의 치맛자락이 흘러내려서 허릿단이 보였으며, 헤어네트 밖으로 머리가 빠져나와 있었다.

동그랗고 말쑥한 얼굴을 가진 그녀는 미소를 짓고 있었다.

그녀는 숨 가쁘게 물어보았다.

"런던경시청에서 나오셨나요? 나는 할 말이 없어요. 여기서 한 발자국도 움직이지 않겠어요."

"아직 런던경시청에까지 올라가지는 않았습니다, 머거트로이드 양. 나는 밀체스터에서 온 크래독 경위입니다."

"좋아요."

머거트로이드 양은 모호하게 말했다.

"단서라도 잡으셨나요?"

"사건이 일어났을 때 네가 어디에 있었는지 알고 싶으시대, 머거트로이드."

힌클리프 양이 말했다.

그녀는 크래독을 향해 눈을 깜빡여 보였다.

"아, 그래요? 나도 알리바이를 준비해야겠군. 글쎄요, 나도 다른 사람들과 함께 있었어요."

머거트로이드 양은 숨을 헐떡이며 말했다.

"나하고는 함께 있지 않았잖아."

힌클리프 양이 말했다.

"내가 그랬었나? 그래, 네 말이 맞아. 나는 국화를 칭찬하고 있었어요. 그 꽃이 무척 가여워 보이잖아요. 그런데 그때 그 일이 벌어졌어요. 그런 일이 그 전에도 있었는지 모르겠군요. 나는 그 순간 그것이 진짜 권총이라고는 상상도 못 했죠. 그 어둠 속에서 벌어진 이상한 일들과 끔찍한 비명들. 나는 그것이 장난이 아닌 현실이라는 걸 깨달았지요. 그래서 그녀가 살해당하는 줄 알았어요—그 외국 여자 말이에요. 나는 그 여자가 홀 어딘가에서 목이 잘린 줄 알았어요. 거기에 남자가 있는 것도 몰랐어요. 그것은 정말 강도 목소리였어요. 그는 '손드시오!' 하고 말했어요."

"'손들어!' 하고 말했어. '드시오.' 같은 말투는 아니었어."

힌클리프 양이 고쳐주었다.

"그 여자가 비명을 지르기 전까지 내가 그런 것을 즐기고 있었다고 생각하면 끔찍해요. 어둠 속에 갇혀 있다는 것은 불쾌하고 고통스러운 일이니까요. 더 알고 싶은 것이 있나요?"

크래독 경위는 머거트로이드 양을 살피듯이 바라보며 말했다.

"아닙니다. 이제 다 됐습니다."

그녀의 친구가 짧은 웃음을 터뜨리며 말했다.

"이분은 너의 마음을 떠보려고 그러시는 거야, 머거트로이드."

"분명히, 나는 내가 할 수 있는 한 다 말씀드릴 거야, 힌크."

머거트로이드 양이 말했다.

"이분은 그런 걸 원하시는 것이 아니야."

힌클리프 양이 말했다.

그녀는 경위를 바라보며 말했다.

"만일 이 마을을 다 돌아다니실 생각이라면 다음엔 목사님 댁에 가보세요. 거기에서는 뭔가를 얻으실 수 있을 거예요. 하몬 부인이 좀 멍해 보인다고들 하지만, 나는 그 부인이 똑똑한 여자라고 생각해요. 아무튼 그녀가 무슨 말을 해드릴 거예요."

경위와 플레처 경사가 사라지는 것을 보며 에이미 머거트로이드가 숨 가쁘게 말했다.

"오, 힌크, 나 이상하지 않았지? 너무 떨렸어!"
힌클리프 양이 미소를 지으며 말했다.
"전혀, 너는 정말 잘해 냈어."

6

크래독 경위는 즐거운 마음으로 낡고 넓은 방을 둘러보았다. 그 방은 그에게 컴벌랜드에 있는 고향 집을 생각나게 했던 것이다.

퇴색한 무명으로 싸인 낡고 큰 의자, 꽃, 책들이 여기저기 널려 있었고 바구니 속에는 스패니얼 종 개가 한 마리 있었다. 그는 하몬 부인의 혼란스럽고 무엇인가를 갈망하는 듯한 표정을 보고 동정심이 솟구쳐 올라왔다.

그녀는 즉시 솔직하게 말했다.

"저는 아무 도움도 드릴 수가 없군요. 내내 눈을 감고 있었거든요. 끔찍한 일을 보고 당황하고 싶지 않았으니까요. 그때 총소리가 울려서 저는 눈을 더 꼭 감았지요. 저는, 정말이지 조용한 살인 게임을 기대했었거든요. 총 같은 건 생각하지도 않았다고요."

경위는 그녀에게 미소를 지으며 말했다.

"그럼 아무것도 못 보았습니까? 하지만 들을 수는······."

"아, 맞아요. 많은 것을 들었지요. 문이 열리고 닫히는 소리, 사람들이 떠드는 소리, 숨을 가쁘게 몰아쉬는 소리, 미치가 증기 엔진처럼 지르는 비명 소리, 가엾은 버니가 덫에 걸린 돼지처럼 우는 소리. 그러고는 서로 밀치고 넘어지고 덮치고 했어요. 더 이상 총소리가 안 날 것 같아서 눈을 떠 보았지요. 사람들은 이미 촛불을 들고 그 방을 나갔더군요. 그리고 곧 불이 들어왔고 보통 때와 똑같아졌지요. 사실 보통 때와 같다고는 할 수 없지만, 어쨌든 우리는 우리 자신으로 돌아오게 된 거였어요. 어둠 속의 사람들이 아니고요. 어두운 곳에서 사람들은 너무 달라요. 그렇잖아요?"

"무슨 말씀을 하시는지 알 것 같습니다, 하몬 부인."

하몬 부인은 미소를 지으며 말했다.

"그리고 거기에 있었던 그 사람은 좀 교활해 보이는 외국인이었어요. 피투성이가 된 채 놀란 표정으로 쓰러져 있었지요. 그 옆에 권총이 있었고요. 그것은 오, 그것은 정말 알 수 없는 일이에요."

경위도 그 사건이 도무지 해결될 것 같지 않다는 생각이 들었다.

모든 일이 그를 어렵게 만들었다.

제8장

마플 양의 등장

1

크래독은 경찰서장의 책상 앞에 목격자들에 대한 보고서를 내놓았다.
서장은 스위스 경찰에서 보내 온 전보문을 읽고 있었다.
"전과가 한 번 있군. 으흠, 모두가 한결같아."
리디스데일이 말했다.
"그렇습니다."
"보석 강도……, 흐음, 그렇군, 밀입국……, 그래, 철저히 조사해야겠네. 완전히 사기꾼이야."
"그렇습니다. 좀도둑 정도이지요."
"좀도둑이 나중에 거물이 되는 거 아닌가?"
"그건 그렇겠지요, 서장님."
경찰서장은 그를 쳐다보았다.
"의심스럽나, 크래독?"
"그렇습니다."
"무슨 이유로? 뻔한 사건 아닌가? 자네가 만나본 목격자들이 무슨 말을 했는지 보세."
그는 보고서를 자기 쪽으로 끌어당기더니 재빠르게 읽어 나갔다.
"일반적이군. 역시 불일치와 대조가 역력해. 긴장된 순간에 대해 각기 다른 사람이 설명하는 것은 절대로 일치하지 않거든. 하지만 결정적인 상황은 명백하군."
"알고 있습니다만 만족스럽지 못한 상황이지요. 불투명한 상황입니다."
"사건 경위를 살펴보기로 하지. 루디 쉐르츠는 5시 20분에 버스로 메든햄을

출발해서 6시 정각에 치핑 클래그혼에 도착했고, 그에 대해서는 버스 안내원과 승객 두 명의 목격이 있군. 버스 정류장에서 별 어려움 없이 리틀 패덕스로 걸어가서 집 안으로 들어갔고—아마 현관문으로 들어간 것 같군.

그런 다음에 모여 있던 손님들을 총으로 위협하고 두 발을 쏘았는데, 그중 하나가 블랙로크 양을 스쳐 지나가면서 상처를 낸 모양이군. 그는 세 번째 총알로 자신을 쏘았는데 고의인지 사고인지는 충분한 증거가 없어서 알 수가 없고, 그가 왜 이번 일을 저질렀는지도 알 수 없다는 것은 나도 인정하네. 검시관들은 자살이나 사고사라고 하겠지만, 그 판결이야 어떻든 우리의 일은 마찬가지일세. 그러고 나면, 우리는 사건을 종결짓게 되는 거지."

"서장님은 항상 심리학에 의지하라는 이스터브룩 대령처럼 말씀하시는군요."

크래독이 우울하게 말했다.

리디스데일은 미소를 지었다.

"대령은 경험이 많은 사람이니까. 나도 여기저기에서 떠도는 심리학 용어에는 진력이 날 지경이지만, 그렇다고 그걸 무시할 수는 없네."

"저는 그 상황이 완전히 틀린 것 같습니다, 서장님."

"그럼 치핑 클래그혼에서 그런 일을 꾸밀 다른 이유가 있었다는 건가?"

크래독이 잠시 망설이다가 말했다.

"제 생각엔 그 외국 여자가 제게 말한 것보다 훨씬 더 많은 것을 알고 있는 것 같습니다. 하지만 어쩌면 제 편견일지도 모르지요."

"그 여자가 그와 내통이라도 했단 말인가? 그를 위해 문도 열어 주고, 일을 저지르도록 도와주었을 거란 말이지?"

"비슷합니다. 왠지 그런 생각이 듭니다. 그리고 그 집 안에 뭔가 값진 물건이 있는 것 같습니다. 돈이나 보석 같은 것 말입니다. 블랙로크 양이나 다른 사람들은 그 집에 값진 것이 없다고들 극구 부인하기는 합니다만, 그들이 모르는 값진 물건이 있을 수도 있죠."

"추리소설 같은 내용이군."

"좀 터무니없는 이야기라는 것은 인정합니다. 그리고 눈에 띄는 점은 쉐르츠가 블랙로크 양을 죽일 목적이었다고 버너 양이 확신하는 겁니다."

"자네 말이나 그녀의 말로 미루어 봐서 그 버너 양이라는 노파는……."

"오, 압니다, 서장님."

크래독이 재빨리 끼어들었다.

"그 노파는 믿을 만한 목격자가 아닙니다. 그녀의 생각은 아무도 바꿀 수가 없지요. 하지만 재미있는 것은 그녀 혼자만이 그렇게 생각하고 있다는 겁니다. 아무도 그런 내용을 그녀에게 말해준 적도 없었습니다. 다른 사람들은 모두 그것을 부인하고 있으니까요."

"그럼 그 여자는 루디 쉐르츠가 왜 블랙로크 양을 죽이려고 했다고 하던가?"

"그 점에 대해서는 저도 모릅니다. 그녀가 거짓말을 한 게 아니라면, 블랙로크 양도 모르고 있을 겁니다. 그것에 대해 아무도 모르는 것으로 봐서, 그 생각이 틀릴지도 모르죠."

그는 한숨을 쉬었다.

"기운을 내게, 크래독. 헨리 경과 함께 점심이나 하세. 메든햄 웰스의 로열 스파 호텔에서 최고급 요리로."

경찰서장이 말했다.

"감사합니다."

크래독은 약간 놀란 듯했다.

"자네도 알겠지만, 우리는 편지를 받았네……."

헨리 클리더링 경이 들어오자 그는 말을 멈추었다.

"아, 자네 왔군, 헨리."

헨리 경은 다정한 투로 말했다.

"잘 있었나, 더모트?"

"자네에게 보여 줄 것이 있네, 헨리."

경찰서장이 말했다.

"뭔가?"

"어떤 노처녀에게서 온 편지일세. 로열 스파 호텔에 묵고 있는데, 이 치핑 클래그혼 사건에 대해 우리에게 알려 줄 것이 있다는군."

"그 노처녀들 말이군."

헨리 경이 기운차게 말했다.

"도대체 할 말이 없군. 노인네들은 못 듣는 게 없어. 다 알고 있다니까. 옛날 사람들 말하고는 또 다르지. 그 노인네들은 거친 말들도 서슴없이 입에 올린다네. 도대체 그 이상한 노처녀는 뭘 알고 있다는 건가?"

리디스데일은 편지를 다시 보면서 말했다.

"나이 지긋한 할머니인 모양이군."

그는 투덜거리듯이 말했다.

"완고한 성격 같아. 잉크병이 빠진 거미처럼 지나치게 강조하는 말투야. 우리의 귀중한 시간을 빼앗고 싶지는 않지만 조금이라도 도움이 될지 모르겠다는 식으로 말일세. 이름이 뭐더라? 제인, 뭐지? 머플, 아니, 마플이군, 제인 마플."

"맙소사."

헨리 경이 말했다.

"그럴 수가 있나, 조지? 그녀는 바로 그전에 내가 칭찬했던 그 여자일세. 무척 자신만만한 노처녀라네. 그녀는 이 살인 게임에 관여하고 싶어서 세인트 메리 미드의 집에서 잠자코 있지를 못하고 메든햄 웰스까지 일부러 왔군. 살인 게임이 또 한 번 예고된다면 마플 양이 즐거워할 걸세."

리디스데일이 조롱하는 투로 말했다.

"헨리, 자네의 보물을 보게 되어서 기쁘군. 자, 이제 로열 스파로 점심이나 먹으러 가세. 우리는 그 여자를 만나봐야겠어. 크래독은 관심이 없는 모양이군."

"그렇지 않습니다."

크래독이 정중하게 부인했다.

그는 자기의 대부(代父)가 일을 꽤 진척시켰다고 생각했다.

2

제인 마플 양은 완전히는 아니지만 크래독이 상상했던 모습과 거의 비슷했다. 그녀는 그가 생각했던 것보다 훨씬 인자했으며, 상당히 나이가 들어 보였다. 사실 그녀는 매우 늙은 여자였다.

그녀는 눈같이 새하얀 머리에, 핑크빛의 주름진 얼굴, 매우 부드럽고 순진해 보이는 푸른 눈을 갖고 있었다. 그리고 그녀가 손수 짠 듯한 아기 담요 같은 양털 숄을 어깨에 두르고 있었다.

그녀는 헨리 경을 보자 요란스러운 태도로 반가워했으며, 경찰서장과 크래독 경위를 소개받고는 소란스럽게 떠들어댔다.

"정말이에요, 헨리 경. 얼마나 다행인지……, 정말 얼마나 다행인지 모르겠어요. 당신과 헤어지고 나서……, 그래요. 내 류머티즘 증세 때문이죠. 너무 늦었어요. 하마터면 이 호텔을 예약하지 못할 뻔했답니다. 요즘은 호텔 숙박료가 엄청나더군요. 그런데 레이먼드가 손을 써주었어요. 내 조카 있잖아요. 레이먼드 웨스트라고. 그를 기억하시겠어요?"

"그의 이름이야 모르는 사람이 없지요."

"그래요. 그 귀여운 애는 총명함이 번뜩이는 글로 성공 가도를 달리고 있죠. 최근에 쓴 작품이 독서 클럽에서 채택되었다는군요. 그것은 그 애 작품 중에서 가장 졸작인데도 말이에요. 하지만 그런 일은 종종 있을 수 있다고 생각해요. 안 그래요? 그 귀여운 녀석이 글쎄, 내 생활비를 모두 대겠다지 뭐예요. 그 애의 아내도 화가로 이름을 날리고 있답니다. 대부분이 시든 꽃이 꽂힌 주전자나 이 빠진 빗이 창턱에 놓인 그림들이지만요. 하지만 나는 감히 뭐라고 평을 할 수가 없답니다. 나는 아직도 블레어 리튼과 알마타드마를 존경한답니다. 어머, 내가 수다를 떨고 있군요. 경찰서장님, 사실 나는 이런 이야기를 할 생각이 아니었어요. 시간을 빼앗아서 죄송해요."

크래독 경위는 완전히 망령이 들었구나 하고 불쾌하게 생각했다.

"지배인실로 갑시다. 그곳에서 이야기하는 게 좋겠습니다."

리디스데일이 말했다.

마플 양은 핀을 뽑아 숄을 벗고는, 여전히 떠들어대면서 그들을 따라 롤랜드슨 씨의 안락한 방으로 들어갔다.

"자, 마플 양, 우리에게 하실 이야기가 무엇인지 들어 봅시다."

경찰서장이 말했다.

마플 양은 뜻밖에 아무 서론 없이 본론으로 들어갔다.

"수표 말이에요. 그가 그걸 고쳤어요."

"그라니요?"

"이곳에서 일하던 그 젊은이 말이에요. 강도극을 꾸미고 자살한 청년 있잖아요?"

"그가 수표를 고쳤다는 겁니까?"

마플 양이 고개를 끄덕였다.

"그래요. 여기에 갖고 왔어요."

그녀는 가방에서 그것을 꺼내서 탁자 위에 올려놓았다.

"오늘 아침 은행에서 갖고 온 다른 수표들에 섞여 있었어요. 보세요, 이것은 7파운드짜리였는데 그가 17파운드로 고쳤잖아요. 7자 앞에 1을 긋고, 세븐seven이라는 단어 뒤에 교묘하게 '턴teen'이라고 썼어요. 정말 감쪽같지요. 아주 능숙한 솜씨로 봐서 많이 해본 사람 같아요. 내가 카운터에서 수표에 서명했으니까 그 사람도 같은 잉크로 썼을 거예요. 전에도 여러 차례 했었다고 보지 않으세요?"

"그가 이번엔 잘못 걸렸군요."

헨리 경이 말했다.

마플 양이 동의한다는 표시로 고개를 끄덕였다.

"그래요. 어쩌면 그는 범죄 조직에 속해 있을지도 몰라요. 일에 쫓기는 젊은 기혼녀나 사랑에 빠진 젊은 여자들이야 수없이 수표에 서명해놓고도 다시 들여다보는 일이 없겠지만, 나처럼 늙고 할 일 없는 여자는 돈에 대해 지나치게 주의를 기울이고, 자기를 속이려는 사람을 가려내려고 하지요. 나는 17파운드짜리 수표를 끊은 적이 없어요. 매달 급료와 책값으로 20파운드 가량이 나가고, 개인적인 지출비로 보통 7파운드를 쓰지요. 5파운드가 될 때도 있지만 보통은 7파운드예요."

"그 녀석을 보고 누군가가 생각나진 않았습니까?"

헨리 경이 장난기 어린 눈으로 말했다.

마플 양은 미소를 지으며 그를 돌아보았다.

"당신 참 짓궂군요, 헨리 경. 사실은 그랬어요. 생선 가게에서 일하는 프레드 타일러가 생각났지요. 그는 항상 물건 값 이상으로 돈을 받았어요. 요즘엔 생선을 찾는 사람이 많아졌기 때문에 그렇게 해서 많은 돈을 남길 수 있을 거예요. 또, 사람들이 대부분은 그런 걸 눈치 채지 못하기 때문에 그는 항상 10실링씩 더 받아냈던 거예요. 그는 그것으로 넥타이도 사고, 양장점 점원인 제시 스프래그를 데리고 영화도 보고 소다수를 터뜨릴 수 있었지요. 젊은 애들은 모두 그런 걸 원하니까요. 내가 여기에 온 첫 주에 벌써 내 지갑에 차질이 생겼어요. 그래서 그 젊은이에게 그걸 지적했더니 아주 공손히 사과했지만 무척 언짢아하는 것 같더군요. 나는 금방 그가 부정직한 눈을 가졌다는 것을 알았지요. 부정직한 눈이란 것은……."

마플 양은 계속 이야기했다.

"사람을 똑바로 쳐다보면서도 절대 눈을 돌리거나 깜박이지도 않는 그런 눈을 말하지요."

크래독은 무의식적으로 알겠다는 표시를 했다. 그는 몇 년 전에 그를 법정에까지 서게 했던 악명 높은 사기꾼 짐 캘리를 생각해 냈다.

"루디 쉐르츠는 전혀 못 믿을 사람입니다. 스위스에서도 전과 경력이 있었습니다."

리디스데일이 말했다.

"거기에서 상황이 불리해지니까 위조 서류들을 갖고 이곳으로 온 모양이군요?"

마플 양이 말했다.

"그렇습니다."

리디스데일이 말했다.

"그는 식당에서 일하는 붉은 머리의 조그마한 여종업원과 가깝게 지냈다고 하더군요."

마플 양이 말했다.

"다행히도 그녀는 그를 진심으로 좋아하지는 않았더군요. 그는 그녀에게 꽃다발이나 초콜릿을 주었겠죠. 영국의 젊은이들은 보통 그런 일은 안 하죠. 그녀가 모두 다 말하던가요? 아니면 뭔가 숨기고 있나요?"

마플 양은 갑작 크래독을 향해서 말했다.

"글쎄, 그건 잘 모르겠습니다."

크래독이 조심스럽게 말했다.

"아마 모두 다 말하지는 않았을 거예요."

마플 양이 말했다.

"그녀는 대단히 불안해하는 것 같아요. 오늘 아침에도 청어를 갖다 달라고 했는데 연어를 갖고 왔더군요. 우유는 아예 잊어버리고요. 보통 때는 실수가 전혀 없었는데, 지금은 무척 불안해하는 것 같아요. 그녀가 증거나 뭐 그런 것을 가지고 있는지는 모르겠지만 내 생각으로는……."

마플 양의 자신만만한 푸른 눈동자는 주의의 남자들을 지나 크래독 수사 경위의 잘생긴 얼굴을 빅토리아 여왕 같은 이해심 많은 눈으로 바라보았다.

"당신이 그녀를 잘 설득하면 그녀가 알고 있는 모든 것을 털어놓게 할 수 있을 거라는 이야기예요."

크래독 경위가 얼굴을 붉히자 헨리 경이 껄껄 웃었다.

"루디 쉐르츠는 그녀에게 그것이 누구인지 말했을지도 몰라요."

마플 양이 말했다.

리디스데일이 그녀를 바라보았다.

"무엇이 누구라는 말입니까?"

"참 답답하군요. 그에게 시킨 사람 말이에요."

"그러니까 누군가가 그를 조종했다고 생각하는 겁니까?"

마플 양은 놀란 눈으로 서장을 쳐다보았다.

"아, 그렇지만 분명히(내 말은) 그는 용모가 단정한 젊은이였어요. 여기저기에서 조금씩 돈을 훔치고, 수표를 위조하고, 주위의 값싼 보석을 슬쩍한다든가 혹은 금고에서 얼마 안 되는 돈을 훔치는 것, 모두 하찮은 도둑질이지요. 돈 몇 푼 들고 다니며 옷이나 말끔하게 빼 입고, 여자 친구와 데이트하는 뭐 그런 사람 아니에요? 한데 그런 사람이 갑자기 총을 들고 방 안에 모인 사람들을 위협하고 누군가를 쏘았어요. 전에는 그런 짓을 해본 적이 없는 사람이 말이에요! 그는 그럴 만한 인물이 못 되거든요. 게다가 그런 짓은 그에게 전혀 의미가 없는 일이에요."

크래독은 급하게 숨을 들이마셨다.

그건 바로 리티시어 블랙로크가 한 말이었다. 목사 부인도 그런 말을 했고, 자기 자신도 그렇게 느껴왔다. 의미가 없다! 그리고 헨리 경의 여자 친구인 마플 양도 높은 목소리로 지금 그렇게 말하고 있지 않은가?

"아마 마플 양께서는 말씀해주실 수 있을 것 같군요."

크래독이 말했다. 그의 목소리는 갑자기 공격적으로 바뀌었다.

"그때 무슨 일이 일어났는지 말입니다."

그녀는 놀란 눈으로 그를 바라보았다.

"그것을 내가 어떻게 알겠어요? 신문에 보도되긴 했지만, 일부분에 지나지 않아요. 물론 추측은 할 수 있지만, 그것은 정확한 것은 아니지요."

헨리 경이 말했다.

"조지, 마플 양이 경위가 마을 사람들과 가진 면담 내용을 보면 규칙에 어긋나겠나?"

"규칙 위반일세. 하지만 나는 규칙을 그렇게 따르는 사람이 아니기 때문에 보여 드릴 수 있네. 지금 당신이 하신 이야기에 무척 관심이 있습니다, 마플 양."

리디스데일이 말했다.

마플 양은 어리둥절했다.

"어머, 헨리 경의 말을 곧이듣지 마세요. 이분은 너무 친절하시거든요. 나는 별 관심 없이 넘겨 버린 것도 너무 깊이 생각하는 경우가 종종 있다니까요. 사실, 나에겐 재능이라고는 하나도 없어요. 전혀 없지요. 인간으로서 갖고 있는 지능밖에는 말이에요. 사람들은 모든 것을 너무 깊이 믿는 경향이 있어요. 나는 내가 항상 최악의 상태만을 생각하는 것이 아닌가 해서 걱정이에요. 그것은 결코 좋은 일이 아니니까요. 하지만 종종 내가 옳다는 것이 밝혀진답니다."

리디스데일은 타이프로 친 종이를 그녀 앞에 놓으며 말했다.

"이걸 읽어 보시죠. 오래 걸리지는 않을 겁니다. 그곳 사람들도 마플 양과 비슷한 사람들이거든요. 마플 양도 그들처럼 많은 사람들을 알고 계실 테니, 우리가 느끼지 못한 점을 알아차릴 수도 있을 겁니다. 이 사건은 곧 결론을 내리게 되겠지만, 그전에 아마추어의 의견을 들어 보는 것도 괜찮을 것 같습니다. 크래독도 이 사건에 대해서는 만족할 만한 결론을 얻지 못한 것 같습니다. 그도 역시 마플 양과 마찬가지로 아무 의미가 없다고 하는군요."

그녀가 보고서를 읽는 동안 침묵이 흘렀다.

이윽고 그녀가 그것을 내려놓았다.

그녀는 한숨이 섞인 목소리로 말했다.

"대단히 흥미 있군요. 사람들의 말, 그리고 생각들이 각각 달라요. 그들이 본 것이나 보았다고 생각하는 것들도요. 모든 게 복잡하면서도 또 평범하군요. 만일 한 가지라도 평범한 점이 없다면 문제를 해결할 수가 없지요."

크래독은 심한 실망을 느꼈다. 잠깐 동안 그는 이 늙고 재미있는 여자에 대한 헨리 경의 판단이 틀렸다고 생각했다.

그녀가 어떤 것에 대해서는 정확히 지적했을지도 모른다. 나이 먹은 사람들에게는 어딘지 날카로운 면이 있으니까. 그 예로 그는 에머 대고모에게는 아무것도 숨길 수가 없었다. 대고모는 그가 거짓말할 때는 코가 실룩거리더라고 말해주었다. 하지만 헨리 경이 그렇게 칭찬하던 마플 양은 단지 이렇게 몇 마디로써 사건에 대한 자신의 의견을 나타냈다.

그는 울컥 불쾌한 마음이 솟아올라 퉁명스럽게 말했다.

"이 사건의 진실은 명백합니다. 사람들이 주장하는 내용이 어떻든 지간에 그들이 본 것은 한 가지입니다. 그들은 모두 권총과 손전등을 가진 복면을 쓴 남자가 문을 열고 들어와서 위협하는 걸 보았다는 거지요. 그가 '손들어!' 아니면 '돈을 내 놔. 그렇지 않으면 죽여 버리겠어!'라고 했던지 또는 다른 말로 위협을 했던지 간에 그들은 모두 그를 보았다는 뜻입니다."

마플 양은 부드럽게 말했다.

"하지만, 사실 그들은 아무것도 볼 수가 없었어요."

크래독은 숨을 멈추었다. 그녀의 말이 맞다! 그녀는 드디어 날카로운 지혜를 보여 주기 시작한 것이다. 그는 그녀를 시험해보기 위해 그 말을 던진 것이었다. 하지만 그녀는 넘어가지 않았다.

그때의 상황이나 무엇이 일어났는가 하는 것은 문제가 되지 않는다. 하지만 그녀도 그와 마찬가지로 깨닫고 있는 점이 있었다. 복면을 쓴 남자에게 위협을 받았던 그 사람들은, 사실은 그 남자를 전혀 볼 수가 없었던 것이다.

마플 양은 홍조를 띤 얼굴에 눈을 반짝이며 어린아이처럼 흥분해서 이야기했다.

"만일 내 말이 옳다면, 방 밖의 홀에는 불이 켜 있지 않았고, 층계에도 불이 없었을 거예요."

"그렇습니다." 크래독이 말했다.

"그리고 문간에 서 있던 남자가 강한 빛의 손전등으로 방 안을 비추었다면, 사람들은 그 불빛밖에는 아무것도 볼 수 없지 않겠어요?"

"그렇죠. 그것은 충분히 증명해 보일 수 있습니다."

"그러니까 그 사람들이 복면을 쓴 사람의 모습을 봤다고 한 것은(물론 그들은 깨닫지 못했겠지만) 사건이 끝나고 난 뒤에 본 것을 미루어 짐작한 거지요. 불이 켜진 뒤에 말이에요. 그러므로 모든 상황이 한 가지 가정에 아주 잘 들어맞는 것이죠. 루디 쉐르츠가 제물이라는 가정 말이에요."

리디스데일은 흥분해서 빨갛게 달아오른 그녀의 얼굴을 바라보고 있었다.

"내가 제대로 표현했는지 모르겠군요."

그녀는 중얼거리듯이 말했다.

"나는 미국식 어법은 서툴거든요. 그리고 그 표현은 아주 잘 바뀐다고 하더군요. 더쉴 해미트(1874~1961, 미국의 비정파 추리소설 작가)의 작품에서 읽은 적이 있어요. 내 조카인 레이먼드에게서 들었는데, 그는 비정파 추리소설에서 최고의 작가라고 하더군요. 내가 올바로 이해했는지는 모르지만, 제물이란 다른 사람의 부탁에 의해 죄를 짓고 벌을 받게 된 사람을 말하는 거예요. 이 루디 쉐르츠라는 인물도 그런 종류의 사람인 것 같아요. 경솔하고 탐욕스러운 성격의 사람에게서 흔히 볼 수 있는 일이지요."

리디스데일은 너그러운 미소를 지으며 말했다.

"그럼 그가 누군가의 지시를 받고 그곳으로 가서 총을 쏘았다는 말입니까?

상관의 명령을 받고서요."

"나는 그가 그 일을 장난이라고 설명받았을 거라고 생각해요."

마플 양이 말했다.

"물론 그 대가로 보수를 받기로 했겠죠. 신문에 광고를 내고, 미리 그 집에 가서 살펴본 다음 바로 그날 밤에 복면과 검은 망토를 뒤집어쓰고는 손전등을 들이대면서 위협하는 모든 행동에 대해서 말이에요."

"그리고 총을 쏘는 것까지 말입니까?"

"아니에요. 그는 총을 갖고 있지 않았어요."

마플 양이 말했다.

"하지만 모두가 그렇게 말했습니다……."

리디스데일이 말을 시작하다 멈추었다.

"엄밀하게 말해서 만일 루디 쉐르츠가 총을 갖고 있었다고 해도 사람들은 그것을 볼 수 없었을 거예요. 나는 그가 총을 가지고 있었다고는 생각하지 않아요. 그가 '손들어!' 하고 말한 뒤에 누군가가 어둠 속에서 그에게 다가가서 그의 어깨너머로 총을 쏜 거라고 생각해요. 그가 놀라서 쓰러지자, 다른 사람이 그를 쏘고는 총을 그의 옆에 떨어뜨려 놓은 것이죠……."

세 사람은 그녀를 바라보았다.

헨리 경이 부드럽게 말했다.

"가능한 이야기로군요."

"그럼, 어둠 속에서 다가간 사람은 누구일까요?"

경찰서장이 물었다.

마플 양은 기침을 하며 말했다.

"그것은 블랙로크 양에게서 누가 그녀를 죽이길 원하는지 알아내시면 자연히 밝혀지겠지요."

도라 버너에게는 좋은 소식이겠구나 하고 크래독은 생각했다. 본능이란 항상 이성에 역행하는 것이다.

"그럼, 고의적으로 블랙로크 양의 생명을 노렸다고 생각하십니까?"

리디스데일이 물었다.

"지금까지 보기에는 분명히 그래요." 마플 양이 말했다.

"한두 가지 의심스러운 점이 있기는 하지만요. 그렇지만 내가 정말 의심하는 것은 그런 방법보다는 다른 지름길이 있지 않았나 하는 거예요. 루디 쉐르츠와 이 일을 꾸민 사람은 그의 입을 막기 위해서 어려움을 겪었을 테지만, 결국은 성공하고 말았어요. 만일, 루디 쉐르츠가 누군가에게 입을 열었다면 그건 그 마이르나 해리스라는 처녀일 거예요. 그리고 그랬다면 아마 이 사건을 꾸민 사람에 대해 한두 마디 정도의 암시는 남겨 두었을 거예요."

"내가 지금 그녀를 만나보지요."

크래독이 일어나며 말했다.

마플 양이 고개를 끄덕였다.

"그렇게 하세요, 크래독 경위님. 그녀도 당신에게 자신이 아는 것을 털어놓는 게 신상에 안전할 테니까요."

"안전? 아, 알았습니다."

경위는 방을 나갔다.

경찰서장은 의심하는 듯했지만 재치있게 말했다.

"자, 마플 양, 당신의 생각을 우리에게 분명히 말해주신 셈이군요."

3

"그렇게 말씀하시니 유감스럽군요. 정말이에요."

마이르나 해리스가 말했다.

"그 사건에 대해 그렇게 안달하시지 않는 게 좋을 거예요. 경위님도 아시겠지만, 그 노부인은 사소한 일에도 소동을 부리고 시끄럽게 하는 사람이에요. 그러니까 경위님 말씀은, 뭐라고 할까, 말하자면 제가 사전 종범자라는 거 아니에요?"

그녀는 단숨에 말을 쏟아냈다.

"저는 지금 농담하고 있는 것이 아니에요."

크래독 경위는 마이르나의 흥분을 누그러뜨리기 위해 위로의 말을 몇 마디 되풀이했다.

"좋아요. 뭐든지 다 말씀드리죠. 하지만 저를 그 문제에 개입시키지 말아주세요. 그것은 모두 루디가 저와의 데이트 약속을 어긴 것과 함께 시작되었지요. 우리는 그날 저녁에 영화를 보러 가기로 했는데, 루디가 갈 수 없다고 하는 거예요. 그래서 저는 조금 섭섭했지요. 결국 그건 모두 그의 생각이었지, 사실 저는 외국인과 어울리고 싶지 않았어요. 그는 제게 무척 미안하게 됐다고 하더군요. 그래서 저는 괜찮다고 했지요. 루디는 그날 저녁에 장난을 좀 치려고 한다면서, 절대로 손해 보지는 않을 거라고 하더군요.

저는 그에게 장난이라니 무슨 말이냐고 물었지요. 그는 아무에게도 말해서는 안 된다면서 어딘가에서 파티가 있을 예정인데 거기에서 강도극을 꾸밀 거라고 했어요. 그러고는 자기가 낸 그 우스꽝스러운 신문광고를 보여 주더군요. 그는 그것이 모두 어린애 장난이라고 하면서 영국인들답다고 빈정거렸어요. 영국인들은 철들 줄 모른다나요. 그래서 제가 왜 영국인들에 대해 그런 식으로 말하느냐고 따졌고, 우리는 그것 때문에 잠시 다투었지요. 경위님도 이해하시겠지만, 제가 보기에는 그 광고가 전혀 장난으로 보이질 않았거든요. 루디는 그날 저녁 사람을 쏘고 자기도 자살한 거예요. 도대체 저는 어떻게 해야 할 줄 몰랐어요. 만일 제가 먼저 털어놓으면 모두들 저를 그 사건과 관련된 사람이라고 생각할 테니까요. 하지만 그가 제게 이야기할 때는 정말 장난 같았어요. 그는 틀림없이 장난으로 생각하고 총을 쐈을 거예요. 그리고 그는 자기가 총을 갖고 있었는지에 대해서는 말해주지 않았어요."

크래독은 그녀를 위로하며 가장 중요한 질문을 했다.

"누가 그 일을 시켰다고 말하던가요?"

잠시 침묵이 흘렀다.

"그런 말은 하지 않았어요. 제 생각에는 루디의 독자적인 행동 같아요."

"어떤 이름을 언급하지 않았습니까? 그라든가, 그녀라든가 하는 말 말입니다."

"아뇨, 그는 단지 소동이 벌어질 거라고만 했을 뿐이에요. '그들의 얼굴 표정을 보면 정말 웃음이 나올 거야.'라고만 말했지요."

그는 웃을 시간도 없었구나 하고 크래독은 생각했다.

4

메든햄으로 돌아오면서 리디스데일이 말했다.
"그건 단지 가정일 뿐이네. 뒷받침이 될 만한 게 없어. 그 노처녀의 자만으로 생각하고 그냥 우리 생각대로 진행시켜 나가세."
"그러지 않는 게 좋을 것 같습니다, 서장님."
"그건 불가능한 일이야. 어둠 속에서 누군가가 스위스 친구 뒤로 나타났다니, 도대체 누가 어디에서 나타났다는 건가? 그리고 그는 누구이며 지금 어디에 있단 말인가?"
"그는 옆문을 통해 들어왔을 수도 있습니다."
크래독이 말했다.
"쉐르츠와 마찬가지로요. 아니면……." 그는 천천히 덧붙였다.
"주방으로 들어왔을 수도 있습니다."
"그 여자가 주방으로 들어왔을 수도 있다는 말이군?"
"그렇습니다. 가능한 일이죠. 그 여자는 믿을 수가 없습니다. 어쩌면 비명을 지르고 발작적으로 신경질을 내는 게 모두 연극일지도 모르지요. 젊은 외국인과 짜고서 그를 적당한 시간에 들여보낸 다음 미리 계획했던 대로 그를 쏘고는 식당으로 뛰어들어 가서 은그릇을 들고 비명을 지르기 시작한 것이죠."
"그렇지만 우리가 얻은 사실로는 음, 이름이 뭐더라……, 아, 그렇지. 에드먼드 스웨튼햄의 말로는 열쇠로 밖에서 문을 열고 그녀를 나오게 해주었다고 하지 않았나? 그 집에 또 다른 문이 있나?"
"예, 주방과 뒤 계단으로 통하는 문이 층계 아래쪽에 있습니다. 몇 주일 전에 손잡이가 빠졌는데 아무도 끼워 넣지 않았다더군요. 굴대와 손잡이 두 개가 문 밖 홀의 선반 위에 놓여 있었는데 먼지가 잔뜩 쌓여 있었습니다. 물론 전문가라면 그 문을 부수지 않고 열 수 있었겠지요."
"그 여자의 신원을 확인해보는 게 좋겠군. 신분이 합법적인가 알아보게. 하지만 나는 추측에 불과하다고 생각해."

경찰서장은 자기 부하를 의심스러운 눈으로 쳐다보았다.

크래독은 조용히 대답했다.

"압니다, 서장님. 물론 이 사건이 빨리 종결지어져야 한다면 그렇게 해야겠지요. 하지만 제게 이번 사건을 좀더 살필 여유를 주시면 감사하겠습니다."

경찰서장은 뜻밖에 조용하고 부드러운 목소리로 말했다.

"자네를 믿네."

"제 가정이 맞는다면, 그 권총은 쉐르츠의 것이 아닙니다. 그곳에 모인 사람들은 아무도 쉐르츠가 권총을 갖고 있었다고 확신할 수 없으니까요."

"그건 독일제였네."

"알고 있습니다, 서장님. 하지만 영국에는 유럽제 총들이 얼마든지 있습니다. 많은 미국인과 영국인이 유럽제 총들을 갖고 있지요. 그것은 중요한 사실이 아닙니다."

"그건 그렇지. 그래, 뭔가 짐작 가는 것이 있나?"

"먼저 동기가 밝혀져야겠지요. 만일, 제 추측대로라면 지난 금요일의 사건은 단순한 장난이나 평범한 강도극이 아닌 잔인한 계획 살인이라는 결론이 나옵니다. 그는 왜 블랙로크 양을 살해하려고 했을까요? 이 질문에 대답할 수 있는 사람은 블랙로크 양 자신뿐입니다."

"그녀는 그 추측에 대해 비웃을 걸세."

"루디 쉐르츠가 자기를 살해하려고 했다는 생각에 대해서는 비웃겠지요. 그 점에 있어서는 그녀가 옳습니다. 하지만 다른 사실이 있습니다, 서장님."

"뭔가?"

"누군가가 다시 시도할 수도 있다는 거죠."

"그렇다면 그 추측이 증명되겠군. 그리고 마플 양에게 신경 좀 써주게."

경찰서장은 무뚝뚝하게 말했다.

"마플 양을요? 왜 그러시죠?"

"그녀는 치핑 클래그혼에 있는 목사관에 거주하면서 일주일에 두 번씩 병원에 가기 위해 메든햄 웰스로 나오는 모양이야. 그 이름이 뭔가 하는 부인이 마플 양의 옛 친구의 딸인 것 같아. 자네에게도 날카로운 재치가 있지 않은가! 내 생각에 그녀는 일상생활에는 별 흥미를 느끼지 못하고 있고, 또 살인자들이 자기를 노릴지도 모른다는 생각을 하고는 뭐든지 의심하는 것 같아."

"저는 그녀가 오지 않기를 바랍니다."

크래독이 진지하게 말했다.

"자네 생각대로 움직이고 싶어서 그러나?"

"그런 것은 아닙니다, 서장님. 그녀는 멋진 노부인이시더군요. 저는 그녀에게 무슨 일이 일어나지 않기를 바랄 뿐입니다. 제가 항상 생각하는 것은 이번 추측에는 뭔가 의미가 있다는 겁니다."

제9장

문에 대해서

1

"또다시 귀찮게 해드려서 죄송합니다, 블랙로크 양."

"아, 괜찮아요. 심리가 일주일 연기되어 더 많은 증거를 얻으러 오신 것 아니에요?"

크래독은 고개를 끄덕였다.

"블랙로크 양, 루디 쉐르츠는 몽트루의 알프스 호텔 주인 아들이 아닙니다. 그는 처음에는 베른에 있는 병원에서 일을 했다고 합니다. 그때 많은 환자들이 잡다한 보석들을 도둑맞곤 했지요. 그다음에는 다른 이름으로 조그마한 스키장에서 심부름을 했지요. 그는 주로 레스토랑에서 계산서를 이중으로 만들어 거기에서 나온 차액으로 수입을 올렸습니다. 그 뒤에는 취리히에 있는 백화점에 근무했었는데, 그때 그 백화점의 들치기에 의한 손해가 보통 때보다 유독 많았다고 합니다. 그러니 그것도 그의 소행이었다고 볼 수 있죠."

"그러니까 도둑이었군요. 그리고 내가 그전에 그를 본 기억이 없다고 생각한 것도 맞는 이야기로군요."

블랙로크 양이 무뚝뚝하게 말했다.

"그렇습니다. 그는 당신이 로열 스파 호텔에 계실 때 눈여겨봤다가 아는 체한 것이죠. 그는 스위스 경찰 때문에 그곳에서는 살아가기가 힘드니까 위조한 신분증명서를 가지고 이곳에 와서 로열 스파 호텔에 일자리를 얻은 겁니다."

"그곳은 수입을 잡기에 아주 좋은 곳이지요. 그곳에 머무는 사람들은 모두 부유하고 사치스러우니까요. 아마 대부분의 사람들이 자신들의 계산에 전혀 신경을 쓰지 않을 거예요."

블랙로크 양은 무뚝뚝하게 말했다.

"그렇습니다. 이중 계산서를 꾸미기에는 안성맞춤인 곳이지요."

크래독이 말했다.

블랙로크 양은 얼굴을 찌푸렸다.

"그런 것은 나도 알고 있어요. 하지만 왜 치핑 클래그혼을 택했느냐는 거예요. 어째서 돈 많은 사람들이나 들락거리는 로열 스파 호텔을 두고 이곳을 선택했을까요?"

"이 집에 값진 물건이 없다고 아직도 말씀하시는군요."

"물론이죠. 그것이라면 분명히 당신에게 확신시킬 수도 있어요. 이 집에는 귀중한 렘브란트 그림이나 그런 종류 같은 것은 하나도 없어요."

"그러면 당신의 친구인 버너 양의 말이 옳겠군요? 그는 당신을 해치려고 이곳에 온 거라는 것 말입니다."

"그것 봐, 레티, 내가 뭐라고 했니!"

"아, 말도 안 돼, 버니."

"하지만 그것이 터무니없는 소리라고 생각하십니까? 저는 진실이라고 생각합니다."

크래독이 말했다.

블랙로크 양은 아주 차가운 시선으로 그를 쳐다보았다.

"그럼 이야기를 전개시켜 봅시다. 당신은 그 젊은이가 계획적으로 이 마을 사람들의 반 이상이 모일만한 광고를 신문에 내고 그 정해진 시간에 여기에 왔다는……"

"하지만 그는 꼭 그걸 바란 건 아니야."

버너 양이 강력하게 주장하며 끼어들었다.

"그것은 너에 대한 무서운 경고였어, 레티. 내가 '살인 예고'라고 쓰인 광고문을 봤을 때 생각한 그대로야. 사실 그때 나는 너무 불길한 예감이 들었다고 그는 너를 쏘고는 도망가려고 했을 거야. 그러면 범인이 누군지 어떻게 알겠니?"

"그럴 수도 있겠지. 하지만……"

"나도 그 광고가 장난이었다는 것은 알아, 레티. 나도 그렇게 말했지. 그리고 미치를 쳐다보았더니 그녀 역시 놀란 표정을 짓고 있더구나!"

"아, 미치 말씀이군요. 그녀에 대해서도 좀더 알고 싶습니다."

크래독이 말했다.

"그녀의 신분증이나 허가장은 모두 합법적인 거예요."

"그 점에 대해서는 의심하지 않습니다."

크래독이 무뚝뚝하게 말했다.

"하지만 쉐르츠의 신분증도 역시 합법적인 것으로 나타났습니다."

"루디 쉐르츠가 도대체 왜 나를 죽이려고 했을까요? 그 점에 대해서는 통 설명이 없군요, 크래독 경위."

크래독이 천천히 설명했다.

"쉐르츠의 배후에 누군가가 있을 겁니다. 그것에 대해 생각해보신 적이 있습니까?"

그는 비유적으로 설명하려고 했다.

마플 양의 추측이 옳다고 해도 그것은 이론상으로만 가능한 일일 수도 있다. 하지만 블랙로크 양에게는 그러한 말이 소용없었으며, 그녀는 여전히 그것에 대해 비관적으로 보고 있었다.

"문제는 아직도 마찬가지군요. 어째서 나를 죽이려 했을까요?"

"저는 당신에게서 그 해답을 얻고 싶습니다, 블랙로크 양."

"나는 몰라요! 더 이상 말할 것도 없고요. 내게는 원수진 사람도 없어요. 그리고 이웃과도 아주 좋은 관계로 지내왔다고 생각해요. 다른 사람의 약점이나 비밀을 아는 것도 없고요. 모두 어리석은 생각들뿐이라고요! 미치가 이번 일과 관계가 있을 거라고 생각한다면 그것도 어리석은 추측이에요. 버너 양도 말했지만, 미치는 가제트에서 그 광고를 보고는 자기가 죽을까 봐 무척 두려워했답니다. 그때 그녀는 짐을 싸서 이 집에서 떠나려고까지 했을 정도였거든요."

"그것은 그녀가 한 수 쓴 것이 아닐까요? 그녀는 당신이 분명히 자기를 붙잡을 거라는 것을 알고 있었을 수도 있지요."

"물론 당신이 그쪽으로 문제를 끌고 간다면 얼마든지 대답을 찾을 수는 있을 거예요. 하지만 미치가 내게 악의를 품었다면 내 음식에 독을 넣어서 얼마든지 죽일 수도 있었어요. 나는 그녀가 이 얼토당토않은 추측에 끼어들 사람이 아니라는 걸 확신해요. 모두 어리석은 이야기예요.

경찰들은 외국인 콤플렉스가 있다고 들었어요. 미치는 거짓말쟁이일지는 몰라도 그렇게 잔인한 여자는 아니에요. 만일, 정 그렇게 해야 하겠다면 가서 그녀를 또 못살게 추궁하세요. 하지만 그녀가 졸도하거나 또 방문을 걸어 잠그고 비명을 질러댄다면 당신은 오늘 저녁식사를 준비해야 한다는 걸 기억하세요. 하몬 부인이 나이 먹은 여자들을 보내서 오후에는 그녀와 함께 차를 나누도록 해주었지요. 나는 미치가 케이크를 만들어주길 바라요. 당신은 분명히 그녀를 또 기분 상하게 할 테니까 이만 돌아가서 다른 사람을 만나는 것이 좋을 것 같군요."

2

크래독은 주방으로 갔다.

그는 요전과 똑같은 질문을 했으며 미치는 똑같이 대답을 했다.

그렇다. 그녀는 4시 정각에 정문을 걸어 잠갔다.

아니다. 항상 그런 것은 아니다. 하지만 그날 오후는 그 끔찍한 광고 때문에 불안해서 잠갔을 가능성이 크다.

옆문은 블랙로크 양이나 버너 양이 오리 우리 문을 닫기 위해 들락거리고, 헤이메스 부인도 보통 그 문으로 들어오기 때문에 잠그지 않는 게 좋다.

"헤이메스 부인은 자기가 5시 30분에 들어와서 문을 잠갔다고 하던데요."

"아, 경위님은 그녀를 믿는군요. 아, 그렇군요. 당신은 그녀를 믿는단 말이지요."

"내가 그녀를 믿어서는 안 될 이유라도 있습니까?"

"제 생각 같은 게 무슨 문제가 되겠어요? 당신은 저를 믿지 않잖아요."

"기회를 주시죠. 그러니까 당신은 헤이메스 부인이 저 문을 잠그지 않았다고 생각합니까?"

"그녀는 아주 신중히 그 문이 잠기지 않도록 했을 거예요."

"무슨 말이지요?"

크래독이 물었다.

"그 젊은 남자는 혼자 일을 꾸민 게 아니에요. 물론 아니죠. 그는 어디로 들어와야 하는 것도 알고 있었고, 그가 들어올 문이 열려져 있을 거라는 것도 알고 있었어요. 게다가 아주 쉽게 열고 들어올 수 있다는 것도 말이에요!"

"도대체 무슨 말을 하는 겁니까?"

"제 말 같은 게 무슨 소용이 있겠어요? 지금 경위님은 제 말을 듣고 있지도 않을 거예요. 그리고 제가 거짓말이나 하는 못된 외국 여자라고 생각하고 있지요? 금발의 영국 여자는, 아, 물론 그녀는 거짓말을 안 할 테죠. 그녀는 순수한 영국 여자니까 정직하겠죠. 그러니 경위님은 그녀나 믿지 저 같은 여자는 믿지 않을 거예요. 그렇지만 저는 당신에게 말해줄 수도 있었어요. 물론 말해줄 수도 있었고말고요!"

그녀는 스토브 위에 있는 소스 냄비를 던져버렸다.

크래독은 앙심에만 사로잡혀 있는 이 여자의 말을 받아들여야 할지 말아야 할지 망설였다.

"우리는 들은 것도 모두 기록하고 있습니다."

"저는 아무 말도 하지 않겠어요. 왜 제가 말을 해야 하죠? 당신네들은 모두 똑같아요. 당신들은 가엾은 망명자들을 고문하고 경멸하잖아요. 만일 일주일 전에 그 젊은 남자가 와서 블랙로크 양에게 돈을 요구했다가 거절당하자 헤이메스 부인과 그가……, 그래요, 저 바깥 정자에서 이야기하는 것을 들었다고 한다면, 분명히 당신은 모두 제가 꾸며낸 이야기라고 할 거 아니겠어요?"

그 이야기는 분명히 그녀가 꾸며낸 것일 거라고 크래독은 생각했다.

하지만 그는 큰소리로 말했다.

"정자에서 이야기하는 소리를 듣지 못했지요?"

미치는 승리감에 넘쳐서 소리쳤다.

"그렇지 않아요. 저는 쐐기풀을 뜯으러 나갔었어요—그건 아주 맛있지요. 식구들은 생각도 못했겠지만 저는 그걸 요리해서 아무 말도 하지 않고 식탁에 올려놓았답니다. 아무튼 그때 그들이 이야기하는 소리를 들었어요. 그가 '그렇지만 어디에 숨지?'라고 말하자, 그녀가 '내가 가르쳐 줄게요.'라고 하더군요. 그러고는 '6시 15분'이라고 했지요.

 그 숙녀인 척하는 깜찍한 여자가 그렇게 음흉한 행동을 하고 있었던 거예요. 그녀는 일을 마치고 돌아왔다가 다시 나가서 그를 데리고 집으로 들어오겠다는 거지요. 버너 양은 그런 행동을 좋아하지 않지요. 저는 그 장면을 봐두었다가 블랙로크 양에게 그대로 말해야겠다고 생각했어요. 하지만 이제 보니 제 생각은 모두 틀린 것이었어요. 그녀가 그와 꾸민 것은 사랑의 행각이 아니라 강도와 살인이었던 거예요. 어쨌든 당신은 모두가 제가 꾸며낸 거짓말이라고 생각하시겠죠. 교활한 여자라고 말이에요. 하지만 저는 그 여자를 감옥에 넣고야 말겠어요."

 크래독은 망설였다. 그녀가 거짓말을 하는 것일 수 있다. 하지만 거짓말이 아닐지도 모른다.

 그는 주의 깊게 물어보았다.

 "헤이메스 부인과 말하던 남자가 분명히 루디 쉐르츠였습니까?"

 "틀림없어요. 그는 바로 정자를 가로질러 차도로 나갔어요."

 미치는 의기양양하게 말했다.

 "이제 그만 나가서 싱싱한 쐐기풀이 있나 알아봐야겠어요."

 크래독 경위는 의아스러웠다. 10월에 싱싱한 쐐기풀이 어디에 있단 말인가? 그는 미치가 엿들은 데 대해서 다급하게 이유를 둘러대느라고 그런 말을 했을 거라고 생각했다.

 "지금 말한 것밖에 또 들은 것은 없습니까?"

 미치는 기억해 내려고 애쓰는 것 같았다.

 "그 코가 긴 버너 양이 저를 불렀어요. '미치! 미치!' 그래서 그녀에게로 갔지요. 아, 그녀는 정말이지 사람을 짜증나게 만들지요. 항상 무슨 일에든지 간섭을 하니까요. 글쎄, 가보았더니, 제게 요리를 가르쳐 주겠다는 거예요. 그녀의 음식 솜씨, 흥! 그녀가 만드는 것은 모두 맹물, 맹물, 맹물 맛이랍니다!"

 "지난번에는 왜 이 이야기를 안 했습니까?"

 크래독이 차갑게 물었다.

"그때는 기억이 나지 않았어요(저는 생각도 못 했거든요). 그 뒤에야 떠오르더군요. 그 일은 바로 그때 그 여자에 의해 꾸며진 것이라고 말이에요."

"헤이메스 부인이 그랬다는 것을 확신할 수 있습니까?"

"그래요, 확신한다니까요. 확신하고말고요. 그 여자는 도둑이에요. 틀림없어요. 정원사 같은 일은 그렇게 깜찍한 숙녀에게는 만족스럽지 못한 일이지요. 그렇다고 어떻게 자기에게 그렇게도 친절히 대해 주는 블랙로크 양의 집을 노릴 수 있어요! 너무도 악랄한 여자예요. 너무도 악랄해요!"

경위가 그녀의 표정을 자세히 살피며 말했다.

"만일 누군가가 당신이 루디 쉐르츠에게 이야기하는 걸 보았다고 한다면 어떻게 설명하겠습니까?"

그의 말은 기대했던 것보다 효과가 별로 없었다.

미치는 코웃음을 치면서 머리를 흔들었다.

"누군가가 제가 그와 이야기하는 걸 봤다고 한다면 그것은 거짓말이에요. 거짓말, 거짓말이라고요."

그녀는 경멸하듯이 말했다.

"모함하는 것은 쉬운 일이에요. 하지만 이 영국에서는 그것이 사실인지 아닌지 증명해 보여야 합니다. 블랙로크 양이 그렇게 일러주더군요. 그 말이 맞죠? 저는 살인자나 도둑하고는 말하고 싶지 않아요. 그리고 영국의 경찰관들은 제가 그런 짓을 했다고 말할 수는 없을 거예요. 당신이 여기서 이렇게 얘기, 얘기, 얘기만 하고 있으니 제가 어떻게 요리를 할 수가 있겠어요? 제발 주방에서 나가주세요. 저는 지금 아주 맛있는 소스를 만들어야 한다고요."

크래독은 순순히 나왔다. 그는 미치에 대한 의심이 조금씩 흔들렸다.

그녀가 필리파 헤이메스에 대해 한 말은 대단히 확신에 차 있었다.

미치가 거짓말쟁이라고 하더라도 그녀가 말한 그 이야기 속에는 근원적인 사실이 들어 있을 수도 있다. 그는 그 문제에 대해서 필리파와 이야기해보기로 마음먹었다. 필리파는 그의 질문에 조용하고 교양 있는 태도로 대답했었기 때문에 전혀 의심스러운 생각을 가질 수 없었다.

크래독이 홀을 가로질러 가서 무심코 부서진 손잡이가 달린 문을 열려고 했을 때, 층계를 내려오던 버너 양이 황급하게 외쳤다.

"그 문은 안 돼요. 열리지 않아요. 왼쪽에 있는 다른 문으로 가세요. 좀 복잡하죠? 사실 이 집에는 문이 너무 많아요."

"정말 많군요."

크래독은 그녀를 올려다보면서 말하고는 좁은 홀로 내려갔다.

버너 양은 친절하게도 하나하나 설명해주었다.

"처음에 있는 것은 옷장 문이고, 그다음에 있는 것은 붙박이 문, 그다음은 식당 문인데 저 옆쪽에 있지요. 이쪽에는 당신이 나가려던 문이 있고, 그다음은 거실로 들어가는 문, 그다음은 도자기를 넣어두는 벽장 문, 화초 기르는 방의 문, 그리고 맨 끝에는 옆문이 있지요. 너무 복잡해요. 특히 이 문 두 개는 너무 붙어 있어서 나도 가끔 잘못 열곤 하죠. 보통 때는 탁자를 그 문에 붙여 놓았는데 그날은 벽 쪽으로 옮겨 놓았지요."

크래독은 거의 기계적으로 자기가 나가려고 했던 문 한가운데에 수평으로 나 있는 희미한 자국을 보았다. 탁자가 놓여 있던 흔적이었다. 그는 마음속에 희미하게 떠오르는 것이 있어서 이렇게 물었다.

"옮겨 놓았다고요? 언제 말입니까?"

다행히도 도라 버너에게는 질문에 대한 이유를 둘러댈 필요가 없었다.

어떤 문제에 대한 질문이든 수다스러운 버너 양에게는 그것이 오히려 당연한 것이었으며, 그녀는 사소한 것이라도 알려 주고 싶어서 안달이었다.

"글쎄요. 최근의 일인데 열흘이나 2주 전이었을 거예요."

"왜 옮겼죠?"

"기억이 잘 안 나는데, 아마 꽃 때문이었을 거예요. 필리파가 커다란 꽃병에 아주 아름답게 꽃을 꽂아 놓았거든요. 가을 분위기가 나는 나뭇가지들을 곁들여서 말이에요. 그런데 너무 커서 지나가는 사람의 머리에 닿을 정도였어요. 필리파가 '탁자를 옮기는 게 어떻겠어요? 문보다 벽을 배경으로 하는 것이 좋아 보일 것 같은데요.' 하고 말하더군요. 그래서 웰링턴 장군을 워털루 전쟁에 조화시키듯이 꽃이 놓인 탁자를 벽 쪽으로 옮겼지요. 하지만 내가 보기에는 그렇게 좋아 보이지도 않았어요. 그러고는 층계 밑에 놓았지요".

"그때는 저 문을 사용했었습니까?"

크래독이 문을 가리키며 말했다.

"그래요. 원래는 작은 거실 문이었는데 두 방을 합치는 바람에 쓸모없게 되어서 잠가 버린 거예요."

"잠그다니요?"

크래독은 공손히 다시 물었다.

"못을 쳐서 막았다는 겁니까, 아니면 그냥 자물쇠로 잠갔다는 겁니까?"

"아, 그냥 자물쇠로 잠그고 빗장을 걸어 놓았어요."

경위는 문 꼭대기의 빗장을 보고 그것을 열어 보려고 했다.

빗장은 부드럽게 열렸다, 너무도 쉽게……

"마지막으로 열었던 게 언제입니까?"

그는 버너 양에게 물었다.

"몇 년 된 것 같아요. 내가 여기 온 뒤에는 한 번도 연 적이 없었으니까요."

"열쇠가 어디에 있는지 아십니까?"

"홀 탁자 서랍에 열쇠가 많이 있는데, 그중에 끼어 있을 거예요."

크래독은 그녀를 따라가 서랍을 열고 오래되어 녹슨 열쇠 뭉치를 보았다.

그는 그것들을 유심히 살펴보다가 그중에서 눈에 띄는 열쇠 하나를 들고 다시 문으로 갔다.

열쇠는 자물쇠에 꼭 맞아서 쉽게 돌아갔다. 문을 밀자 소리 없이 미끄러지듯이 열렸다.

버너 양이 소리쳤다.

"오, 조심하세요. 안쪽에 벽에 기대어 둔 물건들이 있을 거예요. 그 문은 전혀 열지 않았거든요."

"그렇습니까?"

경위가 말했다. 그는 차가운 표정으로 말을 이었다.

"이 문은 최근에 열렸었습니다, 버너 양. 손잡이와 경첩에 기름이 칠해져 있는걸요."

그녀는 멍한 얼굴로 그를 쳐다보았다.

"누가 그런 짓을 했을까요?"
"저도 그걸 알고 싶습니다."
크래독은 냉정하게 말했다.
그는 생각했다. 외부에서 온 X인가? 아니다. X는 여기에 있었다. 이 집 안에. X는 그날 밤 거실 안에 있었다.

제10장

핍과 에머

1

이번에 블랙로크 양은 전보다 그의 말에 좀더 주의를 기울였다. 그녀는 교양 있는 여자답게 그가 말하는 이야기의 복잡한 면도 파악하고 있었다.

그녀가 조용히 말했다.

"그래요. 그게 사실을 바꾸어 놓았군요……. 아무도 저 문에 손댈 이유가 없지요. 내 생각으로는 그럴 사람이 없어요."

"아시다시피 불이 나갔을 때 이 방에 있던 누군가가 저 문으로 나가 루디 쉐르츠의 뒤로 가서 총을 쏜 겁니다."

경위가 다그치듯이 말했다.

"사람들의 눈에 띄거나 소리를 내지도 않고 말인가요?"

"눈에 띄거나 아무런 소리를 내지도 않고 말입니다. 그때를 기억해보십시오. 불이 나가자 사람들은 당황해서 비명을 질러대고 서로 부딪치고 난리통이었습니다. 그러고 나서 사람들은 그 눈부신 손전등의 빛을 본 거지요."

블랙로크 양은 천천히 말했다.

"그 손님들 중 한 사람이, 그러니까 우리 이웃들 중 한 사람이 저 문으로 슬쩍 나가서 나를 죽이려고 했다는 말씀인가요? 나를요? 하지만 도대체 왜 그런 짓을 했을까요?"

"그 질문이 대한 대답은 블랙로크 양이 더 잘 아실 텐데요?"

"나는 몰라요. 맹세하지만 정말 몰라요."

"자, 그럼 시작해보십시다. 만일 블랙로크 양이 돌아가신다면 누가 유산을 받게 됩니까?"

블랙로크 양은 마지못해 대답했다.

"패트릭과 줄리어랍니다. 이 집에 있는 가구와 약간의 연금은 버니에게 돌아가게 되어 있고요. 사실 남길 것도 별로 없어요. 독일과 이탈리아에 땅이 조금 있긴 하지만, 지금은 별 가치가 없게 되었지요. 세금은 많고 이윤은 적으니까요. 분명히 말하지만, 나는 살해당할 만큼 부자가 아니에요. 게다가 내가 갖고 있던 돈은 모두 1년 전에 연금불입금으로 다 넣어버렸어요."

"하지만 아직도 약간의 수입이 있지 않습니까, 블랙로크 양? 패트릭과 줄리어가 그것도 물려받게 되는 건가요?"

"그래서 그 애들이 나를 죽이려고 했다는 말인가요? 믿을 수가 없군요. 그 애들은 그 정도로 돈이 궁하진 않아요."

"무슨 증거가 있어서 그렇게 말씀하시는 겁니까?"

"증거는 없어요. 단지 그 애들이 내게 하는 말로 미루어 생각하는 거예요. 하지만 나는 절대로 그 애들을 의심하지 않아요. 언젠가는 나도 살해당할 정도로 재산이 많아질 때가 있겠지요. 하지만 지금은 아니에요."

"언젠가 살해당할 정도로 재산이 많아진다는 게 무슨 뜻입니까, 블랙로크 양?"

크래독 경위가 갑자기 질문했다.

"막연한 날이지요. 경우에 따라서 빨라질 수도 있고, 나도 남들처럼 대단한 부자가 되면 뭐 안 되나요?"

"재미있는 말씀이군요. 설명 좀 해주시겠습니까?"

"물론 해드리죠. 아실지 모르겠지만, 나는 20년 이상을 랜들 고들러의 비서로 일하면서 그와 가깝게 지내왔어요."

크래독은 흥미를 느꼈다. 랜들 고들러는 재계에서 유명한 이름이었다. 대담한 투자와 항상 그의 주위에서 떠도는 세평은 그를 쉽게 잊지 않는 인물로 만들었던 것이다. 확실하지는 않지만 그는 1937년인가 1938년에 죽었다.

"그는 당신보다는 먼저 세대의 사람이지요. 그래도 그의 이름은 들어 보았을 거예요."

블랙로크 양이 말했다.

"그렇습니다. 그는 백만장자였지요. 안 그렇습니까?"

"그래요. 그의 재산은 다소 변동이 심하긴 했어도 보통 몇백만 달러 이상은 되었지요. 그러면서도 그는 항상 새로운 기회를 포착하기 위해서 대담한 모험을 하곤 했어요."

그녀는 회상하듯이 눈을 반짝이며 말했다.

"어쨌든 그는 상당한 부자로 죽었습니다. 그는 아이가 없었기 때문에 그의 아내에게 재산을 모두 남겼지요. 그리고 그녀가 죽고 난 뒤에는 모두 내게 돌아오도록 해주었어요."

희미한 기억이 경위의 머리에 떠올랐다.

'거대한 유산, 충성스런 비서에게 가다' 그런 종류의 기사였다.

"최근 12년 동안 나도 고들러 부인을 살해하고 싶은 충동이 있었지요. 하지만 이런 건 당신에게 아무 도움이 안 되겠지요?"

블랙로크 양은 약간 눈을 반짝이며 말했다.

"이런 질문을 드려서 죄송합니다만 고들러 부인은 남편의 유산을 처분한 방법에 대해 불만을 가졌습니까?

블랙로크 양은 재미있어 하는 눈치였다.

"그렇게 돌려서 말씀하실 필요 없어요. 당신은 내가 랜들 고들러의 애인이 아니었나 묻는 거죠? 하지만 그렇지 않아요. 랜들은 나에게 단 한 번이라도 다른 마음을 품은 적이 없었어요. 나도 그랬고요. 그는 아내인 벨을 사랑했고, 죽을 때까지도 그 마음은 변하지 않았어요.

그런데 그가 그런 식으로 유산을 처리한 것은 나에 대해 보답해주기 위해서였을 거예요. 그는 초기엔 파산하기 일보 직전의 위험한 처지에 놓여 있었지요. 그때 현금 1,000파운드가 필요했답니다. 막대한 투자이기는 했지만 대단히 흥미로운 것이기도 했어요. 대담한 계획이었으니까요. 그런데 그는 그 돈으로도 사업을 일으켜 세우기에는 부족했어요. 그래서 나는 내 재산을 털어서 그를 구해 주었지요. 랜들을 믿었으니까요. 나는 내가 갖고 있는 것을 모두 팔아 그에게 주었어요. 그런데 그 사업은 성공했고, 일주일 뒤에 그는 거대한 부자가 되었던 거예요. 그런 일이 있은 뒤, 그는 나를 동업자로 대해 주었어요. 아, 그때는 정말 신나는 시절이었답니다!"

그녀는 한숨을 쉬었다.

"나는 그 일을 정말 좋아했어요. 그때 아버지가 돌아가시고 단 하나뿐인 여동생은 난치병으로 앓고 있었지요. 그래서 나는 모든 것을 포기하고 그 애를 돌봐야 했어요. 2년 뒤 랜들이 죽었지만, 나는 회사에 있을 때 많은 돈을 벌었기 때문에 그가 내게 유산을 남기리라고는 생각도 못했죠. 그런데 벨이 나보다 먼저 죽을 경우(그녀는 너무 몸이 약했기 때문에 모두들 오래 살지 못할 거라고 했지요), 내가 그의 전 재산을 물려받게 된다는 걸 들었을 때는 정말 감격스럽고 자랑스럽기까지 했어요. 하지만 다른 사람들은 그 기분을 모를 거예요. 벨은 그것에 대해 기뻐해 줄 정도로 다정다감하고 교양 있는 여자예요. 그녀는 스코틀랜드에 살고 있는데, 크리스마스 때 카드를 주고받는 것 말고는 몇 년 동안 만나지 못했죠. 전쟁 전에 동생을 데리고 스위스의 요양소에 갔었어요. 그 애는 그곳에서 폐렴으로 죽었지요."

그녀는 잠시 입을 다물더니 다시 이야기를 이었다.

"나는 겨우 1년 전에 영국으로 돌아왔답니다."

"이제 곧 부자가 될 거라고 하셨는데, 어느 정도의 시간을 말씀하시는 겁니까?"

"벨 고들러 담당 간호사 말로는 벨이 급속히 쇠약해지고 있다고 하더군요. 아마 2주일 정도밖에는 못 살 것 같다고 해요."

그녀는 서글픈 듯이 덧붙여 말했다.

"하지만 이제 내겐 돈이란 별 의미가 없어요. 나의 이런 단순한 생활에는 지금으로서도 충분해요. 예전에는 다시 증권에 투자하고 싶은 의욕도 있었지요. 하지만 지금은……, 그래요, 사람은 누구나 다 늙어가는 거니까요. 이제 아시겠어요? 패트릭과 줄리어가 돈 때문에 나를 죽이려고 했다면 그 애들은 몇 주 더 기다려야 하지 않았을까요?

"좋습니다. 그런데 만일 당신이 고들러 부인보다 먼저 돌아가시게 된다면 어떻게 됩니까? 누가 유산을 받게 되죠?"

"글쎄요. 거기까지 미처 생각해보지 않았는데, 핍과 에머가 아닐까요……?"

크래독이 멍하니 바라보고 있자 블랙로크 양이 미소 지었다.

"이상하게 들리죠? 만일 내가 벨보다 먼저 죽을 경우, 아마 법적인 자손에게 그 재산이 돌아가게 될 거예요. 그러니까 랜들의 유일한 여동생인 소냐가 물려받겠지요. 랜들은 소냐와 몹시 사이가 좋지 않았어요. 그녀는 그가 부랑자라고 반대한 사람과 결혼해버렸으니까요."

"그는 정말 부랑자였습니까?"

"예, 그렇다고 할 수 있죠. 하지만 여자에게는 무척 따뜻하게 잘 대해 주는 사람 같았어요. 그는 그리스, 아니면 루마니아나 뭐 그쪽 혈통을 가진 사람이었는데, 이름이 뭐랬더라? 스탬포디스, 드미트리 스탬포디스예요."

"랜들 고들러는 동생이 그와 결혼해버리자 그녀와 관계를 완전히 끊어버렸습니까?"

"아, 아니에요! 소냐는 자기 이름으로 꽤 많은 재산을 가지고 있었어요. 랜들은 그녀의 남편이 손댈 수 없게끔 소냐 이름으로 자신의 재산 일부를 옮겨놓았지요. 하지만 만일 그의 변호사가 벨보다 내가 먼저 죽을 때를 대비해서 또 다른 상속자를 말하라고 했다면 어쩔 수 없이 소냐의 아이들 이름을 댔을 거예요. 그는 그밖에는 다른 이름을 댈 수 없었을 테고, 그렇다고 사회에 자기 재산을 반환할 사람은 아니거든요."

"그녀에게는 아이들이 있었습니까?"

"핍과 에머가 있어요."

그녀는 웃으면서 이야기를 계속했다.

"참 우스운 이야기가 있어요. 소냐는 결혼하고 나서 벨에게 편지를 한 적이 있어요. 그녀는 랜들에게 자기는 무척 행복하게 지내고 있으며, 쌍둥이를 낳았는데 핍과 에머라고 이름을 붙였다고 전해 달라고 했다는군요. 소냐는 다시 편지 연락을 하진 않았지만, 벨은 당신에게 아마 더 많은 사실을 말해줄 수 있을 거예요."

블랙로크 양은 과거를 이야기하는 것이 즐거운 모양이었다. 그러나 경위는 전혀 즐겁지가 않았다.

"만일 당신이 어젯밤에 살해되었다면 결국 그 두 사람이 막대한 유산을 물려받게 되겠군요. 그러니까 블랙로크 양이 자신을 죽일 만한 이유가 아무에게도 없다고 하신 말씀은 틀린 겁니다. 왜냐하면 그 두 사람에게는 군침을 삼킬 만한 일이니까요. 그 쌍둥이는 몇 살입니까?"

블랙로크 양은 얼굴을 찌푸리고 기억해 내려고 했다.

"글쎄요……, 1922년이던가, 아니지……, 기억이 잘 나지 않는군요. 한 25~26살쯤 되었을 거예요."

그녀의 표정이 다소 신중해졌다.

"하지만 정말 그렇게 생각하는 것은 아니죠……?"

"저도 누군가가 당신을 살해할 의도로 총을 쐈다고 생각합니다. 그리고 그 인물이 또다시 그런 짓을 시도할 가능성도 있다고 봅니다. 그러니까 블랙로크 양은 아주 신경을 써서 조심스럽게 행동해야 할 겁니다. 살인을 시도했다가 실패하고 나면 다시 시도할 가능성이 아주 높은 편이니까요. 그것도 조만간 말입니다."

2

필리파 헤이메스는 허리를 펴고는 땀에 젖어 이마에 흘러내린 머리카락을 쓸어 올렸다. 그녀는 꽃밭을 정리하고 있었다.

"경위님이시군요?"

그녀는 의심스러운 눈으로 그를 쳐다보았다. 그도 전보다 더욱 세심히 그녀를 살펴보았다. 꽤 미인이다.

아름다운 금발, 갸름한 얼굴, 전형적인 영국의 멋진 여성이다. 고집이 세어 보이는 턱과 입. 어딘지 모르게 깔끔한 인상이다. 푸른 눈동자는 사람을 똑바로 바라보았지만, 아무것도 나타내지는 않았다. 비밀을 잘 지킬 것 같은 여자라고 그는 생각했다.

"미안합니다. 또 일할 때 방해하게 됐군요, 헤이메스 부인. 하지만 점심을 하러 올 때까지 기다릴 수가 없었습니다. 그리고 리틀 패딕스에서는 얘기하기가 불편할 것 같아서요."

"그래요?"

그 목소리에는 아무런 감정도 관심도 없었다. 다만 그의 상상인지 어쩐지는 몰라도, 뭔가 방심하지 않으려는 기미가 보였다.

"오늘 아침에 무슨 이야기를 들었는데, 그것이 부인과 관계가 있어서 말입니다."

필리파는 희미하게 눈썹을 추켜세웠다.

"당신은 루디 쉐르츠를 모른다고 했었죠?"

"그래요."

"그날 밤 죽은 그의 모습을 본 것이 처음입니까?"

"물론이에요. 한 번도 본 적이 없었어요."

"그러면 리틀 패덕스의 정자에서 그와 이야기를 나눈 적도 없겠군요."

"정자요?"

그녀의 목소리에는 분명히 두려워하는 기색이 역력했다.

"그렇습니다, 헤이메스 부인."

"누가 그러던가요?"

"루디 쉐르츠가 당신에게 어디에 숨느냐고 물으니까 당신이 가르쳐 주겠다고 했으며, 6시 15분이라고 말했다고 하던데요. 쉐르츠가 그날 밤 버스 정류장에서 이곳에 온 것도 아마 6시 15분이었을 겁니다."

잠시 침묵이 흘렀다.

필리파는 조롱하는 듯이 짧게 웃고는 말했다.

"누가 그런 말을 했는지 알겠어요. 정말 어리석은 이야기군요. 물론 심술궂은 면도 있고요. 미치는 몇 가지 이유 때문에 다른 사람들보다 저를 유독 미워하죠."

"그럼, 사실이 아니라 말입니까?"

"물론이죠……. 저는 루디 쉐르츠를 만나거나 본 적이 전혀 없어요. 그리고 저는 그날 아침에 여기서 밀린 일을 하고 있었어요."

크래독 경위는 부드럽게 말했다.

"어느 날 아침 말입니까?"

잠시 침묵이 흐르고 그녀의 눈썹이 떨렸다.

"매일 아침 말이에요. 저는 아침마다 여기에 나와 있어요. 그리고 5시 이전에는 집에 들어가지 않아요."

그녀는 빈정거리듯이 덧붙여 말했다.

"미치의 이야기는 별로 참고하지 않는 게 좋을 거예요. 그녀는 언제나 거짓말을 하거든요."

플레처 경사와 함께 걸어나오면서 크래독 경위가 말했다.

"그러니까 두 젊은 여자가 서로 다른 이야기를 한다 이 말이야. 도대체 누구를 믿어야 하지?"

"그 외국 여자가 거짓말을 한다는 것에 모두가 동의하는 것 같습니다. 제 경험으로 봐서도, 외국인들은 진실보다는 거짓말을 더 많이 하지요. 그녀가 헤이메스 부인에게 악의를 품고 있는 것만은 확실한 것 같습니다."

"자네라면, 헤이메스 부인을 믿겠나?"

"별다른 의심이 없을 경우에는 그렇게 하겠습니다."

크래독은 확신할 수는 없지만 별다른 의심이 있을 것 같지 않았다.

단지 두 개의 고집스러운 푸른 눈동자와 '그날 아침'이라고 자신 있게 말했던 것밖에는.

그는 정자에서의 대화가 아침이었는지 오후였는지 기억나지 않았다. 블랙로크 양, 아니 그녀가 아니라 해도 버너 양이 스위스로 돌아갈 여비를 빌리러 왔던 그 청년에 대해 말해줄 수 있을 것이다. 필리파 헤이메스는 그 사건이 일어난 날 아침에 그와 이야기를 했을지도 모른다.

하지만 크래독은 두려움이 어린 목소리로 되묻던 그녀의 말을 기억하고 있었다.

"정자요?"

그는 그 문제에 대해 아직은 결론을 내리지 않기로 마음먹었다.

3

목사관의 정원은 아늑한 곳이었다. 따스한 가을 햇볕이 온 영국을 뒤덮고 있었다. 크래독 경위는 세인트 마틴에서의 여름인지 세인트 루크에서의 여름인지는 기억할 수 없어도 그런 아늑하고, 또한 무기력하게 늘어지는 날씨를 알고 있었다.

그는 생기발랄한 번치가 권해 준 의자에 앉아 있었다. 어머니 모임에 가려던 참이던 그녀는 숄을 두르고 무릎에는 무릎 덮개를 하고 있었다. 그의 옆에는 마플 양이 앉아 있었다. 햇살, 알맞은 기온, 마플 양의 뜨개질바늘 소리, 모든 게 경위에게는 나른한 분위기였다. 하지만 그의 마음 저편에는 악몽과 같은 감정이 자리 잡고 있었다. 그것은 깊숙한 곳에 가라앉아 있던 악의가 점차 자라나 마침내는 공포로 변하는, 가끔 그도 꾸어 보았던 꿈과 같았다.

경위가 갑자기 입을 열었다.

"마플 양은 여기에 안 계시는 게 좋겠습니다."

마플 양은 잠시 뜨개질을 멈추었다. 그녀의 온화한 푸른 눈동자가 의미심장하게 그를 바라보았다.

그녀가 말했다.

"무슨 말인지 모르겠군요. 당신이 무척 성실한 사람이란 것은 나도 압니다만, 내가 있어도 상관은 없을 거예요. 번치의 아버지(그분은 우리 교구목사이자 대단히 훌륭한 학자이시죠.)와 어머니(이분도 영적인 힘이 강한 무척 대단한 분이에요.)는 모두 내 오랜 친구이지요. 그런 내가 메든햄에 와서 번치와 잠깐 동안 함께 있다는 것은 지극히 자연스런 일이 아닐까요?"

"물론 그렇습니다만, 너무 기웃거리며 찾아다니는 것이……, 저는 왠지 정말 안전치 못하다고 생각되는군요." 크래독이 말했다.

마플 양은 가벼운 미소를 지으며 말했다.

"하지만 내 생각에는요, 우리처럼 나이 많은 여자들은 항상 기웃거리고 다닌답니다. 만일 그렇지 않다면, 그거야말로 이상하고 주의해야 할 일이에요. 세계 곳곳에 사는 친구들에 대해서 묻고, 또 그들이 이러이러한 것들을 기억하는가 하는 것을 확인하기 위해서 또 기웃거리고요. 누구의 딸이 누구와 결혼했는가 하는 것 등 말이에요. 이 모든 게 도움을 주지요, 안 그래요?"

"도움이요?"

경위가 멍청하게 물었다.

"사람들이 자신들에 대해서 말한 것을 확인하는 데 말이에요."

마플 양이 계속해서 떠들어댔다.

"그게 바로 당신이 염려하는 거 아니겠어요? 그리고 그것이야말로 전쟁 이래로 공통적으로 변하는 특별 방법이지요. 한 예로 치핑 클래그혼을 봐요. 내가 살고 있는 세인트 메리 미드도 마찬가지고요. 거대한 저택에 사는 벤트리 가족, 하트넬 가족, 고귀한 리들리 가족, 웨더비 가족……, 지금은 모두 아버지, 어머니, 할아버지, 할머니, 숙모, 삼촌들이 되었지만 그들은 전 세대부터 그곳에 살았지요. 만일 누군가가 그곳에 새로 이사 오면, 그들은 먼저 그곳에 자리 잡았던 사람으로서 자신들을 소개하는 편지를 보내기도 하고, 같은 연대에 초대하거나 배를 빌려 주기도 하죠. 낯선 사람이라도 마을에 나타나면 그들은 잔뜩 긴장을 해서 그가 누구인지 완전히 알기 전까지는 안심을 못한답니다."

그녀는 가볍게 고개를 끄덕였다.

"하지만 이제는 그전 같지가 않아요. 마을이든 어떤 동네든 사람들은 아무런 유대도 없이 이사하고 정착하고 하지요. 거대한 저택들이 팔리고, 오두막이 개조되고, 이사 온 사람들에 대해 아는 거라고는 그들 입에서 나온 말밖에는 몰라요. 사람들이 세계 구석구석에서 온답니다. 인도, 홍콩, 중국, 프랑스, 이탈리아의 빈민 지역, 그리고 이상한 섬들 등에서 말이에요.

돈만 조금 벌면 은퇴해서 생활할 수 있으니까 더 이상 누가 누군지를 알아보려고 하지 않죠. 누구나 베나레스의 놋쇠 제품을 가질 수 있고, 초타 하츠리에 대해서도 얼마든지 이야기할 수 있지요. 타오르미나의 그림, 영국의 교회나 도서실에 대해서도 얘기할 수 있지요—힌클리프 양이나 머거트로이드 양처럼 말이에요. 남프랑스에서 올 수도 있고 동프랑스에서 여생을 보낼 수도 있죠. 사람들은 새로 이사 왔다는 그 자체만으로도 대우를 해준답니다. 꼭 자신의 친구에게서 그는 아주 훌륭한 사람이라느니, 아주 잘 아는 사람이니까 잘 대해 주라는 편지를 받아야만 잘 대우해주는 게 아닙니다."

크래독은 무엇 때문에 자신이 그렇게 우울해졌을까 생각해보았다. 그도 몰랐다. 그들은 배급 통장과 신원 카드에 의해 든든히 보장받는 것이다. 멋지게 꾸며진 카드에는 그들에게 할당된 번호가 적혀 있을 뿐 사진이나 지문은 없다. 그렇기 때문에 영국 사회에서 전원생활을 하는 애매한 계층은 떨어져 나가게 되는 것이다.

마을 사람들은 아무도 이웃에 대해 알려고 하지를 않는다. 시골에서조차도 자신의 이웃을 알지 못하는 게 대부분이다. 비록 그 본인만은 잘 알고 있다고 생각하더라도 그 깊숙한 비밀까지는……. 그 기름이 칠해진 문으로 봐서, 리티시어 블랙로크의 거실에는 사이가 좋지 않은 이웃이 있었다는 것을 알 수 있다.

그런 이유 때문에 그는 이 약하고 늙고 뭐든지 참견하기 좋아하는 마플 양이 불안했던 것이다.

"우리는 어느 정도까지 이곳 사람들을 조사할 수 있습니다……."

하지만 쉽지는 않을 것이다. 인도, 홍콩, 중국, 남프랑스……, 15년 전만큼 쉬운 일이 아니다. 그가 아주 잘 아는 사람들도 여러 명 있었다. 그들은 도시에서 갑작스러운 '사고'에 의해 죽음을 당한 사람들에게서 신분증을 빌려서 시골로 온 사람들이다.

신분증을 사고, 위조하는 조직도 있다. 물론 이곳 사람들을 조사할 수는 있다. 하지만 시간이 필요하다. 시간이야말로 그가 가장 필요로 하는 조건 중 하나이다. 랜들 고들러의 미망인의 임종이 점점 다가오고 있으니.

무거운 마음, 피곤함, 햇볕에 의한 몽롱함 속에서 그는 마플 양에게 랜들 고들러와 핍과 에머에 대해 말했다.

"두 사람의 이름입니다. 애칭이지요. 그들이 살아 있을지도 모릅니다. 아마 유럽 어딘가에서 존경받는 시민으로 살고 있을 겁니다. 어쩌면 그 둘 다, 아니면 둘 중 하나가 바로 이곳 치핑 클래그혼에 있을 수도 있지요."

"스물다섯 살 정도에……, 아, 누가 그들에 대해 알고 있으면 좋겠는데."

그는 자신도 모르게 혼잣말로 중얼거렸다.

"그녀의 조카 남매—사촌이라든가……, 그녀가 그들을 마지막으로 본 것이 언제인지 알고 싶군요."

마플 양이 부드럽게 물었다.

"내가 알아다 줄까요?"

"마플 양, 정말 이제 그만……."

"간단한 일일 거예요. 정말 염려할 필요가 없다니까요. 만일 내가 나선다면 오히려 더 눈에 안 뜨일지도 모르지요. 공식적인 게 아니니까요. 만일 잘못된 게 있다고 해도 그들에게 호위병을 둘 생각은 없겠지요?"

핍과 에머(그는 생각했다), 핍과 에머, 그는 핍과 에머라는 이름에 사로잡혀 있었다. 매력적이고 당돌한 젊은이와 차가운 눈길의 아름다운 여자…….

크래독 경위가 말했다.

"저는 앞으로 48시간 내로 더 알아내야 합니다. 저는 스코틀랜드에 가겠습니다. 고들러 부인이 말해준다면 그들에 대해 상당한 수확이 있을 겁니다."

"아주 현명한 생각이에요."

마플 양은 머뭇거렸다.

"내 생각에는 블랙로크 양에게 조심하도록 주의를 주는 게 좋을 것 같아요." 그녀가 중얼거렸다.

"그녀에게는 이미 말해두었습니다. 그리고 그곳에 신중하게 감시할 사람을 하나 남겨 놓겠습니다."

그는 마플 양의 시선을 피했다. 그녀의 눈은 신중하게 보호한다는 경찰도 집 안에서 사건이 벌어진다면 어쩔 수 없지 않겠느냐고 말하고 있었다.

"그리고 기억해두십시오. 마플 양에게도 분명히 경고를 드렸습니다."

크래독은 그녀를 뚫어지게 바라보며 말했다.

"기억해두지요. 내 자신에 대해서도 주의를 하겠어요."

마플 양이 말했다.

제11장

다과회에 온 마플 양

하몬 부인이 자기 집에 있던 손님과 함께 다과회에 갔을 때 리티시어 블랙로크가 조금이라도 방심을 하는 듯했다면, 마플 양은 그녀가 처음으로 인사를 나눈 것이었기 때문에 상황을 주시해서 보기가 어려웠을 것이다.

대단히 매력적인 그 독신녀는 온화하면서도 수다스러운 분위기를 가지고 있었다. 그녀는 이내 자기도 도둑들에 대해 주의를 기울여 온 노처녀들 중 한 명이라는 것을 보여 주었다.

그녀는 블랙로크 양에게 말했다.

"그들은 장소를 가리지 않고 털어 가지요. 요즘엔 정말 너무 많아요. 미국에서 건너온 수법까지 동원해서 말이에요. 나는 아직도 구식 방법을 믿는 편이지요. 나무 혹 단추 말이에요. 자물쇠를 열고 빗장을 여는 거지요. 하지만 요즘엔 놋쇠 혹 단추가 나와서 뒤로 물러나 버렸지요. 한번 사용해본 적 있으세요?"

"유감스럽게도 빗장 같은 것은 잘 몰라요. 우리 집에는 정말 훔쳐갈 만한 물건이 없답니다."

"현관문에 있는 사슬걸이 말이에요."

마플 양이 충고했다.

"가정부가 내부를 들여다보려면, 사슬이 걸려 있는 채로 그 틈만으로도 충분하겠더군요. 안으로 들어가지 않고서도 말이에요."

"미치는 아마 종종 그렇게 했을 거예요."

"그 강도극 때문에 무척 놀라셨겠군요."

마플 양이 말했다.

"번치가 다 이야기해주었답니다."

"무서운 일이에요."
번치가 말했다.
"놀라운 경험이지요."
블랙로크 양이 동의했다.
"자신이 궁지에 몰리게 되자 스스로를 쏘았다는 것은 천벌을 받을 일이지요. 요즘의 도둑들은 무조건 폭력이에요. 도대체 어떻게 들어왔을까요?"
"우리가 문을 제대로 잠그지 않았던 모양이에요."
"오, 레티······."
버너 양이 소리쳤다.
"내가 잊고 있었는데, 오늘 아침에 경위가 와서 아주 이상한 질문을 했어. 그 사람은 쓰지 않는 문을 열려고 하더구나. 너도 알지? 저기에 있는 열지 않는 문 말이야. 서랍에서 열쇠를 찾아서 열었는데, 그의 말로는 문에 기름이 발라져 있다는 거야. 그게 도대체 무슨 말인지 모르겠어."
그녀는 뒤늦게야 블랙로크 양의 조용히 하라는 신호를 알아차리고는 입을 벌린 채로 있었다.
"오, 로티, 정말 미안해. 오, 정말 용서해줘. 레티, 내가 너무 떠들어댔지?"
"괜찮아." 블랙로크 양이 말했다.
하지만 그녀는 화가 치솟았다.
"크래독 경위는 그런 이야기가 알려지는 걸 좋아하지 않을 거야. 그가 이 집을 조사할 때 네가 거기 있었는지 몰랐어, 도라. 이해하겠죠, 하몬 부인?"
"물론이죠. 우리는 절대로 다른 사람에게 말하지 않을 거예요. 그렇지요, 제인 아주머니? 그런데 그가 왜······?"
그녀는 다시 생각에 잠겼다.
버너 양은 보기에 딱할 정도로 어찌할 줄 모르고 있었다. 결국, 그녀는 울음을 터뜨리고 말았다.
"나는 항상 쓸데없이 떠들고 다니기만 해. 오, 레티, 네게는 내가 귀찮기만 한 존재일 거야."
블랙로크 양이 재빨리 막았다.

"네가 있어서 나는 마음이 든든해, 도라. 어쨌든 치핑 클래그혼처럼 조그만 곳에는 비밀이 있을 수 없어."

마플 양이 말했다.

"그건 사실이에요. 아시겠지만, 무슨 일이라도 아주 이상한 경로를 통해서 퍼져 나가지요. 가정부들 말이에요. 하지만 요즘엔 가정부가 있는 집이 많지 않으니까 꼭 그들에 의한 것만도 아닐 거예요. 파출부들이지요. 그들은 여러 집을 돌아다니면서 일을 하니까요."

하몬 부인이 불쑥 말했다.

"아, 알았어요! 물론 저 문이 열린다면 누군가 어둠 속에서 이곳을 빠져나가 강도극을 꾸밀 수도 있었을 거예요. 그렇지만 물론 그럴 수는 없었겠군요. 그는 로열 스파에서 온 사람이었으니까. 혹시 그가 아니지 않았을까요? 아, 모르겠어요……."

그녀는 얼굴을 찌푸렸다.

"그때 그 일은 모두 이 방에서 일어났나요?"

마플 양이 물었다. 그러고는 미안한 듯이 덧붙여 말했다.

"내가 너무 호기심이 많다고 생각할지 모르겠지만, 사실 그 일은 무척 흥미로운 것이 아니에요? 신문에서나 볼 수 있는 사건이니까요. 그런데 그런 일이 바로 가까운 사람에게 일어났으니……, 그 사건에 대해 자세히 알아보고 싶군요. 내 말뜻을 아시겠죠?"

이내 번치와 버너 양은 경쟁이나 하듯이 앞을 다투어 이야기했고, 블랙로크 양은 가끔 그들의 말을 고쳐주었다.

이야기가 한창 진행되어 갈 때, 패트릭이 들어와서는 루디 쉐르츠의 역을 멋지게 연기해 보였다.

"레티 아주머니는 저기 계셨어요. 입구 한쪽 구석에요. 저기 가셔서 서 보세요, 레티 아주머니."

블랙로크 양이 순순히 그렇게 하자, 마플 양은 총알 자국을 볼 수 있었다.

"놀랍군요, 정말 하늘이 도우신 일이에요."

그녀는 숨을 헐떡이며 감탄해서 말했다.

"손님들에게 담배를 권하려고 했었죠."

블랙로크 양은 탁자 위에 놓인 커다란 은제 담배 상자를 가리켰다.

버너 양은 불평하는 투로 말했다.

"사람들은 담배를 피울 때 도무지 조심하지 않아요. 평소에는 그렇게 저 가구들을 칭찬하다가도 담배를 피울 때는 그것들을 까맣게 잊어버리는 모양이에요. 저기 저 아름다운 탁자를 보세요. 누가 담배꽁초를 내려놔서 시커멓게 타 버렸잖아요. 부끄러운 일이에요."

블랙로크 양은 한숨을 쉬었다.

"자기 물건을 갖고 너무 안달하는 것도 보기 흉해."

"하지만 저건 너무 훌륭한 탁자잖니, 레티."

버너 양은 친구의 물건을 마치 자신의 것처럼 아꼈다.

번치 하몬은 항상 그 점이 버너 양의 가장 좋은 점이라고 생각했다. 하지만 드러내서 말하지는 않았다.

"정말 훌륭한 탁자로군요. 그 위에 있는 도자기 램프도 예쁘고요."

마플 양이 공손하게 말했다.

버너 양은 또 그 램프가 자기 것인 양 떠들어댔다.

"눈부시죠? 드레스덴 도자기에요. 한 쌍으로 된 것인데 나머지 한 개는 다른 방에 있을 거예요."

"너는 이 집 안 물건이 어디에 있는지 다 알고 있구나, 도라. 아니면 그냥 그렇게 생각하는 거니? 아무튼 너는 내 물건을 나보다도 더 아끼는 것 같아."

블랙로크 양은 부드럽게 말했다.

버너 양은 얼굴을 붉혔다.

"나는 아름다운 물건을 좋아할 뿐이야."

그녀는 공격적이면서도 아쉬운 듯한 목소리로 말했다.

"사실 얼마 안 되는 물건들이라도 자신에게는 무척 소중한 거죠. 수많은 추억들이 어려 있으니까요. 앨범을 보면 함께 생각나지요. 요즘 사람들은 사진을 별로 간직하지 않더군요. 나는 아직까지도 내 조카들이 아기였을 때의 사진을 갖고 있답니다. 물론 그 애들이 어른이 되어서 찍은 것도 있고요."

마플 양이 말했다.

"제 것도 갖고 계시죠. 세 살 때 찍은 거예요. 폭스테리어 종과 함께 찍은 것인데 눈을 사팔뜨기로 뜨고 찍었어요."

번치가 말했다.

"당신 아주머니도 당신 사진을 많이 갖고 계실 거예요."

마플 양이 패트릭을 보면서 말했다.

"우리는 아주머니와 먼 친척일 뿐인걸요."

패트릭이 말했다.

"엘리너가 네가 아기 때 사진을 보낸 적이 있었지."

블랙로크 양이 말했다.

"하지만 아직도 갖고 있는지 모르겠구나. 나는 엘리너가 아기를 몇이나 낳았는지, 또 그 애들 이름이 뭔지도 몰랐다. 그녀가 너희들 둘을 이곳으로 보낼 것이라고 편지했을 때에야 알게 되었지."

"날짜가 쓰여 있지 않았나요? 요즘에는 어린 친척에게는 별로 관심도 없어서 잘 몰라요. 옛날처럼 대가족이 함께 살던 때는 그러지 않았는데 말이에요."

마플 양이 말했다.

"내가 패트릭과 줄리어의 엄마를 마지막으로 본 것이 30년 전 그녀의 결혼식에서였지요. 무척 아름다웠죠."

블랙로크 양이 말했다.

"그래서 자식들이 이렇게 잘생긴 것 아니겠어요?"

패트릭이 장난기 있게 웃으면서 말했다.

그러자 줄리어도 한마디 끼어들었다.

"아주머니는 정말 멋진 옛날 앨범을 갖고 계시더군요. 요 전날에 대충 다 훑어보았어요."

"너희들 부끄럽지도 않니!"

블랙로크 양은 한숨 섞인 목소리로 말했다.

"너무 화내지 마세요, 레티 아주머니. 누나는 우연히 보게 된 것일 거예요. 그걸 보았다면 자기가 남자처럼 생겼다고는 생각지 않을 거잖아요!"

"일부러 그런 것이 아닐까요? 앨범 말이에요."
번치는 마플 양과 함께 집으로 걸어오면서 말했다.
"블랙로크 양이 그전에 두 젊은이들을 한 번도 본 적이 없었다는 건 재미있는 사실인데. 크래독 경위가 꽤 흥미 있어 하겠군."

제12장

치핑 클래그혼의 활발한 아침-1

1

에드먼드 스웨튼햄은 정원에 놓인 땅 고르는 기계 위에 다소 위태롭게 앉아 있었다.
"안녕하세요, 필리파."
"안녕하세요."
"바쁜가요?"
"그저 그래요."
"뭘 하는 겁니까?"
"보면 몰라요?"
"모르겠는데요. 나는 정원 일에는 깜깜하거든요. 꼭 흙장난하는 것 같군요."
"겨울용 채소를 찔러 심는 거예요."
"찔러 심는다고? 정말 재미있는 말이군요! 찔러 꽂는다는 말과 비슷하네요. 찔러 꽂는다는 게 무슨 뜻인지 아세요? 사실 나도 그 말을 바로 얼마 전에야 알게 되었습니다. 나는 그 말이 전문적인 경기에서만 쓰이는 것인 줄 알았지 뭡니까?"
"뭐, 특별히 볼일이 있나요?"
필리파가 차갑게 물었다.
"그래요, 당신을 보고 싶었답니다."
필리파는 그를 잠깐 쳐다보았다.
"이런 식으로 여기 오지 마세요. 루커스 부인이 이런 걸 좋아하지 않아요."
"그녀는 당신이 수행자를 거느리는 걸 금지했다는 말입니까?"
"그만둬요."

"수행자, 그건 단지 표현을 달리 했을 뿐이지, 지금의 내 태도를 적절하게 나타낸 말입니다. 존경심을 갖고 먼 거리에서 똑바로 서서 따라가는 거죠."

"제발 가세요, 에드먼드. 여기에 있을 필요가 없잖아요."

"그렇지 않습니다. 나는 여기에 볼일이 있어요. 루커스 부인이 오늘 아침에 우리 어머니에게 전화를 하셨더군요. 여기에 호박이 많다고요."

에드먼드가 승리감에 차서 말했다.

"수없이 많죠."

"호박이나 뭐 그런 것을 꿀 한 병하고 바꾸고 싶은데요?"

"그건 적당하지 못한 교환이로군요! 요즘은 호박을 너무 많이 기르기 때문에 잘 팔리지 않아요."

"알고 있습니다. 그렇기 때문에 루커스 부인이 전화한 게 아니겠습니까? 지난번에는 스킴 밀크와 양상추를 교환했을 거예요. 양상추 시기로는 조금 일렀기 때문에 한 포기에 1실링쯤 주었을 겁니다."

필리파는 아무 말이 없었다.

에드먼드는 주머니에서 꿀 한 병을 꺼냈다.

"이제 여기 구실이 있습니다. 조금 지나친 감이 있긴 합니다만. 만일 루커스 부인이 정원 문으로 나와 화를 낸다면, 내가 여기 호박밭에 있는 이유로서는 아주 훌륭한 거 아닙니까? 아마 당신의 시간을 빼앗는다고 화를 낼 수는 없을 겁니다."

"알았어요."

"테니슨(1809~1892, 영국의 시인)의 시를 읽어 봤나요?"

에드먼드가 부드럽게 물었다.

"별로 자주 읽지는 않아요."

"자주 읽어 보세요. 요즘에 테니슨의 작품이 갑자기 인기더군요. 이제는 저녁에 라디오를 틀어도 트롤로프(1815~1882, 영국의 소설가)가 아니라 '국왕 목가'가 나옵니다. 나는 트롤로프의 작품은 너무 애정 얘기에만 치우쳐 있다고 생각합니다. 물론 트롤로프도 읽긴 하지만 그렇게 좋아하지는 않지요. 하지만 테니슨은 좋습니다. '모드'를 읽어 봤나요?"

"오래전에 한 번."

"그것에 대해서는 몇 가지 지적할 것이 있지요."

그는 부드럽게 인용했다.

"'오점이 없는 실패작, 딱딱할 정도의 규칙성, 눈부신 무미건조성.' 그것이 당신이오, 필리파."

"불쾌한 찬사군요!"

"물론 찬사로 한 말은 아닙니다. 아마 당신이 나를 사로잡은 것처럼 모드도 그 가엾은 청년을 사로잡았을 겁니다."

"어리석게 굴지 말아요, 에드먼드."

"오, 필리파, 당신은 어째서 항상 그런 식이지요? 당신의 그 눈부신 규칙에 얽매인 교양 뒤에는 어떤 마음이 있는 겁니까? 무슨 생각을 하지요? 뭘 느끼지요? 행복합니까? 비참해요? 아니면 두렵습니까? 도대체 뭐지요? 분명히 무엇이 있기는 있을 텐데 말입니다."

필리파는 조용히 말했다.

"내가 무엇을 느끼든 말든 그건 내 일이에요."

"내 일이기도 합니다. 당신의 말을 듣고 싶습니다. 당신의 침묵 속에 무슨 생각이 감추어져 있는지 알고 싶단 말입니다. 나는 알 권리가 있어요. 있고말고요. 나는 당신과 사랑을 하고 싶다고 하지 않았습니다. 그저 조용히 앉아서 책을 쓰고 싶을 뿐입니다. 세상이 얼마나 비참한가 하는 데에 대한 것을 적어 넣은 멋진 책을요.

우리 인간은 모두 비참한 생활을 하고 있지요. 그것은 이제 버릇처럼 되어 버렸어요. 그래요, 나는 어느 날 갑자기 그것을 확신하게 되었답니다. 번 존스의 생에 대한 책을 읽고 나서 말입니다."

필리파는 흙손질을 멈추고는 당황하고 찌푸린 얼굴로 그를 쳐다보았다.

"번 존스가 그것과 무슨 관계가 있어요?"

"전부요. 라파엘 이전의 책을 읽게 되면 유행이란 게 무엇인지를 알게 됩니다. 모두 무척 활기차고 속어도 쓰며 또 명랑하지요. 웃고 농담하고, 모든 것이 멋지고 훌륭합니다. 그것이 바로 유행입니다. 그들은 우리보다 더 행복하지도 더 활기차지도 않았으며, 그렇다고 우리가 그들보다 더 비참하지도 않습니다. 그런 것이 전부 유행이라는 거지요.

전쟁이 끝나자 우리는 섹스를 구했죠. 지금은 모두 욕구불만에 가득 차 있습니다. 하지만 그것도 별문제는 아닙니다. 왜 지금 이런 이야기를 하는지 알겠습니까? 나는 우리 이야기를 하려는 겁니다. 당신이 나를 도와주려고 하지 않기 때문에 나는 그저 두렵고 부끄러울 뿐입니다."

"도대체 내게서 무엇을 바라는 건가요?"

"말을 해요! 나에게 말을 하란 말입니다. 그는 당신 남편인가요? 당신은 그를 사랑했는데, 그가 죽자 조개가 입을 다물듯이 입을 막아 버린 겁니까? 그렇습니까? 좋아요. 당신은 그를 사랑했군요. 그런데 그가 죽었고요. 많은 사람들이 남편을 잃었어요. 그들 중에는 자기 남편을 끔찍이 사랑했던 여자들도 있지요. 그들은 술집에 가서 자신의 과거를 말하고는 울음을 터뜨리고 나서 잠을 자면 기분이 훨씬 좋아진다고 하더군요. 그것도 괴로움을 잊는 방법이 될 수 있지요. 당신도 그 괴로움을 떨쳐 버려야 해요. 당신은 젊어요. 대단히 아름답고요. 게다가 나는 당신을 사랑하고 있습니다. 어서 당신의 죽은 남편에 대해 이야기해봐요."

"말할 게 없어요. 우리는 만나서 결혼을 한 것뿐이에요."

"당신은 굉장히 젊었겠죠."

"너무 어렸어요."

"그와 행복했습니까? 말해봐요, 필리파."

"말할 게 없어요. 우리는 결혼을 했고, 보통 신혼부부가 그렇듯이 우리도 행복했지요. 해리가 태어나고 나서 로널드는 바다를 건너 대륙으로 갔고, 그는……, 그는 이탈리아에서 죽었어요."

"지금 해리가 집에 있습니까?"

"있어요."

"나는 해리를 좋아해요. 정말 귀여운 아이입니다. 물론 그 애도 나를 좋아하고 있어요. 우리는 잘 지낼 겁니다. 어때요, 필리파, 결혼해주겠어요? 당신은 정원 일을 계속할 수 있어요. 나도 글 쓰는 일을 계속하고 말입니다. 그리고 주말이면 일을 떠나 우리 자신을 즐기는 겁니다. 어머니와 함께 살지 않아도 되고, 어머니는 사랑하는 아들을 위해 돈을 보태 주실 수도 있습니다. 사실 나는 남에게 의지하고 싶어 하고, 작품도 보잘것없고, 그리고 염탐하는 버릇, 말을 너무 많이 한다는 단점이 있습니다. 어떻습니까?"

필리파는 에드먼드를 쳐다보았다.

그녀는 열망하는 표정으로 점잔을 빼고 있는 커다란 안경을 쓴 젊은이의 얼굴을 보았다. 구불구불한 옅은 갈색 머리를 가진 그는 매우 친근한 눈길로 필리파를 바라보고 있었다.

"안 돼요."

필리파가 말했다.

"정말 안 됩니까?"

"정말 안 돼요."

"왜요?"

"당신은 나에 대해 아무것도 아는 게 없어요."

"그게 이유입니까?"

"아니에요. 당신은 아무것도 몰라요."

에드먼드는 생각에 잠겼다.

"안 될 것 같군요."

그가 인정했다.

"하지만 도대체 누가 그렇게 잘 알고 있겠습니까? 필리파, 내 사랑……"

에드먼드는 떨리는 목소리로 길게 빼면서 말했다.

"높고 넓은 정원의 발바리 개들

황혼이 질 적에(지금은 겨우 오전 11시지만)

필, 필, 필

그들은 울부짖어 부르노라.

당신 이름은 리듬에 맞지 않는군요. 그렇죠? 만년필을 바치는 노래 같지 않아요? 다른 이름은 없습니까?"

"조안이라고 해요. 제발 가주세요. 루커스 부인이 오고 있어요."

"조안, 조안, 조안, 조안. 좀 낫군요. 하지만, 이것도 그리 좋지는 않은데요. 기름투성이의 조안, 단지를 뒤엎다……. 결혼생활에 대한 멋진 그림은 아니군요."

"루커스 부인이……."

"오, 제기랄!" 에드먼드가 말했다.

"터진 호박 있으면 하나 주세요."

2

플레처 경사는 리틀 패덕스에 머물고 있었다. 미치가 비번인 날이었다. 그녀는 늘 그렇듯이 11시 버스로 메든햄 웰스에 갔다. 플레처 경사는 블랙로크 양에게 그 집을 자유로이 출입할 수 있도록 허락을 받았다.

도라 버너와 블랙로크 양은 마을에 내려갔다.

플레처는 일을 빨리 진행시켜 나갔다. 문제의 문에 기름을 발라 놓은 것이 이 집안사람이며, 누가 그런 짓을 했든 간에 그것은 그 사건이 일어난 날, 불이 나가자마자 눈에 안 띄게 거실을 나가려고 했던 것이다.

미치는 거실 밖에 있었으니 그 문을 사용할 필요가 없었을 것이다.

거실을 떠난 사람은 누구일까? 그는 이웃 사람들은 아닐 거라고 생각했다. 그들은 문에 기름을 바르고 범행을 준비할 기회가 없었다. 그러면 패트릭과 줄리어 시몬즈 남매, 필리파 헤이메스, 그리고 도라 버너를 생각해볼 수 있다.

시몬즈 남매는 밀체스터에 있고 필리파 헤이메스는 작업 중이다. 플레처 경사는 아무런 방해없이 무엇이든지 수색할 수 있었다. 하지만 유감스럽게도 집안에서는 의심스러운 단서가 하나도 나오지 않았다.

전기에 대해서 전문가인 플레처도 전기의 배선이나 부속품 설비만 보고서는 그때 불이 나가게 된 이유를 도무지 알아낼 수가 없었다. 그는 침실까지 조심스럽게 수색했지만 모든 것이 짜증스러울 정도로 평범했다.

필리파 헤이메스의 방에는 진지한 눈빛을 가진 어린 소년의 사진들, 그 소년의 아기 때 사진, 학교에서 보낸 아이의 편지 한 뭉치, 극장표 한두 장 등이 있었다. 줄리어의 서랍 하나에는 남프랑스에서 찍은 스냅사진이 가득 차 있었다. 배경에 미모사가 깔린 해수욕장 사진들이었다.

패트릭의 방에는 해군 시절의 기념품들이 있었고, 도라 버너의 방에도 사소한 개인용품들이 있을 뿐 별다른 단서가 없었다.

플레처는 아직도 이 집안사람이 기름을 발라 놓은 것이라고 생각했다.

그는 재빨리 계단을 올라가서 아래를 내려다보았다.

스웨튼햄 부인이 홀을 가로질러 걸어오고 있었다. 팔에 바구니를 낀 그녀는 거실을 들여다보고는 홀을 가로질러 식당으로 들어갔다.

잠시 뒤, 그녀는 빈손으로 나왔다. 플레처가 밟고 있던 마루가 갑자기 삐걱 소리를 내자 그녀가 돌아다보며 소리쳤다.

"누구예요, 블랙로크 양?"

"아닙니다, 스웨튼햄 부인."

플레처가 말했다.

스웨튼햄 부인은 자그마한 비명을 질렀다.

"오! 너무 놀랐어요. 또 강도가 들어왔나 해서요."

플레처가 내려왔다.

"이 집은 문단속을 안 하는 것 같군요. 아무나 들어왔다 나갔다 할 수 있나요?"

"모과를 좀 가져왔어요."

스웨튼햄 부인이 설명했다.

"블랙로크 양이 모과 젤리를 만들고 싶어 하시는데 여기에는 모과나무가 없거든요. 식당에 놔두었어요."

그러고는 미소를 지었다.

"아, 알아요. 내가 어떻게 들어왔냐고요? 저 옆문으로 들어왔어요. 우리는 서로의 집을 들락날락해요. 어두워질 때까지는 아무도 문을 잠그지 않으니까요. 물건을 갖고 왔다가 그냥 돌아간다면 얼마나 우스운 일이에요? 벨을 누르고 하인이 문을 열어 주는 옛날과는 다른 때이니까요."

스웨튼햄 부인은 한숨을 쉬었다.

그녀는 아쉬운 듯이 말했다.

"인도에서는 우리도 하인을 18명이나 거느리고 살았죠. 18명이나 말이에요. 시녀들을 제외하고서도요. 다른 사람들도 마찬가지겠지만 내가 어렸을 때는 항상 세 명의 하인이 있었는데도, 어머니는 주방에 하인을 두지 못하는 게 끔찍이 가난하기 때문이라고 생각하셨답니다. 불평할 수는 없지만, 요즘에는 그때에 비해 불편한 생활을 하는 것은 사실이지요. 광부들은 항상 앵무병에 걸리면서도 석탄을 캐야 하고, 시금치 재배법도 모르면서 정원사가 되려고 하니 점점 어려운 세상이지요."

그녀는 문가로 걸어가면서 계속 이야기했다.

"내가 너무 떠들어댄 모양이군요. 무척 바쁘실 텐데 말이에요. 이제 더 이상 일이 일어나지 않겠지요?"

"그럴 만한 이유라도 있습니까, 스웨튼햄 부인?"

"여기에서 당신을 보니 공연히 걱정이 되는군요. 그 사건은 아마 갱단의 짓일 거예요. 모과를 가져다 놓았다고 블랙로크 양에게 전해주시겠어요?"

스웨튼햄 부인이 나가자, 플레처는 왠지 기대하지 않았던 충격을 받은 것 같았다. 그는 지금까지 문에 기름을 바른 사람이 이 집 식구 가운데 있을 거라고 생각해왔다. 하지만 지금 그 생각이 틀렸다는 것을 알게 된 것이다.

외부인이 미치가 버스로 떠나고, 리티시어 블랙로크와 도라 버너가 이 집을 나갈 때까지 기다렸을 가능성도 있다. 그런 기회는 쉽게 얻을 수 있을 것이다.

그것은 바로 그날 밤 거실에 있던 어느 누구도 용의자의 대상에서 제외될 수 없다는 것을 말해주는 점이다.

3

"머거트로이드."

"왜, 힌크?"

"생각을 좀 하고 있었어."

"그랬니?"

"이 거대한 두뇌를 작동시키고 있었단 말이야. 요전에 일어난 강도극은 수상한 데가 있어."

"수상하다고?"

"그래, 머리를 올리고 이 삽을 들어 봐, 머거트로이드. 그리고 총을 든 강도 흉내를 내 봐."

"오!"

머거트로이드 양이 불안스럽게 말했다.

"괜찮아. 무서워할 것 없어. 주방문을 따라 걸어와 봐. 너는 이제 그 도둑이 되는 거야. 주방으로 들어가서 사람들을 위협해봐. 손전등을 들고 불을 켜봐."

"이렇게 환한 대낮에!"

"상상해서 해보라고, 머거트로이드. 불을 켜."

머거트로이드 양은 서툴게 그대로 했다. 팔에 끼고 있던 모종삽이 흘러내렸다.

"그리고 나서 총을 쏘는 거야. 우리가 대학에 다닐 때 셰익스피어의 '한여름 밤의 꿈'에서 허미아 역을 했던 것 기억하지? 그때의 기억을 되살려서 해보라고. '손들어!' 그 말만 하면 되니까 잘해 봐. '해주세요'라는 말은 붙이지 말고."

힌클리프 양이 말했다.

머거트로이드 양은 순순히 손전등과 모종삽을 들고는 주방문으로 갔다. 그녀는 오른손에 손전등을 들고 천천히 문손잡이를 돌리고 몇 걸음 들어와서는 손전등을 왼쪽 손으로 바꿔 들고 소리쳤다.

"손들어!"

그녀는 화난 목소리로 덧붙였다.

"너무 어려워, 힌크."

"왜 그래?"

"문 말이야. 이건 회전문이라서 자꾸 닫히잖아. 양손에 물건이 있으니까 열 수도 없고."

"맞아." 힌클리프 양이 낭랑하게 말했다.

"리틀 패덕스에 있는 거실 문도 회전문이야. 이 문처럼 잘 돌아가지는 않지만 열려 있을 정도로 망가진 것은 아니거든. 그래서 레티 블랙로크 양이 중심가에 있는 엘리엇 상점에서 그 무거운 유리문 받침대를 사 온 거라고. 그녀가 그걸 먼저 사서 기분이 안 좋았어. 그 늙고 꼴도 보기 싫은 사람은 항상 그런 짓만 하지. 그는 8기니에서 6파운드 10실링으로 값을 내려놓았더라. 그때 블랙로크가 가서 사온 거야. 그렇게 아름다운 문 받침대를 본 적이 없어. 너도 그렇게 거대한 유리 물건을 보지 못했을 거야."

"아마 그 강도는 문 받침대를 거실 문에 받쳐 놓았을 거야."

머거트로이드 양이 말했다.

"상식적으로 생각해봐, 머거트로이드. 그가 어떻게 했을 것 같니? 문을 열어젖히고 '실례합니다.'라고 말하고는 문 받침대를 문에 받쳐 놓은 뒤에 일어나서 '손들어!' 하고 위협했을까? 어깨로 문이나 닫히지 않게 해, 머거트로이드."

"정말 이상한 일이야."

머거트로이드 양이 불평했다.

"그래, 두 손에 권총과 손전등을 든 채로 문을 열어 놓기는 어려웠을 거야. 그럼, 도대체 어떻게 했을까?"

머거트로이드 양은 대답하지 않았다. 그녀는 항상 자신보다 나은 친구를 의문에 찬 눈으로 쳐다보면서 대답이 나오기를 기다렸다.

"그는 분명히 권총을 갖고 있었어. 총을 쏘았으니까. 그리고 손전등도 갖고 있었어. 우리가 모두 그걸 보았으니까. 그러므로 우리가 인도의 밧줄 마술에 걸린 것이 아니었다면(이스터브룩 대령이 인도 이야기를 할 때 어찌나 지루했던지) 대답은 누군가가 문을 열어 주었다는 거야."

"누가 그렇게 할 수 있었을까?"

"글쎄, 너라도 그렇게 할 수 있었잖아, 머거트로이드. 내가 기억하기로, 불이 나갔을 때 너는 바로 그 사람 뒤에 서 있었어."

힌클리프 양은 유쾌하게 웃었다.

"유력한 용의자로군, 머거트로이드. 그렇지 않니? 하지만 너를 본 사람은 없을 거야. 그 모종삽 이리 줘 봐. 그게 정말 총이 아니길 다행이구나. 너는 지금 당장이라도 나를 쏠 것 같은 표정이야."

4

"이상한 일이야. 정말 이상한 일이야, 로라."
이스터브룩 대령이 중얼거렸다.
"예?"
"잠깐 옷 갈아입는 방으로 와 봐."
"왜 그래요?"
이스터브룩 부인이 열린 문으로 나타났다.
"전에 당신에게 권총을 보여 주었던 게 기억나오?"
"그래요, 아치. 기분 나쁜 검은색 권총이었잖아요."
"그래, 독일군에게서 얻은 기념품이었지. 분명히 이 서랍에 있었잖아?"
"그래요."
"그런데 없단 말이야."
"정말 이상하군요!"
"당신 혹시 이 서랍에 있는 물건을 만지지 않았소?"
"아뇨. 내가 그 무서운 물건을 어떻게 만질 수 있겠어요?"
"그 아주머니, 이름이 어떻게 되더라? 그녀가 만진 것이 아닐까?"
"그렇지는 않을 거예요. 버트 부인은 그럴 사람이 아니에요. 제가 물어볼까요?"
"아니야. 공연히 말만 많아질 테니까 가만히 있는 게 좋겠어. 내가 당신에게 그걸 보여 준 게 언제였는지 기억나오?"
"약 일주일 전이었지요. 당신이 칼라와 세탁물에 대해 불평하시면서 이 서랍을 끝까지 열어 보았잖아요. 그때 서랍 안쪽에 그것이 있어서 제가 뭐냐고 물었지요."
"맞아, 일주일 전이었지. 날짜도 기억하오?"
이스터브룩 부인은 눈을 지그시 감고 기억해 내려고 애썼다.

"기억나요. 토요일이었어요. 우리가 극장에 가려고 했다가 그만둔 날이잖아요."

"음, 확실히 그날이 분명하지? 혹시 수요일이나 목요일이 아닐까? 아니면 그 전주든지."

"아니에요, 여보. 분명해요. 30일, 토요일이었어요. 그 사이에 많은 일이 일어나서 오래전인 것처럼 생각되지만, 블랙로크 양 집에서 강도 사건이 있은 다음날이었기 때문에 분명히 기억하고 있다고요. 저는 그 총을 보고 그 전날 밤 일을 생각했거든요."

"아, 다행이군."

이스터브룩 대령이 말했다.

"왜 그래요, 아치."

"만일 총이 그날 이전에 없어졌다면 그 스위스 청년이 쏜 총이 내 것일지도 모르잖소."

"하지만 당신이 총을 가지고 있다는 것을 어떻게 알겠어요?"

"범죄단은 연결이 잘되어 있기 때문에 어디에 누가 살고 있는지 하는 것은 쉽게 알아내지."

"당신은 참 아는 것도 많아요, 아치."

"하! 그래. 나도 젊었을 때 그런 것을 한두 번 경험했거든. 어쨌든 당신이 그날 이후에 내 총을 보았다고 분명히 기억하고 있으니 정말 다행이야. 그러니까 스위스 청년이 쏜 총은 절대로 내 것이 아니야. 그렇지?"

"물론이지요."

"정말 다행이야. 그 때문에 경찰에 불려 가야 될지도 몰랐는데 말이야. 그들은 끔찍이도 길게 질문을 퍼부을 것이고, 나는 그곳에 묶여 있어야 할 거야. 나는 총기사용 자격증이 없거든. 전쟁이 끝나고 나면 사람들은 평상시 규칙을 잊어버리지. 나는 그것을 무기가 아니라 전쟁 기념물로 간직하고 있었던 것뿐이오."

"알아요, 여보."

"그런데 도대체 그 총이 어디에 있을까?"

"아마 버트 부인이 가져갔을지도 몰라요. 그녀는 정직한 사람인데 강도극이 있은 뒤로는 신경이 날카로워져서 집 안에 총을 두어야겠다고 생각했을 거예요. 공격적으로 나올 테니까요. 그렇게 되면 정말 손을 쓸 도리가 없을 거예요. 이렇게 큰 집에서는요."

"그래, 아무 말도 않는 게 낫겠군."

이스터브룩 대령이 말했다.

제13장

치핑 클래그혼의 활발한 아침—2

마플 양은 목사관을 나와 큰길로 나가는 샛길을 걸어 내려갔다.

그녀는 물푸레나무로 만든 줄리언 하몬 목사의 튼튼한 지팡이를 짚고 총총걸음으로 걸어나갔다.

레드 카우와 정육점을 지나서 엘리엇의 골동품 가게 창문을 잠시 들여다보았다. 이 집은 교묘하게도 블루버드 찻집과 카페의 옆에 있었다. 그래서 부유한 자동차 여행자가 샛노랗게 구워진 '집에서 만든 케이크'라는 고향내 나는 과자를 먹고 차를 마시기 위해 그곳에 멈추면 멋지게 꾸며진 엘리엇 상점의 진열장을 들여다보게끔 되는 것이다.

엘리엇 상점에는 물건들을 다양하게 구비해놓았다.

한 군데도 흠이 없는 포도주 냉각기 위에 워터포드 잔이 두 개 놓여 있었다. 정직하게 판매한다는 표시가 있는 섬세하게 짜인 호두나무 책상이 있었고, 창문 안의 탁자 위에는 값싼 노커(문두드리개)들과 이상한 모양의 요정 인형들, 이 빠진 드레스덴 도자기, 초라해 보이는 구슬 목걸이 두 개, 그리고 '툰브리지 웰즈에서 온 선물'이라는 표시가 붙어 있는 컵이 한 개, 빅토리아 시대의 은제품이 몇 개 있었다.

마플 양이 진열장을 유심히 들여다보자, 엘리엇은 뚱뚱하게 살찐 늙은 거미가 자기 거미줄에 새로 날아든 파리를 평가하듯 그녀를 유심히 바라보았다.

그는 이 목사관에 살고 있는 여자가 '툰브리지 웰즈에서 온 선물'에 단단히 매료된 모양이라고 생각했다. 사실 엘리엇도 다른 사람들과 마찬가지로 그녀가 누구인지를 잘 알고 있었다.

그때 마플 양은 도라 버너 양이 블루버드 카페에 들어가는 것을 곁눈으로 슬쩍 보았다. 그리고 자기도 이런 쌀쌀한 날씨에 따끈한 차 한 잔을 마시고 싶다고 느꼈다.

네다섯 명의 여자들이 벌써 아침 쇼핑을 나왔다가 휴식을 즐기고 있었다. 마플 양은 블루버드 안으로 들어서서 어둠 때문에 눈을 깜박이며 두리번거렸다. 그러나 이내 그녀의 팔꿈치 근처에서 도라 버너의 인사 소리가 들렸다.

"안녕하세요, 마플 양? 여기에 앉으세요. 나는 혼자랍니다."

"고마워요."

마플 양은 다소 모가 난 푸른색 의자에 앉았다.

"바람이 너무 세군요. 게다가 나는 류머티즘 때문에 그리 빨리 걸을 수도 없답니다."

그녀가 투덜거렸다.

"아, 알아요. 나도 1년 전에 좌골 신경통을 앓았지요. 정말 내내 고통에 시달렸답니다."

두 노파는 한참 동안 신이 나서 류머티즘과 좌골 신경통, 신경염 등에 대해서 떠들어댔다.

분홍색 제복을 입은 퉁명스런 표정의 처녀가 그들 앞에 와서 하품을 하며 지루하다는 듯이 커피와 케이크의 주문을 받아 갔다.

"케이크는 말이에요, 이 카페 것을 알아준답니다."

버너 양이 속삭였다.

"요 전날 우리가 블랙로크 양의 집에서 나오다가 만났던 멋진 여자 말이에요. 그녀가 정원 일을 한다고 말한 것 같은데, 그녀는 이곳 사람인가요? 하이네스라고 했죠, 아마?"

마플 양이 물었다.

"오, 필리파 헤이메스예요. 우리와 함께 먹고 자지요."

버너 양은 이렇게 말하고 나서 웃음을 터뜨렸다.

"멋지면서도 말이 없는 여자지요. 진짜 숙녀예요."

"혹시나 해서요. 전에 인디언 기병대에 있던 헤이메스 대령이라는 사람을 알았거든요. 혹시 그녀의 아버지가 아닐지 모르겠어요?"

"그녀는 헤이메스 부인이에요. 미망인이지요. 남편은 시실리 섬인가 이탈리아에서 죽었다고 하더군요. 어쩌면 그 사람이 그녀의 아버지일지도 모르겠군요."

"좋은 일이 이루어지고 있는 것 같던데요. 그 키 큰 청년하고 말이에요."

마플 양이 장난스럽게 말했다.

"패트릭하고 말인가요? 나는 그렇게 생각하지……."

"아니, 안경을 쓴 청년 말이에요. 전에 본 적이 있는데요."

"아, 에드먼드 스웨튼햄 말씀이군요. 쉿! 저기 그의 어머니가 있어요. 저 구석 자리에요. 그것에 대해서도 확실히 모르겠어요. 당신은 그가 그녀를 사랑하고 있다고 생각하시나 보죠? 에드먼드는 좀 이상한 청년이에요. 가끔 가다 사람을 불안하게 하는 말을 하곤 하지요. 사람들은 그가 똑똑한 청년이라고 생각하고 있어요."

버너 양은 자신은 그렇게 생각하지 않는다고 솔직하게 털어놓았다.

"똑똑하다고 다 되는 것은 아니지 않겠어요?"

마플 양이 고개를 저으며 말했다.

"아, 커피가 나오는군요."

퉁명스런 그 처녀는 달그락거리며 잔을 내려놓았다.

마플 양과 버너 양은 서로에게 케이크를 권했다.

"당신은 블랙로크 양과 함께 학교를 다녔다고 들었는데, 그럼 보통 사이가 아니겠군요."

"예, 정말 그래요."

버너 양이 한숨을 쉬며 말을 이었다.

"블랙로크 양만큼 옛 친구를 생각해주는 사람도 없을 거예요. 그 시절이 아주 먼 옛날 같군요. 아름답던 처녀 시절, 즐거운 나날들이었죠. 하지만 그 당시에는 그 모든 것이 슬픔이었어요."

마플 양은 무엇이 그리도 슬펐을까 생각하면서 고개를 끄덕였다.

"인생이란 정말 힘든 거예요."

그녀가 중얼거렸다.

"그리고 심한 고통을 용감히 이겨 나가."

버너 양은 눈물이 가득 괸 채 중얼거렸다.

"나는 항상 그 시 구절을 생각하곤 하지요. 진실한 인내, 진실한 체념, 그런 용기와 인내는 보상받게 되어 있어요. 나는 항상 이렇게 되뇐답니다. 블랙로크 양에게는 한 번도 좋은 일이 없었어요. 어떠한 것이든 이제 그녀에게 좋은 일이 있어야 하는데요. 그녀는 진실로 그런 보상을 받을 만한 사람이거든요."

"돈이야말로 사람들에게 평탄한 인생을 활짝 열어 줄 수가 있죠."

마플 양이 말했다.

블랙로크 양의 미래는 그녀의 친구인 버너 양에게도 영향을 미치는 것이기 때문에, 그녀는 버너 양의 반응을 신중히 살펴보았다. 하지만 버너 양은 또 다른 생각에 빠지게 되었다.

"돈!"

그녀는 괴로운 듯이 소리쳤다.

"절박한 상황을 경험해보지 못한 사람은 돈이 무엇인지, 돈이 없다는 것이 무엇인지 알지 못해요."

마플 양은 동감하는 듯이 백발의 머리를 끄덕였다.

버너 양은 얼굴을 붉혀 가며 빠른 속도로 말했다.

"사람들은 종종 '꽃이 없는 식탁에서 식사를 하느니, 먹을 것이 없는 식탁이라도 좋으니 꽃을 갖다 놓겠다.'라고 말하죠. 하지만 그러면서도 얼마나 많은 사람들이 식사를 기다립니까? 그런 사람들은 정말 배고픈 것이 무엇인지 몰라요. 겪어 보지 않고는 아무도 모른답니다.

빵, 밀가루 반죽, 마가린. 그들은 날마다 훌륭한 고기 요리 한 접시와 채소 두 접시를 기다리지요! 지저분하고 누덕누덕 기워서 입은 옷들, 그것을 보이지 않으려고 하면서 말이에요. 일자리를 구하려고 하면 어느 곳이건 너무 늙었다고 쫓아내지요. 어쩌다가 일자리를 구하게 된다 해도 결국엔 너무 힘겨워서 쓰러지고 맙니다. 그러고는 다시 되돌아오는 거예요. 그 망할 놈의 집세(항상 집세가 문제지요), 지불하지 못하면 길거리로 쫓겨나는 거예요. 요즘은 형편이 좀 나아졌다고 해도 연금만으로는 살아갈 수가 없잖아요. 없고말고요."

"그렇지요."

마플 양은 온화하게 말하며 버너 양의 흥분된 얼굴을 동정 어린 눈으로 바라보았다.

"나는 레티에게 편지를 썼어요. 신문에서 우연히 그녀의 이름을 보았거든요. 밀체스터 병원의 보조 기구에서 점심을 들고 있을 때였어요. 리티시어 블랙로크 양이라는 이름이 인쇄되어 있었던 거예요. 그것을 보자 옛날 생각이 하나 하나 떠올랐어요. 나는 몇 년 동안 그녀의 소식을 듣지 못했거든요. 아시겠지만 그녀는 대단한 부자의 비서였어요. 고들러 말이에요. 레티는 똑똑한 여자로서 크게 성공할 타입의 인물이었지요. 나는, 그러니까 나는……, 아마 그녀가 나를 기억할 것이고, 또 내가 도움을 부탁해도 될 만한 사람이라고 생각했지요. 내 말은 학교 시절에 함께 지냈던 친구이니까 나를 알아볼 거라고 생각했던 거예요. 그러니까 적어도 내가 편지나 써서 구걸하는 사람이 아니란 것을 말이에요."

도라 버너의 눈에는 눈물이 괴었다.

"그래서 로티가 와서는 나를 데리고 간 거예요. 자기도 누군가 도와줄 사람이 필요했다면서 말이에요. 물론 나는 감격했어요. 너무 고맙기도 했고요. 그런데 신문에 실린 이야기는 모두 사실이 아니었어요. 그녀는 너무 친절하고 또 너무나도 정이 많은 사람이었어요. 옛날 일을 잘 기억하고……. 나는 그녀를 위해서라면 무엇이든 할 거예요—정말입니다. 지금도 열심히 노력하고 있어요. 하지만 나도 예전 같지가 않아 때때로 일을 혼동해서 걱정이에요. 실수도 하고 잘 잊어버리고, 쓸데없는 소리나 늘어놓는답니다. 그래도 그녀는 잘 참아 내지요. 그리고 고맙게도 그녀는 내가 자기에게 꼭 필요한 존재라고 인정해주는 거예요. 정말 친절한 일 아니에요?"

"그렇군요. 정말 친절한 사람이군요."

마플 양이 말했다.

"내가 리틀 패덕스에 온 뒤에 만일, 만일 블랙로크 양에게 무슨 일이 일어나면 어떻게 하나, 나는 몹시 걱정했어요. 하지만 정말로 수많은 사고가 일어났어요(이제는 몸도 마음대로 움직이지 못해요). 그러나 누가 알겠어요? 나는 아무 말도 안 했지만 그녀는 분명히 알아차렸을 거예요. 언제인가 갑자기 얼마 안 되는 돈이지만 내게 연금을 남겨 놓을 거라고 하더군요. 그리고 내가 아끼는 그녀의 아름다운 가구들까지도 나는 그것들을 무척 조심스럽게 다루는데, 그녀는 그것이 별 가치가 없는 거라고 하더군요. 그 말이 사실이라고 해도, 그 사랑스런 도자기에 흠이 난다거나 젖은 유리잔을 탁자 위에 아무렇게나 놓아서 탁자에 자국이 난다거나 하는 것은 참을 수 없는 일이에요. 어떤 사람들은 특히 너무나도 부주의해요. 게다가 가끔 가다가는 더 지독한 짓을 한답니다. 나는 보는 만큼 그렇게 멍청하지는 않답니다."

버너 양은 계속해서 말했다.

"나는 말이에요, 레티가 부담스러워하는 때를 알 수 있어요. 어떤 사람들은 (이름은 밝히지 않겠어요), 그녀를 이용하고 있어요. 블랙로크 양은 사람을 너무 쉽게 믿어 버리는 데가 있답니다."

마플 양은 고개를 저었다.

"그렇지 않아요."

"아니에요, 그래요. 당신과 나는 말이에요, 마플 양, 세상을 알고 있는 편이지요. 하지만 블랙로크 양은……."

그녀는 고개를 저었다.

마플 양은 생각했다. 고들러의 비서로 일했다면 블랙로크 양도 세상을 잘 알고 있을 것이다. 아마 도라 버너가 말하는 의미는 레티 블랙로크가 골치 아픈 문젯거리들을 피해 다녔다는 뜻이겠지. 문젯거리들을 늘 벗어나는 사람은 인간의 심연을 알지 못한다.

"패트릭은요!"

버너 양이 갑작스럽게 외치는 바람에 마플 양은 깜짝 놀랐다.

"아마 적어도 두 차례는 될 거예요. 레티로부터 돈을 받아 쓴 적이 있어요. 그 애가 쪼들리는 것 같으니까 그녀가 빌려 주었을 거예요. 그녀는 너무 마음이 넓어요. 그래서 내가 충고했더니, '그 애는 젊어, 도라. 젊음이란 해보고 싶은 것을 시도해볼 수 있는 시절이야.'라고 말하더군요."

"그건 사실이에요. 그 잘생긴 젊은이도 마찬가지겠지요?"

마플 양이 물었다.

"잘생긴 사람은 그만큼 값을 하는 법인가 봐요. 사람들을 조롱하고, 여자 친구들과 실컷 놀아나고 말이에요. 나는 그 애의 놀림감밖에는 안 돼요. 사람들은 제각기 자신의 감정을 지니고 있다는 것을 그 애는 모르는 것 같아요."

"젊은 사람들은 그런 점까지는 생각이 미치지 못하니까요."

마플 양이 말했다.

버너 양은 갑자기 무슨 비밀 이야기라도 하려는 듯이 마플 양에게 몸을 기울였다.

"내가 하는 말을 다른 사람에게는 하지 마세요?"

그녀는 이렇게 부탁하고는 이야기를 시작했다.

"나는 패트릭이 이번 끔찍한 사건과 관련되어 있을 거라는 생각을 지울 수가 없답니다. 그 애는 그 젊은이를 알고 있었을 거예요. 아니면 줄리어라도 알고 있었겠죠. 블랙로크 양에게 이런 이야기를 비추었어요. 용기를 내서 간신히 이야기했는데, 레티는 내 말을 들으려고도 하지 않더군요. 물론 당연한 일이겠지요. 그 애는 그녀의 조카니까요. 조카가 아니더라도 어쨌든 친척이잖아요. 그 스위스 젊은이가 자살한 것이라면, 패트릭에게도 윤리적으로 책임이 있는 것 아니겠어요? 패트릭이 그 사건과 관계가 있다면 말이에요. 모든 일이 정말 혼란스러워요. 모두가 거실에 있는 또 하나의 문에 관심을 가지더군요. 사실 그것도 이상한 일이에요. 경위의 말로는 그곳에 기름이 칠해져 있다고 하더군요. 내가 알기로는……."

그녀는 갑자기 말을 멈추었다.

마플 양은 무슨 말을 해야 할까 하고 망설였다.

"어려우시겠군요, 버너 양."

그녀는 동정 어린 말투로 말했다.

"당신은 경찰에까지 일이 확대되는 것을 바라지 않겠지요?"

"바로 그거예요."

도라 버너가 외쳤다.

"나는 걱정이 되어서 밤에도 잠도 못 잘 지경이에요. 요전에 정원에서 패트릭과 마주쳤답니다. 나는 달걀을 찾고 있었어요. 닭들이 알을 아무데나 낳아놓거든요. 그런데 그 애가 깃털 한 개와 컵을 들고 있는 거였어요—기름이 담긴 컵을 말이에요. 그 애는 나를 보자 깜짝 놀라면서, '이게 왜 여기에 있는지 모르겠어요.'라고 말하더군요. 패트릭은 워낙 잘 둘러대는 애라서 그때도 나를 보고 깜짝 놀라서 재빨리 얼버무린 걸 거예요. 그게 거기에 있다는 걸 미리 알고 있지 않았다면 어떻게 정원에서 찾아냈겠어요? 물론 나는 그 애에게 아무 말도 하지 않았어요."

"그렇지요. 물론 아무 말도 해서는 안 되지요."

"나는 그 애를 빤히 쳐다보고 있었어요."

버너 양은 손을 뻗쳐 꺼림칙할 정도로 핑크빛이 도는 케이크를 집어서 한 입 베어 먹었다.

"그리고 또 한 번은 그 애가 줄리어와 아주 수상한 대화를 나누는 것을 들었답니다. 서로 다투는 것 같았어요. 그 애가 '누나가 그런 일에 관계가 있다는 걸 생각만 했어도!'라고 하니까 줄리어가(그 애는 항상 조용하답니다) '어떻게 하겠다는 거니?'라고 하더군요. 그때 불행하게도 내가 밟고 있던 마루가 삐걱 소리를 냈지 뭐예요. 그 애들이 나를 보기에 나는 '너희들 싸우는구나?' 하고 웃으면서 넘겨 버리려고 했지요.

그러자 패트릭이 '누나에게 이런 암시장의 의류 배급표 따위에서 손을 떼라고 경고하는 중이에요.'라고 하더군요. 그럴듯한 변명이긴 하지만, 나는 그 애들이 그런 이야기를 주고받은 게 아니라는 걸 알았죠. 패트릭이 그날 밤 불이 나가도록 거실의 전등을 만져 놓았을 거예요. 나는 그것이 분명히 여목동 그림이었다는 것을 기억하거든요. 목동 그림이 아니고 말이에요. 그런데 다음날 보니······."

그녀는 갑자기 말을 멈추고는 얼굴을 붉혔다.

마플 양이 뒤를 돌아보자 그들 뒤에 블랙로크 양이 서 있었다. 그녀는 지금 막 들어온 모양이었다.

"커피와 소문 이야기야, 버니?"

블랙로크 양은 나무라는 투로 말했다.

"안녕하세요, 마플 양? 날씨가 춥죠?"

버너 양이 황급하게 변명했다.

"의류 배급표 이야기를 하고 있었어. 항상 모자라잖아? 신발은 조금 나아졌다고 해도 겨울용 외투 값이 15파운드나 된다는 것은 너무 비싸."

문소리가 나더니 번치 하몬이 급하게 블루버드로 들어왔다.

"안녕하세요. 제가 커피 시간에 늦었나요?"

그녀가 수선스럽게 말했다.

"아니다. 앉아서 한잔 마시려무나."

마플 양이 말했다.

"우리는 이제 가봐야겠어요. 쇼핑은 다 마쳤니, 버니?"

블랙로크 양이 물었다. 그녀의 목소리는 즐거운 듯했지만 눈은 여전히 나무라는 빛을 띠고 있었다.

"그래……, 그래, 레티. 가는 길에 약국에 들러서 아스피린하고 티눈에 바르는 고약을 좀 사면 돼."

블루버드의 문이 닫히자 번치가 물었다.

"무슨 말씀을 하셨어요?"

마플 양은 묵묵히 있다가 번치가 주문을 마치자 말했다.

"가족 간의 유대 관계란 대단한 거지. 암 대단하고말고. 너도 몇 가지 사건들을 기억하고 있을 거다. 확실히 기억나지 않지만, 부인을 독살하려고 했던 남편이 있었어. 포도주로 말이야. 재판에서 그 딸은 자기가 어머니의 잔을 반쯤 마셨다고 말해서 아버지를 궁지에서 구해 주었지만, 내가 들은 바로는(뜬소문일지도 모르지만), 그 딸은 아버지와 평생 한마디도 하지 않고 지냈다는구나. 물론 아버지라는 관계는 조카나 친척과는 다르지만, 아무튼 어느 누구도 자기 가족이 교수형당하는 것을 보고 있을 사람은 없을 거야."

"물론이지요. 그럴 사람은 아무도 없을 거예요."

번치는 생각에 잠기며 말했다.

마플 양은 의자에 깊숙이 기대어 중얼거리듯이 말했다.

"사람이란 다 똑같으니까. 어디에서건."

"저는 누구와 똑같지요?"

"너는 네 자신과 똑같아. 네가 특별히 누구와 닮았는지는 모르겠구나. 아마도 예외라면……."

"말씀해보세요."

번치가 말했다.

"내 하녀 생각을 하고 있었다, 얘야."

"하녀요? 제가 아주머니 하녀와 닮았다는 건가요?"

"아니, 그녀가 널 닮았지. 그녀는 식탁에서 기다리지도 않았고, 늘 허술한 상을 차려 놓았지. 주방 칼과 식사용 나이프를 혼동하고, 물론 오래전 일이기는 하다만 그녀는 모자를 똑바로 쓰고 있었던 적이 한 번도 없었단다."

번치는 재빨리 손을 올려 모자를 만지작거렸다.

"또 다른 것은 없었나요?"

그녀는 계속해서 물었다.

"그렇지만 그녀는 집안일 하는 것을 즐거워하고, 나를 곧잘 웃겨 주었기 때문에 그냥 데리고 있었어. 나는 그녀가 직선적으로 말하는 것이 마음에 들었단다. 그녀는 어느 날 내게 와서는, '물론 확실히는 모르겠지만요, 플로리가 의자에 앉아 있는 걸 보면 결혼한 여자인 것 같아요.' 하더군. 사실 플로리는 곤경에 처해 있었어. 이발소의 예의 바른 보조원하고 말이야. 다행히도 당시는 좋은 시절이어서, 내가 그에게 가서 몇 마디 해줬더니 그들은 마침내 행복한 결혼식을 올리게 되었단다. 플로리는 정말 좋은 여자였으니 그런 남자에게 시집가서 잘되었지."

"그녀가 살인을 하지는 않았나요? 하녀 말이에요."

"아니. 그녀는 침례교 목사와 결혼해서 이제는 식구가 다섯이란다."

"저하고 똑같군요. 저도 얼마 전에 에드워드와 수잔을 낳았으니까요."

그녀는 잠시 뒤 다시 이야기를 시작했다.

"지금은 누구를 생각하고 계세요, 제인 아주머니?"

"많은 사람들, 많은 사람들을 생각하고 있다."

마플 양이 중얼거렸다.

"세인트 메리 미드를 생각하시나요?"

"글쎄……, 나는 앨러튼 간호사를 생각하고 있었단다. 정말 똑똑하고 친절한 여자였지. 그녀는 어떤 노부인을 돌봐줬는데, 정말 사랑하는 것 같았어. 그런데 그 노부인이 죽었고, 다른 환자가 왔다가는 또 죽었단다. 모르핀이 처음 나왔을 때였지. 그녀는 최선을 다해서 친절하게 보살펴 주었지. 실수라고는 없는 간호사였단다. 그녀의 말로는 그들 환자들은 얼마 못 산다는 거야. 암 때문에 심한 고통을 겪고 있는 환자도 있었어."

"그러니까, 안락사를 시켰다는 말씀인가요?"

"아니, 아니야. 그들은 그녀에게 돈을 남겨 주었단다. 그녀는 돈을 좋아했지. 알겠니……? 그리고 정기선을 타는 젊은이도 생각나는구나. 신문 가게를 하는 푸지 부인의 조카였어. 그는 물건을 훔쳐서는 그녀에게 그것들을 처분해 달라고 집으로 보내 왔었지. 그가 외국에서 산 물건이라고 했었기 때문에 그녀가 맡아 두었던 거야. 경찰이 와서 집 안을 뒤지고 질문을 퍼붓고 하니까 그는 자기 아주머니의 머리를 때려서 그녀가 경찰에 털어놓지 못하게 했단다……. 좋은 젊은이는 아니었지. 하지만 잘생긴 청년이었다. 한꺼번에 두 여자와 사귀면서 돈을 다 날려 버렸지 뭐니."

"좋지 않은 사람이었군요."

번치가 말했다

"그렇단다. 그리고 털실 가게를 하는 크레이 부인도 있었지. 그녀는 아들에게 아주 헌신적이었어. 하지만 너무 응석을 받아줘서 아이 버릇이 아주 나빠졌단다. 조안 크로프트를 기억하니, 번치?"

"아뇨, 모르겠는데요."

"네가 나를 찾아왔을 때, 그녀를 보았을 거야. 시가나 파이프 담배를 피우던 여자 말이야. 우리가 은행에 갔을 때 강도 사건이 있었거든. 그때, 은행에 있던 조안 크로프트가 강도를 쓰러뜨리고 총을 빼앗았지. 그녀는 용기가 가상하다고 재판장에게 칭찬을 받았단다."

번치가 주의를 기울여 열심히 들었다.

"그리고요……." 그녀가 재촉했다

"그해 여름 세인트 장 드 콜린느에서 만난 젊은 여자도 생각나는구나. 별로 말이 없는 여자였지. 아주 말을 안 하는 것은 아니었지만 말이야. 모두가 그녀를 좋아하기는 했지만, 그녀에 대해서는 아는 게 별로 없었어. 그 뒤에 들었는데, 그녀의 남편이 위조범이었다는구나. 그 때문에 그녀는 사람들로부터 외면 당하고 있다고 생각했으며, 결국에는 정신이 이상해지기까지 했지. 항상 생각에만 잠겨 있고 말이야."

"그리고 영인(英印) 혼혈 대령도 있었잖아요?"

"그래, 라체스에 있었던 보건 소령과 심라 로지에 있던 라이트 대령이 생각나는구나. 그들은 평범한 사람이었지. 그보다도 은행 지배인이었던 허지슨 씨가 있었지. 그는 배를 타고 여행에 나섰다가 딸 정도 밖에 안 되는 젊은 여자와 결혼했단다. 그녀가 그에게 한 말밖에는 어디서 온 여자라는 것도 몰랐지."

"그녀의 말은 진실이 아니었지요?"

"그래, 모두 거짓말이었어."

"하지만 최악의 사건은 아니로군요."

번치는 고개를 끄덕이고 손가락으로 세어 가면서 말했다.

"우리는 도라, 잘생긴 패트릭, 그리고 스웨튼햄 부인과 에드먼드, 필리파 헤이메스, 이스터브룩 대령과 그 부인에 대해서 조사해보았어요. 굳이 말씀드리자면, 그녀에 대한 아주머니의 의견이 옳다고 할 수도 있겠지요. 하지만 그녀가 레티 블랙로크 양을 살해할 이유는 없잖아요?"

"블랙로크 양은 그녀가 밝히고 싶지 않은 무엇인가를 알고 있을 수도 있어."

"오, 아주머니, 무슨 옛날 갱단 이야기를 하시는 것 같군요."

"그럴지도 모르지. 번치, 너는 사람들이 너에 대해 어떻게 생각하는가 하는 데는 별로 신경 쓰지 않는 성격이잖니."

"무슨 말씀인지 알겠어요."

번치가 갑자기 말했다.

"곤경에 처해져서 떠돌이 고양이처럼 가엾은 신세가 되면 누군가 집으로 데려가 맛있는 크림을 먹여 주고 쓰다듬어 주며 귀여워하겠지요. 그리고 프리티 푸시라고 불러 줄 것이고……, 그런 좋은 환경을 놓치지 않으려고 별 수단을 다 쓰겠지요. 아주머니는 정말 많은 사람들에 대해 이야기해주셨어요."

"너는 아직 제대로 이해하지 못했구나."

마플 양이 부드럽게 말했다.

"제가요? 제가 무엇을 이해하지 못했다는 거예요? 줄리어요? 줄리어는 좀 별난 것 같긴 한데……."

"3파운드 6펜스예요."

무뚝뚝한 종업원이 퉁명스레 말했다.

"그리고……."

그녀가 계속 말했다. 블루버드는 씩씩거리는 그녀의 숨소리로 가득 찬 것 같았다.

"하몬 부인, 왜 제가 별난 여자인지 알고 싶군요. 제 아주머니가 피큘러 피플(기도와 도유(塗油)만으로 병이 치유된다고 믿는 교파)의 신도이기는 하지만, 저는 충실한 성공회 신자랍니다. 돌아가신 홉킨스 목사님이라면 증명해 줄 수 있을 거예요."

"미안해요. 나는 단지 노래를 인용했을 뿐이지, 아가씨를 말한 게 아니에요. 나는 아가씨 이름도 몰랐는걸요."

번치가 말했다.

무뚝뚝한 종업원은 조금 찡그린 얼굴을 풀고 말했다.

"우연의 일치로군요. 그렇다면 저도 별다른 뜻이 있어서 그런 게 아니에요. 갑자기 제 이름이 들리기에 그랬던 거예요. 하몬 부인도 아시겠지만, 누군가 자신에 대해 이야기하면 자연히 듣게 되기 마련 아니겠어요? 잘 알았습니다."

그녀는 종종걸음으로 가버렸다.

"제인 아주머니, 아주머니는 놀라지 않으셨어요? 무슨 생각을 그렇게 골똘히 하세요?"

"분명히 그렇게 될 리가 없어. 그럴 이유가 없으니까……."

마플 양이 중얼거렸다.

"제인 아주머니!"

마플 양은 한숨을 쉬더니 밝게 미소를 지었다.

"아무것도 아니다, 애야."

그녀가 말했다
"누가 범인일까를 생각하셨어요? 누구예요?"
"모르겠다. 잠시 생각이 나는가 했는데, 그게 아니구나. 나도 알고 싶단다. 그런데 시간이 없어. 시간이 너무 없어."
마플 양이 말했다.
"무슨 시간이 없다는 거예요?"
"스코틀랜드에 있다는 그 노부인이 곧 숨을 거둘 것 같다더구나."
번치가 빤히 쳐다보며 말했다.
"그럼 아주머니는 핍과 에머가 범인일 거라고 생각하시는 거예요? 그들이 그 일을 저질렀고, 또 시도할 거란 말이에요?"
"물론이다. 그들은 다시 시도할 거야."
마플 양은 멍청한 표정으로 말했다.
"그들이 하려고 마음먹었다면 틀림없이 다시 할 거다. 만일 네가 누군가를 죽이려고 마음먹었다면, 첫 번째에 실패했다고 해서 포기하겠니? 특히 용의자로 의심을 받지 않는 상태에서라면 말이다."
"하지만 그것이 핍과 에머의 짓이라면 그들이 될 만한 사람은 단 두 명밖에는 없어요. 패트릭과 줄리어지요. 그들은 남매인데다가, 핍과 에머의 나이와도 거의 비슷하거든요."
"번치, 이건 그렇게 단순한 것이 아니야. 여러 가지 세부적인 사항과 조건을 맞추어 나가야 해. 그들이 결혼했다면, 핍과 에머는 부부의 이름일 수도 있어. 그들의 어머니라는 사람은 직접적으로 유산을 상속받을 수는 없지만, 관심을 갖고 있었을 거야. 게다가 레티 블랙로크가 30년 동안 그녀를 보지 못했다면, 이제는 만난다고 해도 알아보지 못할 게 아니니? 나이 먹은 여자들은 다 똑같아 보이거든. 너도 위더스푼 부인을 기억하지? 그녀는 몇 년 전에 죽은 바틀레트 부인의 연금까지 받아내지 않던. 너도 봤겠지만, 블랙로크 양은 소견이 좁은 여자야. 그녀가 사람들을 쳐다보는 것을 보면 알 수 있지. 그리고 핍과 에머의 아버지란 사람도 있는데, 그는 정말 나쁜 인물이야."
"그래요. 하지만 그는 외국인이에요."

"출생한 곳을 따지면 그렇지만, 영어를 유창하게 말할 수도 있고 손짓으로 대화를 통할 수도 있는 거야. 그가 아마 이 사건에서 한몫을 해냈을 거다. 영인 혼혈계 대령역이나 뭐 그런 것이겠지."

"정말 그렇게 생각하세요?"

"아니, 분명하게 단정 지을 수는 없어. 거기에는 거액의 돈이 달려 있다고 생각한다. 거액의 돈이. 아마 사람들은 그 막대한 돈에 제각기 손을 뻗치겠지."

"저도 그렇게 생각해요. 하지만 결국에 가서는 그들에게 좋은 결과가 돌아가지는 않을 거예요."

"그래, 하지만 그들은 그것을 모르고 있단다."

"그건 그래요."

번치는 갑자기 미소를 지었다. 밝은 미소이기는 했으나, 왠지 심술궂은 느낌이 드는 미소였다.

"사람들은 자기만은 다를 것이라는 느낌을 갖고 있지요……. 저도 그런 느낌이 드는걸요."

마플 양은 생각했다.

'너는 그 많은 돈으로 좋은 일들을 하겠다며 네 자신을 속이고 있구나. 여러 가지 계획들, 고아원을 차리고, 지친 어머니들을 위해서도……, 힘들게 일하며 살아온 할머니들을 위한 해외 휴양소…….'

마플 양의 표정이 점점 어두워졌다. 그녀의 눈빛은 차츰 비참하게 변했다.

"무슨 생각을 하시는지 알겠어요. 제가 범인일지도 모른다고 생각하시지요? 제가 제 자신을 속이고 있다고요. 사람이란 누구나 이기적인 이유로 돈을 원하게 되면 속물이라는 느낌이 들지요. 하지만 좋은 일을 하기 위해 필요한 돈이라면 사람을 해치는 정도는 문제가 안 된다고 자기 위안을 하게 되는 법이에요."

그녀는 눈을 크게 뜨고 말했다.

"하지만 저는 아니에요. 저는 아무도 죽이지 않았어요. 늙거나 병든 사람이든 세상에서 가장 위험한 인물이든 심지어 공갈 협박을 하는 사람이나 완전히 짐승 같은 사람이든 간에 제가 어떻게 사람을 죽일 수 있겠어요?"

그녀는 조심스럽게 커피잔에서 파리를 건져 탁자에 놓고는 커피를 마셨다.

"왜냐하면 말이에요, 사람이란 누구나 살고 싶어 하니까요. 그렇지 않아요? 파리들도 마찬가지지요. 늙고 병들어 기어다녀야 할 정도라도 똑같지요. 줄리언의 말로는 그런 사람들일수록 건강하고 젊은 사람들보다 살고 싶다는 욕망이 더욱 강하다는 거지요. 저도 사는 것을 좋아해요. 행복이나 즐거움, 혹은 시간을 보내는 것들이 아니라 바로 사는 것 자체를 좋아하는 거예요. 걸어다니고, 주위의 모든 것을 느낄 수 있고 움직이는 것들 말이에요."

그녀는 파리를 향해 가볍게 입김을 불었다.

그 바람에 파리의 다리가 흔들리더니 술에 취한 사람처럼 비실비실 거리며 날아갔다.

"기운내세요, 제인 아주머니. 저는 아무도 죽인 일이 없어요."

번치가 말했다.

과거로의 여행

밤새 기차를 타고 온 크래독 경위는 스코틀랜드 고원 지방에 있는 작은 정거장에서 내렸다. 그는 잠깐 동안 고들러 부인처럼 부유한 사람이 어째서 런던의 상류사회 지역의 집이나 햄프셔의 별장, 프랑스 남부의 별장들을 다 놓아두고 이렇게 외진 스코틀랜드에서 묵고 있는지 이상한 생각이 들었다.

그녀는 이곳에 있음으로 해서 친구들이나 즐거운 생활과 거리가 생겼을 것이고, 또 외로운 시간을 보내고 있을 것이다. 그렇지 않다면, 그녀의 병세가 너무도 악화되어 주위를 돌보거나 관심을 가질 힘도 없는 것인가?

차 한 대가 그를 데려가기 위해 대기하고 있었다. 커다란 구형 다이믈러 차에 나이가 지긋한 운전사가 앉아 있었다.

경위는 아침 햇살을 받으며 20마일을 달렸다. 그러자 놀랍게도 이 외진 마을에 호감이 가는 것이었다. 그리고 운전사가 간간이 말해주는 것으로써 많은 것을 알아낼 수 있었다.

"이곳은 부인의 고향이지요. 부인은 그 집안의 마지막 사람입니다. 고들러 씨와 부인은 다른 어떤 곳보다도 여기에서 행복하게 지내셨습니다. 고들러 씨가 런던에서 벗어나시기가 어렵긴 했지만, 여기에 오시면 마치 어린아이처럼 즐거워하셨답니다."

고가(古家)의 회색 벽을 보자 크래독은 세월이 거슬러 올라가는 듯한 느낌을 받았다.

늙은 집사가 그를 맞아 주었으며, 목욕을 하고 나자 거대한 벽난로가 타고 있는 방으로 안내되었고 이내 아침식사가 나왔다.

아침식사를 마치자 간호사 제복을 입은 중년의 키 큰 여자가 명랑하고 세련된 태도로 들어와서 매클랜드라고 소개했다.

"준비가 다 되었어요, 크래독 경위님. 지금 당신을 만나시겠다고 기다리고 계세요."

"환자를 흥분시키지 않도록 하겠습니다."

크래독은 다짐하듯이 말했다.

"미리 일러두는 것이 낫겠군요. 고들러 부인은 보통 때는 정상이세요. 말씀도 잘하시고 이야기하는 것을 좋아하시지요. 그러다가는 갑자기 기력이 쇠약해지십니다. 그렇게 될 경우에는 즉시 나오셔서 나를 불러 주세요. 당신도 아시겠지만, 부인은 거의 모르핀에 의지하고 있는 셈이니까요. 그래서 언제나 몽롱한 상태에서 지내시지요. 당신을 만난다고 해서 강한 흥분제를 드렸는데, 약효가 떨어지면 의식이 희미해지실 거예요."

"잘 알겠습니다, 매클랜드 양. 그런데 고들러 부인의 상태가 어떤지 좀 구체적으로 말씀해주겠습니까?"

"글쎄요, 부인께서는 거의 임종이 가까워진 상태예요. 아마 몇 주 못 사실 거예요. 이렇게 말씀드리면 이상하게 생각하시겠지만, 사실 부인은 몇 년 전에 돌아가셨어야 해요. 또, 이런 비정상적인 생활을 하면서 지난 15년 동안 한 번도 이 집을 나가 본 적이 없다고 말씀드리면 믿지 않으실지 모르지만 그것도 사실이에요. 고들러 부인은 그동안 정상적인 건강을 회복하지는 못하셨지만 삶에 대한 의지는 대단하셨지요."

그녀는 미소를 지으며 덧붙여 말했다.

"아시게 되겠지만, 부인은 무척 매력적인 분이랍니다."

크래독이 안내된 커다란 방에는 벽난로가 지펴 있고, 닫집이 달린 큰 침대에는 노부인이 누워 있었다. 그녀의 백발은 말쑥하게 빗겨 있었고, 옅은 회색 털실로 짠 망토로 목과 어깨를 덮고 있었다.

얼굴에는 고통의 흔적과 함께 다정한 빛이 보였고, 그녀의 푸른 두 눈에는 크래독으로서는 장난기 어린 빛이라고밖에 표현할 수 없었지만, 강인함이 깃들어 있었다.

"흥미로운 일이군요. 내게 경찰이 찾아오다니 말이에요. 리티셔 블랙로크가 받은 상처는 별것 아니라고 들었는데, 블래키는 좀 어떤가요?"

"좋습니다, 고들러 부인. 부인께 안부를 전해 달라고 하시더군요."

"그녀를 본 지도 꽤 오래 되었군요……. 그동안 크리스마스 때 서로 카드를 주고받는 게 고작이었죠. 샬로트가 죽고 나서 그녀가 영국에 돌아왔을 때, 내가 이곳에서 함께 살자고 했어요. 그랬더니, 그녀가 너무 오랜 세월을 떨어져 있었기 때문에 서로가 고통스러울 것이라면서 거절했는데, 그녀의 말이 옳았다고 생각해요……. 블래키는 언제나 생각이 깊었지요. 1년 전에 여학교 시절의 옛 친구가 와서 함께 지내고 있다고 하더군요."

그녀는 미소를 지었다.

"우리는 정말 서로가 지겨워서 혼이 났답니다. '생각나요?' 하는 식의 대화도 바닥이 나버리니 할 말이 더 이상 없더군요. 정말 끔찍한 일이었어요."

크래독은 자기가 힘들게 질문하기 전에 그녀 스스로 입을 열게 되어 다행이라고 생각했다. 그는 전부터 그들의 과거로 거슬러 올라가 고들러와 블랙로크의 관계를 자세하게 알고 싶었다.

벨이 재빨리 말했다.

"내 생각으로는 당신은 돈에 대해 알고 싶은 거지요? 랜들은 내가 죽은 뒤에는 전 재산이 블래키에게 돌아가도록 했어요. 물론 랜들은 내가 자기보다 더 오래 살리라고는 상상도 못했을 거예요. 그는 건강하고 병이라고는 모르는 사람이었지만, 나는 항상 두통이니 어디가 아프다느니 하며 투정을 부려서 의사들이 들락거렸지요."

"투정이라는 말은 어울리지 않는 것 같은데요, 고들러 부인."

노부인은 재미있다는 듯이 웃었다.

"불평을 늘어놓는다는 의미가 아니에요. 나는 내 자신이 불쌍하다고 생각해 본 적은 없어요. 언제나 시름시름 하던 나로서는 당연히 남편보다 먼저 저세상으로 갈 줄 알았지요. 그런데 사실은 그렇지가 않았어요. 그래요, 상황이 바뀐 거예요."

"남편은 왜 그런 식으로 유산을 처분했다고 생각하십니까?"

"지금 왜 블래키에게 유산을 남겼느냐고 묻는 건가요? 아마도 당신이 추측하는 그런 종류의 이유는 아니었을 거예요."

그녀의 장난기 섞인 눈빛이 밝게 빛났다.

"당신네 경찰들의 생각이란! 랜들은 한 번도 그녀에게 다른 마음을 품은 적이 없었어요. 그녀도 그렇고요. 블래키는 나약함이라고는 눈곱만큼도 없었어요. 아마 그녀는 남자를 사랑해본 적도 없었을 거예요. 특별히 예쁘지도 않으면서 옷에도 신경을 쓰지 않았지요. 화장은 조금 했지만 그건 습관적인 것이지 더 예뻐지려고 하는 것은 아니었어요."

벨은 동정 어린 목소리로 말했다.

"그녀는 여자로서의 즐거움을 몰랐던 거지요."

크래독은 거대한 침대에 누워 있는 연약하고 자그마한 노부인을 관심 있게 바라보았다. 벨 고들러는 아직도, 아직까지도 여자로서의 즐거움을 누리고 있다는 말인가. 그녀는 그를 빤히 쳐다보았다.

"늘 생각하는 것이지만, 남자들이란 너무 무딘 사람들이에요."

그녀가 말했다. 그러고는 생각에 잠겨서 말했다.

"랜들은 블래키를 남동생처럼 생각했던 것 같아요. 그이는 그녀의 판단에 의지했고, 또 그것은 항상 옳았지요. 그녀가 그이를 곤경에서 구해 준 것이 한두 번이 아니었으니까요."

"한 번은 자신의 돈으로 그를 구해 준 적이 있었다고 블랙로크 양에게서 들었습니다."

"그래요. 하지만 한 번만이 아니었어요. 세월이 이렇게 지났으니까 말해도 별일은 없겠지요. 랜들은 무엇이 어긋난 것이고 무엇이 잘된 것인지 구별할 줄을 몰랐어요. 판단력이 뛰어나지 못한 사람이었으니까요. 그이는 정직한 것과 부정직한 것도 구별하지 못했죠. 남편의 이런 면을 모두 블래키가 감싸주었던 거예요. 리티시어 블랙로크는 정말 성품이 곧은 여자였어요. 거짓이란 것을 아예 모르는 사람이었지요. 나는 항상 그녀를 존경했었죠.

블랙로크 자매는 어린 시절을 끔찍하게 보냈다고 하더군요. 아버지는 시골 의사였는데 이루 말할 수 없을 정도로 고집이 세고 소견도 좁은 사람이었답니다. 리티시어는 집을 뛰쳐나와 런던으로 가서 회계사 공부를 했죠. 그녀의 여동생은 정상이 아니었대요. 사람들과 어울리지 못하고 밖에도 나가지 않았답니다. 그래서 아버지가 돌아가시자마자 블래키는 모든 것을 포기하고 동생을 돌봐주러 집으로 간 거예요. 랜들이 그녀를 가지 못하게 하려고 무진 애를 썼지만 소용이 없었어요. 리티시어는 자기가 의무라고 생각한 것이 있으면 반드시 해내고 마는 성격이었으니까 아무도 그녀를 말릴 수는 없었을 거예요."

"고들러 씨가 돌아가시기 얼마 전의 일입니까?"

"2년 전쯤일 거예요. 그녀가 회사를 떠나기 전에 랜들은 커다란 결단을 내렸지요. 그이는 내게 이렇게 말하더군요. '우리에게는 후계자가 없소(우리 아들은 두 살 때 죽었답니다). 당신이나 내가 다 죽고 난 뒤에는 블래키에게 유산을 주는 게 어떻겠소? 그녀는 투자를 잘해 나가면서 회사를 번창시킬 수 있을 거요.'라고 말이에요.

아시다시피 랜들은 돈벌이 게임을 즐겼답니다. 그것은 단순히 돈에 관련된 것만은 아니었어요. 모험이며 위험이고 흥분이었지요. 블래키도 그것을 좋아했어요. 그녀 역시 모험심이 많았고 똑같은 판단을 하고 있었으니까요. 가엾게도 평범한 즐거움은 누리지 못했지만요. 남자를 사랑하고, 사랑하게 만들고, 가정을 꾸미고, 어린애를 갖고 하는 그런 인생의 즐거움 말이에요."

크래독은 그 말이 이상하게 들렸다. 그는 자신 앞에 있는 이 노부인에게 진정한 연민과 동시에 가벼운 경멸을 느꼈다. 일생을 병치레로 보내고, 단 하나밖에 없던 아이도 죽었으며 남편까지도 먼저 세상을 떠나 이제는 혼자서 몇 년째 병으로 고통받는 노부인에 대해서 말이다.

그녀는 고개를 끄덕이며 크래독에게 말했다.

"무슨 생각을 하는지 알고 있어요. 하지만 나는 인생에서 가치 있다고 하는 것은 모두 가져보았어요. 이제는 그것들이 내게서 떨어져 나갔지만, 적어도 가져본 경험은 있지요. 나는 소녀 시절의 아름다움과 명랑함도 가져보았고, 사랑하는 사람과 결혼도 했으며 그는 끝까지 나를 사랑해주었어요. 아이는 죽었지만, 나는 2년 동안 소중한 그 아이를 소유했었어요. 그리고 수많은 육체적인 고통 속에서 살아왔지만, 고통이란 그것을 겪은 뒤에 오는 최상의 기쁨의 시간을 어떻게 즐겨야 하는가를 가르쳐 준답니다. 게다가 사람들은 항상 내게 친절하게 대해 주었지요……. 나는 정말 행운아예요."

크래독은 그녀가 말하는 중간에 끼어들었다.

"그러니까 고들러 씨는 자신의 재산을 달리 누구에게 남겨줄 만한 사람이 없었기 때문에 블랙로크 양에게 남겼다는 말씀인데, 사실 엄밀히 말해서 그건 사실이 아니잖습니까? 고들러 씨에게는 여동생이 한 명 있었다던데요?"

"아, 소냐 말이군요. 하지만 그들은 옛날에 다투고는 완전히 남남처럼 되어 버렸어요."

"고들러 씨가 여동생의 결혼을 반대했다면서요?"

"그래요. 그 사람 이름이……, 그 뭐더라?"

"스탬포디스."

"아, 바로 그거예요. 드미트리 스탬포디스였어요. 랜들은 그가 건달이라고 했지요. 하지만 소냐는 그를 진정으로 열렬히 사랑했고 그래서 결혼하기로 했던 거예요. 솔직하게 말해서, 나도 랜들이 그렇게 반대하는 이유를 몰랐어요. 남자들이란 이런 문제에 대해서는 정말 이상한 고집을 갖고 있더군요. 소냐는 철없는 소녀가 아니었거든요. 스물다섯 살이나 된 여자였다고요. 자기가 하고 있는 일쯤은 알아서 판단할 나이지요. 사실, 그는 건달이었어요. 전과 경험도 있었던 모양이더군요. 랜들은 자기가 한번 인정하지 않은 사람이면 끝까지 믿지 않는 그런 성격이었어요. 소냐도 그런 것은 모두 알고 있었어요.

문제는 드미트리가 여자들에게 충실한 사람이 아니라고 랜들이 생각했던 거예요. 하지만 그는 소냐가 그를 사랑한 것만큼 그녀를 사랑했었죠. 그런데 랜들은 그가 그녀의 돈 때문에 결혼하는 거라고 생각했답니다. 그건 사실이 아니에요. 소냐는 무척이나 아름다운데다가 자기 생각도 분명한 여자였기 때문에, 만일 남편의 성격이 거칠다거나 자기에게 충실하지 않았다면 즉시 그와의 관계를 끊었을 거예요. 그녀는 부유하니까 원하는 생활을 얼마든지 할 수 있었으니까요."

"그들은 화해하지 않았습니까?"

"아뇨, 랜들과 소냐 중 어느 누구도 굽히지를 않았어요. 소냐는 오빠가 자신의 결혼을 반대한 것에 대해 무척 화를 냈지요. 소냐는 '좋아요, 오빠는 정말 어쩔 수 없군요! 이것으로 다시는 나를 보지 못하게 될 거예요! 이제 끝장이에요!'라고 했지요."

"정말 다시는 그녀 소식을 못 들었습니까?"

벨이 미소 지었다.

"나는 약 18개월 뒤에 소냐한테서 편지 한 통을 받았답니다. 부다페스트에서 보냈더군요. 하지만 주소는 적지 않았어요. 소냐는 자신은 대단히 행복하며 쌍둥이를 낳았다고 랜들에게 전해 달라고 썼더군요."

"쌍둥이의 이름도 적었습니까?"

벨은 다시 미소를 지었다.

"그 애들이 정오 직후PM에 태어났기 때문에 핍과 에머라고 불러야겠다고만 했어요. 하지만 농담일 수도 있겠지요."

"그녀에게서 다시 소식이 왔었습니까?"

"아뇨. 소냐는 남편과 아이들과 함께 곧 미국으로 떠날 거라고 했어요. 그 이후로는 소식이 없었지요."

"혹시 그 편지를 보관해두지는 않았습니까?"

"아니오. 유감스럽지만……, 내가 랜들에게 그 편지를 읽어 주자 그이는, '그런 놈과 결혼하게 된 걸 후회하게 될 거야.'라고 말하더군요. 그 말뿐이었고 그 뒤로는 그만 잊고 말았답니다. 우리의 생활에서 완전히 떠나 버린 거예요."

"하지만 블랙로크 양이 부인보다 먼저 돌아가시게 되면 그 재산은 소냐의 아이들에게 돌아가겠지요?"

"아, 내가 그렇게 되도록 했어요. 남편이 유언에 대해 이야기할 때, 내가 '만일 블래키가 나보다 먼저 죽을 경우에는 어떻게 하시겠어요?'라고 했더니 남편이 놀라더군요. 내가 '아, 알아요. 블래키는 튼튼하지만 나는 연약한 여자니까요. 하지만 사고라는 것도 있을 수 있고요, 또 삐걱거리는 문이 오래 간다는……'라고 했더니 '없어, 대상이 없어.'라고 말하더군요. 내가 '소냐가 있잖아요.'라고 했더니 말이 끝나기가 무섭게 남편은 '그놈에게 내 돈을 주라는 거야? 안 돼. 절대로!'라고 하는 거예요. 그래서 '그래도 어린애들이 있잖아요. 핍과 에머 말이에요. 그리고 지금쯤이면 그들도 돈은 충분히 벌었을 거예요.'라고 했더니 투덜거리면서 그 애들의 이름을 적어 넣었답니다."

크래독이 천천히 말했다.

"그다음에는 줄곧 시누이나 그 아이들에 대해서는 아무 소식도 못 들으셨습니까?"

"전혀 듣지 못했어요. 그들이 죽었는지, 어디에 살고 있는지도 몰라요."

그들은 치핑 클래그혼에 있을지도 모른다고 크래독은 생각했다.

그의 생각을 알아차리기라도 한 듯이 벨 고들러의 눈에 놀라는 기색이 보였다.

그녀가 말했다.

"블래키는 다쳐서는 안 돼요. 블래키는 좋은, 정말 좋은 여자예요. 절대로 그들에게 당해서는……."

그녀의 목소리는 점점 작아졌다. 크래독은 그녀의 입과 눈가에 갑자기 잿빛 그림자가 드리워지는 것을 보았다.

"피곤하신 모양이군요. 그만 나가 보겠습니다."

벨 고들러가 고개를 끄덕였다.

"맥을 들여보내 주세요. 그래요. 피곤해요……."

그녀는 힘없이 말을 이었다.

"블래키를 보살펴 주세요. 블래키에게 무슨 일이 일어나서는 안 돼요……. 그녀를 보살펴……."

그녀는 축 늘어진 손을 움직였다.

"최선을 다하겠습니다, 고들러 부인."

그는 일어서서 문으로 걸어갔다.

그녀의 희미한 목소리가 그의 뒤에서 또 들려왔다.

"이제……, 내가 죽을 시간도……, 얼마 남지 않았어. 그녀가 위험해……, 보살펴……."

그가 나가자 매클랜드 간호사가 달려왔다.

그는 난처한 표정으로 말했다.

"내가 환자를 해롭게 한 게 아닌지 모르겠군요."

"아, 그렇지 않아요, 크래독 씨. 내가 말씀드렸듯이, 부인은 갑자기 기력이 떨어진답니다."

나중에 그는 간호사에게 물었다.

"고들러 부인에게 물어보지 못한 것이 하나 있는데, 부인이 혹시 옛날 사진을 갖고 있지 않습니까? 만일, 그렇다면 내가……."

그녀는 크래독의 말을 막았다.

"그런 것은 없는 것 같아요. 부인의 개인적인 서류나 물건들은 전쟁 직후에 런던에서 가지고 온 서류함에 넣어 두었는데, 보관 창고가 폭격을 당하는 바람에 불타버렸지요. 고들러 부인은 자신의 기념품들과 가족의 서류를 잃어버린 것에 대해 상당히 안타까워하셨지요. 아마 그런 것들은 없을 거예요."

그랬었구나.

하지만 그는 이번 여행이 헛된 일은 아니었다고 생각했다. 핍과 에머, 그 쌍둥이는 꼭 망령만은 아니었다.

크래독의 상상력이 작동하기 시작했다. 유럽 어디에선가 온 남매가 있다. 소냐 고들러는 결혼 당시에는 부유했지만, 유럽의 재산은 그대로 있질 않고 전쟁 중에 변화가 일어나는 법이다.

그래서 전과 경력이 있는 남편의 아들과 딸이 무일푼으로 영국으로 돌아온 것이 아닐까? 그때 그들은 어떻게 했을까? 부유한 친지를 찾았을 것이다. 막대한 재산을 소유한 외삼촌은 죽었다.

그들이 할 수 있는 일은, 우선 외삼촌의 유서를 보고 자기들에게나 어머니에게 남겨진 유산이 있나 알아보는 것이다. 그래서 그들은 서머싯 하우스(유서 등기소, 세무서 등이 있는 런던의 관청 건물)로 가서 그의 유서 내용을 알아보고, 아마 그때 리티시어 블랙로크 양의 존재도 알게 되었을 것이다.

랜들 고들러의 미망인은 스코틀랜드에 있으며 병으로 이제 얼마 못 산다고 한다. 만일, 리티시어 블랙로크가 고들러 부인보다 먼저 죽는다면 그들에게 막대한 유산이 굴러 들어오게 된다. 그러면?

크래독은 생각했다.

그들은 스코틀랜드로 가지는 않았을 것이다. 그들은 리티시어 블랙로크가 지금 어디에 살고 있는지를 알아내고는 그곳으로 갔을 것이다. 하지만 진짜 신분으로는 안 갔을 것이고……, 그들이 함께 갔을까, 아니면 따로 갔을까?
에머……내 생각에는……핍과 에머가…….
그렇다, 핍과 에머는 지금 분명히 치핑 클래그혼에 있다.
틀림없이 치핑 클래그혼에.

달콤한 죽음

1

리틀 패덕스의 주방에서는 블랙로크 양이 미치에게 지시를 내리고 있었다.
"토마토와 정어리 샌드위치, 그리고 따뜻한 케이크는 작고 맛있게 만들도록 하고, 네가 특별히 잘 만드는 케이크를 만들어 줘."
"파티가 있는가 보죠? 이런 음식을 준비하시는 걸 보니 말이에요."
"버너 양의 생일이야. 손님 몇 분이 차를 들러 오실 거야."
"그 나이쯤 되면 생일 파티 같은 것을 열지 않잖아요. 차라리 잊고 사는 게 낫지요."
"그녀는 잊고 싶어 하질 않아. 그녀에게 선물을 가져다주는 사람을 위해서라도 조촐하게 파티를 여는 것이 좋을 거야."
"전에도 그런 말씀을 하셨지만 무슨 일이 벌어졌는지 직접 보셨잖아요!"
블랙로크 양은 간단하게 말했다.
"이번에는 그런 일이 없을 거야."
"이 집 안에서 무슨 일이 일어날지 어떻게 아신단 말씀이세요? 저는 종일 떨다가 밤이면 방문을 걸어 잠그고, 또 옷장 속에 누가 숨어 있지 않나 살펴봐야 한다고요."
"안전하고 좋은 방법이군."
블랙로크 양은 냉정하게 말했다.
"제게 만들라고 하신 케이크는……."
미치의 발음은 블랙로크 양 같은 영국인의 귀에는 이상하게 들렸다. 꼭 고양이들이 서로 으르렁거리는 소리 같았다.
"그래, 그거야. 맛 좋은 것"

"그래요. 맛이야, 좋지요. 하지만 아무것도 없잖아요! 그걸 만들려면 초콜릿과 버터도 필요하고, 설탕과 건포도도 있어야 해요."

"미국에서 보내 온 버터 한 통이 있잖니. 크리스마스 때 남겨 둔 건포도도 있고, 여기 초콜릿 한 조각과 설탕 1파운드도 있어."

미치의 얼굴이 갑자기 밝아졌다.

"좋아요. 블랙로크 양을 위해서 훌륭한, 아주 훌륭한 케이크를 만들어 드릴게요!"

기쁨에 넘친 듯이 그녀는 소리를 질러댔다.

"맛있을 거예요. 정말 훌륭할 거라고요! 맨 위에는 초콜릿으로 장식하겠어요. 아주 멋지게 만든 다음에는 그 위에 '행운'이라고 쓰겠어요. 이곳 영국 사람들이 먹어 보지 못한 맛있는 케이크를 만들지요. 모두들 정말 맛있다고 할 거예요."

그녀의 얼굴은 다시 어두워졌다.

"패트릭은 그것을 달콤한 죽음이라고 불렀었지요. 제가 만든 케이크를요! 저는 그렇게 부르지 않겠어요!"

"그건 칭찬하는 말이야. 그렇게 맛있는 케이크를 먹기 위해서는 죽어도 좋다는 뜻이라고."

블랙로크 양이 말했다.

미치는 의심스러운 눈으로 그녀를 바라보았다.

"저는 그 단어가(죽는다는 말이) 싫단 말이에요. 하지만, 그들은 모두 제가 만든 케이크를 먹을 테니 죽지는 않겠지요. 그럼요, 아주 기분이 좋아질 거예요."

"그래, 아마 그럴 거야."

블랙로크 양은 별생각 없이 미치에게 지시하고 나서, 안도의 한숨을 쉬며 나왔다. 미치는 정말 알 수 없는 여자였다.

그녀는 나오다가 도라 버너와 마주쳤다.

"아, 레티, 내가 들어가서 샌드위치를 써는 방법을 미치에게 일러줘야겠어."

블랙로크 양은 친구를 강제로 거실로 밀고 가면서 말했다.

"안 돼. 미치는 지금 안정되어 있는데, 기분을 흩트려 놓아서는 안 돼."
"하지만 나는 단지 그녀에게 가르쳐 주기만 할 건데……."
"제발 아무것도 가르쳐 주지 마, 도라. 유럽 사람들은 가르쳐 주는 걸 싫어해. 아주 증오한다고."

도라는 의혹스러운 듯이 그녀를 바라보았지만, 곧 미소를 지었다.

"에드먼드 스웨튼햄이 지금 막 전화를 했는데, 나보고 오래오래 살라고 했어. 그리고 오늘 오후에는 선물로 꿀을 가지고 오겠다는구나. 친절하지? 나는 그 젊은이가 내 생일을 기억하리라고는 상상도 못했는데."

"모두가 알고 있을 거야. 네가 알려 주었으니까."

"그래, 오늘로 내가 쉰아홉이 된다고 말했었지."

"예순넷이야."

블랙로크 양이 그녀를 바라보며 말했다.

"힌클리프 양이 '그렇게 보이지 않는데요. 나는 몇 살이나 된 것 같아요?' 하고 묻더군. 힌클리프 양은 도대체 나이를 어림잡을 수가 없단 말이야. 그녀는 달걀을 가져오겠다고 했어. 그래서 우리 집 닭들은 아직도 알을 낳지 않는다고 말했단다."

"생일 선물도 적잖게 들어오겠구나. 꿀, 달걀, 줄리어가 갖고 온 커다란 초콜릿 통."

블랙로크 양이 말했다.

"그 애는 어디에서 그런 것을 얻었는지 모르겠어."

"묻지 않는 게 좋을 거야. 합법적이지 않은 방법으로 구했을 수도 있으니까."

"그리고 네가 준 브로치."

버너 양은 가슴에 달린 다이아몬드가 박힌 조그만 브로치를 자랑스럽게 내려다보았다.

"네가 좋아하니 나도 기쁘구나. 하지만, 나는 보석을 그다지 좋아하지 않아."
"나는 좋아해."
"오리에게 모이를 주자."

2

패트릭은 사람들이 거실 탁자 주위로 모여들었을 때 연극조로 외쳤다.
"오! 내 앞에 있는 게 뭐야? 달콤한 죽음이로군."
"쉿! 미치가 듣지 못하도록 해라. 그녀는 자기가 만든 케이크를 그렇게 부르는 걸 굉장히 싫어한단다."
블랙로크 양이 말했다.
"하지만 그건 달콤한 죽음인걸요! 이게 바로 버니 아주머니의 생일 케이크가 아닌가요?"
"맞다, 이거야. 오늘은 정말 가장 멋진 생일이 될 거다."
버너 양이 말했다. 그녀의 얼굴은 흥분으로 달아올랐으며, 이스터브룩 대령이 사탕 과자 상자를 내밀며, "그대에게 드리는 사탕입니다!" 하고 말하자 더욱 얼굴이 붉어졌다.
줄리어가 급하게 고개를 돌리자, 블랙로크 양의 찌푸린 얼굴이 보였다.
탁자 위에는 음식들이 푸짐하게 놓여 있었으며, 사람들은 차례로 과자를 집어 든 뒤에 모두들 의자에서 일어섰다.
"기분이 안 좋아. 이게 그 케이크로군. 지난번과 똑같은 분위기인데."
줄리어가 말했다.
"그럴 만도 하지."
패트릭이 말했다.
"외국인들은 과자 만드는 비법이 있나 봐요."
힌클리프 양이 말했다.
"하지만 그들은 평범한 푸딩은 만들지 못하더군요."
패트릭은 누가 평범한 푸딩을 원하겠느냐고 묻고 싶었지만, 다른 사람들이 아무 말도 하지 않는 바람에 자기도 입을 꾹 다물고 있었다.
"정원사를 새로 두신 모양이지요?"
힌클리프 양은 블랙로크 양과 함께 거실로 들어오면서 물었다.

"아뇨, 왜요?"
"닭장 주위에서 멋진 군인 같은 사람이 어슬렁거리던데요?"
"아, 그 사람! 탐정이에요."
줄리어가 말했다.
이스터브룩 부인이 핸드백을 떨어뜨리면서 소리쳤다.
"탐정? 탐정이 여기에 왜 왔죠?"
"모르겠어요. 그는 집 안팎을 둘러보면서 한시도 눈을 떼지 않아요. 아마 레티 아주머니를 보호하려는 것일 거예요."
줄리어가 말했다.
"말도 안 돼. 고맙지만, 나는 내 스스로도 충분히 보호할 수 있어."
블랙로크 양이 말했다.
"하지만 이제는 모두 끝난 일 아니에요? 그런데 왜 심리를 연기했죠?"
이스터브룩 부인이 외쳤다.
"경찰에서 만족하지 못하기 때문이겠지."
"무엇이 만족스럽지 못하다는 거예요?"
이스터브룩 대령은 더 이야기할 것이 있지만, 그만두려는 사람처럼 머리를 흔들었다.
대령에게 불만을 품고 있는 스웨튼햄이 말했다.
"그거야 우리 모두가 용의자로 의심을 받고 있기 때문이지요."
"무슨 용의자?"
이스터브룩 부인이 계속해서 물었다.
"신경 쓰지 말아요, 여보."
그녀의 남편이 말했다.
"의도적으로 시간을 끄는 거죠. 아주 좋은 기회에 살인을 하려고 말입니다."
"아, 그만둬. 제발 그만둬, 스웨튼햄."
도라 버너가 울먹이기 시작했다.
"여기에는 아무도 내 친구 레티를 죽이려는 사람이 없다고 확신해요."
한순간 당황한 기색을 보이며 얼굴을 붉힌 스웨튼햄이 중얼거렸다.

"농담이었어요."

필리파가 높고 낭랑한 목소리로 6시 뉴스를 듣지 않겠냐고 묻자 모두 그러겠다고 했다.

패트릭이 줄리어에게 속삭였다.

"하몬 부인이 있어야 하는데, 그러면 그녀는 분명히 특유의 높고 맑은 목소리로 '하지만 저는 아직도 누군가가 당신을 노리고 있을 거라는 생각이 드는데요, 블랙로크 양?' 하고 말할 거야."

"그 부인하고 늙은 마플 양이 오지 않아서 다행이야. 그 노파는 슬금슬금 엿보고 다니는 것 같아. 전형적인 빅토리아식 여자야."

줄리어가 말했다.

뉴스를 듣다 보니 화제는 자연히 전쟁의 공포에 대한 문제로 돌려졌다. 이스터브룩 대령이 문명국에 대한 진짜 적은 러시아라고 잘라 말하자, 에드먼드는 매력적인 러시아 친구들을 몇 명 알고 있다고 대꾸했다.

하지만 아무런 반응도 얻지 못했다. 파티는 주인공에게 감사의 말을 하는 것으로 끝이 났다.

"즐거웠어, 버니?"

마지막 손님이 서둘러 나가자 블랙로크 양이 물었다.

"물론이야. 하지만 머리가 좀 아파. 너무 흥분했던 모양이야."

"케이크 때문이에요. 저도 기분이 좀 안 좋은 것 같아요. 게다가 아주머니는 아침 내내 초콜릿을 잡수셨잖아요."

패트릭이 말했다.

"가서 침대에 누워야겠어. 아스피린 두 알을 먹고 잠이나 푹 자야지."

버너 양이 말했다.

"좋은 생각이야."

블랙로크 양이 말했다.

버너 양은 2층으로 올라갔다.

"오리 우리를 닫을까요, 레티 아주머니?"

블랙로크 양은 엄한 눈길로 패트릭을 바라보았다.

"네가 문을 꼭 닫기만 한다면 그렇게 해도 돼."
"꼭 닫겠어요. 분명히 꼭 닫겠어요."
"셰리주 한 잔 드세요, 레티 아주머니."
줄리어가 상냥하게 말했다.
"옛날에 저를 돌봐주던 간호사가 '소화가 잘 될 거야.' 하고 말했답니다. 그런데 그것은 정말 희한하게도 들어맞더군요."
"그것참 좋은 생각이구나. 확실히 기름진 음식은 위에 부담을 주니까. 오, 버니, 놀랐잖아. 왜 그래?"
"아스피린을 찾을 수가 없어."
버너 양이 초조한 듯이 말했다.
"그럼, 내 것을 먹어. 내 침대 옆에 있으니까."
"제 화장대 위에도 한 병 있어요."
필리파가 말했다.
"그래, 그래. 고마워. 내 것을 정말 못 찾겠으면 그것을 먹지. 하지만 내가 어딘가에 분명히 놔 둔 기억이 있는데. 새로 사왔단 말이야. 내가 어디에 두었더라?"
"목욕탕에도 꽤 많던데요."
줄리어가 못 참겠다는 듯이 말했다.
"이 집에는 온통 아스피린 천지로군요."
"나는 언제나 너무 조심성 없고 정신이 없어서 탈이란 말이야."
버너 양은 다시 층계를 오르면서 말했다.
"가엾은 버니 아주머니."
줄리어가 술잔을 들며 말했다.
"버니 아주머니에게도 셰리주를 좀 드려야겠지요?"
"주지 않는 게 좋을 거다. 버니는 오늘 너무 흥분한 것 같아. 그녀에게 아주 좋지 않은 일이야. 거기에다 셰리주까지 주면 내일 아침에는 더 나빠질 거다. 그냥 혼자 있게 내버려두려무나."
블랙로크 양이 말했다.

"버너 양은 셰리주를 좋아하시는데."

필리파가 말했다.

"미치에게나 줘요."

줄리어가 제안했다.

"안녕, 패트."

그가 옆문으로 들어오는 소리를 듣고 그녀가 소리쳤다.

"미치 좀 데려와."

미치를 데려오자 줄리어는 그녀에게 셰리주를 따라 주었다.

"이 세상에서 가장 훌륭한 요리사를 위해서!"

패트릭이 자신의 잔을 올리며 말했다.

미치는 고마워하기는 했지만 별로 기뻐하지는 않았다.

"그렇지 않아요. 나는 사실 요리사도 아닌걸요. 고향에서는 나도 지적인 일을 했답니다."

"그렇다면 당신의 재능이 썩고 있는 셈이군요. 그럼 달콤한 죽음 같은 걸작 말고 그 지적인 일이란 게 뭐죠?"

패트릭이 물었다.

"내가 전에 분명히 말했을 텐데요. 그 이름을 싫어한다고."

"당신이 좋아하고 싫어하는 것과는 상관없어요."

패트릭이 말했다.

"그건 내가 당신이 만든 케이크에 붙인 이름이고, 이 건배도 그것을 위한 것이니까. 달콤한 죽음과 그리고 앞으로의 결과를 위해서 건배합시다."

3

"필리파, 나하고 이야기 좀 할까?"

"예, 블랙로크 양?"

필리파 헤이메스는 약간 놀란 기색으로 쳐다보았다.

"필리파, 무슨 걱정거리가 있나 보지?"

"걱정이요?"

"요즈음에 뭔가 걱정하고 있는 것 같은데, 뭐 잘못된 일이라도 있어?"

"아니에요. 아무 일 없어요, 블랙로크 양. 잘못된 일이 있을 이유가 있나요?"

"글쎄, 내 생각인데, 혹시 필리파와 패트릭이……."

"패트릭?"

필리파는 확실히 놀란 표정이었다.

"그렇지 않은가 보군. 엉뚱한 질문을 해서 미안해. 하지만 둘이서 함께 있는 경우가 많더군. 패트릭이 내 친척이기는 해도 그 애가 만족스러운 인물은 못 돼."

필리파의 얼굴이 딱딱하게 굳었다.

"저는 재혼은 안 해요."

"아, 아니야. 언젠가는 하게 될걸. 필리파는 아직 젊잖아. 하지만 이런 문제를 우리가 토론할 필요는 없지. 정말 걱정거리가 없는 거야? 돈 문제라든가……, 예를 들자면 말이야."

"아니에요. 정말 아무 문제도 없어요."

"필리파가 아들 교육 문제 때문에 고민하고 있다는 건 나도 알아. 그래서 내가 이야기 좀 하려고. 오늘 오후에 내 변호사인 베딩 펠드 씨를 만나보러 밀체스터에 갔었어. 아직까지 확정된 것은 아니지만, 이번에 내 유서를 새로 작성하려고 해. 만일의 경우를 대비해서 말이야. 버니의 재산을 제외하고 나머지를 모두 필리파에게 주려고 해."

"예?"

필리파는 소리쳤다. 그녀는 조용히 블랙로크 양을 바라보고 있었지만, 불안하고 놀란 표정이 뚜렷했다.

"하지만 저는 원치 않아요. 정말이에요. 아니 한 푼도 주시지 않는 게 좋아요. 그런데 왜죠? 왜 저에게 주시려는 거죠?"

"아마, 다른 사람이 없기 때문이겠지."

블랙로크 양은 그녀 특유의 목소리로 말했다.

"패트릭과 줄리어가 있잖아요."

"그래, 패트릭과 줄리어가 있지."

그녀의 목소리에는 여전히 독특하고 이상한 분위기가 어려 있었다.

"그 사람들은 블랙로크 양의 친척 아니에요?"

"아주 먼 친척이지. 하지만 그 애들은 내게서 아무것도 바라지 않아."

"저도, 저도 마찬가지예요. 무슨 생각으로 그러시는지는 모르겠지만 아무튼 저도 바라지 않아요."

그녀의 눈에는 감사의 빛은커녕 적개심이 엿보였다. 그녀는 분명히 두려워하고 있었다.

"지금 내가 무슨 일을 하고 있는지는 나도 알고 있어, 필리파. 나는 필리파가 좋아졌어. 또 필리파에게는 아들도 있고……. 만일 내가 지금 죽는다면야 좋을 것이 하나도 없겠지만, 몇 주만 더 있으면 상황이 달라지거든."

그녀는 필리파의 눈을 똑바로 쳐다보고 있었다.

"하지만 블랙로크 양은 지금 돌아가시지 않아요!"

필리파가 부정했다.

"물론 내가 예방 조치를 잘해서 피할 수만 있다면 그렇겠지."

"예방 조치요?"

"그래. 잘 생각해봐……. 그리고 이제 더 이상 걱정할 필요 없어."

그녀는 재빨리 방을 나갔다.

필리파는 홀에서 그녀가 줄리어와 이야기하는 것을 들었다.

잠시 뒤에 줄리어가 거실로 들어왔다.

그녀의 눈에는 강한 빛이 보였다.

"일을 아주 잘 처리하는군요, 필리파! 당신이 보통 사람이 아니라는 것은 이미 짐작하고 있었어요. 다크호스라고 하던가요?"

"다 들었군요."

"그래요, 들었지요. 들었을 거예요."

"무슨 뜻이지요?"

"우리 레티 아주머니는 바보가 아니에요. 어쨌든 잘되었군요, 필리파. 이제 성공한 셈 아니에요?"

"아, 줄리어, 나는 모르는 일이었어요. 생각도 못 했던 일……."

"그렇지 않아요. 당신은 벌써부터 계산하고 있었을 거예요. 당신은 어려움을 겪고 있었잖아요? 하지만 이걸 기억해둬요. 레티 아주머니가 살해당한다면 첫 번째 용의자는 바로 당신이에요."

"아니에요. 지금 내가 그녀를 살해하는 것은 멍청이 같은 짓이지요. 나는 기다리기만 하면……."

"그렇다면 이것도 알겠군요. 스코틀랜드에 있다는 노부인, 이름이 뭐더라, 아무튼 그녀가 죽게 되면 아마 필리파 당신이 실제적인 다크호스가 되겠군요."

"당신이나 패트릭에게는 해를 끼치고 싶지 않아요."

"그래요? 미안하지만, 그래도 나는 당신을 못 믿겠군요."

제16장

크래독 경위 돌아오다

크래독 경위는 돌아오는 기차에서 끔찍한 하룻밤을 보냈다.

꿈이라기보다는 악몽의 연속이었다. 그는 어딘가에 도착하여 무엇인가를 보호하기 위해서, 필사적으로 고성(古城)의 잿빛 복도를 달려가고 있었다.

마침내 꿈속에서 그는 잠에서 깨어나서 긴 안도의 한숨을 내쉬었다. 그런데 그 순간 방문이 천천히 열리더니 리티시어 블랙로크 양이 피투성이가 된 머리로 그를 바라보면서 원망스럽게 말하는 것이었다.

"왜 나를 구해 주지 않았어요. 당신이 신경을 써주었다면 나는 희생되지 않았을 거예요."

그 순간 그는 정말 깨어났다. 이내 기차는 밀체스터에 도착했으며, 경위는 길게 한숨을 내쉬었다.

그는 곧바로 리디스데일에게 가서 보고했다.

"패트릭과 줄리어 시몬즈 남매는 추측되는 나이에 대충 맞습니다. 블랙로크 양이 그들을 어렸을 때부터 본 것이 아니라면."

리디스데일이 희미하게 웃으며 말했다.

"그 점에 대해서는 마플 양이 벌써 보고해왔어. 블랙로크 양은 그들을 두 달 전에 처음 봤다고 하네."

"그렇다면 확실히······."

"그렇게 간단한 문제가 아니야, 크래독. 우리도 조사 중이야. 지금까지 들어온 정보로는 패트릭과 줄리어는 그 추측과는 완전히 거리가 멀어. 그의 해군 복무 기록도 정확하고, '불복종'이라는 설명이 있기는 하지만 그 밖에는 완벽하다네. 칸느에도 연락해보았는데, 시몬즈 부인은 화가 난 투로 자기의 아들과 딸은 친척인 블랙로크 양과 함께 치핑 클래그혼에서 살고 있다고 했다는군.

상황이 이렇다네?"

"그 시몬즈 부인은 정말 시몬즈 부인입니까?"

"그녀는 오래전부터 시몬즈 부인이었어. 내가 말할 수 있는 것은 그뿐이네."

리디스데일은 무뚝뚝하게 말했다.

"명백한 것 같군요. 하지만 그들 둘은 나이가 비슷한데다가 블랙로크 양과는 별로 가까운 사이가 아니었습니다. 이곳에 핍과 에머가 와 있다면 그들이 가장 유력합니다."

경찰서장은 생각에 잠긴 듯이 고개를 끄덕이고는 크래독에게 종이를 내밀었다.

"여기 이스터브룩 부인에 대한 조사 기록이 있네."

경위는 눈썹을 추켜세우고 읽어 내려갔다.

"대단히 흥미롭군요. 그 늙은 남편을 잘도 속여 왔군요. 하지만 제가 보는 바로는, 이것은 이 사건과는 별 관계가 없는 것 같습니다."

"그렇기는 하지. 그리고 여기 헤이메스 부인에 대한 기록도 있네."

크래독은 또 한 번 눈썹을 추켜세웠다.

"그 여자와 한 번 더 이야기를 해봐야겠군요."

"이 기록이 무엇인가를 말해주고 있다고 생각하나?"

"그런 것 같습니다. 물론 약간 무리한 추측이기는 하지만 말입니다."

두 사람은 잠시 아무 말 없이 서로 생각에 잠겼다.

"플레처가 뭣 좀 알아냈습니까?"

"그는 무척 적극적인 방법으로 조사하고 있더군. 그는 블랙로크 양의 허락을 받고 매일 그 집을 조사했지만 아무것도 알아내지 못했다고 하네. 그래서 그 문에다 기름을 칠한 만한 인물을 찾고 있는 모양이야. 그리고 외국 여자가 외출한 날 집에 있었던 사람들을 조사해두었다네.

사실, 그것은 우리의 생각보다 좀 복잡하더군. 그녀는 거의 매일 오후 산책을 나간다고 하니까. 그녀는 마을에 내려가서 블루버드에서 커피를 한 잔 마시지. 블랙로크 양과 버너 양도 거의 매일 오후에 나가거든. 그러니 윤곽은 대충 잡을 수 있지."

"문은 항상 잠겨 있습니까?"

"보통 그렇다네. 하지만 지금도 그런지는 모르겠어."

"플레처의 결론은 무엇입니까? 빈집에 있었던 사람이 아직 밝혀지지 않았나요?"

"사실은 그들 모두가 다 있었다네."

리디스데일은 앞에 놓인 서류를 보면서 말했다.

"머거트로이드 양은 그곳에서 알을 품고 있는 닭들과 함께 있었음(말이 좀 이상하기는 하지만 그녀가 말한 그대로임). 그 문제에 대해 묻자 흥분하면서 자신은 아니라고 부인. 플레처도 그녀가 흥분한 것은 성격상의 이유이며, 범죄와 관련 있다고는 생각하지 않아."

"알 만합니다. 그녀 같은 성격이라면."

크래독이 동의했다.

"스웨튼햄 부인은 블랙로크 양의 주방의 식탁에 일부러 놓아 둔 말먹이를 가지러 왔었음. 블랙로크 양은 스웨튼햄 부인의 말먹이를 항상 준비해두었는데, 그날은 밀체스터에 갔었음. 여기에 어디 의심스러운 데가 있나?"

크래독은 생각에 잠겼다.

"블랙로크 양은 밀체스터에서 오는 길에 스웨튼햄 부인의 집에 들러서 말먹이를 갖다 줄 수도 있지 않았겠습니까?"

"나도 모르겠네만, 어쨌든 그녀는 그렇게 하지 않았네. 스웨튼햄 부인의 말에 의하면, 블랙로크 양은 항상 주방 식탁에 놓아두므로 미치가 없을 때 스웨튼햄 부인이 그걸 가져오려고 했다고 함. 미치는 때때로 아주 불친절한 경우가 있기 때문이라고 하는군."

"완벽한 이야기로군요. 계속해주십시오."

"다음은 힌클리프 양 차례로군요. 그녀는 요즘에는 그곳에 가지 않았다고 했지만, 사실과 다름. 미치가 옆문으로 나오는 그녀를 보았다고 하고, 버트 부인(마을 사람)도 마찬가지임. 힌크 양은 그 집에 갔었던 것 같다고 말하기는 했지만, 무엇 때문이었는지는 기억하지 못함. 아마 그냥 들렀던 것 같다고 말했음."

"좀 이상하군요."

"그래, 조금 의심스러운 면이 있네. 다음은 이스터브룩 부인. 그녀는 항상 그 길에서 애견들을 훈련시키는데, 블랙로크에게서 편물 견본을 빌리려고 들러 보았으나 블랙로크 양은 없었음. 잠시 기다렸다고 함."

"아마 그랬을 겁니다. 집 안을 엿보고 다녔을 수도 있고, 또 그 문에 기름을 칠해 놓았을 수도 있었겠지요. 대령은 어떻습니까?"

"어느 날인가 블랙로크 양이 읽고 싶어 하던 인도에 대한 책을 갖고 그곳에 갔었다고 하는군."

"그녀가 정말 읽고 싶어 했답니까?"

"그녀의 말로는, 그가 읽으라는 것을 거절해보려고 했지만 소용이 없었다는군."

"그렇겠지요."

크래독은 한숨을 내쉬었다.

"누군가 한번 책을 빌려 주려고 결심을 하면, 그걸 거절하기란 불가능한 일이지요."

"에드먼드 스웨튼햄이 그곳에 갔었는지는 모르겠네. 그 친구는 분명치가 않아. 자기 어머니 심부름으로 가끔 그곳에 들르기는 하지만, 요즘엔 간 기억이 없다고 했네."

"결과적으로 모든 게 미결 상태로군요."

"그렇다네."

리디스데일은 지그시 웃으며 말했다.

"마플 양도 적극적으로 움직이고 있어. 플레처 말에 의하면, 그녀가 블루버드에서 아침 커피 자리를 함께 했다고 하네. 또, 볼더스에서의 셰리주 파티와 리틀 패덕스의 생일 파티에 참석했었네. 그녀는 스웨튼햄 부인네 정원을 보고 감탄했으며, 또 이스터브룩 대령의 인도 골동품을 보러 그의 집에 들르기도 했다는군."

"마플 양이라면 이스터브룩 대령이 진짜 대령인지 아닌지를 말해줄 수 있겠군요."

"그녀는 그 사람이 진짜인 것 같다고 했어. 확실히 알아보려면 극동 관계 당국에 연락해봐야겠지."

"그건 그렇고……."

크래독이 끼어들었다.

"블랙로크 양이 떠나는 것에 대해 어떻게 생각하십니까?"

"치핑 클레그혼을 떠나는 것 말인가?"

"그렇습니다. 친한 버너 양과 함께 알려지지 않은 곳으로 가겠다고 합니다. 스코틀랜드로 가서 벨 고들러와 함께 지내면 좋을 텐데 말입니다. 아주 안전한 곳이 아닙니까?"

"그곳에 머무르면서 그 부인이 죽기를 기다린단 말인가? 교양 있는 여자라면 그런 제안은 좋아하지 않을 걸세."

"생명이 달려 있는데도 말입니까?"

"크래독, 총으로 사람을 죽인다는 것은 자네가 생각하는 것처럼 그렇게 쉽지가 않아."

"그렇습니까?"

"글쎄, 간단하게 생각하면 쉬운 일일 수도 있겠지. 여러 가지 방법이 있으니까. 그녀가 오리를 우리에 넣기 위해 밖에 나왔을 때 머리를 때릴 수도 있고, 울타리 뒤에서 병으로 내리칠 수도 있겠지. 아주 간단하게 말이야. 하지만 총으로 쏴 죽이고 혐의를 피하기란 그리 쉽지가 않아. 게다가 사람들이 모두 목격했다고 하니 범인의 첫 시도는 실패한 셈이야. 그는 뭔가 다른 방법을 생각할 걸세."

"알고 있습니다. 하지만 시간적인 문제도 고려해야 하지 않습니까? 고들러 부인은 지금 죽어가는 상태입니다. 곧 숨을 거둘 거라는 뜻입니다. 그건 바로 범인이 기다릴 시간이 없다는 걸 의미하는 것 아닙니까?"

"그렇지."

"게다가 또 한 가지는, 그인지 그녀인지는 모르지만 우리가 모든 사람을 조사하고 있다는 것을 안다는 점입니다."

"하지만 우리는 시간이 필요하네."

리디스데일이 한숨 섞인 목소리로 말했다.

"극동 관계 당국과 인도에 알아봐야 해. 물론 길고도 지루한 작업이기는 하지만."

"그것이 서둘러야 할 또 다른 이유입니다. 정말 위험한 상황입니다. 문제가 크지요. 만일 벨 고들러가 죽는다면……."

그는 순경이 들어오는 것을 보고 말을 멈추었다.

"치핑 클래그흔의 레그 순경에게서 전화가 왔습니다."

"연결해주게."

크래독 경위는 경찰서장을 바라보았다.

서장의 태도가 딱딱하게 굳어졌다.

"알았네. 크래독 경위가 곧 갈 걸세."

그는 수화기를 내려놓았다.

"혹시……."

크래독이 말을 꺼냈다.

리디스데일이 고개를 저었다.

"아니야, 도라 버너일세. 그녀는 리티시어 블랙로크의 침대 옆에 있는 병에서 아스피린을 꺼내 먹었다는군. 그 병에는 몇 알밖에는 남지 않았다. 아마 두 알을 꺼내어 한 알은 남겨 놓고 한 알만 먹은 모양이야. 의사가 나머지 한 알을 분석하기 위해 보냈는데 아스피린은 분명히 아니라는군."

"죽었습니까?"

"그렇다네. 오늘 아침에 그녀의 침대에서 시체로 발견되었다네. 잠든 상태에서 숨이 끊어졌어. 의사의 말로는, 아무리 그녀의 건강이 좋지 않은 상태였다고 해도 자연사는 아닌 것 같다고 하며 마취성 독약인 것 같다고 하네. 오늘 밤 검시를 할 거라는군."

"리티시어 블랙로크의 침대 옆에 있는 아스피린이라……. 정말 교활하기 짝이 없는 놈이군요. 패트릭의 말로는 블랙로크 양은 반쯤 남은 셰리주를 치우고 새 병을 땄다고 했습니다. 그녀가 새로 뜯은 아스피린 병에다 그런 짓을 했다고는 생각하지 않습니다. 요즘 그 집에 누가 다녀갔습니까? 최근 하루 이틀 사이에 말입니다. 아마도 그 알약은 그곳에 놓인 지 오래되지 않았을 겁니다."

리디스데일은 그를 쳐다보았다.

"우리의 용의자는 어제 모두 그곳에 있었네. 버너 양의 생일 파티가 있었어. 그들 중 누군가가 위층으로 올라가서 약을 바꾸어 놓았을 수도 있지. 게다가 그 집에 사는 사람이라면 어느 때고 가능한 일이었을 테고"

제17장

앨범

옷을 두껍게 껴입은 마플 양은 목사관의 문 옆에 서서 번치에게서 쪽지를 건네받았다.

"블랙로크 양에게 전해주세요." 번치가 말했다.

"줄리언이 찾아뵙지 못해서 대단히 유감스러워한다고요. 로크 햄리트에서 신도 한 사람이 돌아가셨거든요. 블랙로크 양이 꼭 그이를 만나고 싶으시다면 점심 뒤에 들르겠다고 전해주세요. 이것은 장례식 절차에 대한 것이에요. 검시가 화요일에 있게 되면 수요일에 하자고 하더군요. 가엾은 버니, 다른 사람을 노리고 준비해둔 독약을 먹고 죽다니……. 그럼, 조심해서 다녀오세요. 너무 많이 걷지는 마세요. 저는 빨리 저 아이를 병원에 데려가야겠어요."

마플 양이 몸에 안 좋을 정도로 많이 걷지는 않을 것이라고 말하자, 번치는 급하게 돌아서서 갔다.

마플 양은 블랙로크 양이 나오기를 기다리면서 거실을 둘러보았다. 그녀는 도라 버너가 저번 날 아침 블루버드에서 패트릭이 '불이 나가도록 전등을 만져 놓았을 거예요.'라고 한 말이 생각났다.

어떤 전등을 말하는 걸까? 그리고 그가 어떻게 그것을 만졌다는 것인가? 그것은 분명히 입구에 있던 탁자 위의 작은 전등을 두고 한 말이었을 것이다. 그리고 목동인가 여목동에 대해서도 말했었지. 그것은 정말 섬세한 드레스덴 도자기로 된 등이었다. 푸른색 외투에 분홍색 바지를 입고 있는 목동의 그림이 있었고, 원래는 다리가 있는 등이었으나 전등으로 개조한 것이었다. 갓은 평범한 피지였는데, 너무 커서 도자기의 그림을 거의 다 가리고 있었다.

도라 버너가 또 무슨 말을 했었지? '나는 그것이 분명히 여목동이었다는 것을 기억하거든요. 목동이 아니고 말이에요. 그런데 다음날……'

그러나 지금 그것은 목동이었다.

마플 양은 번치와 함께 차를 마시러 갔을 때, 도라 버너가 한 쌍으로 된 전등에 대해 이야기한 것이 기억났다. 물론, 목동과 여목동으로 된 것이겠지. 살인극이 있던 날의 것은 여목동이었는데 다음날 아침에는 다른 전등이었다. 지금 놓여 있는 것은 목동 그림이다.

그날 밤에 전등이 바뀐 것이다. 그리고 도라 버너는 패트릭이 그것을 바꾸어 놓았다고 믿을 만한 증거를 가지고 있었다(증거가 없었다고 해도 그녀는 그렇게 믿고 있었다). 왜 그랬을까? 만일 원래 있었던 전등을 조사해본다면 패트릭이 정전되도록 어떻게 조작했는지 알 수 있기 때문일까? 그는 도대체 전기를 어떻게 조작했을까?

마플 양은 자기 앞에 놓여 있는 전등을 열심히 들여다보았다. 전깃줄은 탁자의 가장자리를 따라 벽의 콘센트에 꽂혀 있었다. 줄을 따라 반쯤 가니 배 모양의 스위치가 보였다. 마플 양은 전기에 대해 거의 아는 것이 없었기 때문에 그것들을 봐서는 별다른 정보를 얻을 수가 없었다.

여목동 전등은 어디에 있을까? 거실에? 아니면 없애버렸을까? 혹시 도라 버너가 패트릭이 기름과 깃털을 들고 있는 것을 보았다면 그곳에 있는 것은 아닐까? 그녀는 이런 모든 의심을 크래독 경위에게 부탁해보기로 결심했다.

블랙로크 양은 자신의 조카인 패트릭이 그 광고 문제에 관련되어 있다고 말했었다. 그런 종류의 직감이란 종종 들어맞는다.

마플 양도 그렇게 믿고 있었다. 누군가에 대해 잘 알고 있다면, 그 사람이 무엇을 생각하고 있다는 것 정도는 짐작할 수 있는 법이니까……

패트릭 시몬즈…….

잘생기고 매력적인 젊은이. 여자들이라면 젊은 여자이든 늙은 여자이든 모두가 좋아할 만한 젊은이. 랜들 고들러의 여동생이 결혼한 남자와 같은 종류의 사람. 패트릭 시몬즈가 핍일 가능성은 없을까?

하지만 그는 전쟁 중에 해군에 있었다. 경찰에서도 그 점만은 금방 알아냈을 것이다. 때때로 믿기 어려울 정도로 감쪽같은 분장을 하는 사람이 있다. 어느 정도 용기만 있다면 상당히 성공할 수 있는 일이다.

문이 열리고 블랙로크 양이 들어왔다.

오늘은 그녀가 몇 년은 더 늙어 보인다고 마플 양은 생각했다. 그녀에게서 생명력과 기운이 모두 빠져나간 것 같았다.

"이렇게 실망시켜 드려서 죄송하군요. 목사님은 신도가 죽어서 못 왔고, 번치는 아이가 아파서 병원에 갔답니다. 목사님이 이 쪽지를 전해 드리라고 하더군요."

그녀가 쪽지를 내밀자 블랙로크 양이 받아들고 펴보았다.

"앉으세요, 마플 양. 이렇게 전해주셔서 고마워요."

그녀는 읽어 나갔다.

"목사님은 대단히 이해력이 많은 분이군요."

블랙로크 양은 조용히 말했다.

"자상하고 섬세하게 위로의 말을 썼어요……. 장례식은 잘 마무리 질 수 있겠다고 전해주세요. 그녀는, 그녀는 '앞장서라, 온화한 빛이여.'라는 시 구절을 무척 좋아했답니다."

그녀의 목소리가 갑자기 떨렸다.

마플 양이 부드럽게 말했다.

"나는 특별한 관계가 있는 사람은 아니지만 정말 슬픈 일이에요."

리티시어 블랙로크는 갑자기 걷잡을 수 없이 울음을 터뜨렸다. 그것은 가련하고도 참기 어려운 슬픔이었다.

희망이라고는 전혀 느낄 수 없는 그런 분위기 속에서 마플 양은 조용히 앉아 있었다. 블랙로크 양은 마침내 의자에 내려앉았다. 그녀의 얼굴은 눈물로 얼룩져 있었다.

"죄송해요. 도저히 참을 수가 없어요. 나는 잃고 말았어요. 그녀는, 그녀는 과거와 연결된 유일한 사람이었어요. 과거를 기억하는 사람이었지요. 이제 그녀는 갔고 나는 혼자예요."

"무슨 뜻인지 잘 알아요. 과거를 기억하고 있던 유일한 사람이 가버린다면 혼자 남게 되죠. 나는 조카들이나 친절한 친구들이 있기는 하지만, 내 소녀 시절을 알고 있는 사람은 아무도 없어요. 내 과거를 함께 했던 사람은 아무도 없지요. 나는 오랫동안 혼자였답니다." 마플 양이 말했다.

두 여자는 잠시 아무 말이 없었다.

"내 심정을 잘 아시겠군요."

리티시어 블랙로크가 말했다.

그녀는 일어서서 탁자로 갔다.

"목사님에게 몇 마디 써드려야겠군요."

그녀는 이상한 모양의 펜을 집어들고는 천천히 써나갔다.

"관절염 때문에 글씨를 쓸 수 없을 때도 있어요."

그녀가 설명했다. 그녀는 편지 봉투에 넣어 봉하고는 주소를 적었다.

"이것을 전해주세요."

홀에서 남자 목소리가 들리자 그녀는 재빨리 말했다.

"크래독 경위예요."

그녀는 난롯가를 지나 거울 앞으로 다가가서 얼굴에 분을 발랐다.

크래독은 무섭게 화가 난 얼굴로 들어왔다.

그는 마플 양을 원망하는 듯이 쳐다보았다.

"아니, 여기에 계셨군요."

블랙로크 양은 벽난로 선반에서 돌아보았다.

"마플 양이 친절하시게도 목사님의 쪽지를 가져다 주셨어요."

마플 양은 수다스럽게 말했다.

"나는 이만 가봐야겠어요. 더 이상 당신을 괴롭혀서는 안 될 것 같네요."

"어제 여기에서 열린 생일 파티에 오셨던가요?"

마플 양은 긴장된 목소리로 말했다.

"아뇨, 오지 않았어요. 번치가 친구들을 방문하는 데 함께 가자고 해서요."

"이제는 제게 하실 말씀이 없으시겠지요?"

크래독은 분명한 태도로 문을 열어 주었다.

마플 양은 다소 당황한 태도로 나가버렸다.

"말이 너무 많은 사람입니다."

크래독이 말했다.

"마플 양에 대해서는 정당하지 못하군요. 그녀는 정말 목사님의 쪽지를 가져왔어요."

블랙로크 양이 말했다.

"그랬겠지요."

"단순히 호기심 때문에 온 게 아니라고요."

"블랙로크 양이 옳을지도 모릅니다만, 제 판단에 의하면 말이 많은 사람들과는 경계를……."

"그녀는 무척 친절한 여자예요."

블랙로크 양이 말했다.

'당신이 사실을 알게 된다면 독사처럼 위험한 인물일 겁니다.'

크래독 경위는 생각했다. 하지만 쓸데없이 자신의 생각을 말하고 싶지는 않았다. 이제는 어딘가에 살인마가 있다는 것이 분명해졌으므로 말을 적게 하는 것이 좋다고 생각했다. 마플 양이 다음 희생자가 되는 것은 바라지 않기 때문이다. 어딘가에 살인마가 있다. 어디에 있을까?

"시간이 없어서 위로의 말은 생략하겠습니다, 블랙로크 양. 사실 버너 양의 죽음으로 기분이 썩 좋지 않습니다. 우리가 그것을 미리 막았어야 하는 건데 말입니다."

"어떻게 막는다는 말이에요?"

"물론 쉬운 일은 아니었겠지요. 이제부터는 수사를 빨리 진행시켜야 합니다. 누가 이런 짓을 했을까요, 블랙로크 양? 두 번씩이나 당신을 죽이려고 했던 사람이 누구일까요? 우리가 빨리 범인을 찾아내지 못하면 이런 일이 또 벌어질 겁니다."

리티시어 블랙로크는 떨리는 목소리로 말했다.

"몰라요, 정말 모르겠어요."

"고들러 부인을 만나 보았습니다. 그녀는 최선을 다해 저를 도와주었습니다. 당신이 돌아가시게 되면 이익을 얻을 사람이 몇 명 있더군요. 우선 핍과 에머가 있지요. 패트릭과 줄리어의 나이가 그들과 비슷하다고 들었습니다. 하지만 그들의 배경은 명백하더군요. 그 외에 또 다른 인물이 있겠지요, 블랙로크 양.

대답해주십시오. 만일 소냐 고들러를 만난다면 알아보실 수 있겠습니까?"

"소냐를 알아보겠냐고요? 물론이죠."

그녀는 갑자기 말을 멈추었다.

"아니, 글쎄요." 그녀는 천천히 말했다.

"알아보지 못할 것 같아요. 오래전 일이거든요. 30년이란 세월이……, 그녀도 지금은 늙었을 테니까."

"당신이 기억하시기에 그녀는 어떻게 생겼습니까?"

"소냐?" 블랙로크 양은 잠시 생각하고 나서 말했다.

"좀 작은 몸집에 검은 머리칼을 가지고 있었지……."

"특별히 다른 점은요? 버릇이라든가?"

"아니, 없어요. 그녀는 명랑한 성격이었어요. 무척 명랑했었지."

"지금은 그렇게 명랑하지 않을 수도 있겠지요. 그녀의 사진이 있습니까?"

"소냐의 사진? 글쎄요, 정면 사진은 없지만 오래된 스냅사진은 있어요. 앨범에 꽂혀 있을 거예요."

"아, 그러면 제가 그걸 좀 볼 수 있을까요?"

"물론이지요. 앨범이 어디에 있더라?"

"블랙로크 양, 혹시 스웨튼햄 부인이 소냐 고들러일 가능성은 전혀 없을까요?"

"스웨튼햄 부인이?"

블랙로크 양은 놀라서 그를 쳐다보았다.

"하지만 그녀의 남편은 공무원이었어요. 처음에는 인도에 있다가 홍콩에서 일했다고 들었는데."

"그건 스웨튼햄 부인이 말해준 이야기입니다. 다시 말해서, 그것은 당신이 직접 알아낸 것이 아니잖습니까?"

"그건 그래요." 블랙로크 양이 천천히 말했다.

"그렇게 말한다면, 나도 할 말이 없어요. 하지만 스웨튼햄 부인이라는 것은 너무 엉뚱한 생각이에요!"

"소냐 고들러가 연극을 한 적이 있다죠? 아마추어 극단에서 말입니다."

"아, 그럼요! 아주 훌륭한 배우였지요."

"오, 그렇군요! 또 한 가지, 스웨튼햄 부인은 가발을 썼습니다. 제가 보기에는……."

경위는 자신의 말을 고쳤다.

"하몬 부인이 말해주었습니다."

"예, 그래요. 나도 가발 같다고 생각했어요. 회색의 잔잔한 컬을 보면 알 수 있지요. 하지만 그래도 어리석은 생각이에요. 그녀는 성격이 좋고 아주 재미있는 부인인걸요."

"그렇다면 힌클리프 양이나 머거트로이드 양 중의 한쪽이 소냐 고들러일 수는 없을까요?"

"힌클리프 양은 너무 키가 커요. 남자들 키만 하잖아요."

"머거트로이드 양은요?"

"그녀도 아니에요. 머거트로이드 양이 소냐라는 것은 생각할 수도 없어요."

"잘 모르시겠다는 거군요, 블랙로크 양?"

"내가 근시라는 건가요?"

"그렇습니다. 오래되어 닮은 데가 없을지는 몰라도, 아무튼 스냅사진을 보도록 하지요. 경찰들은 웬만한 아마추어들로서는 알아보지 못할 정도로 닮은 점을 찾아낼 수 있으니까요."

"언제 한번 앨범을 찾아봐야겠군요."

"지금은 안 됩니까?"

"당장 말이에요?"

"그랬으면 좋겠습니다."

"좋아요. 가만있자, 벽장 안의 책들을 정리하다가 그 앨범을 보았는데. 줄리어가 나를 도와주고 있다가 그 사진에서 내가 입고 있는 옷이 우습다고 한 것이 기억나네요. 책들은 거실에 있는 선반에 놓아두었고……, 앨범과 미술 잡지들은 어디에 두었더라? 이 기억력이라니! 아마 줄리어는 기억하고 있을 거예요. 마침 집에 있으니 잘되었어요."

"제가 찾아보지요."

경위는 그 방을 나와 줄리어를 찾았지만, 아래층에는 없었다. 미치에게 시몬즈 양이 어디에 있느냐고 묻자, 자기가 알 바 아니라고 잘라 말했다.

"저는요, 주방에서 점심 준비에만 신경 쓰고 있어요. 저는 제가 만든 것이 아니면 아무것도 먹지 않아요. 아무것도 말이에요. 아시겠어요?"

경위는 위층을 향해, "시몬즈 양" 하고 불러 보았지만 아무런 대답도 없어서 위층으로 올라갔다. 층계참의 모퉁이를 돌아서자마자 줄리어와 마주쳤다.

그녀는 작은 나선 계단 뒤에 가려진 문을 열고 나왔다.

"다락방에 있어서 못 들었어요. 무슨 일이에요?"

크래독 경위가 설명했다.

"옛날 앨범? 예, 기억하고말고요. 서재의 벽장 안에 놓아두었을 거예요. 찾아다 드리지요."

그녀는 아래층으로 내려가서 서재 문을 열었다. 창문 옆에 커다란 벽장이 있었다.

줄리어는 그 문을 열고는 여러 가지 물건들을 뒤적거리면서 말했다.

"잡동사니들이에요. 모두 잡동사니들이에요. 하지만 나이 든 사람들은 이런 것들을 쉽게 버리지 못하더군요."

경위는 쭈그리고 앉아 벽장 바닥에서 옛날 앨범 두 권을 꺼냈다.

"이것들입니까?"

"맞아요."

블랙로크 양이 그들이 있는 곳으로 들어왔다.

"어머, 여기에 있었구나! 기억이 나질 않아서요."

크래독은 탁자 위에 앨범을 놓고 펼쳐 보았다. 커다란 모자를 쓴 여자들, 제대로 걷지 못할 정도로 통이 좁은 치마를 입은 여자들의 모습이 있었다. 사진들마다 아래에는 메모가 있었으나 오래되어 잉크색이 바래 있었다.

"이 앨범에 있을 거예요. 두 번째 아니면 세 번째 쪽에 있을 거예요. 다른 앨범은 소냐가 결혼해서 떠난 뒤에 찍은 사진들이에요."

블랙로크 양이 말했다.

그 면에는 몇 개의 빈자리가 있었다. 크래독은 몸을 구부리고 희미한 메모를 읽어 나갔다.

'소냐……, 나……, R G' 계속 읽었다.

'소냐와 벨, 벤치에서' 뒷면에는 '스케인으로 소풍가다'라고 적혀 있었다.

그는 다음 쪽으로 넘겼다.

'샬로트, 나, 소냐, R G.'

크래독은 몸을 일으켰다. 그의 입술이 굳어졌다.

"누군가가 이 사진들을 없앴군요. 오래전은 아닙니다. 분명합니다."

"요전에 봤을 때는 그 사진들이 다 있었어요. 그렇지, 줄리어?"

"저는 그렇게 자세히 보지 않았어요. 사진 속의 옷들을 좀 보았을 뿐인걸요. 하지만 아주머니 말씀이 맞아요. 빈자리라고는 없었어요."

크래독의 얼굴은 더욱 굳어졌다.

"누군가가 이 앨범에서 소냐 고들러의 사진을 빼낸 겁니다."

편지

1

"또 귀찮게 해드려서 죄송합니다, 헤이메스 부인."
"괜찮아요."
필리파가 차갑게 말했다.
"이 방으로 들어가실까요?"
"서재에요? 필요하다면 그렇게 하지요. 하지만 난로가 없어서 추울 텐데요."
"상관없습니다. 오래 걸리지는 않을 테니까요. 이 방에서라면 남이 엿들을 염려도 없고요."
"상관없다니요?"
"내가 아니라, 부인께 말입니다."
"무슨 뜻이지요?"
"부인의 남편은 이탈리아에서 전사했다고 했지요?"
"그래서요?"
"사실대로 말씀하시는 것이 더 좋지 않을까요? 당신 남편은 탈영병이었다고 말입니다."
필리파의 얼굴이 창백해지면서 손바닥을 오므렸다 폈다 했다.
그녀는 괴로운 듯이 말했다.
"모든 것을 파헤치신 모양이군요?"
크래독은 무뚝뚝하게 말했다.
"우리는 사람들이 진신을 말해주기를 바랍니다."
그녀는 잠시 침묵을 지키다가 말했다.
"그래서요?"

"'그래서요?'라니 그게 무슨 뜻입니까, 헤이메스 부인?"

"그래서 어쩌겠다는 거냐고요? 다른 사람들에게 폭로하시겠다는 건가요? 과연 그렇게 할 필요가 있을까요? 그런 것이 정당한 건가요 아니면 친절을 베푸는 거라고 생각하시나요?"

"그럼, 아무도 모른다는 겁니까?"

"이곳 사람들은 아무도 몰라요. 해리는……."

그녀의 목소리가 바뀌었다.

"내 아들도 몰라요. 그 애가 알지 않았으면 좋겠어요. 정말 그 애가 모르기를 바라요—영원히."

"그렇게 되면 당신이 몹시 곤란해질 겁니다, 헤이메스 부인. 아들이 이해할 만큼 자라면, 사실대로 말해줘야 합니다. 나중에 그 사실을 알게 되면 그 애에게도 좋지 않을 겁니다. 당신이 계속 남편의 영웅적인 죽음을 꾸며내려고 한다면 말입니다."

"저도 그렇게는 하지 않아요. 저도 그렇게 거짓말쟁이는 아니니까요. 그런 것에 대해서는 이야기하고 싶지도 않아요. 그 애의 아버지는 전쟁터에서 죽었어요. 결국 그런 이야기는 모두, 우리를 위한 것이잖아요."

"하지만 당신의 남편은 아직 살아 있지 않습니까?"

"물론 그렇겠죠. 하지만 정확하게는 몰라요."

"그를 마지막으로 본 것이 언제입니까?"

필리파는 얼른 대답했다.

"몇 년 동안 못 봤어요."

"확실합니까? 혹시 2주 전에 보지 않았습니까?"

"무슨 말을 하시려는 거예요?"

"나도 당신이 이 집 정자에서 루디 쉐르츠와 만났다는 것이 믿어지지 않지만, 미치는 확신에 차서 말했습니다. 그러니까 내 말은 당신이 그날 아침에 일을 마치고 돌아와서 만난 사람이 당신의 남편이 아니었나 하는 겁니다."

"저는 정자에서 아무도 만나지 않았어요."

"그가 돈이 궁하다고 해서 당신이 도와주지 않았습니까?"

"남편을 본 지 오래되었다고 지금 말씀드렸잖아요. 정말 정자에서는 아무도 만나지 않았어요."

"탈영병들은 종종 나쁜 길로 빠져 도둑질도 합니다. 강도나 뭐 그런 것 말입니다. 그리고 그들은 외국에서 갖고 들어온 외제 권총을 소지하기도 하지요."

"저는 남편이 어디에 있는지도 몰라요. 몇 년 동안 만나지 못했다니까요."

"더 할 말씀은 없습니까, 헤이메스 부인?"

"없어요."

2

크래독은 필리파 헤이메스와 얘기를 끝내고는 대단히 화가 나고 불쾌했다.

"노새처럼 고집이 세군."

경위는 화가 나서 내뱉었다. 그는 필리파가 거짓말을 하고 있다는 사실을 확신할 수 있었으나, 그녀의 고집스러운 마음을 깨뜨릴 수가 없었다.

그는 전 헤이메스 대위에 대해서 좀더 알고 싶었다. 그가 알아낸 정보나 군대 기록들로는 불충분해서 헤이메스가 범인이라는 증거를 찾을 수 없었다.

어쨌든 헤이메스는 그 문에 기름을 칠한 인물은 아니다. 그 집안사람 누군가가 그랬거나 그렇게 하도록 도와준 것이다.

그는 층계를 쳐다보면서 있었다. 그러자 문득 줄리어가 다락방에서 무슨 일을 하고 있었을까 하는 생각이 들었다. 다락방은 줄리어처럼 까다로운 성미의 여자가 갈 만한 장소는 아니다. 그곳에서 그녀는 무엇을 하고 있었을까?

크래독은 곧바로 2층으로 올라갔다. 아무도 없었다.

그는 줄리어가 나왔던 방문을 열고 들어가서 다락방으로 이어지는 좁은 층계를 올라갔다. 거기에는 여행가방, 낡은 옷가방, 여기저기 부서진 가구들, 다리가 부러진 의자, 깨진 도자기와 그릇 등이 널려 있었다.

그는 여행가방들 중에서 한 개를 열어 보았다. 오래된 고급 여자 옷이 들어 있었다. 블랙로크 양과 그녀의 죽은 여동생의 것들이라고 그는 생각했다.

그는 다른 여행가방을 열어 보았다. 거기에는 커튼이 들어 있었다.

그는 작은 서류 가방 쪽으로 갔다. 그 안에는 서류와 편지들이 들어 있었다. 무척 오래된 편지들로 누렇게 바래져 있었다.
가방의 걸이에는 C. L. B라는 글자가 적혀 있었다.
그는 리티시어의 여동생인 샬로트의 머리글자일 거라고 생각했다. 편지들 중에서 한 장을 펼쳐 보았다. 사랑하는 샬로트에게로 글이 시작되었다.

어제는 소풍을 갈 수 있을 정도로 벨의 상태가 좋아졌단다. R. G. 도 오늘은 쉬고 있다. 에스보겔 회사가 번창하고 있어서 R. G. 가 아주 좋아하고 있단다. 우선주는 액면가 이상으로 되었다.

그는 대충 훑어보고는 서명에 눈길을 보냈다.

사랑하는 언니 리티시어.

그는 다른 것을 집어들었다.

*사랑하는 샬로트
나는 네가 가끔씩은 사람들을 만나봤으면 한단다. 너도 알고 있을지 모르겠지만 너는 지나치게 심하게 생각하고 있어. 네가 생각하는 것만큼 나쁜 상태는 아니란다. 그리고 사람들은 그런 것에 정말 신경 쓰지 않아. 네가 생각하는 것만큼 절대로 이상하지 않아.*

크래독 경위는 고개를 끄덕였다. 그는 벨 고들러가 샬로트 블랙로크는 기형이랄까 불구랄까 하여간 좀 이상하다고 말한 것이 기억났다.
리티시어는 일을 버리고 여동생에게 가서 그녀를 돌봐주었다. 이 편지들에는 환자에 대한 사랑과 간절한 마음이 가득 담겨져 있었다. 그녀는 동생에게 관심이 있을 만한 것이라면 아무리 작은 일이라도 매일매일 적어 보냈던 것이다. 그리고 샬로트는 이 편지들을 곱게 보관해두었던 것이다. 가끔 재미있는 스냅사진을 함께 봉한 편지들도 있었다.

크래독의 가슴에는 갑자기 흥분이 치솟았다. 여기에서 그는 실마리를 잡을 수 있을지도 모른다. 이 편지들 중에는 리티시어 블랙로크 자신도 오랫동안 잊었던 사실이 적혀 있을 수도 있을 것이다. 과거의 모습이 담긴 사진 속에서 찾으려는 사람의 얼굴을 알아볼 수도 있다. 앨범에서 사진들을 빼냈던 사람도 알 수 없었던 소냐 고들러의 사진이 있을지도 모른다.

크래독 경위는 편지들을 조심스럽게 다시 묶어 놓고 가방을 닫은 뒤에 층계를 내려가기 시작했다.

리티시어 블랙로크가 층계참에 서서 놀란 눈으로 그를 바라보았다.

"다락방에 올라가셨었나요? 걸음 소리가 들려서 누굴까 생각했지요."

"블랙로크 양, 당신이 오래전에 여동생 샬로트에게 보냈던 편지를 발견했습니다. 그것들을 꺼내서 읽어 봐도 괜찮을까요?"

그녀는 화가 나서 얼굴이 붉어졌다.

"꼭 그렇게 해야 하나요? 그것들을 읽어 본다고 해서 참고가 될 게 없을 텐데요?"

"소냐 고들러의 사진이나 그녀의 성격에 대해 암시가 될 만한 것들, 조그마한 사실들이 도움이 될 수도 있습니다."

"개인적인 편지들이에요."

"알고 있습니다."

"당신이 가져가겠다고 생각하면 무엇을 못 가져가겠어요? 가져가요, 가져가라고요! 하지만 소냐에 대해서는 알아내지 못할 거예요. 그녀는 내가 랜들 고들러와 일을 시작한 지 1, 2년 뒤에 결혼해서 떠나버렸으니까요."

크래독은 고집스럽게 말했다.

"그래도 무엇인가가 있을 겁니다."

그는 덧붙였다.

"우리는 되도록 모든 자료를 조사해봐야 합니다. 저는 블랙로크 양이 위험한 상태에 있다고 확신합니다."

그녀는 입술을 깨물며 말했다.

"버니가 나를 노리고 준비해둔 아스피린 알약을 먹고 죽은 것은 나도 알아요. 패트릭이나 줄리어, 또는 필리파나 미차—그들이 아니라고 해도 어쨌든 앞날이 창창한 어느 젊은이겠지요. 또 누군가가 나를 위해 따라 놓은 포도주나 내게 보낸 초콜릿을 먹고 숨이 끊어질지도 모르니 그 편지들을 가져오세요. 그리고 본 뒤에는 태워버리세요. 그것들은 어차피 나나 샬로트에게 밖에는 아무에게도 의미가 없는 것들이니까요. 모두 지나가 버린 시절의 이야기에요. 과거의 일일뿐이라고요. 이제는 아무도 기억하지 않지요……"

그녀는 손을 들어 목에 걸고 있는 모조 진주 목걸이를 만졌다.

크래독은 그녀가 입고 있는 트위드 천의 외투와 치마가 너무도 어울리지 않는다고 생각했다.

그녀는 또다시 말했다.

"편지들을 가지고 가세요."

3

크래독이 목사관을 방문한 것은 그날 오후였다.

어두컴컴하고 바람이 휘몰아치는 날이었다. 마플 양은 벽난로 가까이에 의자를 갖다 대고 앉아 뜨개질을 하고 있었다.

번치는 마루 위에 손과 무릎을 대고 엎드려서 옷의 본을 뜨고 있었다. 그녀는 일어나 앉아 눈 위로 흘러내린 머리카락을 쓸어 올리면서 크래독을 반갑게 쳐다보았다.

"남의 사생활을 폭로하는 것인지 모르겠습니다만, 이 편지들을 읽어 드리겠습니다."

그는 그것들을 다락방에서 발견하게 된 상황을 설명했다.

"감동적인 내용의 편지입니다. 블랙로크 양은 여동생의 건강 때문에 온갖 노력을 다했더군요. 그리고 뒤에는 나이 든 아버지의 모습이 있습니다. 앉아 있는 모습이 자신이 생각하고 말하는 것은 다 옳다고 고집세울 만한 사람 같습니다. 그 고집 때문에 수많은 환자들이 생명을 잃었을지도 모르죠. 그에게는 새로운 사고방식이 절대 통하지 않았을 겁니다."

"그를 그렇게 비난하고 싶지는 않아요."

마플 양이 말했다.

"젊은 의사들이란 경험도 없으면서 야망으로만 가득 차 있지요. 그들은 우리의 이를 실로 뽑아내고 이상한 주사를 놓아 준 뒤, 환자의 기분은 어떻든지 간에 더 이상 치료할 게 없다고 하지요. 나는 구식 방법대로 큰 병에 담긴 시커먼 물약으로 고치는 게 정말 더 좋답니다. 나중엔 그 약들을 하수구에 다 쏟아 버릴 수가 있거든요."

그녀는 크래독이 내민 편지를 받아들었다.

크래독이 말했다.

"저보다는 마플 양이 더 잘 이해하실 것 같으니 읽어봐 주십시오. 저는 이 사람들의 마음이 어떻게 돌아가고 있는지 통 모르겠습니다."

마플 양은 낡은 종이를 펼쳤다.

사랑하는 샬로트

지난 2주일 동안은 집안에 문제가 있어서 편지를 못했어. 랜들의 여동생인 소냐(너도 기억하지? 그녀가 예전에 너를 차에 태워서 데리고 나갔었잖아. 나는 네가 외출을 자주 했으면 좋겠다.)가 드미트리 스탬포디스라는 사람과 결혼하겠다는 거야. 나는 한 번 그를 봤는데, 잘생기긴 했지만 믿을 만한 사람은 아니더구나. R. G.는 그가 건달에다가 사기꾼이라면서 극구 반대하고 있다. 벨은(세상에) 소파에 누워서 미소만 짓고 있단다. 그렇게 성격이 좋던 소냐는 R. G.와 극한 대립을 하고 있어. 어제는 정말 그녀가 오빠를 죽이려는 줄 알았지 뭐니.

나는 최선을 다하고 있다. 소냐에게도 이야기해보고 R. G.에게도 이야기해보았지. 그들에게 좀더 합리적인 생각을 해보자고 겨우 한자리에 모아 놓으면 또다시 싸움을 시작하는 거야. 그것이 얼마나 피곤한 일인지 너는 모를 거야. R. G.가 뒷조사를 했는데, 그 스탬포디스라는 사람은 몹시 안 좋은 인물인 모양이야.

그런 일이 있는 동안 R. G.는 사업에 전혀 신경을 쓰지 못했어. R. G. 가 내 재량껏 하라고 했기 때문에 나는 아주 신나는 나날을 보내고 있단다. 어제는 그가 내게 '이 세상에 아직도 제정신을 지닌 사람이 남아 있다니 기쁘군. 당신은 백수건달과 사랑에 빠지는 일은 없겠지, 블래키?'라고 하더구나. 나는 아무도 사랑하지 않을 거라고 했지.

R. G.는 '시내에 가서 좀 즐겨볼까?' 하고 말하더구나. 나는 가끔 짓궂은 장난꾸러기처럼 위험한 짓도 스스럼없이 한단다. '당신은 나를 빠르고 좁은 길로 끌고 가려고 하지. 그렇지 않소, 블래키?' 그가 요전에는 이렇게 말하더구나. 이건 정말이야. 나는 그러려고 해. 나는 상황이 올바로 돌아가지 않는 것을 사람들은 왜 보지 못할까 이해가 안 가—사실 R. G.도 그런 사람들 중 하나거든. 그는 단지 무엇이 불법인가 하는 것밖에는 모른다니까.

벨은 이 모든 것에 대해 웃고만 있을 뿐이야. 소냐가 그렇게 소동을 부리는 것도 우습다는 태도야. '소냐는 자신의 재산이 있잖아요. 그녀가 왜 원하는 남자와 결혼할 수 없단 말이죠?'라고 하기에 내가 그녀가 잘못 생각한 것일 수도 있다고 말해주었어. 그랬더니 그녀는 '자신이 원하는 사람과 결혼한다는 것은 잘못 생각한 것이 아니에요. 설령 나중에 후회하게 된다고 하더라도 말이에요.'라고 하면서 또, '나는 소냐가 돈 때문에라도 랜들과 등을 지리라고는 생각지 않아요. 그녀는 돈을 무척 좋아하니까요.'라고 말하더구나.

이 이야기는 이제 그만하고, 아버지는 좀 어떠시니? 나는 아버지에게 사랑한다는 말을 보내고 싶지 않다. 하지만 그렇게 하는 게 좋다고 생각하면 네가 그렇게 전해 드려도 좋아. 사람들은 많이 만나봤니? 너무 병적으로 침울해하지는 말거라.

소냐가 네게 안부를 전해 달라고 하더구나. 그녀는 지금 막 들어와서는 화난 고양이처럼 날카로운 손톱을 지닌 주먹을 쥐었다 폈다 하고 있어. R. G.와 또 싸운 모양이다. 물론 소냐도 무척 짜증이 나겠지. 그녀는 지금 그 차가운 눈빛으로 나를 내려다보고 있단다.

너에게 사랑을 듬뿍 보낸다. 기운 내. 이번 옥소 치료는 좋은 효과가 있을 거야. 네 상태에 대해 좀 알아보았는데 결과가 좋은 것 같더라.

사랑하는 언니 리티시아

마플 양은 편지를 접어서 뒤로 넘겨주었다. 그녀는 멍한 표정이었다.
"그녀에 대해 어떻게 생각하십니까? 어떤 성격이라고 생각하시는지요?"
크래독이 다그치듯이 물었다.
"소냐 말인가요? 글쎄, 다른 사람의 마음을 통해 누군가를 알기란 어려운 일이지요······. 내 생각에는 그녀는 자기 생각대로 하기로 작정했던 것 같아요. 양쪽의 좋은 점을 다 원하면서 말이에요······."
"고양이처럼 주먹을 쥐었다 폈다 하고 있다." 크래독이 중얼거렸다.
"누군가를 연상시키는 말인데요······."
그는 얼굴을 찌푸렸다.
"조사를 해보았다······." 마플 양이 중얼거렸다.
"우리가 그 조사 결과를 알 수만 있다면······."
크래독이 말했다.
"그 편지를 읽으니 세인트 메리 미드에서의 일이 연상되지 않나요?"
번치는 입에 핀을 가득 문 채 분명치 않은 발음으로 물었다.
"글쎄······, 블랙로크 의사는 아마 커티스 씨처럼 웨즐리 교도였을 거야. 그는 자기 딸의 이에 석고를 씌우지 못하겠다고 했지. 이가 썩는 것도 신의 뜻이라는 거야. 그래서 내가 이렇게 말했어. '하지만 당신은 수염도 깎고 머리도 자르잖아요. 신의 뜻대로라면, 당신의 머리나 털도 길러야 하지 않나요?'라고 말이야. 그랬더니 그것은 아주 다르다고 하더구나. 인간이기 때문이라나. 하지만 그건 이번 문제와는 상관없는 이야기야."
"권총에 대해서는 조사해보지 않았습니다. 그 총은 루디 쉐르츠의 것이 아니었습니다. 치핑 클래그혼에서 권총을 가지고 있는 사람이 누구인지 알아봐야겠습니다."

"이스터브룩 대령이 갖고 있지요. 그는 훈장을 보관하는 서랍에 그것에 넣어 두어요."

번치가 말했다.

"어떻게 아십니까, 하몬 부인?"

"버트 부인이 말해주더군요. 우리 집 파출부 말이에요. 2주에 한 번씩 오지요. 그녀 말에 의하면, 육군 장교 정도라면 당연히 권총을 가지고 있을 테고, 그래서 도둑이 들어오면 쉽게 잡을 수 있을 거라고 하더군요."

"언제 그런 이야기를 하던가요?"

"오래되었어요. 한 여섯 달쯤 될 거예요."

"이스터브룩 대령이라고 했지요?"

크래독이 중얼거렸다.

"전시장에 나와 있는 포인터 개 같지 뭐예요? 꼬리를 쫓아 뱅글뱅글 돌다가는 뭔가 이상한 것을 발견할 때마다 멈춰 서는 것 말이에요."

번치가 여전히 입안 가득히 핀을 물고 말했다.

"내 질문에 대답해주십시오, 부인."

크래독이 퉁명스럽게 말했다.

"언젠가 이스터브룩 대령은 리틀 패덕스에 책을 주러 간 적이 있어요. 그때 그 문에 기름을 칠해 놓았을 수도 있겠지요. 그가 거기에 가는 것은 이상스러운 일이 아니니까요. 힝클리프 양과는 경우가 다르지요."

마플 양은 가볍게 기침을 했다.

"우리가 살고 있는 시대를 고려해야 합니다."

크래독 경위는 마플 양의 말이 이해가 되지 않는다는 듯이 쳐다보았다.

"결국, 당신은 경찰이잖아요? 사람들은 경찰에게 알고 있는 것을 모두 말하지는 않아요." 마플 양이 말했다.

"왜 그럴까요? 죄를 범하지 않은 이상 왜 말을 못 합니까?"

크래독이 물었다.

"아주머니는 버터를 말하시는 거예요."

번치는 탁자의 다리 사이로 기어들어가 종잇조각을 고정하며 말했다.

"암탉에게 줄 버터와 옥수수, 아니면 크림, 때로는 베이컨 조각들 말이에요."
"블랙로크 양에게서 온 쪽지를 보여 드려라."
마플 양이 말했다.
"지나간 일이지만 마치 추리소설을 읽는 것 같아요."
"그것과 무슨 관계가 있나요? 이거 말씀하시는 거지요, 제인 아주머니?"
마플 양은 그것을 받아 읽어 보았다.
"맞아, 이거야." 만족스런 목소리로 그녀가 말했다.
마플 양은 그것을 경위에게 건네주었다.
'조사해보았음―목요일에. 3시 이후 언제나. 내게 전할 것이 있거든 평소 그 자리에 놓아 둘 것.'

블랙로크 양이 쓴 것이었다.

번치가 입에서 핀을 빼고는 소리 내어 웃었다.

마플 양은 경위의 얼굴을 쳐다보았다.

"목요일이라면 이 동네 어느 농장에선가 버터를 만드는 날이지요. 그들은 원하는 사람들에게 한 덩이씩 주기도 해요. 그것을 보통 힌클리프 양이 가져 가지요. 그녀는 돼지 때문에 마을 농장에서 버터를 긁어모아 간답니다. 하지만 그것은 아무도 모르게 이루어져요. 일종의 물물교환이라고 할까요. 버터를 받고 오이나 뭐 그런 것들을 주는 모양이에요. 돼지를 잡으면 그것도 보내지요. 그래서 가끔 가축이 갑작스러운 사고를 당하곤 해요. 하지만 경찰에 신고해야 한다고 말하는 사람은 아무도 없어요. 아마 수많은 물물교환이 비합법적으로 이루어지기 때문일 거예요. 그리고 과정이 너무 복잡해서 그것을 정말로 아는 사람도 없거든요. 힌크는 버터 한 파운드를 리틀 패덕스에 몰래 가지고 들어 가서 '평소 그 자리'에 놓아두었을 거예요. 찬장 아래에는 밀가루 자루가 있는데, 그 안에 든 것은 밀가루가 아니에요."

크래독이 한숨을 쉬었다.

"이곳에 오기를 잘했군요."

"의류 배급표도 있어요. 일반적으로 살 수 있는 것이 아니지요. 돈을 주고받는 정당한 방법은 아니에요. 하지만 버트 부인이나 핀치 부인, 허긴스 부인 같은 사람들은 흔하게 볼 수 없는 멋진 모직 드레스나 겨울 코트를 입고 싶어 하지요. 그 사람들은 돈 대신에 배급표를 이용해서 물건을 산답니다."

번치가 말했다.

"더 이상 말씀 안 하시는 게 좋겠습니다. 모두가 위법행위들이군요."

크래독이 말했다.

"그러니까 그런 바보 같은 법이란 소용이 없는 거라고요."

번치가 핀을 다시 입에 물면서 말했다.

"물론 저는 그런 짓은 안 해요. 줄리언이 싫어할 테니까요. 하지만 세상이 어떻게 돌아간다는 것쯤은 알고 있답니다."

경위의 얼굴에 절망의 빛이 스쳤다.

"즐겁고 평범한 것처럼 들리는군요. 재미있고 하찮고 단순해 보입니다. 그런데 한 여자와 한 청년이 죽었단 말입니다. 그리고 확실하게 알아내지 못한다면, 또 한 여자가 죽게 될지도 모릅니다. 핍과 에머에 대해서는 당분간 덮어두기로 하고, 소냐에 대해 집중적으로 조사해야겠습니다. 저는 우선 그녀가 어떻게 생겼는지 궁금합니다. 이 편지에는 한두 장의 스냅사진이 있지만 그녀의 얼굴은 없더군요."

"그녀가 없는지 어떻게 알아요? 그녀가 어떻게 생겼는지 모른다면서요."

"소냐는 몸집이 작고 검은색 머리카락을 가지고 있다고 블랙로크 양이 말했습니다."

"정말 흥미롭군요." 마플 양이 말했다.

"머리카락을 위로 올린 늘씬하고 멋진 여자 스냅사진이 있는데 누구인지 모르겠습니다. 어쨌든 소냐는 아니에요. 혹시 스웨튼햄 부인이 젊었을 때 검은색 머리카락을 가지지 않았을까요?"

"그렇게 검은색은 아니었을 거예요. 눈이 푸른색이잖아요."

"드미트리 스탬포디스의 사진이 있었으면 좋겠군요. 하지만 기대를 걸 수는 없겠지요. 음……."

그는 편지를 집어들었다.

"별 도움이 안 되어 죄송합니다, 마플 양."

"어머, 아니에요. 많은 도움을 줬어요. 다시 한 번 읽어 봐야겠어요. 특히 랜들 고들러가 드미트리 스탬포디스에 대해 뒷조사를 했다는 대목을 말이에요."
마플 양이 말했다.
크래독은 그녀를 쳐다보았다.
전화벨이 울렸다. 번치가 마룻바닥에서 벌떡 일어나 홀로 나갔다. 전형적인 빅토리아 시대의 풍습대로 전화는 여전히 한 자리에 고정되어 있었다.
그녀가 돌아와 크래독에게 말했다.
"경위님 전화예요."
경위는 약간 놀란 표정으로 조심스럽게 거실 문을 닫고 전화 쪽으로 갔다.
"크래독인가? 나, 리디스데일일세."
"예, 서장님."
"자네 보고서를 읽어 봤는데, 필리파 헤이메스는 남편이 탈영한 직후에 그를 보지 못했단 말인가?"
"그렇습니다. 그녀가 가장 강조해서 말한 부분이지요. 하지만 그녀가 진실을 말했다고는 생각하지 않습니다."
"내 생각도 마찬가지일세. 자네 열흘 전의 사건을 기억하나? 트럭에 치인 어떤 남자가 밀체스터 종합병원으로 실려 갔었지. 골반 골절이었어."
"어린아이를 끌어내다가 치였던 사람 말입니까?"
"그래, 신분증도 없고, 그를 알아보러 온 친지도 없었지. 모두 도망자라고 생각했잖아. 그가 어젯밤에 의식도 회복하지 못한 채 죽었는데, 신원이 확인되었네. 육군 탈영병이었어. 남롬서 부대의 전 육군 대위 로널드 헤이메스야."
"필리파 헤이메스의 남편 말입니까?"
"그래, 그런데 그에게서 치핑 클래그혼의 오래된 버스표가 나왔어. 아주 상당한 액수의 돈과 함께."
"부인에게 얻어 낸 돈이겠군요. 저는 그녀가 정자에서 만났다고 미치가 말하던 남자가 그 사람일 거라고 생각했었습니다. 그녀는 물론 완강하게 부인했습니다만, 분명히 그 트럭 사고는 전에……"
리디스데일이 끼어들었다.

"그래, 그가 밀체스터 종합병원에 실려 간 것은 28일이고, 리틀 패덕스에서 강도극은 29일에 일어났다. 그러니 서로 관련이 있을 가능성도 있는 거야. 하지만 그의 아내는 그 사고에 대해서는 아무것도 모른다네. 그녀는 그 사건에 남편이 관련되었을 거라고 생각하고 있을지도 모르지. 하지만 자기 남편이니 입을 다물고 있을 수밖에 없지 않겠나."

"훌륭한 일이군요."

크래독이 천천히 말했다.

"트럭으로부터 어린아이를 구해 낸 것 말인가? 그렇지, 용감한 일이야. 그러니 헤이메스가 비겁했기 때문에 탈영하지는 않았을 거네. 하지만 모두 지나간 일이야. 호적에 빨간 줄이 그어진 인물에게는 명예로운 죽음이지."

"그녀에게는 다행한 일이겠군요. 그들의 아들을 위해서도요."

크래독이 말했다.

"그렇지. 그 애는 아버지에 대해 그렇게 부끄러움을 느끼지 않아도 되고, 그 부인도 이제는 재혼할 수 있을 거야."

크래독은 천천히 말했다.

"저는 그게……, 가능성을 열어 주었다고 생각합니다."

"자네가 그곳에 있으니 이 소식은 자네가 전해주게."

"그러죠. 지금 당장 가봐야겠습니다. 어쩌면 그녀가 리틀 패덕스로 돌아올 때까지 기다리는 게 나을지도 모르겠군요. 그것은 다소 충격적인 소식일 테니까요. 그리고 먼저 그 소식을 전해줘야 할 사람이 있습니다."

제19장

사건의 재구성

1

"가기 전에 불을 켜드릴게요. 날이 몹시 어두워요. 곧 폭풍이 불어올 것 같군요."

번치가 말했다.

그녀는 탁자의 한옆에 있던 작은 독서용 램프를 들었다. 넓고 등받이가 높은 의자에 앉아서 뜨개질을 하는 마플 양도 그 램프를 이용해야 했다.

전깃줄이 탁자 위를 가로질러 당겨지자 고양이 티글래트필레세르가 그 위로 뛰어올라 전깃줄을 물고 할퀴고 했다.

"안 돼, 티글래트필레세르. 그러지 마. 이 고양이는 정말 말썽꾸러기예요. 보세요, 벌써 전깃줄을 다 물어뜯어 놓았어요. 이 어리석은 고양이야, 자꾸 그러면 감전된단 말이야."

"고맙구나."

마플 양이 인사하면서 램프를 켜려고 손을 뻗었다.

"거기에서는 켜지지 않아요. 저 작은 스위치를 전깃줄을 따라 반쯤 눌러야 해요. 잠깐만요. 이 꽃들을 치워야겠어요."

그녀는 탁자 위에 놓인 크리스마스 장미꽃이 꽂힌 수반을 들어올렸다.

티글래트필레세르가 꼬리를 흔들며 앞발을 내밀어 번치의 팔을 할퀴는 바람에, 수반에서 물이 흘러 뜯겨진 전깃줄과 함께 티글래트필레세르 위에 떨어졌다. 고양이는 소리를 지르며 마루에서 펄쩍 뛰어올랐다.

마플 양은 배 모양의 작은 스위치를 눌렀다. 물이 떨어진 전깃줄 부분에서 불꽃이 튀며 요란한 소리가 났다.

"어머, 불이 꺼졌어요. 여기에 있는 불이 모두 나갈 거예요."

번치가 소리쳤다.

그녀가 전등을 다시 켜보려고 했다.

"다 나가버렸네요. 다 똑같은 멍청이들이라니까요. 탁자도 불에 그슬렸군요. 말썽꾸러기 티글래트필레세르, 다 너 때문이야. 제인 아주머니, 무슨 일이세요? 너무 놀라셨나 보군요?"

"아니야. 아무것도 아니다. 내가 그전에 알았어야 할 것을 지금 갑자기 알게 되어서 그래……."

"제가 얼른 가서 퓨즈를 좀 보고 줄리언의 서재에서 램프를 가져오겠어요."

"아니야. 걱정하지 말고 너나 버스를 놓치지 않도록 해라. 나는 이제 램프가 필요 없어. 조용히 앉아 생각할 것이 있단다. 어서 서둘러라. 버스를 놓치겠다."

번치가 나가고 나서 마플 양은 잠시 조용히 앉아 있었다.

방 안의 공기는 금방 몰려 올 폭풍우 때문에 무겁고 탁했다.

마플 양은 종이 한 장을 앞으로 당겨 놓았다. 그녀는 '램프?'라고 썼다. 그리고 굵게 밑줄을 그었다.

잠시 뒤 그녀는 또 다른 단어를 썼다. 그녀의 펜이 종이 위를 움직여 나아갔다. 짧은 음절의 단어를 만들어 가면서…….

2

낮은 천장에 격자창이 달린 볼더스의 어두운 거실 안에는 힌클리프 양과 머거트로이드 양이 말다툼을 벌이고 있었다.

"문제는, 네가 해보려고 하지 않기 때문이야, 머거트로이드."

힌클리프 양이 말했다.

"하지만 말했잖아, 힌크. 나는 아무것도 기억할 수가 없다고. 아무것도 생각나지 않는단 말이야."

"이것 봐, 에이미 머거트로이드. 우리는 구체적으로 생각해야 한단 말이야. 지금까지 탐정 입장에서 사건을 보지 않았기 때문에 저 문을 여는 문제에 대해 해결을 보지 못했던 거야. 너는 살인자를 위해 문을 열어 주지는 않았어. 너는 결백하다고, 머거트로이드!"

머거트로이드 양은 눈물이 글썽해지면서 미소를 지었다.

"치핑 클레그혼의 청소부는 말이 없는 여자라서 다행이야."

힌클리프 양이 계속 이야기했다.

"항상 나는 그 점을 고맙게 생각하고 있었는데, 이번에는 그것 때문에 나쁜 상태에서 시작하게 될지도 몰라. 이곳 사람들은 거실의 두 번째 문에 대해 다 알고 있는데 우리는 겨우 어제서야 그 이야기를 들었단 말이야."

"나는 아직도 모르겠어. 어떻게……."

"그건 아주 간단해. 우리가 처음에 생각한 것이 바로 맞는 거였어. 너는 문을 열고 손전등을 비추면서 권총을 들이대는 일을 동시에 할 수 없었어. 그래서 우리는 권총과 손전등을 손에 들고 문 여는 것을 포기했지. 그런데 우리가 틀렸던 거야. 손에서 버려야 할 것은 권총이었어."

"하지만 그는 분명히 권총을 가졌었잖아. 나는 보았어. 그가 쓰러져 있던 자리 옆에 있었던 총 말이야."

머거트로이드 양이 말했다.

"그가 죽었을 때는 그랬지. 모든 게 명백해. 그는 그 총으로 쏜 것이 아니야."

"그럼 누가 그랬지?"

"그것을 우리가 알아내야 한다는 거야. 하지만 누군가 분명히 그랬겠지. 그 사람이 리티시어 블랙로크의 침대 곁에 독이 든 아스피린 알약을 놓아두었던 거야. 그 때문에 도라 버너만 죽게 되었지만. 그리고 분명 그는 루디 쉐르츠는 될 수 없지. 그는 죽어 버렸으니까. 범인은 강도극이 있던 날 밤에 그 방에 있었던 사람이고, 아마 생일 파티에도 참석했던 인물일 거야. 그렇다면 하몬 부인만은 제외되겠지."

"내 생각에는 생일 파티가 있던 날 누군가가 아스피린을 놓아둔 것 같아."

"그랬겠지."

"하지만 어떻게 그랬을까?"

"사람들은 모두 거실에 모여 있었지?"

힝클리프 양이 거칠게 말했다.

"그리고 나는 케이크를 먹어서 끈적끈적해진 손을 닦으러 목욕탕에 갔었어. 귀여운 스위티 이스터브룩이 블랙로크의 침실에서 그 자그마한 얼굴에 분가루를 바르고 있더군."

"힝크! 그녀가……."

"아직은 나도 다소 의심스러운 점이 있기는 하지만. 너는 침실에 들어가지 않았으니까 네가 약을 놓아두지는 않았을 거야. 물론 그동안에 많은 기회가 있었기는 했겠지만……."

"남자들은 위층에 올라가지 않았어."

"우리가 안 보는 사이에 올라갔을 수도 있어. 그들이 방을 나갈 때마다 우리가 뒤따라가서 살펴본 것도 아니잖아. 그러니 확실히 올라가지 않았다고 말할 수는 없어. 그 이야기는 그만하자, 머거트로이드. 레티 블랙로크를 살해하려던 사건을 생각해봐야겠어. 이제부터는 자세하게 기억해 내야 해. 모두 너한테 달려 있으니까."

머거트로이드 양은 깜짝 놀라서 말했다.

"어머, 힝크, 내가 무슨 관계가 있다는 말이니!"

"그건 너의 두뇌나 날이 갈수록 늘어가는 흰 머리의 문제가 아니야. 그건 바로 너의 눈에 관한 문제라고. 다시 말해서 네가 무엇을 보았는가에 대한 문제란 말이야."

"하지만 나는 아무것도 본 게 없는데."

"머거트로이드, 아까도 말했지만, 그건 네가 해보려고 하질 않기 때문이라니까. 주의를 집중시켜 봐. 이것은 분명히 벌어진 일이야. 레티 블랙로크를 죽이려고 약을 갖다 놓은 사람은 분명히 그날 밤 그 방에 있었어. 그녀(편의상 이렇게 부를게. 하지만 범인이 여자가 아니고 남자여야만 한다는 이유는 없어. 남자들이 추한 존재라는 것 말고는) 거실에서 나갈 수 있는 또 하나의 문에 기름을 칠하고 못을 쳐놓았거나 뭐 그랬겠지. 왜 그런 짓을 했을까는 생각하지 마. 더 복잡해질 테니까.

내가 재어 본 시간에 의하면, 치핑 클래그혼에 사는 사람이면 누구나 30분 만에 이웃에 가서 하고 싶은 일을 다 하고 나올 수가 있지. 파출부가 어디에서 일을 하는가, 집주인이 언제 외출하는가, 그리고 정확히 그들이 어디로 나가서 얼마 동안 집을 비우는가 하는 것이 문제이긴 하겠지만. 아무튼 그는 철저하게 계획을 세웠지. 그는 또 하나의 문에 기름을 칠해서 소리없이 문이 열리도록 한 거야. 그때의 상황을 생각해보자.

불이 나가고 A문(현관문)이 활짝 열리며 손전등과 권총의 강도극이 벌어진다. 우리가 정신없이 소란을 피우는 틈을 타서 X는(이 말이 가장 알맞군) B문을 통해 조용히 홀로 나간다. 그리고 스위스 청년 뒤로 가서 레티 블랙로크를 향해 두 발을 쏘고 다시 스위스 청년을 쏜다. 그는 대부분의 사람들이 스위스 청년이 쏘았다고 생각할 만한 곳에 총을 떨어뜨려 놓고는 누군가가 라이터를 켜기 전에 재빨리 거실로 되돌아오는 거야, 알겠니?"

"그래, 그……, 래. 하지만 그게 누굴까?"

"머거트로이드, 네가 모르면 아무도 알 수가 없어."

"내가?" 머거트로이드 양은 놀라서 당황한 표정을 지었다.

"하지만 나는 전혀 모른단 말이야. 정말 몰라, 힌크!"

"머리를 좀 써 봐. 자, 우리 차근차근 생각해보자. 불이 나갔을 때 사람들은 모두 어디에 있었지?"

"몰라."

"아니야, 너는 알고 있어. 지금 너는 정신이 빠져 있기 때문에 그래, 머거트로이드, 너는 어디에 있었는지 알지? 너는 문 뒤에 있었어."

"그래, 그래, 그랬지. 그 문이 열리는 바람에 내 발가락이 찧었어."

"왜 병원에 가보지 그러니? 잘못하면 덧날지도 몰라. 그건 그렇고, 너는 문 뒤에 있었어. 나는 벽난로 선반에 기대어 음료수가 나오기를 기다리고 있었고, 레티 블랙로크 양은 입구 쪽의 탁자 옆에 있었고, 패트릭 시몬즈는 입구를 지나서 레티 블랙로크가 술을 보관해두는 작은 방으로 갔지?"

"그래, 그래. 나도 그것은 다 기억해."

"좋아. 그때 누군가가 패트릭을 따라 그 방으로 갔어. 아니, 막 따라가려고 하던 중이었지. 분명히 그 방에 있던 남자였는데, 그 사람이 이스터브룩이었는지 스웨튼햄이었는지 통 기억을 못하겠단 말이야. 넌 기억나니?"

"아니, 생각이 안 나."

"너는 생각해보려고도 하지 않잖아! 그 사람 말고 작은 방으로 간 사람이 또 있어. 필리파 헤이메스, 나는 그때 그 여자의 상체가 멋지게 뻗었다고 생각하면서 바라보고 있었기 때문에 분명히 말할 수 있어. 그녀는 정말 승마하기에 아주 잘 어울리게 몸매를 가지고 있다고 생각하면서 바라보고 있었지. 그녀는 거실에 딸린 그 작은 방의 난롯가로 갔어. 그런데 거기에서 그녀가 무엇을 하는지 보려는 순간에 불이 나가버렸단 말이야.

사람들은 지금 내가 말한 위치에 있었어. 거실 저쪽에는 패트릭 시몬즈와 필리파 헤이메스, 그리고 이스터브룩 대령 아니면 에드먼드 스웨튼햄이 있었지. 누가 범인인지는 몰라. 머거트로이드, 그러니 정신을 가다듬어서 좀 기억해봐. 아마 범인은 그들 세 명 중에 누구일 거야. 그렇게 멀리 떨어져 있는 문을 열고 재빨리 나가려면, 불이 꺼지기 전에 안전한 장소에 자리를 잡고 있어야 할 테니까. 다시 말하지만, 그 세 사람 중에 범인이 있을 가능성이 크단 말이야. 그런데 너는 아무것도 모르겠단 말이지, 머거트로이드!"

머거트로이드 양은 얼굴이 밝아지면서 고개를 끄덕였다.

"그렇지만 범인은 네가 있던 곳에 함께 있었던 사람일 수도 있어, 머거트로이드." 힌클리프 양이 계속했다.

"하지만 나는 전혀 몰라."

"아까도 말했지만, 정말 네가 모른다면 아무도 모르는 거야."

"그래도 나는 몰라! 정말 모른다니까! 나는 아무것도 기억나지 않는단 말이야!"

"아니야, 너는 틀림없이 알고 있을 거야. 너는 문 뒤에 서 있었기 때문에 손전등을 볼 수가 없었어. 문이 너와 손전등 사이에 있었기 때문이지. 너는 다른 곳, 즉 손전등이 비추는 물체를 볼 수 있었어. 우리들은 모두 눈이 부셔서 아무것도 볼 수 없었지만 너는 그렇지 않았잖아."

"아니, 아냐, 나는 아무것도 보지 못했어. 손전등은 방 안을 두루 움직이면서 비추었으니까."

"손전등이 어디어디를 비추었니? 사람들의 얼굴이었니? 아니면 탁자와 의자?"

"그래, 그래. 그랬어……. 버너 양은 입을 크게 벌린 채 눈이 튀어나올 것처럼 뜨고는 깜박이며 쳐다보고 있었어."

"바로 그거야!" 힌클리프 양이 안도의 한숨을 내쉬었다.

"너의 그 흰 머리를 쓰도록 하기가 이렇게 힘이 드는구나! 자, 그럼 계속해 봐."

"나는 그 이상은 본 것이 없어. 정말이야."

"그럼 방 안에 아무도 없었단 말이야? 서 있던 사람도, 앉아 있던 사람도?"

"아니, 그런 것은 아니야. 하몬 부인은 의자의 팔걸이에 앉아 눈을 꼭 감고 두 손으로 얼굴을 온통 감싸고 있었어. 마치 어린애처럼."

"좋았어. 하몬 부인과 버너 양은 그랬었지. 그런데 아직도 내가 무엇을 말하는 건지 모르겠니? 정말 힘들구나. 그 사람들을 빼고 나면 네가 보지 못했던 사람들이 남는데, 바로 그것이 중요한 점이야. 이제 무슨 말인지 알겠니? 탁자와 의자, 그리고 국화 모양의 그릇과 그 밖의 것들을 제외하고 나면 몇몇 사람들이 남게 돼. 이를테면 줄리어 시몬즈, 스웨튼햄 부인, 이스터브룩 부인, 이스터브룩 대령이나 에드먼드 스웨튼햄 둘 중 하나, 그리고 도라 버너와 번치 하몬이지. 너는 번치 하몬과 도라 버너는 봤다고 했어. 그러니까 그들은 빼놓고 생각해보자, 머거트로이드. 그들 중에 그 방에서 분명히 보지 못한 사람이 있었지?"

머거트로이드 양은 열린 창문으로 나뭇가지들이 부딪치는 소리를 듣고 몸을 움찔했다.

그녀는 눈을 지그시 감고 혼잣말처럼 중얼거렸다.

"꽃이 있었어, 탁자 위에……. 커다란 안락의자가 있었고……, 손전등은 네가 있는 곳까지 멀리 비추지는 않았어, 힌크. 하몬 부인도 마찬가지이고, 그래……."

그때 전화벨 소리가 날카롭게 울려 퍼졌다.

힌클리프 양이 받았다.

"여보세요? 그래……, 정류장?"

머거트로이드 양은 친구의 말에 따라 눈을 감고 29일 밤을 더듬어 보았다. 손전등이 이리저리 천천히 움직였다…….

여러 사람들, 창문들, 소파……도라 버너……벽……램프가 놓인 탁자……입구……갑자기 나타난 권총…….

"하지만 그것은 너무 이상한 일이야!" 머거트로이드 양이 말했다.

힌클리프 양이 전화에 대고 화난 목소리로 외쳤다.

"뭐라고? 아침부터 지금까지 거기에 있었다는 말이야? 몇 시? 빌어먹을! 그런데 이제야 전화하는 거야? 실수였다고? 그렇게 말한다고 해서 될 문제야?"

그녀는 수화기를 내던지듯이 내려놓았다.

"그 개야. 붉은 세터 말이야. 아침부터 정류장에 있었대. 글쎄 아침 8시부터! 물 한 모금도 못 마시고! 그런데 그 멍청이가 이제야 내게 전화를 했어. 지금 당장 데리러 가야겠어."

그녀가 문을 열고 나가자마자 머거트로이드 양이 찢어질 듯 소리를 질렀다.

"내 말 좀 들어 봐, 힌크. 너무 이상한 일이야……, 도저히 이해할 수 없는 일이라고."

힌클리프 양은 벌써 나가서 차고로 쓰는 창고로 갔다.

"내가 돌아온 뒤에 다시 이야기하자."

그녀가 소리쳤다.

"너와 함께 가고 싶지만 기다릴 시간이 없어. 너는 항상 침실 슬리퍼를 신고 있으니까 갈아 신어야 하잖아."

힌클리프 양은 차에 시동을 걸고 재빨리 차고 밖으로 뒷걸음질쳐서 나왔다. 머거트로이드 양이 얼른 차 옆으로 뛰어왔다.

"내 말 좀 들어 봐, 힌크. 지금 말해야겠어."

"내가 돌아온 뒤에……."

차는 앞으로 쏜살같이 달려나갔다.

머거트로이드 양의 흥분된 목소리가 그 뒤에서 희미하게 들려왔다.

"하지만, 힌크, 그녀는 거기에 없었어."

3

머리 위에는 검은 구름이 낮게 깔려 있었다. 머거트로이드 양이 떠나간 차를 바라보고 서 있는데 굵은 빗방울이 후드득 떨어지기 시작했다.

머거트로이드 양은 문득 정신을 차리고 몇 시간 전에 널어놓은 빨랫줄로 달려갔다. 거기에는 스웨터 두 벌과 모직 셔츠 한 벌이 걸려 있었다.

그녀는 혼잣말로 중얼거렸다.

"정말 이상한 일이야……. 어머, 걷기도 전에 다 젖겠네. 거의 다 말랐는데……."

그녀는 망가진 빨래집게를 빼려고 애쓰다가 누군가가 다가오는 소리에 돌아보았다. 그러고는 미소를 지으면서 반갑게 맞았다.

"안녕하세요, 안으로 들어가시지요. 옷이 다 젖겠네요."

"도와드릴까요?"

"고마워요……, 빨래가 몽땅 젖어 버리겠어요. 빨랫줄을 내려야겠는데 손이 닿지 않아서요."

"여기 스카프가 있어요. 목에 매어 드릴까요?"

"어머, 고마워요……, 좋아요. 이 빨래집게에 손만 닿을 수 있다면……."

모직 스카프가 그녀의 목에 부드럽게 감겼다.

그러고는 갑자기 팽팽하게 당겨지기 시작했다…….

머거트로이드 양은 입을 벌리고, 숨이 넘어가는 소리밖에는 비명 한마디 지르지 못했다.

스카프가 더욱 팽팽하게 당겨지고 있었다…….

4

힌클리프 양은 정류장에서 돌아오는 길에 종종걸음으로 급히 걸어가고 있는 마플 양을 태우려고 차를 세웠다.

그녀가 소리쳤다.

"안녕하세요? 흠뻑 젖으시겠네요. 우리 집에서 차라도 한잔 드시지 않겠어요? 번치는 버스를 기다리고 있으니까 집으로 가셔도 아무도 없을 거예요. 우리와 함께 지내시지요. 머거트로이드와 나는 사건 상황을 재구성해보고 있는데 별 효과가 없네요. 개를 조심하세요. 신경이 날카로워져 있거든요."

"어머나! 예쁘기도 해라."

"그렇죠? 암캐예요. 그런데 그 바보들이 내게 말도 않고 오늘 아침부터 내내 정류장에 놓아두었다는군요, 글쎄. 그들을 내쫓아 버렸어요. 그놈의 게으름뱅이들. 어머, 내 말이 너무 거칠죠? 사실, 나는 아일랜드에서 하인들의 손에 자랐거든요."

자그마한 차는 볼더스의 작은 뒤뜰로 쏜살같이 달려갔다. 오리와 닭들은 두 여자가 제 어미라도 되는 것처럼 우르르 몰려들었다.

"머거트로이드도 참, 옥수수 먹이도 안 주었군."

힌클리프 양이 말했다.

"옥수수 구하기가 힘들지 않나요?"

마플 양이 물었다.

힌클리프 양은 눈을 찡긋해 보였다.

"나는 농부들과 잘 알고 지내거든요."

닭들을 떼어 놓고 그녀는 마플 양을 오두막으로 안내했다.

"많이 젖지 않으셨어요?"

"아뇨, 이 옷은 아주 방수가 잘된답니다."

"머거트로이드가 불을 지펴 놓지 않았으면 내가 해야 할 텐데. 머거트로이드, 어디에 있어? 머거트로이드! 그 개는 또 어디에 있지? 도대체 어디에 간 거지?"

밖에서 기분 나쁜 울음소리가 들려왔다.

"저놈의 암캐!"

힌클리프 양은 문을 열어젖히고 소리쳤다.

"이리 와, 커티, 커티! 모두들 그 빌어먹을 이름을 죽어라 하고 써먹는답니다. 다른 이름을 지어줘야겠어요. 이리 와, 커티!"

옷들이 바람에 날려 휘감긴 채로 나란히 걸려 있는 팽팽한 빨랫줄 아래에서 붉은 세터가 누워 있는 물체에 코를 갖다 대고 냄새를 맡고 있었다.

"머거트로이드는 빨래도 걷지 않았네. 도대체 어디에 간 걸까?"

붉은 세터가 빨래 더미처럼 보이는 곳에 코를 대고 다시 냄새를 맡더니 허공을 향해서 다시 울부짖기 시작했다.

"저 개가 웬일이지?"

힌클리프 양은 잔디를 가로질러 걸어나갔다.

마플 양도 걱정이 되어 얼른 그녀를 따라 나갔다. 그들은 나란히 서서 비를 맞고 있었다. 마플 양이 힌클리프 양의 어깨를 손으로 감싸주었다.

그녀는 자기가 감싸고 있는 어깨의 근육이 뻣뻣해지는 것을 느꼈다. 힌클리프 양은 멍청하게 입을 벌린 채 시퍼렇게 굳어진 얼굴로 누워 있는 물체를 내려다보고 서 있었다.

"누구인지 반드시 잡아 죽이고 말겠어! 그녀의 꽁무니를 잡기만 하면 그냥……."

힌클리프 양이 낮은 목소리로 조용하게 말했다.

마플 양은 의아한 듯이 물었다.

"그녀라니요?"

힌클리프 양은 험악한 얼굴을 그녀에게로 돌렸다.

"그래요. 나는 누군지 짐작하고 있어요……. 그것은 세 가지 가능성 중에 한 가지예요."

그녀는 누워 있는 친구를 다시 내려다보고는 집 안으로 들어갔다.

그녀의 목소리는 무뚝뚝하고 딱딱했다.

"경찰에 전화를 걸어야겠지요. 그들이 오는 동안에 다 말씀드리지요. 머거트로이드가 저렇게 된 것은 모든 게 다 내 잘못이기도 해요. 나는 게임을 한 거예요……. 하지만 살인은 게임이 될 수 없는 건데 말이에요……."

"그럼요. 살인은 게임이 아니지요."

마플 양이 말했다.

"그런 일에 대해 좀 알고 계시지요?"

힝클리프 양은 수화기를 들고 다이얼을 돌리면서 말했다. 그녀는 간단히 신고를 하고는 끊었다.

"잠시 뒤에 올 거예요……. 마플 양은 그전에 이런 일에 관여했다고 들었는데……, 에드먼드 스웨튼햄이 말해주었어요. 우리가(머거트로이드와 나 말이에요) 무엇을 하고 있었는지 알고 싶으시지요?"

힝클리프 양은 정류장에 나가기 전에 나누었던 대화에 대해 짧게 이야기해 주었다.

"그녀는 내 뒤에서 소리쳤어요. 내가 막 떠나려는 순간에 말이에요. 그래서 나는 그게 남자가 아니고 여자라는 것을 알았지요. 만일 잠시 기다렸다가 그녀의 이야기를 들었다면! 빌어먹을! 그 개를 15분 정도 더 기다리게 해도 되는 거였는데 말이에요."

"너무 자책하지 마세요. 누구나 다 앞일을 내다보지 못하니까요."

"그렇지요. 사람은 앞을 내다볼 수 없지요……. 아까 창문에 무언가 부딪치는 소리가 들렸어요. 분명히 기억해요. 아마 그녀가 밖에 있었던 것 같아요. 분명해요. 그녀는 거기에 있었던 거예요. 그런데 머거트로이드가 그것도 모르고 커다란 목소리로 떠들어댔어요. 그녀는 들었을 거예요……, 모두 다 들었을 거라고요……."

"그런데 당신 친구가 뭐라고 했습니까?"

"단 세 마디였어요! '그녀는 거기에 없었어.'라고요."

그녀는 말을 멈추었다.

"그러니까 범인은 세 명의 여자들 중에 있는 거예요. 스웨튼햄 부인, 이스터브룩 부인, 그리고 줄리어 시몬즈 말이에요. 그들 중 한 명이 거기에 없었던 거예요……. 거실의 또 다른 문을 통해 몰래 나갔기 때문에 거기에 없었던 거라고요."

"그래요. 그럴 수도 있겠군요."

"분명히 그 세 여자 중에 하나인데 누구인지를 모르겠어요. 하지만 분명히 밝혀내고 말 거예요!"

"실례합니다만 그녀가, 머거트로이드 양은 지금 당신이 말한 것과 똑같이 말했나요?"

"무슨 말이죠? 내가 말한 것과 똑같이 라니?"

"글쎄, 어떻게 설명해야 되나? 당신은 '그녀는 거기에 없었어.'라고 세 단어에 똑같은 강세를 줘서 말했지요. 그런데 그 말을 하는 데는 적어도 세 가지 방법이 있거든요. '그녀는 거기에 없었어.' 하고 아주 자연스럽게 말하는 방법과, '그녀는 거기에 없었어.' 하는 의혹에 가득 찬 말, 그리고 당신이 아까 말한 것과 아주 비슷하게, '그녀는 거기에 없었어.'라고 하는 방법이 있지요. 이 마지막 경우는 말 전체에 강세가 들어 있긴 하지만, 특별히 '거기에'에 더 강세를 두는 거지요."

"모르겠는데요."

힌클리프 양은 고개를 저었다.

"기억이 안 나요……. 어떻게 그런 것까지 기억하겠어요? 그녀는 분명히 '그녀는 거기에 없었어.'라고만 아주 자연스럽게 말했어요. 하지만 그게 무슨 차이가 있나요?"

마플 양은 생각에 잠겨서 말했다.

"그럼요. 그것은 아주 하찮은 것이긴 하지만 분명히 어떤 암시를 주는 거예요. 그럼요, 많은 차이가 있고말고요."

마플 양의 실종

1

집배원은 지루하게도 치핑 클래그혼에서 아침 일찍부터 오후 늦게까지 편지 배달 주문을 받았다. 오늘은 여느 때와 달리 5시 10분 전에 리틀 패덕스에 편지 세 통을 배달했다. 하나는 어떤 소년이 필리파 헤이메스에게 보낸 것이었고, 나머지 둘은 블랙로크 양에게 온 편지였다.

그녀는 필리파와 함께 차가 놓인 탁자 앞에 앉으면서 편지를 뜯었다. 줄기찬 비 때문에 필리파는 이른 아침에 데이어스 홀에 가지 못했다. 그래서 온실 문을 닫는 것밖에는 달리 할 일이 없었다. 블랙로크 양이 첫 번째 봉투를 뜯자 주방 보일러 수리비 청구서가 나왔다.

그녀는 화를 내며 소리쳤다.

"다이아몬드의 청구서는 늘 터무니없이 비싸. 너무 터무니가 없다고. 다른 사람들은 이렇지 않은데 말이야."

두 번째 봉투를 뜯자 처음 보는 글씨체의 편지가 나왔다.

사랑하는 레티 아주머니 (편지에 의하면)
화요일에 아주머니에게 가려고 하는데 괜찮을까요? 패트릭에게 이틀 전에 편지를 띄웠는데 답장이 없군요. 그래도 괜찮겠지요? 어머니는 다음 달에는 영국에 오셔서 아주머니를 보고 싶어 하세요. 제가 탄 기차는 별일이 없다면 6시 15분에 치핑 클래그혼에 도착할 거예요. 괜찮을까요?

줄리어 시몬즈 올림

블랙로크 양은 편지를 읽으며 뜻밖의 놀라움을 금치 못했다. 그러나 다시 한 번 더 읽고 나서 분노를 터뜨렸다.

그녀는 아들의 편지를 읽으며 미소 짓고 있는 필리파를 바라보았다.

"줄리어와 패트릭이 돌아왔나?"

필리파가 고개를 들고 쳐다보았다.

"예, 제가 온 뒤에 왔어요. 옷을 갈아입으러 위층에 올라갔어요. 옷이 다 젖었던데요."

"가서 그 애들을 좀 불러와요."

"그러죠."

"잠깐, 이것을 좀 읽어 봐."

그녀는 필리파에게 그 편지를 건네주었다.

필리파는 편지를 읽고 나서 얼굴을 찌푸렸다.

"이해가 안 가는군요……."

"나도 그래……. 어서 그 애들을 불러와요, 필리파."

필리파는 층계 위를 향해서 그들을 불렀다.

패트릭이 층계를 뛰어 내려와서 방으로 들어왔다.

"가지 마, 필리파." 블랙로크 양이 말했다.

"안녕하세요, 레티 아주머니. 저를 부르셨습니까?"

패트릭이 명랑하게 말했다.

"그래. 너 이것에 대해 내게 설명 좀 해다오."

패트릭은 그 편지를 읽으면서 장난스러우면서도 당황한 기색을 보였다.

"누나에게 전보를 쳤어야 하는 건데! 내가 이렇게 어리석다니까!"

"그럼 이 편지가 정말 줄리어가 보낸 거란 말이니?"

"그렇죠, 그렇습니다."

블랙로크 양은 화가 나서 말했다.

"그럼 줄리어 시몬즈라면서 여기 데리고 온 여자는 누구냐? 네 누나와 내 친척으로 행세해온 그 여자가 누구냔 말이다."

"음, 레티 아주머니, 사실대로 모두 말씀드리겠습니다. 저도 물론 나쁜 짓이라는 것은 알아요. 하지만 그것은 정말 장난이었어요. 꼭 설명을 듣고 싶으시다면……."

"나는 꼭 들어야겠다. 그 젊은 여자는 누구냐?"

"제대 직후에 칵테일파티에서 만난 여자예요. 우리는 이야기를 나누다가 우연히 제가 여기에 오게 될 거라고 말했습니다. 우리가 함께 이곳에 오면 아주 재미있을 거라고 생각했어요……. 줄리어는(진짜 줄리어는 말이에요) 그때 배우가 되겠다고 난리였습니다. 어머니는 그 때문에 일곱 번이나 실신하셨죠. 줄리어는 퍼스인가 어디에 있는 큰 연예 극단에 들어갈 기회를 얻었어요. 그런데 어머니에게는 저와 함께 있겠다고 거짓말을 해서 안심시켜 드리려고 했지요. 여기에서 약사 공부를 하겠다고 말입니다."

"그 젊은 여자가 누구냔 말이다?"

패트릭은 줄리어가 냉정하고 무뚝뚝한 표정으로 방에 들어오자 안심한 듯이 그녀를 돌아보았다.

"다 밝혀졌어."

줄리어의 눈썹이 올라갔다. 그러나 그녀는 여전히 침착한 태도로 앞으로 걸어와서 앉았다.

"좋아요. 모두 사실이에요. 화가 나셨겠군요?"

줄리어는 냉정하고도 흥미 있는 눈으로 블랙로크 양의 표정을 살폈다.

"저라도 화가 났을 거예요."

"너는 누구지?"

줄리어는 한숨을 쉬었다.

"다 밝힐 때가 온 것 같군요. 모두 말씀드리겠어요. 저는 핍과 에머 쌍둥이 중 한쪽이에요. 더 자세히 말씀드린다면, 제 세례명은 에머 조슬린 스탬포디스예요. 아버지는 오래전에 스탬포디스라는 이름을 버리고 드 커시라는 이름으로 바꾸었어요. 아버지와 어머니는 핍과 제가 태어난 지 3년 뒤에 이혼하셨어요. 그리고 각자 자기의 길을 간 거지요. 그분들은 우리까지 갈라놓았어요. 저는 아버지가 데리고 갔는데, 그분은 정말 형편없는 아버지였어요. 그렇지만 매력적인 사람이긴 했죠.

아버지가 돈이 궁하거나 특별히 극악한 짓을 저지르려고 할 때면 저는 수도원에서 끔찍한 나날을 보내야 했어요. 아버지가 한 달치 값만 치르고 떠나가 버리면, 저는 1~2년 동안 수녀들에게 붙잡혀 있어야 하곤 했지요. 그 사이에 아버지와 여러 나라를 옮겨 다니며 즐겁게 지냈던 때도 있었지만 전쟁이 터지는 바람에 우리는 완전히 헤이지게 되었어요. 저는 몇 번의 모험도 했었지요. 한동안은 프랑스의 레지스탕스에 가담했었는데 무척 재미있었어요. 간단히 설명해 드리지요. 저는 런던으로 와서 미래에 대해 생각하기 시작했어요. 그때 어머니와 격심한 싸움을 했던 외삼촌이 엄청난 재산을 남기고 돌아가셨다는 소식을 듣고, 혹시 저에게 남긴 것이 없을까 하고 유서를 조사해봤지요.

  그런데 직접적으로는 한 푼도 없더군요. 그래서 혼자가 된 외숙모에 대해 몇 가지 알아보았는데 그분은 약물 중독에 걸려 의식불명 상태에서 거의 회복이 불가능하다고 했어요. 그래서 결국 제게는 아주머니밖에 없더군요. 아주머니는 많은 돈과 제게 돌아올 모든 것을 갖고도 힘든 생활에 빠져들고 있었으며, 또 돈을 쓸 데가 없는 것 같아 보였어요. 솔직히 말씀드리자면, 만일 제가 아주머니와 친해져서 아주머니가 저를 좋아하게 된다면, 랜들 삼촌이 돌아가셨기 때문에 상황은 달라질 거라는 생각이 문득 들더군요. 그러니까 우리 재산이 유럽 전쟁 중에 날아가 버렸기 때문에 아주머니가 세상에 의지할 곳 없는 가난한 처녀에게 연민을 느끼고 용돈 정도는 줄 수 있을 거라고 생각했단 말입니다."

  "그래서 이렇게 했다는 거니?"

  블랙로크 양은 화가 나서 대꾸했다.

  "그래요. 저는 아주머니를 본 적이 없었고, 제 자신이 처량하다는 생각이 들더군요. 그런데 놀라운 행운이 제게 찾아왔던 거예요. 저는 여기서 조카인가 사촌인가 뭐 그런 관계에 있는 패트릭을 만났지요. 글쎄, 그것이 제게는 굉장한 행운이었어요. 저는 패트릭에게 접근했고, 그는 아주 기꺼이 받아줬답니다. 진짜 줄리어는 이런 연극에 능숙하기 때문에 저는 그녀를 설득해서 예능계로 가는 것이 그녀의 본분이며, 조금 불편하더라도 퍼스에서 하숙하며 새로운 새러 번하트가 되기 위한 훈련을 하는 게 어떻겠느냐고 했지요. 패트릭을 나무라지는 마세요. 그는 의지할 곳 없는 저를 굉장히 안쓰러워하며 제가 여기에 자기 누나로 와 있는 것이 절대 나쁜 일이 아니라고 생각했던 거예요."

"그래서 네가 경찰한테 거짓말을 늘어놓을 때도 패트릭이 모르는 척해준 거냐?"

"너무 그러지 마세요, 레티 아주머니. 저는 그 강도극이 일어났을 때, 아니 그 일이 일어나고 나서 제가 위험한 처지에 놓여 있다고 느끼기 시작했어요. 사실, 저는 아주머니를 살해할 만한 충분한 동기를 갖고 있지만, 아주머니는 제가 그런 짓을 할 만한 사람이 아니라는 걸 알 거예요. 저는 정말 그 사건과 아무런 관련이 없어요. 그런데 패트릭까지도 저를 의심하는 모양이에요. 그마저도 상황을 그런 식으로 생각하고 있다면 도대체 경찰은 어떻겠어요? 그 경위는 틀림없이 저를 유력한 용의자로 올려놓고 말 거예요.

하지만 절대 그럴 수는 없죠. 그래서 저는 이 일이 마무리될 때까지 줄리어처럼 꼼짝하지 않고 숨어 앉아서 기다리기로 했던 거예요. 그런데 바보 같은 진짜 줄리어가 거기에서 프로듀서와 한바탕 싸우고 홧김에 일을 이렇게 뒤죽박죽 만들 줄이야 누가 알았겠어요? 줄리어가 패트릭에게 편지로 자기가 이곳에 와도 되는지를 물어봤을 때 그는 '아직 오지 말 것'이라고 전보를 쳤어야 하는 건데 그만 까맣게 잊고 만 거예요!"

줄리어는 패트릭을 노려보며 말했다.

"어리석은 사람 같으니라고!"

그녀는 한숨을 내쉬었다.

"제가 밀체스터에서 얼마나 가난하게 보내야 했는지는 모르실 거예요. 물론 그 병원에는 간 적도 없어요. 하지만 어딘가는 가야 했지요. 그 많은 시간을 영화관에서 가장 무서운 영화를 보고, 또 보고 하면서 보냈어요."

"핍과 에머, 경위가 말했을 때 나는 믿지 않았지. 그들이 진짜……."

블랙로크 양이 중얼거렸다.

그녀는 줄리어를 유심히 바라보았다.

"네가 에머라면 핍은 어디에 있지?"

줄리어의 맑고 순진해 보이는 두 눈이 그녀와 마주쳤다.

"저는 몰라요. 정말 아무것도 몰라요."

"솔직하게 말해, 줄리어. 핍을 마지막으로 본 게 언제지?"

줄리어는 대답하기 전에 잠깐 망설이는 듯했다. 그녀는 분명하고 차분한 목소리로 말했다.

"세 살 때 엄마가 데려간 이후로는 보지 못했어요. 물론 엄마도 보지 못했고, 어디에 있는지도 몰라요."

"정말이니?"

줄리어는 한숨을 쉬었다.

"유감스럽지만 정말이에요. 비록 제가 살인극에 대해 아는 것은 없지만, 저라도 한번 시도해보려고 했을 거예요."

"줄리어, 나도 경험이 있어서 하는 말인데, 프랑스의 레지스탕스에 있었다고 했지?"

"예, 18개월 동안."

"그러면 총을 쏠 줄도 알겠구나?"

다시 그 차갑고 파란 눈동자가 블랙로크 양과 마주쳤다.

"저는 총을 정확하게 쏠 줄 알아요. 명사수지요. 하지만 리티시어 블랙로크를 쏘지는 않았어요. 믿지 않을지도 모르지만, 만일 제가 아주머니를 쏘았다면 절대로 실패하지 않았을 거예요."

2

문 밖에서 들린 자동차 소리가 그 긴장된 장면을 깨뜨렸다.

"누구지?" 블랙로크 양이 물었다.

미치는 헝클어진 머리를 가다듬었다. 그녀는 겁에 질려 눈을 동그랗게 뜨고 있었다.

"경찰이 또 온 거예요. 정말 더 이상 못 참겠어요. 수상에게 편지를 쓰겠어요. 왕에게도 쓰고요."

크래독은 그녀를 옆으로 밀치면서, 모두가 두려워할 만큼 차가운 미소를 지은 채 들어왔다. 그는 예전의 크래독 경위가 아니었다.

그는 차갑게 말했다.

"머거트로이드 양이 한 시간 전에 목이 졸린 채 살해당했습니다."

그는 줄리어를 뚫어지게 바라보고 있었다.

"당신은 온 종일 어디에 있었습니까, 시몬즈 양?"

줄리어는 피곤한 듯이 말했다.

"밀체스터에서 방금 전에 돌아왔어요."

"당신은요?"

경위는 패트릭을 돌아보았다.

"저도 마찬가지입니다."

"그럼 두 사람이 함께 돌아왔습니까?"

"그렇습니다." 패트릭이 말했다.

"아니에요." 줄리어가 말했다.

"그렇게 해봤자 소용없어, 패트릭. 그 버스의 승객들이 우리를 잘 알고 있을 테니까 금방 밝혀질 거야. 저는 조금 먼저 돌아왔어요. 4시에 여기 도착했지요."

"그러고는 무엇을 했죠?"

"산책을 했어요."

"볼더스 쪽으로 말입니까?"

"아니에요. 들판을 가로질러 갔다 왔어요."

그는 그녀를 똑바로 쳐다보고 있었다.

줄리어의 얼굴은 창백했고, 입술은 잔뜩 굳어져 있었다. 그 순간 전화벨이 울렸다.

블랙로크 양이 의혹에 찬 눈으로 크래독을 바라보면서 수화기를 들었다.

"예, 누구요? 오, 번치, 뭐라고? 아니, 아니야. 그녀는 안 왔어. 모르겠군. 그래. 지금 여기 와있네."

그녀는 수화기를 밑으로 내리고 크래독에게 말했다.

"크래독 경위, 하몬 부인이 당신과 이야기하고 싶다는군요. 마플 양이 목사관으로 돌아오지 않아서 걱정하고 있어요."

크래독은 두 걸음을 걸어나가 수화기를 받아들었다.

"크래독입니다."

"정말 걱정이에요. 제인 아주머니가 나가셔서 돌아오지를 않으세요. 그리고 머거트로이드 양이 살해되었다고 하던데 사실인가요?"

번치는 어린애처럼 떨리는 목소리로 말했다.

"예, 사실입니다, 하몬 부인. 힌클리프 양이 시체를 발견했을 때 마플 양은 그곳에 함께 있었습니다."

"아, 그러면 거기에 계시겠군요."

번치는 안심이 된다는 목소리로 말했다.

"아니, 아닙니다. 거기에 없어요. 나도 걱정이 되는군요. 마플 양은 그러니까 한 시간쯤 전에 그곳을 떠났습니다. 집에 도착하지 않으셨나요?"

"아니에요. 안 오셨어요. 걸어서도 10분이면 올 수 있는 거리인데, 도대체 어디에 계신 걸까요?"

"이웃집에 간 것이 아닐까요?"

"제가 모두에게 전화를 해봤는데 없다고 하더군요. 두려워요."

크래독은 '나도 그렇소.' 하고 생각했다.

그는 재빨리 말했다.

"즉시 부인에게로 가겠습니다."

"아, 잠깐만요, 여기 종이 한 장이 있는데 아주머니가 나가시기 전에 써놓은 건가 봐요. 그런데 무슨 뜻인지 모르겠군요……. 그냥 횡설수설한 것 같은데."

크래독은 수화기를 내려놓았다.

"마플 양에게 아무 일도 없어야 할 텐데요."

블랙로크 양이 걱정스럽게 말했다.

"저도 아무 일 없기를 바랍니다."

그의 입술은 여전히 굳어져 있었다.

"그녀는 나이가 많아요, 몸도 약하고."

"알고 있습니다."

블랙로크 양은 목에 건 진주 목걸이를 손으로 끌어당기며 일어서서는 거친 목소리로 말했다.

"일이 점점 나쁘게 되어가고 있어요. 누가 이런 짓을 하는 건지 분명 미친 사람일 거예요. 완전히 미친……."

"정말 걱정입니다."

블랙로크 양은 목에 걸린 진주 목걸이를 신경질적으로 만지작거렸다. 그러자 줄이 끊어지면서 부드럽고 하얀 작은 진주알들이 방안에 굴러 떨어졌다.

리티시어는 고통스러운 목소리로 외쳤다.

"내 진주, 내 진주!"

그 목소리가 어찌나 절박했던지 사람들은 깜짝 놀라 그녀를 쳐다보았다.

그녀는 자신의 목에 손을 대며 돌아서서는 흐느끼면서 밖으로 뛰쳐나갔다.

필리파는 진주를 줍기 시작했다.

"블랙로크 양이 저렇게 화를 내는 것은 처음이에요. 물론 그녀는 항상 그 목걸이를 걸고 있었어요. 누군가 특별한 사람이 준 모양이에요. 이를테면 랜들 고들러 같은 사람이 말이에요."

"그것도 가능하지요."

경위는 천천히 말했다.

"하지만 이건 진짜 진주가 아니에요. 그렇죠?"

필리파는 무릎을 꿇고 반짝이는 하얀 진주를 주우며 말했다.

크래독은 한 알을 집어들고 자세히 들여다보며 생각에 잠긴 듯이 말했다.

"진짜 진주? 천만에요!"

그는 갑자기 입을 다물었다.

이 진주들이 진짜일 수 있을까? 그건 너무 굵고 편편하며 또 색깔이 너무 하얘서 한눈에 가짜 같아 보였다. 그 순간 크래독은 진짜 진주 목걸이가 전당포에서 단 몇 실링에 매입되었던 사건이 떠올랐다.

리티시어 블랙로크는 경위에게 집 안에는 분명히 값진 물건이 없다고 말했었다. 만일 이 목걸이가 진짜라면 상당한 값어치가 있을 것이다. 그리고 랜들 고들러가 그녀에게 준 것이라면 진주들은 엄청난 가치가 있을 것이다.

그것은 분명히 가짜이겠지만, 만일의 경우에 진짜이기라도 하다면? 그래, 진짜가 아니라고 어떻게 단정 짓겠는가? 그녀조차도 진주의 가치를 모르고 있었을 수도 있고, 자신의 보물을 보호하기 위해 마치 몇 실링짜리의 가짜 진주로 취급했을 수도 있다.

만일 이 진주가 진짜라면 어느 정도나 값이 나갈까? 상상할 수 없는 액수, 살인을 할 만큼의 가치―만일 누군가 진주의 가치를 알고 있다면…….

경위는 깜짝 놀라 이런 생각에서 깨어났다.

마플 양이 없어졌다고 하니 그는 목사관으로 가야 했다.

3

번치와 그녀의 남편은 수심에 가득 찬 얼굴로 축 늘어져서 그를 기다리고 있었다.

"아주머니는 아직 안 돌아오셨어요."

번치가 말했다.

"볼더스를 떠나시면서 이곳으로 가시겠다고 했습니까?"

줄리언이 물었다.

"그렇게 말하지는 않았습니다."

크래독은 제인 마플을 마지막으로 본 순간을 기억하면서 천천히 말했다.

그는 그녀의 싸늘한 분위기가 도는 파란 눈을 떠올려 보았다.

냉정함, 뭔가 결심한 듯한 모습……. 무엇 때문에? 어디에 가려고?

"내가 마플 양을 마지막으로 보았을 땐 플레처 경사에게 이야기하고 있었습니다. 대문 옆에서 말입니다. 그러고 나서 밖으로 나가시더군요. 나는 마플 양이 목사관으로 곧장 갔을 거라고 생각했지요. 내 차로 바래다 드릴 수도 있었지만 할 일이 너무 많았고, 또 아무 말 없이 나가셨거든요. 플레처 경사가 무언가 알고 있을지도 모릅니다. 플레처는 어디에 있습니까?"

크래독은 플레처가 볼더스에 있거나 메모라도 남겼을 것이라고 생각했는데, 플레처 경사는 그곳에도 없었고 어디로 간다는 메모도 남겨 놓지 않았다. 그는 플레처가 밀체스터로 돌아갔을 거라는 느낌이 들었다. 경위는 밀체스터의 본부로 전화를 걸었으나 플레처 소식은 듣지 못했다.

크래독은 번치가 전화로 말한 것이 기억나서 그녀에게 물었다.

"그 종이는 어디에 있습니까? 마플 양이 몇 마디 적어 두었다는 그 종이 말입니다."

번치가 그것을 갖다 주었다. 그는 그것을 책상 위에 펼쳐 놓고 읽었다. 번치는 그의 어깨너머로 바라보면서 그가 읽는 대로 따라 했다.

글씨가 흔들려서 읽기가 어려웠다.

*램프 그리고 제비꽃*이라는 단어가 있었다.

그러고 나서 한 칸을 띄우고,

아스피린 병은 어디에 있었나?

그다음 단어는 더욱 이상한 것이었다.

"달콤한 죽음." 번치가 소리 내어 읽었다.

"그것은 미치가 만든 케이크 이름이에요."

"뒷조사." 크래독이 읽었다.

"뒷조사? 무엇에 대한 뒷조사지요? 이것이 무슨 말일까? 극심한 역경을 용감하게 견디어 낸……, 도대체!"

옥소 치료. 진주. 아, 진주!

경위가 읽었다.

"그러고는 로티, 아니 레티. 블랙로크 양 이름의 e자가 o자처럼 보이는데요. 다음엔 베른이라고 쓰여 있습니다. 이것은 뭐죠? 양로 연금이라니……."

그들은 서로 어리둥절해하며 쳐다보았다.

크래독 경위는 재빨리 요점만을 간추렸다.

"램프. 제비꽃. 아스피린 병은 어디에 있었나? 달콤한 죽음. 뒷조사. 극심한 역경을 용감하게 견디어 낸. 옥소 치료. 진주. 레티. 베른. 양로 연금."

"그것들이 다 무슨 뜻인지? 도대체 무슨 말인지 모르겠는데요. 아무런 관계도 없는 것 같은데."

번치가 말했다.

"방금 한 가지 생각이 떠오르기는 했지만, 정말 모르겠습니다. 그녀가 진주에 대해 쓴 것이 이상하잖습니까?"

크래독이 천천히 말했다.

"진주가 어때서요? 그것이 무슨 뜻이 있는 걸까요?"

"블랙로크 양은 항상 세 줄짜리 진주 목걸이를 하고 있었습니까?"

"예, 언제나요. 그래서 우리가 가끔 놀리곤 했지요. 좀 보기 흉하잖아요. 하지만 그녀는 그것을 멋이라고 생각하는 모양이에요."

"또 다른 이유가 있었을지도 모릅니다."

크래독이 천천히 말했다.

"그 진주가 설마 진짜라는 것은 아니겠지요? 그럴 리는 없어요!"

"부인은 그렇게 커다란 진짜 진주를 본 적이 있습니까?"

"게다가 그것들은 너무 윤기가 없었어요."

크래독은 어깨를 으쓱해 보였다.

"지금 문제는 그게 아니라 마플 양입니다. 그녀를 찾아야 합니다."

그들은 너무 늦기 전에 그녀를 찾아야 했다.

하지만 이미 늦었을지도 모른다. 종이쪽지에 쓰인 말들로 보면 그녀는 단서를 잡고 있는 것 같기도 하다……. 그렇다면 정말 위험해—끔찍하게 위험한 것이다. 그리고 도대체 플레처는 어디에 있단 말인가?

크래독은 목사관을 나와서 자기 차가 있는 곳으로 힘차게 걸어갔다.

수사, 그가 할 수 있는 모든 것이다. 수사.

빗방울이 흘러내리는 월계수 쪽에서 누군가가 그를 불렀다.

"경위님! 경위님……"

플레처 경사가 다급히 불렀다.

세 여인

리틀 패덕스에서는 저녁식사가 막 끝났다. 내내 침묵이 흐르는 불편한 식사였다. 잘못을 저질렀다는 것을 알아차린 패트릭은 어떻게든 분위기를 바꿔 보려고 무진 애를 썼다. 하지만 모든 것이 헛수고였다.

필리파 헤이메스는 멍하니 앉아 있었고, 블랙로크 양에게서도 여느 때의 명랑하던 모습을 찾아볼 수 없었다. 그녀는 저녁식사를 하기 위해 옷을 갈아입고 카메오 목걸이를 걸고 내려왔지만, 짙고 동그란 눈에는 두렵다는 표정이 뚜렷이 나타나 있었다. 그녀는 마음을 안정시키기 위해 손가락을 비비꼬았다.

줄리어만은 저녁 내내 그녀 특유의 차갑고 초연한 태도를 그대로 유지했다.

"미안해요, 레티 아주머니. 하지만 저는 이 집을 떠날 수 없어요. 경찰이 그것을 허락하지도 않을 테고요. 제가 오랫동안 이 집 안을 침울하게 하지는 않을 거예요. 곧 크래독 경위가 영장을 내보이며 수갑을 채울 테니까요. 왜 아직까지도 그가 오지 않는지 이상할 뿐이에요."

"그는 지금 그 늙은 마플 양을 찾고 있어."

블랙로크 양이 말했다.

"마플 양도 살해되었을 거라고 생각하세요? 그렇다면 이유가 뭐죠? 그 할머니가 뭔가를 알고 있다는 건가요?"

패트릭이 호기심을 갖고 물었다.

"나는 모른다. 머거트로이드 양이 그녀에게 어떤 말을 했을지도 모르지."

블랙로크 양이 힘없이 말했다.

"그분마저도 살해되었다면 논리적으로 따져서 그런 짓을 할 수 있는 사람이 한 명 있습니다."

패트릭이 말했다.

"그게 누구지!"

"바로 힌클리프예요!" 패트릭이 자신 있게 말했다.

"사람들이 마플 양을 마지막으로 본 곳이 볼더스였으니까. 제 생각으로는 그분이 볼더스를 떠나지 않았을 것 같습니다."

"머리가 아프구나." 블랙로크 양이 힘없는 목소리로 말했다.

그녀는 손가락으로 자기 이마를 눌렀다.

"하지만 힌크가 마플 양을 살해해야 할 이유가 뭘까? 이치에 맞지가 않잖아."

"만일 힌크가 정말 머거트로이드를 죽였다면 이치에 맞게 되겠지요."

패트릭이 의기양양하게 말했다.

무관심하게 있던 필리파가 끼어들었다.

"힌크는 머거트로이드를 살해하지 않았을 거예요."

패트릭은 지지 않고 말했다.

"만일, 머거트로이드가 우연히 그녀가(힌크 말입니다) 범인이라는 것을 증명할 어떤 것을 발견했다면 힌크에게 가능성이 있지 않겠습니까?"

"힌크는 머거트로이드가 살해될 때 정류장에 있었어요."

"그녀는 집을 떠나기 전에 머거트로이드를 살해할 수도 있습니다."

리티시어 블랙로크가 갑자기 비명을 지르는 바람에 모두 깜짝 놀랐다.

"살인, 살인, 살인ㅡ! 살인 이야기 말고는 할 이야기가 없어? 나는 무서워. 그걸 모르겠니? 무섭다고! 전에는 그렇지 않다. 나는 충분히 나를 지킬 수 있을 거라고 생각했었으니까……. 너희들은 도대체 숨어 있는 그 살인자에 대항해서 무슨 일을 할 수가 있니? 그는 숨어서 우리를 지켜보고 있어. 시간을 기다리면서! 오, 주여!"

그녀는 고개를 숙이고 손으로 머리를 감쌌다. 그러고는 잠시 뒤 고개를 들고는 멋쩍게 말했다.

"미안하구나. 내가, 내가 흥분했던 모양이다."

"괜찮아요, 레티 아주머니. 제가 아주머니를 지켜 드릴게요."

패트릭이 부드럽게 말했다.

"네가?" 리티시어 블랙로크가 말했다.

하지만 그 말 뒤에 숨겨진 환멸감이 거의 비난처럼 나타났다.

그때는 저녁식사 직전이었다.

그런데 미치가 갑자기 들어오더니 요리를 하지 않겠다고 하는 것이었다.

"저는 이 집에서 더 이상 일을 하지 않겠어요. 제 방에 들어가서 문을 걸어 잠그고 내일 새벽까지 있겠어요. 저는 두려워요(사람들이 살해되고). 그 멍청한 얼굴을 가진 머거트로이드 양도 살해되었다면서요? 도대체 누가 그녀를 죽였을까요? 모두 미치광이 짓이에요! 미치광이 짓이라고요! 미치광이는 자기가 누구를 죽이든 상관하지 않지요. 저는 살해당하고 싶지 않아요! 주방에는 어두운 그림자들이 있어요. 잡음도 들리고 마당에 누가 있는 것 같기도 하고, 식품저장실 문 옆에 어떤 그림자가 나타나거나 걸음 소리가 들리는 것 같을 때도 있어요. 저는 지금 당장 제 방으로 가서 문을 잠그고 문을 막아 놓을 거예요. 그리고 내일 아침이 되면 그 잔인하고 냉혹한 경찰관에게 여기를 떠나겠다고 하겠어요. 만일 저를 못 가게 하면 이렇게 말할 거예요. '소리 지르겠어요! 저를 가게 해줄 때까지 계속 비명을 지를 거라고요!'라고 말이에요."

미치가 소리를 지르면 어떻게 손을 쓸 수 있을까 모두 몸서리를 쳤다.

"제 방으로 가겠어요."

그녀는 강조하기 위해 그 말을 되풀이했다. 그러고는 자기가 입고 있던 앞치마를 벗어 던졌다.

"안녕히 주무세요, 블랙로크 양. 아마 내일 아침이면 당신이 살아 있지 않을지도 모르니 미리 작별인사를 해두는 거예요."

그녀는 곧바로 문쪽으로 가서 평소와 같이 약간 삐걱거리는 소리를 내며 문을 살짝 닫았다.

줄리어가 일어났다. 그녀는 냉정한 태도로 말했다.

"제가 저녁을 하죠. 훨씬 나을 거예요. 아주머니와 함께 탁자를 마주 보고 앉아 있지 않아도 될 테니 덜 난처하고요. 패트릭이(그는 레티 아주머니를 지켜 주겠다고 했으니까요), 음식마다 맛을 보는 게 좋을 거예요. 저는 무엇보다도 아주머니를 독살했다는 혐의는 받고 싶지 않거든요."

그래서 줄리어가 저녁을 준비했고, 사람들은 맛있는 식사를 할 수 있었다.

필리파가 도와주기 위해 주방으로 갔었으나 줄리어는 끝까지 그녀의 도움을 거절했다.

"줄리어, 할 말이 있어요."

"지금 아이들처럼 비밀 이야기를 할 시간이 없어요. 식당으로 돌아가요, 필리파."

줄리어가 딱딱하게 말했다.

이제 저녁식사를 끝내고, 그들은 난롯가의 조그만 탁자 위에 놓인 커피를 마시며 거실에 앉아 있었다. 모두 입을 다물고 있었다.

그들은 기다리고 있었다. 그게 전부였다.

8시 30분경에 경위에게서 전화가 왔다.

"25분 이내로 그곳으로 가겠습니다. 이스터브룩 대령 부부와 스웨튼햄 부인, 그리고 에드먼드 스웨튼햄도 함께 가게 될 겁니다."

"하지만……, 나는 오늘 밤 손님들을 맞을 기분이 아니에요."

블랙로크 양은 피곤에 지친 목소리로 말했다.

"블랙로크 양의 기분은 잘 압니다만, 이것은 긴급한 일이라서요."

"음……, 마플 양은 찾으셨나요?"

"아닙니다."

크래독은 이렇게 말하고 전화를 끊었다.

줄리어가 커피 쟁반을 들고 주방으로 들어가자, 놀랍게도 미치가 설거지대 옆에 쌓아 놓은 접시와 쟁반을 쳐다보고 있었다.

미치는 갑자기 말을 마구 퍼부었다.

"저런! 내 깨끗한 주방에서 이게 무슨 짓이에요. 저 프라이팬을 좀 봐! 저건 내가 오믈렛을 만들 때만 사용하는 거란 말이야! 줄리어, 이것을 뭘 만드는 데 쓴 거예요?"

"양파를 볶았어요."

"망했어. 엉망진창이야! 지금 이것을 물로 닦을 모양이군. 나는 절대, 절대로 오믈렛 팬을 물로 닦지 않아! 그리고 이 소스 냄비도 사용했나 본데, 이건 우유를 끓일 때만 쓴다고요!"

"글쎄, 나는 당신이 어떤 냄비에 무엇을 하는지 모르잖아요."

줄리어가 신경질적으로 말했다.

"잠자러 가겠다고 하고는 왜 다시 일어났어요? 나가세요. 마음 편하게 설거지하게 좀 내버려둬요."

"안 돼. 내 주방을 마음대로 쓸 수는 없어!"

"어머, 미치, 도대체 왜 이러는지 모르겠군요!"

줄리어가 화가 나서 주방 밖으로 나오는데 벨이 울렸다.

"나는 현관에 나가지 않을 거예요."

미치가 주방에서 소리를 쳤다.

줄리어는 속으로 투덜거리면서 현관으로 재빨리 걸어갔다.

힌클리프 양이었다.

"불쑥 찾아와서 미안해요. 경위가 전화로 내가 올 거라고 말하지 않던가?"

"그런 말은 하지 않던데요."

줄리어는 그녀를 거실로 안내하면서 말했다.

"경위는 나에게 오고 싶지 않으면 올 필요 없다고 하더군. 하지만 나는 오고 싶었어."

힌클리프 양이 말했다.

어느 누구도 힌클리프 양에게 관심을 보이거나 머거트로이드 양의 죽음에 대해 언급하지 않았다. 키가 크고 초췌한 여인의 얼굴에는 그녀의 어려웠던 과거와 연민의 표정이 나타나 있었다.

"불을 있는 대로 모두 켜. 난로에 석탄도 좀 넣고. 나는 추워―지독하게 춥군. 난롯가에 와서 앉으세요, 힌클리프 양. 경위가 25분 내에 이곳에 오겠다고 했는데 시간이 거의 다 되었어요."

블랙로크 양이 말했다.

"미치가 다시 내려왔어요."

줄리어가 말했다.

"그래? 나는 가끔 그 여자가 미쳤다는, 완전히 미쳤다는 생각이 들어. 아니면 우리 모두가 미쳤든지."

"나는 범죄를 저지르는 사람은 모두 다 미쳤다고 생각해요."

힌클리프 양이 끼어들었다.

"무서우면서도 지능적이고, 그러면서도 온전해 보이는 사람. 이게 바로 내가 생각하는 범인상이에요!"

밖에서 차 소리가 들리고, 이내 크래독이 이스터브룩 대령 부부와 에드먼드, 그리고 스웨튼햄 부인과 함께 들어왔다. 그들은 모두 이상스러울 정도로 침울한 표정을 짓고 있었다.

이스터브룩 대령은 그 특유의 쩌렁쩌렁 울리는 목소리로 말했다.

"하! 훌륭한 난로로군요."

이스터브룩 부인은 밍크코트를 입은 채 남편 곁에 앉았다. 그녀는 평범하면서 예쁘장한 여자였는데, 지금은 생기가 없어서 마치 기운 빠진 족제비 얼굴 같았다. 에드먼드는 기분이 안 좋은 듯이 얼굴을 찡그리고 있었다.

스웨튼햄 부인은 분위기를 살려 보려고 하찮은 농담 몇 마디를 던졌다.

"이건 정말 너무해요. 안 그래요?"

그녀는 자연스럽게 말을 꺼냈다.

"모든 게 다 끔찍하다니까요. 정말이지 말을 안 하는 게 신상에 좋아요. 다음은 누구 차례인지 모르니까요. 이건 마치 전염병 같은 걸요. 저, 블랙로크 양, 브랜디를 조금씩 마시는 게 어떨까요? 반 잔만이라도 말이에요. 몹시 심한 충격을 받았을 때는 브랜디가 최고라고 하더군요. 나는 사실 여기에 오는 것이 무서웠어요. 크래독 경위가 우리에게 꼭 와야 된다고 해서 오긴 했지만, 정말 끔찍한 일이에요. 그녀는 아직도 오지 않았어요. 아시죠, 목사관에 묵는 불쌍한 노파 말이에요. 번치 하몬은 거의 미칠 지경인 모양이에요. 그 할머니가 집으로 안 오고 어디로 갔는지 모르겠어요. 우리 집에는 오지 않았고, 오늘은 보지도 못했어요. 그녀가 우리 집에 왔었다면 내가 분명히 보았을 거예요. 나는 뒤에 있는 거실에 있었고, 에드먼드는 서재에 있었어요. 서재는 거실 앞에 있답니다. 그러니까 앞쪽이든 뒤쪽이든 우리 집에 왔었다면 틀림없이 우리 눈에 띄었을 거예요. 그 착하고 좋은 분에게 아무 일도 없어야 할 텐데요."

"어머니, 제발 좀 그만하세요." 에드먼드가 못 참겠다는 투로 말했다.

"그래, 이젠 한마디도 하고 싶지 않구나."

스웨튼햄 부인은 대꾸하면서 줄리어 옆에 앉았다.

크래독 경위는 문 가까이에 서 있었다. 그리고 그를 향해서 세 명의 여자가 거의 한 줄로 앉아 있었다. 줄리어와 스웨튼햄 부인은 소파에 앉았고, 이스터브룩 부인은 남편 의자 팔걸이에 걸터앉아 있었다.

그가 정해 놓은 위치는 아니었지만, 그런대로 그에게는 편리하게 되어 있었다. 블랙로크 양과 힌클리프 양은 난로 쪽으로 가서 앉았고, 에드먼드는 그들 가까이에 서 있었다. 필리파는 그들 뒤쪽으로 조금 떨어져서 잘 안 보이게 앉아 있었다.

크래독이 서두 없이 시작했다.

"여러분은 모두 머거트로이드 양이 살해되었다는 사실을 알고 계실 줄 압니다. 우리는 그녀를 살해한 사람이 여자라고 생각하고 있습니다. 그렇게 생각하는 데는 여러 가지 이유가 있습니다. 나는 여기에 모인 여자 분들이 오늘 오후 4시에서 4시 20분 사이에 무엇을 하셨는지 설명을 듣고 싶습니다. 시몬즈 양으로 행세해온 젊은 여자분에게는 답변을 들었습니다. 하지만 그녀에게 그 말을 다시 한 번 해달라고 요청할 생각입니다. 시몬즈 양, 만일 지금 자백할 의향이 있다면 여기에서 되풀이할 필요가 없다는 것을 말해두겠습니다. 그리고 여러분들이 지금 말하는 것은 모두 에드워즈 순경이 기록해 법정에서 증거로 쓰이게 됩니다."

"그것은 경위님이 말해야 하는 거 아니에요?"

줄리어가 말했다. 그녀의 얼굴은 창백했으나 목소리는 차분히 가라앉아 있었다.

"좋아요, 다시 말씀드리지요. 4시에서 4시 20분 사이에 컴프튼 농장 옆의 시냇가로 내려가는 들판을 따라 걷다가 포플러 나무가 있는 길로 들어왔어요. 그동안에 저는 아무도 만나지 않았고, 볼더스 근처에는 가지도 않았어요."

"스웨튼햄 부인은요?"

"지금 우리 모두에게 심문하고 있는 겁니까?" 에드먼드가 물었다.

경위는 그에게로 고개를 돌렸다.

"아닙니다. 당분간은 시몬즈 양에게만입니다. 다른 사람들의 진술이 유죄가 될 거라고 믿을 만한 이유는 아직 없으니까요. 물론 어떤 분도 변호사를 대동할 수 있고, 또 현재 이곳에 없는 사람은 답변을 회피할 권리가 있습니다."

"하지만 그것은 시간 낭비일 뿐이에요."

스웬튼햄 부인이 소리쳤다.

"나는 지금 당장 그 시간에 내가 무엇을 하고 있었는지 말할 수 있어요. 그게 당신이 원하는 거 아니에요? 지금 시작할까요?"

"예, 좋습니다, 스웨튼햄 부인."

"가만있자……." 스웨튼햄 부인은 눈을 감았다가 다시 떴다.

"물론 나는 머거트로이드 양의 죽음과는 아무런 관계가 없어요. 여기에 있는 분들이 모두 그것을 알고 있으리라고 확신해요. 하지만 나는 경찰이 아무리 하찮은 질문을 한다고 해도 매우 조심스럽게 대답해야 한다는 것쯤은 잘 알고 있지요. 왜냐하면 소위 '기록'이라는 것이 있으니까요. 그렇지 않은가요?"

스웨튼햄 부인은 바쁘게 써내려가는 에드워즈 순경에게 물었다. 그러고는 상냥하게 덧붙였다.

"당신을 위해서는 천천히 이야기하겠어요. 내 말이 그다지 빠르지는 않죠?"

능숙한 속기사이기는 하지만 주변이 없는 에드워즈 순경은 귀까지 붉히며 대꾸했다.

"괜찮습니다, 부인. 아니, 저, 조금만 더 천천히 말씀하시면 좋겠습니다."

스웨튼햄 부인은 쉼표나 마침표가 필요하다고 생각하는 곳에서는 강조를 하고 잠깐씩 말을 멈추었다.

"글쎄요, 정확하게 말하기는 어렵군요. 나는 말이죠, 저……, 시간관념이 좀 없어서 말이에요. 전쟁 이후로는 우리 집 시계의 반 이상이 움직이질 않아요. 움직이는 시계들도 흔히 빠르거나 느리고, 그렇지 않으면 태엽을 감아주지 않아서 멈춰 버렸어요."

스웨튼햄 부인은 이 혼동된 시간 개념을 설명하고는 잠깐 멈추었다가 진지하게 이야기하기 시작했다.

"4시에 나는 양말의 뒤꿈치를 뜨고 있었어요(그런데 이상하게도 틀리게 뜨고 있더군요. 평직이 아닌 안뜨기를 하고 있었던 거예요). 그렇지 않으면 아마 밖에서 시든 국화를 잘라 내고, 아니지 그것은 좀더 일찍이었어. 그것은 비가 오기 전이었으니까."

"비는 정확히 4시 10분에 오기 시작했습니다."

크래독 경위가 말했다.

"그랬나요? 나는 비가 올 때마다 2층에 올라가서 물이 새는 곳에 세숫대야를 놓아둔답니다. 그런데 아까는 비가 너무 많이 와서 물받이가 가득 찬 걸 보고 홈통이 막힌 모양이라고 생각했어요. 그래서 내려가서 비옷과 고무장화를 신고 에드먼드를 불렀는데 대답이 없더군요. 나는 그 애가 소설의 중요한 대목을 쓰는 모양이라고 생각했지요. 나는 그 애를 방해하지 않고 혼자 했어요. 빗자루를 엮어서 창문에 뻗쳐 닿을 만큼 만들었죠."

"그럼, 부인은 홈통을 청소하고 있었다는 겁니까?"

크래독은 부하의 당황하는 표정을 바라보면서 물었다.

"예, 홈통이 나뭇잎들로 꽉 막혀 있더군요. 그 일은 꽤 오래 걸렸고, 내 옷도 흠뻑 젖었지만 결국 깨끗이 끝냈어요. 그런 다음에 안으로 들어와서 씻고 옷을 갈아입고는(정말 썩은 나뭇잎 냄새가 지독했어요) 주방으로 가서 주전자를 올려놓았지요. 그때가 주방시계로 6시 15분이었지요."

에드워즈 순경이 눈을 깜박였다.

"그러니까, 4시 40분이나 거의 5시가 되었을 거예요."

스웨튼햄 부인은 덧붙여 말했다.

"부인이 밖에서 그 일을 하고 있는 걸 본 사람이 있습니까?"

"아니, 없어요. 만일 옆에 누가 있었다면 도와 달라고 했을 거예요. 정말이지 그 일은 혼자서 하기에 너무 힘들었거든요."

"그러니까 부인은 비가 오고 있을 때 비옷과 장화를 신고 밖에 있었다는 거군요. 밖에서 홈통을 청소하고 있었지만 그 말을 증명해 줄 사람은 아무도 없다는 거고요?"

"의심이 나면 우리 집 홈통을 조사해보세요. 홈통이 아주 깨끗할 테니까요."

"어머니가 부르는 소리를 들었습니까, 스웨트햄 씨?"
"못 들었습니다. 나는 자고 있었습니다."
에드먼드가 말했다.
"에드먼드, 나는 네가 글을 쓰고 있는 줄 알았다."
그의 어머니가 나무라듯이 말했다.
크래독 경위가 이스터브룩 부인 쪽으로 몸을 돌렸다.
"그럼 이스터브룩 부인은요?"
"나는 아치와 함께 서재에 앉아 있었어요."
크고 순진한 눈으로 남편을 쳐다보면서 이스터브룩 부인이 말했다.
"우리는 함께 라디오를 듣고 있었어요. 그렇죠, 아치?"
잠시 침묵이 흘렀다.
이스터브룩 대령은 얼굴을 붉히면서 부인의 손을 잡았다.
"여보, 당신은 이런 일들을 이해하지 못하고 있어. 나는……, 글쎄요. 경위, 당신은 우리에게 너무 갑자기 이런 진술을 요구했소. 당신도 알다시피, 내 아내는 이번 사건 때문에 대단히 불안한 상태요. 아내는 신경이 날카롭고 매우 흥분되어 있어서, 진술하기 전에 충분히 생각을 가다듬어야 한다는 것을 알지 못하고 있소."
"아치, 당신은 저와 함께 있지 않았다는 걸 말하려는 거예요?"
이스터브룩 부인이 탓하는 투로 말했다.
"사실 나는 없었잖소, 여보. 안 그렇소? 내 말은 솔직해야 한다는 거요. 더구나 이런 진술에서는 더욱 말이야. 나는 크로프트 앤드에서 램프슨 농부와 닭에 대해 이야기를 했었소. 그때가 약 3시 45분이었고, 나는 비가 그친 다음에 집에 도착했지요. 차를 마시기 바로 전인 4시 45분이었소. 로라는 케이크를 굽고 있더군요."
"그러면 당신도 밖에 나갔었습니까, 이스터브룩 부인?"
그녀의 예쁘장한 얼굴이 여느 때보다도 더욱 족제비처럼 보였다. 그녀의 눈에는 궁지에 몰린 빛이 엿보였다.
"아니에요. 나는 그냥 라디오를 듣고 있었어요. 밖에 나가지는 않았어요. 그보다 전에, 그러니까 3시 30분쯤에 잠깐 나갔다 왔지요. 그저 산책을 하러 나가기는 했지만 멀리는 안 갔어요."

그녀는 경위의 다음 질문을 기다리는 듯이 그의 얼굴을 빤히 바라보았다.

"이제 다 되었습니다, 이스터브룩 부인. 지금 진술한 것이 타이프 되어 나올 테니까, 그것을 읽고 진술이 정확하다면 서명을 해주십시오."

이스터브룩 부인은 갑작스럽게 신경질적으로 그를 바라보았다.

"왜 다른 사람들에게는 어디에 있었는지 묻지 않는 거죠? 헤이메스 부인이나 에드먼드 스웨튼햄 말이에요. 에드먼드가 방 안에서 자고 있었는지 당신이 어떻게 알아요? 아무도 그를 본 사람이 없잖아요?"

크래독 경위가 조용히 말했다.

"머거트로이드 양은 죽기 전에, 이곳에서 강도극이 있던 그날 밤에 누군가가 이 방에 없었다고 했습니다. 그 시간 내내 이 방에 있었을 것이라고 생각되었던 사람이 말입니다. 머거트로이드 양은 그날 자기가 보았던 사람들의 이름을 힌클리프 양에게 말했었습니다. 그녀는 한 사람 한 사람 제거해 나가다 보니 자기가 보지 못했던 사람을 발견했던 거지요."

"아무것도 볼 수 없었을 텐데요?"

"머거트로이드 양은 보았을지도 몰라요."

힌클리프 양이 굵고 낮은 목소리로 말했다.

"그녀는 문 뒤에, 지금 크래독 경위가 서 있는 저쪽에 있었거든요. 그래서 그녀는 무슨 일이 벌어지고 있었는지 볼 수 있었을 거예요."

"오! 당신들은 그렇게 생각하고 있군요."

미치가 외쳤다. 그녀는 잔뜩 흥분된 모습으로 문을 난폭하게 열고 경위를 옆으로 밀어붙이면서 나타났다.

"아, 이 미치에게는 이 자리에 오라는 소리도 안 하시는군요. 무뚝뚝한 경위님? 저는 단지 하찮은 미치일 뿐이라는 거죠? 부엌데기 미치 말이에요! 그러니 그저 주방에나 틀어박혀 있으라는 거군요! 하지만 이 미치도 다른 사람들만큼, 아니 어쩌면 더 많은 것을 보았을 수 있다고요. 그럼요, 저는 볼 수 있었어요. 강도극이 있었던 그날 밤에 저는 본 것이 있단 말이에요. 무엇인가를 보았지만 확실하지가 않아서 이제까지 입을 다물고 있었던 거예요. 저는 제가 본 것을 말하지 않겠어요. 기다릴 거라고요."

"그럼 모든 게 잠잠해지고 나면 그 사람에게서 돈이라도 뜯어내겠다는 겁니까?"

크래독이 말했다.

미치는 마치 성난 고양이처럼 그에게 대들었다.

"그러면 안 되나요? 왜 저를 업신여기는 거예요? 저는 관대하게 비밀을 지켜주었는데, 그에 대한 대가를 받아 내는 것이 왜 안 되지요? 언젠가는 돈이, 아주 많은 돈이 들어오게 될 텐데 말이에요. 그 이야기는 저도 다 들었어요. 어떻게 돌아가는 일인지 다 안다고요. 저는 이 피페머라는 비밀 사회에서 그녀는……."

미치는 갑자기 손을 들어 줄리어를 가리켰다.

"스파이에요. 그래요, 저는 돈을 요구할 수도 있지만 두려워요. 우선 제 몸이 안전해야겠다는 겁니다. 누군가가 저를 죽이려고 할 테니 말이에요. 그러니 제가 아는 것을 모두 말씀드리지요."

"좋아요. 그렇다면, 당신이 알고 있는 게 뭡니까?"

경위는 건성으로 물었다.

"말하죠." 그녀는 엄숙하게 말했다.

"그날 밤에 저는 제가 말한 대로 식기실에 있지 않고 총소리를 들었을 때는 식당에 있었어요. 어두운 홀에서 또다시 총이 발사되고 손전등이 떨어지면서 빙그르르 돌았지요. 그때 저는 그녀를 보았어요. 손에 총을 쥐고 그 사람 가까이에 있었던 그녀를 보았어요. 블랙로크 양을 보았단 말이에요."

"나를?"

블랙로크 양이 놀라서 벌떡 일어섰다.

"너, 분명히 미쳤구나!"

"그것은 불가능해요! 미치는 블랙로크 양을 볼 수 없었어요."

에드먼드가 소리쳤다.

크래독이 그 말을 막았다. 그의 목소리는 아주 날카로웠다.

"그녀가 보지 못했을 거라고요, 스웨튼햄 씨? 그렇다면 왜 못 보았을까요? 총을 갖고 있었던 사람이 블랙로크 양이 아니었기 때문입니까? 그럼 당신이었습니까?"

"나라고요? 아닙니다, 제기랄!"

"당신은 이스터브룩 대령의 권총으로 루디 쉐르츠와 멋진 장난을 꾸며 볼 생각으로 그 사건을 계획했습니다. 당신은 그날 밤 패트릭 시몬즈와 함께 방 구석에 있다가 불이 나가자 기름을 칠해 놓은 문을 통해 조심스럽게 홀로 빠져 나가서 블랙로크 양을 쏜 다음 루디 쉐르츠를 죽인 것이 아닙니까? 그러고는 라이터를 켜면서 거실로 돌아왔지요?"

에드먼드는 잠시 동안 입을 다물고 있다가 말했다.

"너무도 터무니가 없군요. 왜 내가 그런 짓을 합니까? 도대체 무슨 이유로요?"

"만일 블랙로크 양이 고들러 부인보다 먼저 죽게 된다면 다른 두 사람이 유산을 상속받게 된다는 것을 알고 있겠지요? 핍과 에머가 말입니다. 그런데 줄리어 시몬즈가 에머라는 것이 밝혀졌습니다."

"그럼 내가 핍이라는 겁니까?"

에드먼드가 웃었다.

"놀랍군요. 정말 기가 막힙니다! 내가 그 비슷한 나이라는 것밖에는 아무런 연관이 없습니다. 그리고 나는 내가 에드먼드 스웨튼햄이라는 것을 당신에게 증명해 보일 수도 있습니다. 출생 증명, 학교, 대학교에 대한 것 등 모두 말입니다."

"그는 핍이 아니에요."

구석의 어둠침침한 곳에서 목소리가 들려왔다.

필리파 헤이메스가 창백한 얼굴로 앞으로 나왔다.

"제가 핍이에요, 경위님."

"당신, 헤이메스 부인이?"

"그래요. 모두들 핍이 남자라고 알고 있더군요. 줄리어는 물론 우리가 여자 쌍둥이라는 것을 알고 있죠. 그녀가 왜 오늘 오후에 그런 말을 안 했는지 모르겠어요."

"가족끼리의 결속이겠지. 나는 네가 누구라는 것을 갑자기 알게 되었어. 하지만 그 순간까지도 전혀 생각지 못했었지."

줄리어가 말했다.

"나도 너와 똑같은 생각을 했었어."

필리파가 떨리는 목소리로 말했다.

"저는 전쟁이 끝난 뒤에 혼자서 무엇을 해야 할지 망설였지요. 어머니는 몇 년 전에 돌아가셨어요. 저는 고들러가 제 외삼촌이라는 걸 알게 되었고, 또 고들러 부인이 죽어가고 있고 그녀가 죽으면 유산이 블랙로크라는 여자에게 돌아간다는 것도 알게 되었어요. 그래서 블랙로크 양이 살고 있는 곳을 찾아서 이곳에 왔던 거예요. 저는 루커스 부인네 일을 해주게 되었고, 그러는 동안에 블랙로크 양이 외로운 할머니였기 때문에 기꺼이 저를 도와줄 거라고 기대했죠. 제 생각대로 이 집에서 제 아들 해리의 교육비를 대주었고, 저는 다른 일을 할 수 있었습니다. 그것은 결국 외삼촌의 돈이었고, 그녀에게는 특별히 돈을 쓸 만한 데도 없었을 거예요. 하지만……"

필리파는 이야기를 빨리 해나갔다. 너무 오랫동안 간직해왔던 비밀을 털어놓으려니 마음대로 말이 나오지 않는 모양이었다.

"그 강도극이 일어나고 나서는 무서운 생각이 들기 시작했어요. 제게는 블랙로크 양을 살해할 만한 동기가 충분히 있는 것 같았으니까요. 줄리어가 누구였는지는 생각도 못했지요. 우리는 일란성 쌍둥이가 아니기 때문에 아주 똑같지는 않았으니까요. 결국 저만이 의심받게 될 것 같았습니다."

그녀는 말을 멈추고 금발을 뒤로 넘겼다. 그때 크래독은 편지 봉투 속에 있던 바랜 스냅사진 하나가 필리파의 어머니라고 생각했다.

혈육 사이의 닮은 점은 부정할 수가 없다. 소녀가 손을 쥐었다 폈다 하는 것이 누군가를 연상시킨 이유를 알게 되었다. 지금 필리파가 그러고 있었다.

"블랙로크 양은 제게 잘해 주셨어요. 정말, 제게 잘해 주셨습니다. 저는 그분을 죽이려고 하지 않았어요. 죽여야겠다는 생각을 해본 적도 없어요. 하지만 저는 분명히 핍이에요."

그녀는 덧붙여 말했다.

"그러니 더 이상 에드먼드를 의심하지 마세요."

"그렇습니까?" 크래독이 말했다.

그의 목소리는 또다시 날카롭게 바뀌었다.

"에드먼드 스웨튼햄은 돈을 좋아하는 사람입니다. 그런데 부자가 될 여자와 결혼하면 어떨까요? 하지만 블랙로크 양이 고들러 부인보다 먼저 죽지 않는 한 그는 부자 부인을 얻을 수 없겠지요. 그런데 고들러 부인이 리티시어 블랙로크 양보다 먼저 죽게 될 상황이었으므로, 그는 무슨 수를 써야겠다고 생각했겠죠. 그렇지 않습니까, 스웨튼햄 씨?"

"정말 끔찍한 추리로군요!"

에드먼드가 소리쳤다.

그때 갑자기 어떤 소리가 집 안을 뚫고 들어왔다.

길고 끔찍한 공포의 비명이 주방에서 나온 것이다.

"저것은 미치의 소리가 아닌데요!"

줄리어가 소리쳤다.

"그렇습니다. 저것은 세 사람을 살해한 범인일 겁니다."

크래독 경위가 말했다.

진실

경위가 에드먼드 스웨튼햄에게로 고개를 돌리자 미치가 방을 살며시 나와 주방으로 들어갔다.

블랙로크 양이 들어왔을 때 그녀는 설거지대에 물을 틀어 놓고 있었다.

"거짓말 솜씨가 대단하군, 미치."

블랙로크 양이 명랑하게 말했다.

"자, 그렇게 씻는 게 아니야. 먼저 은그릇을 넣고 설거지대에 물을 가득 채우는 거야. 2인치 정도의 물로 뭘 씻을 수 있겠어?"

미치는 고분고분하게 수도꼭지를 틀었다.

"블랙로크 양은 이제 제 말에 화를 안 내시는군요?"

"네 거짓말에 모두 화를 내자면 나는 기력을 잃고 말 거야."

블랙로크 양이 말했다.

"제가 가서 경위에게 모두 제가 꾸며낸 것이라고 이야기할까요?"

미치가 말했다.

"그는 이미 알고 있어."

블랙로크 양이 아무렇지 않은 듯이 말했다.

미치가 수도꼭지를 잠그자, 두 손이 그녀의 머리 뒤에 와서는 물로 가득 찬 설거지대 속으로 얼굴을 밀어 넣었다.

"네가 진실을 말했다는 것은 나만이 알고 있지."

블랙로크 양이 악의에 가득 찬 목소리로 말했다.

미치는 몸부림쳤지만 블랙로크 양의 손아귀에서 빠져 나올 수가 없었다.

그때 그녀의 뒤 매우 가까운 곳에서 도라 버너의 목소리가 가늘게 들려왔다.

"오, 로티, 로티, 그러지 마……, 로티!"

블랙로크 양은 비명을 질렀다.
그녀가 손을 올리자 질식해 있던 미치가 푸드덕거리며 머리를 들었다.
블랙로크 양은 계속해서 비명을 질러댔다.
주방 안에는 그녀와 미치밖에는 아무도 없었는데…….
"도라, 도라, 나를 용서해줘. 나는 어쩔 수가 없었어, 어쩔 수가……!"
그녀는 식기실 문으로 미친 듯이 달려갔다.
플레처 경사의 거대한 몸이 그녀의 앞을 막았다.
바로 그 순간 마플 양이 흥분된 모습으로 의기양양하게 벽장에서 나왔다.
"나는 다른 사람들의 목소리 흉내를 잘 낸답니다."
마플 양이 말했다.
"함께 가시지요."
플레처 경사가 말했다.
"당신이 이 여자를 물에 밀어 넣어 죽이려고 했던 것을 다 보았습니다. 그리고 다른 살인사건에 대한 혐의도 있고요. 리티시어 블랙로크."
"샬로트 블랙로크이지요."
마플 양이 끼어들었다.
"그게 바로 그녀 이름이에요. 항상 하고 다니던 진주 목걸이 밑에 보면 수술 자국이 있을 거예요."
"수술?"
"갑상선 종양 수술이지요."
블랙로크 양은 아무 말 없이 마플 양을 바라보고 말했다.
"당신은 모두 알고 있었군요."
"그래요. 상당히 오래전에 알았지요."
샬로트 블랙로크는 식탁에 앉아서 울기 시작했다.
"당신은 그래서는 안 되었어요. 도라의 목소리를 흉내 내지 말았어야 했다고요. 나는 도라를 사랑했어요. 진정으로 사랑했지요."
크래독 경위와 사람들이 문 앞으로 모여들었다. 에드워즈 순경은 미치에게 응급치료를 해주고는 어색하게 거드름을 피우고 있었다.

미치는 말을 할 수 있게 되자마자 모여든 사람들을 향해 정신없이 떠들어대기 시작했다.

"멋지게 해냈죠, 그렇죠? 저는 영리했던 거예요! 용감했고요! 아, 정말 용감했어요! 거의 살해되기 직전까지 갔잖아요. 하지만 저는 용감하게도 모든 위험을 다 무릅썼다고요."

갑자기 힌클리프 양이 다른 사람들을 옆으로 밀치고 식탁 앞에서 울고 있는 샬로트 블랙로크에게로 달려들었다.

플레처 경사가 온힘을 다해 잡아 끌어내며 말했다.

"자, 이러면, 이러면 안 됩니다. 안 된단 말입니다, 힌클리프 양."

힌클리프 양은 이를 악물고 투덜거렸다.

"저 여자에게 가게 놔두세요. 저 여자 좀 보게 해달라고요. 바로 저 여자가 에이미 머거트로이드를 죽였어요."

샬로트 블랙로크는 고개를 들고 힌클리프 양을 올려다보면서 콧물을 훌쩍거렸다.

"나는 그녀를 죽이고 싶지는 않았어요. 나는 아무도 죽이고 싶지 않았어요. 모든 게 어쩔 수 없이……. 하지만 내가 정말 슬퍼하는 것은 도라예요. 도라가 죽은 뒤에는 혼자가 되었어요. 그녀가 죽고 나서 나는 혼자가 되었다고요. 오, 도라, 도라!"

그녀는 다시 고개를 숙이고 손으로 얼굴을 감싸고는 흐느끼기 시작했다.

목사관의 저녁

마플 양은 높은 안락의자에 앉아 있었다.

번치는 무릎에 손을 얹고 난로 앞에 앉아 있었다. 줄리언 하몬 목사는 윗몸을 앞으로 내밀고 앉아 있었는데, 그 모습이 마치 남학생처럼 보였다.

크래독 경위는 비번인지 파이프 담배를 피우며 하이볼을 마시고 있었다. 그들 뒤에는 줄리어와 패트릭, 그리고 에드먼드와 필리파가 앉아 있었다.

"저는 모두 당신의 공로라고 생각합니다, 마플 양."

크래독이 말했다.

"어머, 아니에요. 나는 단지 조금씩 도움을 주었을 뿐인걸요. 당신이 모든 것을 맡아서 해결한 거예요. 당신은 내가 모르는 것도 많이 알고 있잖아요."

"말씀해주세요."

번치가 성급히 말했다.

"우리 모두 조용히 하고 제인 아주머니의 이야기를 들어 봐요. 저는 아주머니의 생각이 어떻게 거기까지 미치게 되었는지 듣고 싶어요. 언제부터 블랙로크 양을 의심하게 되었어요?"

"글쎄, 번치, 말하기가 어렵구나. 물론 처음부터 가장 가능성 있는 범인(확실한 범인 말이다), 강도극을 계획한 것이 블랙로크 양일 거라는 생각이 들었다. 그녀가 루디 쉐르츠와 관계가 있다고 알려진 유일한 사람이었으니까. 게다가 그런 일은 자신의 집에서 하면 훨씬 수월하지 않겠니? 예를 들어 방 안의 불빛을 없애야 했기 때문에 벽난로를 피우지 않고 중앙난방을 한 거야.

그리고 그렇게 난로를 피우지 않도록 꾸밀 수 있는 것은 그 집의 주인만이 할 수 있는 일이야. 하지만 모든 것을 한꺼번에 다 알게 된 것은 아니야. 사실 사건이 그처럼 단순하지만은 않았어! 나는 처음엔 다른 사람들처럼 누군가가 리티시어 블랙로크를 죽이고 싶어 할 거라고 생각했었거든."

"저는 어떻게 된 일인지 자세히 듣고 싶어요. 그 스위스 청년이 그녀를 알아보았나요?"

번치가 물었다.

"그래, 그도 관계가 있어."

그녀는 잠시 망설이다가 크래독을 바라보았다.

크래독이 말했다.

"베른의 아돌프 코크 박사의 병원에서, 코크 박사는 갑상선 종양에 있어서는 세계적으로 유명한 권위자입니다. 샬로트 블랙로크는 그곳에서 수술을 받았고, 루디 쉐르츠는 그곳에 근무했었습니다. 그는 호텔에서 그녀를 보고는 금방 환자였던 사람이라는 것을 알아차렸던 거지요. 그래서 즉시 그녀에게 말을 걸었습니다. 하지만, 그가 조금만 생각을 신중히 했더라면 그렇게 하지 않았을 겁니다. 그는 그녀가 수술을 받으러 왔었다는 사실을 알고는 있었지만, 그녀는 그를 알아보지 못했거든요."

"그러니까 루디 쉐르츠가 몽트루에 대해, 그리고 자기 아버지가 호텔 주인이라고 그녀에게 말한 것이 아닙니까?"

"아닙니다. 그녀는 그의 이야기를 듣고 상황을 설명해주기로 했습니다."

"그녀에게는 커다란 충격이었겠지요."

마플 양이 생각에 잠긴 듯이 말했다.

"그녀는 절대로 안전할 것이라고 생각하고 있었거든요. 그래서 자기를 알고 있는 사람들을 제거해야겠다는 불행한 계획을 생각하게 된 거예요. 두 명의 블랙로크 중에서 갑상선 종양 수술을 받았던 샬로트 블랙로크로서 그 계획을 준비했던 거지요.

크래독 경위가 알지 모르지만 샬로트 블랙로크는 아름답고 명랑하며 매력적인 여자였는데 갑상선이 커지는 바람에 생활이 엉망이 되어버렸답니다. 그녀는 감수성이 예민한데다가, 그맘때 여자들은 항상 외모에 무척 신경을 쓰지요. 그녀에게 만일 어머니가 있었거나 아버지가 좀더 신경을 써주었다면 그런 병적인 상태까지는 가지 않았을 겁니다. 샬로트가 자기만의 울타리에서 벗어

나서 사람들과 접촉하면서 정상적인 생활을 할 수 있도록 도와줄 사람이 주위에 없었던 거예요. 그리고 집안 분위기가 좀 달랐더라면 몇 년 더 일찍 수술을 받을 수 있었을 테지요.

내가 생각하기에, 블랙로크 의사는 마음도 좁고 독재적이고 고지식한 사람이었을 거예요. 수술 따위는 믿지 않을 사람이지요. 샬로트는 아버지에게서 옥소와 몇 가지 약을 사용하는 것밖에는 별다른 치료를 받지 못했을 거예요. 그녀는 아버지보다는 오히려 언니의 치료 방법을 더 믿었지요. 특히 그런 블랙로크 의사의 압제 하에서는 더욱 말이지요.

샬로트는 어렵고 힘든 상황 속에서 아버지에게 절대 복종해야만 했습니다. 누구보다 아버지가 그녀에 대해 잘 알고 있었으니까요. 하지만 그러는 동안에 갑상선 종양은 점점 더 커지고, 그럴수록 그녀는 외부와 더욱더 고립되어 갔지요. 샬로트는 사람을 만나는 것도 싫어했습니다. 사실은 친절하고 매력적인 소녀였는데 말이에요."

"희귀한 여자 살인자로군요."

에드먼드가 말했다.

"그런 것은 나는 몰라요." 마플 양이 말했다.

"나약하고 부드러운 사람들은 가끔 매우 엉뚱하답니다. 만일, 그들이 삶에 대해 원한을 갖게 되면 한꺼번에 도덕심을 잃게 되고 말지요.

리티시어 블랙로크는 물론 매우 다른 성격을 가졌습니다. 크래독 경위는 나에게 벨 고들러가 그녀를 정말 훌륭한 여자라고 평했다고 했었지요. 나도 그녀는 훌륭한 여자였다고 생각해요. 그녀는 매우 성격이 좋고, 부정직한 것을 보고는 도저히 참지 못하는 성격이었어요. 리티시어 블랙로크는 어떤 유혹을 받더라도 부정을 저지를 여자가 아니지요.

리티시어는 자기 여동생에게 무척 헌신적이었습니다. 그녀는 샬로트를 자기의 생활과 연결시켜 주려고 주변에서 일어난 자질구레한 일까지도 편지에 써서 보내 줄 정도였어요. 그렇지만 샬로트는 점점 더 병적인 상태로까지 빠져들어가고 있었습니다. 그러는 중에 블랙로크 의사가 죽자, 리티시어는 당장 랜들 고들러의 일을 집어치우고 샬로트를 보살펴 주러 돌아왔지요.

그녀는 샬로트의 수술 가능성을 스위스의 전문의와 의논하기 위해 그녀를 데리고 그곳으로 갔어요. 너무 오랫동안 방치해두긴 했지만, 수술은 성공적이었지요. 보기 흉한 종양은 사라지고, 수술 흉터는 구슬이나 진주 목걸이 정도로 쉽게 가릴 수 있었지요. 그 후, 전쟁이 일어나서 영국으로 돌아갈 수 없게 되자 두 자매는 스위스에서 머물면서 적십자 일이나 그밖에 일을 하며 지냈습니다. 그렇죠, 경위?"

"예, 마플 양."

"그들은 영국으로부터 가끔 소식을 들었을 거예요. 고들러 부인이 오래 살 수 없다는 것도 들었겠지요. 거액의 돈이 그들 앞에 놓여 있었기 때문에 그들은 미래를 이야기하고 계획을 세웠을 거예요. 하지만 그런 계획은 리티시어보다 샬로트에게 더 많은 의미가 있었겠지요. 그녀는 처음으로 정상적인 여자, 혐오나 동정을 갖고 바라보는 사람이 없는 보통 여자로서 지낼 수 있게 된 거지요. 그러자 풍요로운 생활을 하고 싶어졌습니다. 여행도 하고 집과 아름다운 정원, 그리고 옷과 보석으로 치장하고 연극이나 음악회에도 가고 싶었겠지요. 그 꿈과 같았던 모든 것이 샬로트에게 실현될 순간이 왔습니다.

그런데 건강하던 리티시어가 독감에서 폐렴으로 앓아눕더니 일주일 만에 세상을 떠난 겁니다! 샬로트는 언니가 죽었다는 사실뿐만 아니라, 그녀가 계획했던 모든 꿈이 사라지게 되었다는 것 때문에 리티시어에 대해 거의 분노를 느꼈을 거예요. 하필이면 벨 고들러가 얼마 살지 못한다는 편지를 받은 바로 그때 리티시어가 죽는단 말인가? 단 몇 달만이라도 더 살았다면 돈은 리티시어의 것이 되었을 텐데. 하지만 리티시어는 이미 죽었습니다.

자, 이것이 두 사람의 차이지요. 샬로트는 자기가 취한 행동이 잘못되었다고 느끼지 않았어요. 절대 잘못이 아니라고 생각했지요. 그 돈은 몇 달 내에 리티시어에게 올 몫이었으니 자기가 리티시어가 되기로 한 것뿐이지요.

의사나 다른 사람은 그녀 자매의 세례명을 묻기 전에는 그녀가 샬로트라는 사실을 모르고 지냈을 거예요. 그녀는 그들 자매가 가문이 좋은 영국의 노부인들로서 똑같은 옷을 입으면 상당히 닮은 사람이라고 본다는 것을 알고 있었어요. 내가 번치에게도 말했듯이 나이가 많은 여자들은 다들 비슷해 보이니까요. 그러니 그녀는 샬로트는 이미 죽고, 리시티어가 살아 있다고 쉽게 꾸밀 수 있었던 거지요. 그것은 아마 계획이라기보다는 충동적인 거예요. 이렇게 해서 리티시어는 샬로트의 이름으로 매장되었으며 샬로트가 리티시어의 이름으로 영국에 온 거예요.

그녀는 오랫동안 억제되어 왔던 본능적인 독창력과 능력을 발휘했지요. 그녀는 과거에는 샬로트라는 단역을 맡았던 것이고, 이제는 지배력이 넘치는 리티시어의 우월감에 취해버렸습니다. 그들은 정신적인 면에서는 별 차이가 없었지만 도덕적인 가치관에 있어서는 그렇지 않았다고 생각해요.

물론 샬로트는 한두 가지 분명히 해두어야 할 것이 있었어요. 그래서 전혀 알려지지 않은 시골에 집을 샀습니다. 그녀가 피해야 할 사람들은 은둔 시절에 알았던 컴벌랜드의 고향에 있는 몇 명과 리티시어의 얼굴을 잘 알고 있는 벨 고들러뿐이었지요. 필체 문제는 손가락 관절염 증세로 극복했지요. 그것은 전부터 샬로트를 알고 있던 사람이 별로 없었기 때문에 정말 쉬웠을 거예요."

"하지만 그녀는 리시티어를 알고 있었던 사람들을 만났을 걸요? 상당히 많이 만났을 텐데요."

번치가 물었다.

"그들은 별문제가 되지 않아. 어떤 사람은 이렇게 말했다고 하는구나. '내가 요전에 우연히 리시티어 블랙로크를 만났는데 너무 많이 변해서 못 알아볼 뻔했지요.'라고 말이야. 그들은 그녀가 리시티어가 아니었다고는 의심하지 않았어. 사람은 10년 사이에 상당히 많이 변하니까. 샬로트가 자기들을 알아보지 못하는 것에 대해서는 그녀가 근시이기 때문일 거라고 생각했을 거야. 그리고 중요한 것은 샬로트는 런던에서 리시티어의 생활을 사소한 일까지도, 말하자면 누구를 만났었다 하는 것까지도 다 알았다는 점이지. 그녀는 리티시어에게서 편지를 자주 받았으니까 자기가 잘 모르는 사건이나 친구에 대해서는 빗대어 물어서 위기를 모면했겠지.

어쨌든 그녀는 자기가 샬로트라는 것이 밝혀질까 봐 두려워했어. 그렇게 해서 그녀는 리틀 패딕스로 와서 살게 되었고 이웃도 사귀게 되었지. 그리고 리티시어의 친절을 부탁하는 편지를 받았을 때 전혀 본 적이 없는 먼 친척의 방

문을 기꺼이 승낙했지. 그들이 그녀를 레티 아주머니로서 받아들인다는 것은 자신의 위치를 더욱 안정시켜 주는 것이었으니까.

모든 일은 순조롭게 풀려 나가고 있었어. 그런데 샬로트는 커다란 실수를 저지르고 말았어. 그녀의 친절함과 천성적으로 부드러운 성격 때문에 일어난 실수였겠지. 그녀는 곤경에 처해 있다는 리티시어의 옛 친구 편지를 받고 그녀를 구해 줄 생각을 했던 거야. 아마 그것은 자신의 생활이 외로웠기 때문이었겠지. 그녀는 될 수 있는 대로 다른 사람들과 깊이 접촉하지 않으려고 했거든.

그녀는 순수한 마음에서 도라 버너를 좋아했었으며, 학교에서의 쾌활하고 낙천적인 학생이었던 그녀 모습이 떠올랐겠지. 어쨌든 그녀는 일시적인 감정으로 도라에게 답장을 한 거야. 그러니 도라가 얼마나 놀랐겠어! 그녀는 리티시어에게 편지를 보냈는데, 정작 답장을 한 사람은 샬로트였으니까. 도라는 그녀가 리티시어로 가장하고 있다는 것에 대해서는 별다른 의혹을 품지도 않았고, 외롭고 불행한 나날 속에 살아가던 샬로트의 정체를 알고 있는 몇 사람 중 하나였어.

그런데 도라가 차츰 의식하기 시작하자 샬로트는 모든 사실을 말하지 않을 수가 없었지. 도라는 그녀의 말에 동의했고, 혼란스럽고 어리석은 그녀는 사랑하는 로티가 레티의 때아닌 죽음 때문에 그녀의 유산을 포기할 수 없다는 것이 옳다는 생각까지 했을 거야. 도라는 그녀가 매우 용감하고 참을성 있게 견디어 냈던 고난에 대해 보상을 받을 자격이 있다고 생각한 거지. 그리고 그 많은 돈이 한 번도 들어본 적이 없는 사람에게 가서는 안 된다고 생각했겠지.

아무것도 새어 나가게 해서는 안 된다는 것을 그녀는 잘 알고 있었어. 그것은 마치 여분으로 남겨 둔 몇 파운드의 버터 같은 것이었거든. 그러니까 그것을 갖는 데는 아무런 잘못이 없다는 거야.

그래서 도라는 리틀 패덕스로 왔고, 샬로트는 비로소 자신이 커다란 실수를 저질렀다는 것을 깨닫게 된 거야. 그것은 단지 도라 버너가 혼란스럽고 온통 실수투성이라서 함께 살기가 괴롭기 때문만은 아니었어. 그 정도는 샬로트도 견딜 수가 있었지. 그녀는 도라를 좋아했고, 의사에게서 도라가 얼마 못 산다는 이야기까지 들었으니까.

그런데 도라는 진짜로 위험한 존재가 되어 버리고 말았어. 샬로트와 리티시어는 항상 서로 완전한 이름을 불렀지만, 도라는 언제나 약자를 사용하여 불렀지. 그녀는 그들 자매를 항상 로티와 레티라고 불렀거든. 그래서 샬로트가 도라에게 자신을 레티로 부르라고 시켰는데도 그녀는 불쑥불쑥 로티라고 부르는 거였어. 그리고 무심코 과거 이야기를 꺼내곤 했지. 샬로트는 도라의 이런 실수가 신경에 거슬리기 시작한 거야.

하지만 도라의 실수에 관심을 기울이는 사람은 아무도 없었어.

그런 중에 샬로트의 안전에 대한 결정적인 치명타는 로열 스파 호텔에서 루디 쉐르츠가 그녀를 알아보고 말을 걸어 왔을 때였어. 루디 쉐르츠는 그전에도 호텔에서 슬쩍한 돈을 보충하려고 샬로트 블랙로크에게 갔었을 거야. 크래독 경위가 생각했던 것처럼 나도 그의 머리로는 별다른 협박을 꾸몄을 거라고는 믿지 않아."

"그는 그녀에게 어떤 협박도 하지 않았습니다."

크래독 경위가 말했다.

"그는 자기가 상당히 잘생겼다는 것을 알고 있었습니다. 그리고 잘생긴 남자들이 적극적이고 요령 있게 유혹을 한다면 나이 든 부인들로부터 돈을 얻어낼 수 있을 거라고 생각했던 모양입니다.

하지만 그녀는 그것을 다르게 받아들였을지도 모르지요. 그녀는 그것이 교활한 협박이거나, 아니면 그가 무엇인가 의심을 품고 있다고 생각했겠지요. 만일 그 뒤에 신문에 벨 고들러가 세상을 떴다는 기사가 나게 되면 그는 그녀에게서 금광을 캔 것이나 마찬가지였을 테니까요.

드디어, 샬로트는 공식적으로 거짓말을 하기 시작했습니다. 그녀는 자신을 리티시어 블랙로크라고 하고 은행과 고들러 부인에게 가려고 했죠. 그런데 협박꾼일지도 모르는 스위스 호텔 종업원이 문제였습니다. 그가 나타나지만 않았다면 그녀는 완벽하게 해낼 수 있었을 겁니다. 아마 모든 것이 환상처럼 성공할 수도 있었겠지요.

그녀는 그동안 줄곧 감정과 정서가 메마른 생활을 해왔습니다. 그래서 세밀

한 일을 해결해감으로써 자신을 만족시킬 수 있었습니다. 그녀는 어떻게 하든 루디 쉐르츠를 없애버려야겠다고 마음먹었습니다.

드디어 샬로트는 계획을 세워 그것을 실행하기로 결정했지요. 그녀는 강도극을 꾸밀 거라고 어떤 파티에서 루디 쉐르츠에게 말했고, 그에게 강도 역할을 부탁하면서 협조 조건으로 상당한 액수의 돈을 주었습니다.

그가 아무런 의심 없이 그 일에 동의한 것을 보면 쉐르츠가 그녀에 대해서는 별생각이 없었다는 것이 확실합니다. 그는 그녀가 단지 어리석게도 돈을 잘 주는 그런 노파로만 생각했을 겁니다.

샬로트는 그에게 신문에 낼 광고 문안을 주고, 집의 구조를 익히기 위해 리틀 패덕스로 찾아오라고 했습니다. 그녀는 그때 그가 올 장소와 들어오는 입구를 보여 주었습니다. 물론 도라 버너는 이런 것에 대해서는 아무것도 몰랐습니다. 자, 드디어 그날이 되었습니다."

그가 말을 멈추었다.

마플 양이 부드러운 목소리로 그의 이야기를 받았다.

"샬로트는 초조한 나날을 보내고 있었겠지요. 그때라도 손을 뗄 수는 있었습니다. 도라 버너는 우리에게 레티가 그날 무엇 때문인지 초조해하더라고 했습니다. 그녀는 자기가 하려는 일이 두려웠고, 또 일이 잘못되지 않을까 하고 심란했던 거지요. 하지만 그런 정도의 두려움 때문에 포기할 수는 없었습니다. 아마 이스터브룩 대령의 서랍에서 권총을 꺼내 오는 순간은 오싹했을 거예요. 달걀이나 잼을 들고 빈집의 2층으로 살그머니 들어가는 것도 말이에요. 거실의 또 하나의 문을 소리 없이 열고 닫을 수 있도록 기름을 발라 놓은 것이나, 필리파의 꽃꽂이가 더욱 돋보여야 한다며 문 옆의 탁자 위에 옮겨 놓은 것들도 말입니다. 그 정도는 모두 게임처럼 보였겠지요. 하지만 다음에 일어난 일들은 더 이상 게임이 아니었어요. 그래요, 그녀는 두려웠겠지요……. 도라 버너의 말이 옳았어요."

"그래도 샬로트 블랙로크는 끝까지 해내려고 했습니다."

크래독이 말했다.

"모든 것을 계획대로 진행시켜 나갔습니다. 그녀는 6시 바로 직전에 오리들을 우리에 넣어야겠다며 나갔습니다. 그녀는 그때 쉐르츠를 들여보내고 그에게 복면과 장토, 장갑, 손전등을 주었습니다. 그런 다음 괘종시계가 6시 30분을 알리는 종을 치기 시작하자 그녀는 입구 옆 탁자 위에 놓인 담배 상자 쪽으로 손을 내밀었지요. 매우 자연스럽게요. 손님을 맞고 있던 패트릭은 술을 가지러 갔고, 그녀는 담배를 가지러 가고 있었던 거예요.

샬로트 블랙로크는 시계가 종을 올리면, 모두가 시계 쪽을 볼 거라고 생각하고, 그들을 쳐다보았습니다. 그런데 단 한 사람, 무언가에 열중하고 있는 도라만이 그녀에게서 눈을 떼지 않았었죠. 도라는 진술에서 블랙로크 양이 정확하게 무엇을 했는가를 말해주었어요. 블랙로크 양은 제비꽃이 꽂힌 꽃병을 잡고 있었지요.

그녀는 전깃줄이 거의 드러나도록 미리 램프의 줄을 벗겨 놓았지요. 모든 일은 몇 초에 걸려 일어났습니다. 담배 상자, 꽃병, 조그만 스위치를 모두 가까이 놓아두었어요. 그녀는 제비꽃을 꺼내어 낡은 전깃줄 위에 물을 떨어뜨린 뒤 램프 스위치를 올렸지요. 물은 전기가 잘 통하기 때문에 전깃줄은 완전히 타버렸습니다."

"요 전날 저녁에 여기에서 일어난 것처럼 말이에요? 그래서 그렇게 놀라셨군요, 제인 아주머니?"

번치가 말했다.

"그래, 사실 나는 전기 때문에 머릿속이 복잡했었다. 그러다가 한 쌍으로 된 램프 중 하나가 그날 밤엔 있었는데, 밤사이에 누군가 다른 것으로 바꿔 놓았다는 사실을 깨달았어."

"맞습니다." 크래독이 말했다.

"플레처가 사건 다음날 아침 그 램프에 대해 설명했을 때는 전깃줄이 닳아 있거나 탄 흔적이 있다는 얘긴 없었습니다."

"나는 도라 버너가 여목동이라고 말한 게 무슨 뜻이었는지 알게 되었던 거예요."

마플 양이 말했다.

"그러나 도라 버너처럼 나도 패트릭이 한 짓으로 생각했었지요. 그런데 도라 버너는 자기가 들었던 것들을 그대로 되풀이해서 이야기해주었어요. 그녀는 항상 과장하고 잊어버려서 믿지 못할 사람이라고들 했지만, 자신이 본 것에 대해선 상당히 정확한 여자였어요. 그녀는 샬로트가 제비꽃을 빼내는 것을 보았거든요."

"전깃불이 번쩍이는 것과 탁탁 하는 소리도 들었겠지요."

크래독이 끼어들었다.

"번치가 크리스마스 장미꽃 꽃병의 물을 램프의 전깃줄에 흘렸을 때, 나는 분명히 블랙로크 양이 불을 껐을 거라고 생각했지요. 그녀 혼자 탁자 근처에 있었으니까요."

크래독이 말했다.

"도라 버너가 사람들이 담배꽁초를 아무데나 내려놓는다면서 탁자 위가 그을렸다고 불평했지만, 사실 누구도 담배를 피운 사람은 없었습니다……. 그리고 꽃병에 물이 없었기 때문에 제비꽃이 죽었는데, 그것이 바로 샬로트의 큰 실수였습니다. 물을 다시 채워 넣었어야 하는 건데요. 하지만 그녀는 별로 신경 써서 본 사람이 없다고 생각했을 겁니다. 그리고 버너 양까지도 자기가 꽃병에 물을 부어 놓는 것을 깜빡 잊었다고 하더군요."

그는 계속했다.

"버너 양은 무척 의심이 많은 사람입니다. 블랙로크 양은 그런 점을 여러 차례 이용했습니다. 버너가 패트릭을 의심했던 것도 실은 그녀가 유도해 낸 것입니다."

"왜 나를 끌어들이는 겁니까?"

패트릭이 도전적인 목소리로 물었다.

"그것은 별로 중요한 것이 아니었을 겁니다. 하지만 버니가 블랙로크 양이 이 사건의 주동인물이라는 생각을 하지 못하도록 한 것이지요. 그다음 일은 우리가 알고 있는 사실입니다. 불이 나가자마자 모두가 소리치고 있을 동안, 그녀는 미리 기름을 칠해 둔 문으로 살며시 빠져나갔습니다. 그리고 손전등으로 방 안을 두루 살피면서 자신의 역할을 해내고 있는 루디 쉐르츠의 뒤로 갔습니다.

그도 처음에는 샬로트 블랙로크가 원예용 장갑을 끼고 권총을 든 채 자기 뒤에 서 있다는 것을 깨닫지 못했을 겁니다. 그녀는 손전등이 자기가 서 있기로 한 위치를 비추려고 하는 순간 재빨리 총을 두 발 쏘았고, 그가 놀라서 뒤를 돌아볼 때 그의 몸에 총을 대고 또 한 발을 쏘았습니다. 그녀가 총을 그의 시체 옆에 떨어뜨리고 장갑을 홀 탁자에 던지고, 나갔던 문을 통해 제자리에 오자 불이 켜진 겁니다. 그녀는 자기 귀에 칼자국을 냈지요. 그것이 어떻게 된 것인지……"

"손톱을 깎는 가위일 거예요."

마플 양이 말했다.

"귓불 위는 가위를 살짝 대기만 해도 피가 많이 나오지요. 그것은 매우 훌륭한 작전이었어요. 샬로트의 하얀 블라우스 위에 흘러내린 피를 보고, 사람들은 다행히도 총알이 살짝 스쳐간 것이라고 생각했겠지요."

"모든 것이 제대로 진행되었습니다."

크래독이 말했다.

"도라 버너는 쉐르츠가 블랙로크 양을 향해서 쏘았다고 주장했으니 말입니다. 사실이 어떻든지 도라 버너는 자신의 친구가 상처를 입었으니 그렇게 주장한 것이겠죠. 그리고 그 사건이 자살이나 사고사로 마무리될 뻔했는데 마플 양 덕분에 계속 수사하게 되었습니다."

"아니에요."

마플 양이 강하게 부인하며 고개를 흔들었다.

"나는 그저 하는 척했을 뿐이에요. 그것에 만족하지 않고 밀고 나간 사람은 바로 당신이지요, 크래독 씨. 사건을 마무리 짓지 않은 사람은 바로 당신이었다고요."

"저는 그 사건에 의심스러운 점이 무척 많았습니다."

크래독이 말했다.

"어디에선가 크게 잘못되어 있다는 것은 알고 있었지만 그게 무엇인가를 몰랐으니까요. 그런데 마플 양이 그 길을 열어 주신 겁니다. 블랙로크 양은 운이 나쁘게도, 거실의 또 하나의 문에 기름이 칠해진 것을 들켰거든요. 그때까지 저는 복잡한 가정만 생각하고 있었습니다. 그런 순간에 기름이 칠해진 문은 확실한 증거물이 될 수 있었습니다. 저는 실수로 그 문을 나가려고 하다가 그 사실을 알게 되었지요."

"당신이 그 문으로 인도되었다고 해야겠지요. 우리 세대에 맞게 표현하자면 말입니다."

마플 양이 말했다.

"그래서 수사는 다시 시작되었습니다."

크래독이 말했다.

"하지만 이번에는 좀 달랐습니다. 우리는 리티시어 블랙로크를 죽일 만한 동기를 가진 인물에 목표를 두고 있었으니까요."

"물론 그런 동기를 갖고 있는 사람이 있었고, 블랙로크 양도 그걸 알고 있었지요."

마플 양이 말했다.

"그녀는 필리파가 누구인지 알고 있었을 거예요. 왜냐하면 소냐 고들러는 샬로트의 비밀을 알고 있는 몇 사람 중 한 명이었거든요. 사람이 늙으면 말입니다(아직 크래독 씨는 모르겠지만), 몇 년 전에 만났던 사람들보다도 자신이 젊었을 때 보았던 사람의 얼굴을 더 잘 기억하는 법이랍니다.

필리파는 샬로트가 기억하는 소냐의 나이와 비슷한 또래였어요. 이상하게도, 나는 샬로트가 필리파를 알아보고 무척 기뻐했을 거라는 생각이 들더군요. 그녀는 필리파를 좋아하게 되었고, 그 때문에 무의식적으로 양심의 가책이 더욱 심해졌겠지요. 그래서 그녀는 재산을 물려받게 되면 필리파를 돌봐줄 거라고 스스로 위안하면서 필리파를 딸처럼 대해 주었던 거지요.

필리파와 해리가 그녀의 집에서 살게 되자, 그녀는 대단히 행복하고 뿌듯하게 느꼈지요. 그런데 경위가 핍과 에머에 대해 알고는 그것에 대해 캐묻자 그녀는 불안해지기 시작했어요.

샬로트는 필리파를 희생시키고 싶지 않았으며, 다만 어떤 젊은이가 강도질을 하려다가 사고로 죽은 것으로만 꾸미고 싶었거든요. 하지만 문에 기름을 칠한 것이 밝혀지고 나서는 상황이 달라졌습니다.

오직 필리파만이 그녀를 죽일 만한 동기를 가지고 있으니까요. 물론 그녀는 줄리어에 대해서는 전혀 알지 못했어요. 그래서 필리파가 핍이라는 사실을 감추려고 최선을 다한 거지요. 그래서 당신이 물었을 때 소냐가 몸집이 작고 머리카락이 검은색이었다며 슬쩍 돌려 말했고, 당신이 그들의 닮은 점을 찾아내지 못하도록 앨범에서 스냅사진들을 모두 빼냈던 거예요."

"그리고 제가 스웨튼햄 부인을 소냐로 생각하도록 유인했고요."

크래독은 언짢아하며 말했다.

"어머니만 가엾게 되실 뻔했군요. 평생을 깨끗하게 사신 분입니다."

에드먼드가 중얼거렸다.

"하지만……."

마플 양이 계속했다.

"진짜 위험하게 된 것은 도라 버너였지요. 그녀는 날이 갈수록 더욱 잘 잊어버리고 말도 더 많아졌어요.

나는 차를 마시러 그곳에 갔을 때 블랙로크 양이 그녀를 바라보던 눈빛을 아직도 기억해요. 그 이유가 무엇인지 아세요? 도라는 그때 그녀를 로티라고 불렀거든요. 우리에게는 하찮은 실수처럼 보였지만 샬로트에게는 가슴이 덜컥 내려앉는 끔찍한 일이었지요. 그런데도 도라는 알아차리지 못하고 계속 그렇게 떠들어댔지요.

블루버드에서 차를 마실 때도 나는 도라가 두 사람 이야기를 하는 것 같은 이상한 인상을 받았지요. 한 번은 자기 친구가 예쁘지는 않지만 성격이 좋은 사람이라고 표현했다가는, 이내 예쁘장하기는 하지만 진지하지 못한 여자라고 했어요. 그리고 레티를 아주 똑똑하고 성공한 여자라고 말하다가는 너무도 쓸쓸한 생활을 보내고 있다고 말하는 거예요. 그리고 리티시어가 심한 역경을 용감히 딛고 일어섰다고 말하기에 이상한 생각이 들었지요.

아마 샬로트는 카페에 들어온 이후로 거의 대부분을 엿듣고 있었을 거예요. 도라가 램프가 바뀌었다고 하는 이야기도 분명히 엿들었을 거고요. 여목동 그림에서 목동 그림의 램프로 바뀌어 있더라고 했거든요. 그때 그녀는 도라 버너가 자신의 안전에 위험한 존재라는 것을 깨달았겠지요.

도라는 그날 카페에서 내게 해준 이야기들 때문에 운명을 달리하게 되었을 거예요. 내가 지나치게 생각하는 건지 모르지만, 어쨌든 샬로트는 도라 버너가 자기의 안전에 위험하다고 느꼈을 겁니다. 그녀는 도라를 사랑했고, 그녀를 죽이고 싶지 않았지만 다른 방법이 없었지요.

요전에 번치에게 이야기했던 앨러튼 간호사처럼 그녀는 일종의 자비를 베푸는 것이라고 자신을 위안했겠지요. 가엾은 버니는 얼마 남지 않은 생명을 고통스럽게 지내고 있었으니까요. 그녀가 불쌍한 버니의 남은 인생을 행복하게 해주려고 했다는 점은 정말 특이할 만한 사실이지요. 생일 파티에 특별한 케이크까지 만들어 주었으니 말이에요……."

"달콤한 죽음 말씀이군요."

필리파가 떨면서 말했다.

"그래, 그녀의 죽음이 바로 그랬지. 블랙로크 양은 친구에게 달콤한 죽음을 안겨 주려고 했어요. 파티도 열어 주고, 친구가 좋아하는 음식도 차리고, 사람들에게는 도라가 기분 나빠 할 말은 삼가도록 했지요. 그러고는 자기의 침대 옆에, 나는 정확히 그것이 무엇인지 모르지만, 독약이 든 아스피린 병을 놓아 두었어요. 도라는 자기가 사다둔 약병을 찾지 못하자 그녀의 방에 가서 몇 알을 꺼내 먹었지요. 사람들은 누군가가 블랙로크 양을 죽이려고 그 약을 놓아둔 거라고 생각했지요.

그렇게 해서 버니는 잠을 자면서 행복하게 죽었으므로 샬로트는 다시 침착을 찾을 수 있었습니다. 하지만 결국 그녀는 도라 버너와 함께 그녀의 사랑과 충성, 그리고 옛날이야기를 할 친구를 잃어버린 거지요. 줄리언의 쪽지를 갖고 내가 그 집에 갔을 때 그녀는 몹시 울더군요. 그건 순수한 슬픔이었지요. 그녀는 사랑하는 친구를 죽였으니까요……."

"끔찍하군요. 끔찍해요."

번치가 말했다.

"하지만 대단히 인간적이군요. 사람들은 살인자들도 우리와 똑같은 인간이라는 것을 잊어버린답니다."

줄리언이 말했다.

"그래요."

마플 양이 말했다.

"그들도 인간이지요. 사람은 애처롭기도 하지만 때로는 너무 위험한 존재예요. 특히 샬로트 블랙로크처럼 나약하고 인정이 많은 살인자라면 말이에요. 나약한 사람은 한번 두려움을 느끼게 되면 정말 걷잡을 수 없게 되지요."

"머거트로이드는요?"

줄리언이 물었다.

"머거트로이드도 참 불쌍한 여자지. 샬로트는 그녀들의 집에 들렀다가 그녀들이 살인 과정을 추측해보는 것을 엿들었어요. 창문이 열려 있었으니까 들을 수가 있었지요. 그녀는 이제 더 이상 자신에게 위험한 인물은 없다고 생각하고 있었겠지요.

그런데 힌클리프 양은 자신의 친구에게 그날 무엇을 보았는지 기억해 보라고 다그쳤어요. 그때까지 샬로트는 설마 누군가가 보았으리라고는 생각지 못했었어요. 그녀는 사람들이 당연히 루디 쉐르츠를 쳐다보고 있었을 거라고 생각했거든요. 그녀는 숨을 죽이고 창 밖에서 엿들었지요.

일이 잘되어 가는 것인지, 마침 그때 힌클리프 양이 정류장으로 급히 달려 나갔습니다. 머거트로이드 양이 진실을 알아낼 수 있는 중요한 사실을 기억해 냈는데 말이에요. 그녀는 힌클리프 양의 뒤에다, '그녀는 거기에 없었어.' 하고 소리쳤습니다.

나는 힌클리프 양에게 그녀가 그 말을 어떻게 했는지 물어보았지요. 왜냐하면 그녀가 '그녀는'에 힘주어 말했다면 사실이 달라지는 거였으니까요."

"제게는 별로 중요하지 않은 것 같은데요."

크래독 경위가 말했다.

"머거트로이드 양의 입장에서 생각해보세요."

마플 양은 얼굴색을 바꾸어 흥분된 표정으로 그를 돌아보았다.

"사람은 무엇인가를 보고서도 자기가 무엇을 보았는지 기억 못하는 경우가 많아요. 예를 들어 전에 나는 철도 사고 장면을 보았는데, 마차 옆에 그려져 있던 커다란 페인트 자국만이 아직도 생생하게 기억나요. 당장에 그려 보일 수도 있어요.

그리고 런던에서 비행기 폭발 사건을 본 적도 있어요. 여기저기에 유리 파편이 흩어져 있었지요. 충격적인 사건이었어요. 하지만 가장 뚜렷하게 기억하는 것은 내 앞에 서 있었던 여자의 스타킹 올이 나가 있었다는 것과 그것이 옷에 어울리지 않는다는 거지요.

그러므로 머거트로이드 양이 신경을 집중시켜 무엇을 보았는지 기억하려고 애썼다면 상당히 많은 것들을 알아냈을 거예요.

그녀는 벽난로에서부터 시작했겠지요. 손전등이 처음으로 그곳을 비추었으니까. 그러고는 두 개의 창과 그 창과 그녀 사이에 있었던 사람들이 떠올랐겠지요. 예를 들어 하몬 부인은 얼굴을 가리고 있었구나 하고 말이에요. 그녀는 손전등이 움직여 가던 순서에 따라 기억을 더듬었습니다.

버너 양은 입을 벌린 채 놀란 눈으로 쳐다보고 있었고, 다음은 벽과 램프와 담배 상자가 놓인 탁자. 그리고 총소리가 들렸다는 것까지 생각하자 너무 믿을 수 없는 것이 기억났던 거예요. 그녀는 두 개의 총알 자국이 있던 그 벽을 본 겁니다. 총이 발사되고 리티시어 블랙로크가 총에 맞았을 때 있었다던 그 벽 말이에요. 레티는 거기에 없었던 겁니다······.

이제 무슨 뜻인지 알겠죠? 그녀는 힝클리프가 말한 세 명의 여자들을 생각했어요. 만일 그들 중에 거기에 없었던 인물이 있다면 그가 바로 범인이었으니까요. 그때는 이렇게 말했겠지요. '바로 그 여자야! 그녀는 거기에 없었어!'라고 말이에요. 하지만 그녀가 생각한 것은 장소였어요. 누군가 분명히 있어야 할 그곳 말이에요. 그런데 그곳에는 아무도 없었습니다.

그녀는 그 사실을 믿을 수가 없었어요. '이상한 일이야.' 하고 그녀는 말했습니다. '그녀는 거기에 없었어······.' 하면서 '거기에'에 힘주어 말했어요. 그것은 바로 리티시어 블랙로크를 의미하는 겁니다."

"하지만 아주머니는 그전에 이미 알고 계셨죠, 그렇죠? 램프가 꺼지고, 종이에 그런 것을 써놓으셨을 때 말이에요."

번치가 말했다.

"그래, 모두 그때 짐작하게 된 거야. 여러 가지 이야기들이 모두 맞아들어

가더구나."

번치는 부드럽게 물었다.

"램프와 제비꽃은 알겠어요. 그러면 아스피린 병은 어떻게 된 거예요? 아주머니께서는 버니가 그날 새 병을 사갔다고 하셨잖아요. 그렇다면 샬로트 블랙로크 양의 약을 먹을 필요가 없지 않겠어요?"

"누군가 그것을 가져가거나 감추어 두었겠지. 그 약은 누군가가 그녀를 죽이려는 것처럼 꾸미려고 블랙로크 양이 갖다 놓은 거야."

"그렇군요. 그러면 '달콤한 죽음'에 대해서는요? 그것은 단순한 케이크가 아니었어요. 파티가 벌어지고, 버니는 죽기 전에 행복했지요. 하지만 그녀를 개처럼 취급하면서 파괴하려는 음모였어요. 그것이 바로 제가 가장 끔찍하게 생각하는 거예요. 그럴 듯한 그 자비라는 것 말이에요."

"사실 샬로트는 온순한 여자였어. 그녀는 주방에서 '나는 아무도 죽이고 싶지 않았어요.'라고 한 말은 진심이었을 거야. 그녀가 바라는 것은 자신이 손댈 수 없는 엄청난 돈이었어! 그 욕망 앞에서 다른 것은 모두 쓸모없어진 거야. 그것은 일종의 망상이 되어 버렸어.

샬로트는 고통스러운 인생의 대가로 그 돈이 자신에게 돌아와야 한다고 생각했거든. 세상에 대해 원한을 품은 사람들은 항상 위험해. 그들은 삶이 자신에게 무엇인가 대가를 지불해 주어야 한다고 생각하지. 나는 그녀보다 더 고통스럽고 비참한 환자들을 봤지만 그들은 나름대로 행복하고 만족스런 인생을 누리고 있었어. 자신을 행복하고 불행하게 만드는 것은 자기 자신에게 달려 있는 거야. 어머, 내가 엉뚱한 이야기를 하고 있군. 어디까지 이야기했더라?"

"아주머니가 종이에 적어 놓은 것에 대해 말하고 있었잖아요."

번치가 말했다.

"'뒷조사'라니 무엇에 대한 뒷조사예요?"

마플 양은 장난스럽게 크래독 경위를 향해 고개를 흔들었다.

"그것을 당신이 봤어야 하는 건데요, 크래독 경위. 당신이 리티시어 블랙로크에게 온 동생의 편지를 내게 보여 주었잖아요. 그 편지에는 '조사enquiries'라는 말이 두 번 나와요. 둘 다 'e'라고 쓰여 있는데 내가 번치를 시켜 경위에게 보여 드리라고 한 쪽지에는 블랙로크 양이 '조사inquiries'를 'i'로 썼더군요. 사람들은 철자법에 대한 습관은 좀처럼 고치지 못하는 법이거든요. 그것은 대단한 힌트였어요."

"그렇군요."

크래독이 동의했다.

"그것을 제가 알아차렸어야 하는 건데 말입니다."

번치가 계속 이야기했다.

"버니는 카페에서 리티시어가 심한 역경을 용감하게 이겨 냈다고 했는데, 리티시어는 역경을 겪은 적이 없었어요. 그리고 '옥소 치료'라는 것은 갑상선 종양을 연상시켜 주는 거지요?"

"그래, 스위스와 블랙로크 양을 생각하면 그녀의 여동생이 폐렴으로 죽은 것이 연상되지만, 나는 갑상선 종양에 대해 권위 있는 치료와 수술이 스위스에서 이루어지고 있다는 것이 생각났어. 그래서 샬로트 블랙로크가 항상 걸고 다니는 싸구려 진주 목걸이를 의심하게 된 거야. 그런 목걸이는 그녀에게 전혀 어울리지 않는 거였으니까. 바로 목의 상처를 감추기 위한 것이었어."

"그날 밤 목걸이가 끊어졌을 때 그녀가 그렇게 당황하던 이유를 알겠습니다. 그것은 그녀에게 도무지 어울리지 않는 행동이었죠."

크래독 경위가 말했다.

"그다음에 아주머니는 로티라고 쓰셨어요. 우리는 레티라고 알고 있는데."

번치가 말했다.

"그래, 나는 그녀 여동생의 이름이 샬로트였다는 것이 기억났어. 그리고 도라 버너가 블랙로크 양을 한두 번 로티라고 불렀다는 것이 생각났어. 그럴 때마다 블랙로크 양은 무척 불쾌해했지."

"그럼 베른과 양로 연금은 뭐예요?"

"루디 쉐르츠는 베른에 있는 어떤 종합병원의 직원이었어."

"양로 연금은요?"

"번치, 그건 내가 전에 블루버드에서 네게 이야기했잖니? 그때는 아직 윤곽을 잡지 못했지만 말이야. 위더스푼 부인이 자기 연금은 물론이고, 몇 년 전에 죽은 바틀레트 부인의 것까지 받아냈다고 말이다. 그것은 나이 먹은 여자들이 대개 비슷해 보이기 때문이야. 그래, 그 모든 것이 비슷한 패턴을 이룬 거야. 나는 너무 복잡해서 머리를 좀 식히고 이 모든 것을 증명해 낼 방법을 생각해 보려고 했지. 그때 힌클리프 양이 나를 차에 태워 주었고, 우리는 곧 머거트로이드 양의 시체를 발견하게 된 거야."

마플 양의 목소리가 가늘어졌다. 그것은 더 이상 즐겁지도 흥미롭지도 않은 이야기였다.

"나는 그때 어서 결정해야 한다고 생각했지. 빨리 말이야. 하지만 아직도 증거가 없었어. 그래서 한 가지 가능성이 있는 계획을 생각해 내서 플레처 경사에게 말했지."

"제가 플레처를 혼내줘야겠군요! 그는 저에게 보고하지 않고서는 당신의 지시에 따를 수 없습니다."

크래독이 말했다.

"아니, 그 사람은 원하지 않았는데 내가 그를 끌어들였지요. 우리는 리틀 패덕스로 가서 미치를 설득했지요."

마플 양이 말했다.

줄리어는 길게 한숨을 쉬며 말했다.

"마플 양이 도대체 어떻게 그녀를 설득했는지 상상할 수가 없군요."

"그녀의 마음을 움직였지."

마플 양이 말했다.

"미치는 자신에 대해 지나치게 많이 생각하기는 하지만, 다른 사람들을 위해서 일을 할 줄도 아는 여자예요. 나는 그녀를 칭찬해주고, 그녀가 고향에 있었다면 분명히 레지스탕스에 참여했을 거라고 추켜세웠지요. 그러자 미치는 '그래요. 정말이에요.'라고 하더군요. 그리고 그녀는 그런 일을 잘해 낼 거라고 말해 주었더니 위험을 무릅쓰더라도 기꺼이 자기에게 주어진 임무를 해냈을 거라고 하더군요. 나는 그녀에게 레지스탕스 활동에서 여자들이 세운 업적들을 말해 주었어요. 진짜 이야기도 있기는 했지만 거의 꾸며낸 거였지요. 그 이야기에 그녀가 상당한 자극을 받았을 거예요!"

"믿어지지가 않는군요."

패트릭이 말했다.

"그런 다음 나는 미치가 맡을 임무를 말해주었지요. 나는 그녀가 완벽하게 할 수 있을 때까지 연습을 시켰지요. 그러고는 2층 자기 방으로 올라가서 크래독 경위가 올 때까지는 내려오지 말라고 했어요. 흥분한 사람들이란 서두르다가 이성을 잃고 일을 그르치는 경우가 많거든요."

"그녀는 그 일을 매우 잘했어요."

줄리어가 말했다.

"저는 어떻게 된 건지 정말 모르겠어요. 물론 제가 그곳에 없었지만 말이에요."

번치가 미안하다는 듯이 말했다.

"그건 좀 복잡한 문제이니까 간단히 설명하고 다른 문제로 넘어가지. 미치는 협박할 꼬투리를 갖고 있었으며, 게다가 그때 그녀는 매우 흥분되고 겁에 질려 있었기 때문에 언제라도 사실대로 말할 수 있는 입장이라고 꾸며 놓았지. 다시 말해서, 그녀는 식당의 열쇠구멍으로 홀에서 권총을 갖고 루디 쉐르츠 뒤에 있던 블랙로크 양을 보았던 것이고—곧 그녀는 사건이 어떻게 일어났는지 정확히 본 것으로 꾸민 거야.

하지만 문제는 샬로트 블랙로크가 열쇠구멍에 열쇠가 꽂혀 있었기 때문에 미치가 아무것도 보지 못했다는 걸 깨달을지도 모른다는 거였어. 하지만 심한 충격을 받았을 때는 그런 것을 따질 여유가 없기 때문에 미치는 그때 상황을 정확히 보았다고 떠들어댈 수가 있었지."

크래독이 이야기를 이어받았다.

"어쩔 수 없이 나는 이것을 비관적으로 보는 척해야 했습니다. 그러고는 내 생각을 털어놓는 것처럼 이제까지는 의심을 받지 않았던 사람을 공격했습니다. 그래서 에드먼드를 몰아세웠던 겁니다."

"나는 매우 훌륭하게 내 역할을 해냈지요."

에드먼드가 말했다.

"격렬하게 부인하면서 모두 계획에 따라 행동했습니다. 계획대로 되지 않았던 것은 필리파가 낭랑한 목소리로 자기가 '핍'이라고 주장했던 것이었습니다. 필리파, 경위님은 물론 나도 당신이 핍이었다는 것은 전혀 몰랐어요. 내가 바로 핍이 되어가고 있었으니까요! 그 순간 우리들의 연극에 제동이 걸렸어요. 하지만 크래독 경위님이 능숙하게 그 위기를 모면해 냈습니다. 경위님은 내가 당신에게 접근해서 돌이킬 수 없는 관계를 맺어 부유한 아내를 맞아들이려 했을지도 모른다고 둘러댔지요."

"정말로 그럴 필요가 있었을까요?"

"아직도 모르겠어요? 샬로트 블랙로크는 미치만이 진실을 알고 자신을 의심한다고 생각했던 겁니다. 경찰의 관심은 다른 데 쏠려 있었으며, 그들은 아예 미치를 거짓말쟁이라고 인정하고 있었으니까요. 하지만 미치가 끝까지 주장하고 나온다면 그들도 그녀의 이야기를 생각하게 되겠지요. 그러므로 그녀는 어쩔 수 없이 미치를 침묵시켜야 했지요. 미치는 내가 일러준 대로 곧장 방에서 나와 주방으로 들어갔어요."

마플 양이 말했다.

"블랙로크 양은 재빨리 그녀를 따라 들어왔지요. 주방에는 미치의 모습만 보였겠지만 플레처 경사가 식기실에 있었고, 나는(다행히도 몸이 뚱뚱하지 않아서) 주방의 어두운 벽장 안에 들어가 있을 수 있었어요."

번치가 마플 양을 쳐다보았다.

"무슨 일이 일어날 거라고 생각하셨는데요, 제인 아주머니, 짐작하신 것이라도?"

"두 가지를 생각했다. 샬로트가 미치의 입을 막기 위해 돈을 줄 수도 있고 (이 경우에는 플레처 경사가 현장을 목격하게 되겠지) 그렇지 않으면 미치를 죽일지도 모른다고 생각했어."

"하지만 그녀가 그런 짓을 하고서도 무사할 수 있었을까요? 곧 의심을 받게 될 텐데요."

"오, 샬로트는 생각이 무척 민첩한 여자야. 그녀는 구석에 몰린 쥐와도 같았어. 그날 일어난 일을 생각해봐. 힌클리프 양은 정류장으로 차를 몰고 나갔어. 머거트로이드 양은 그녀가 돌아오자마자 블랙로크 양이 그곳에 없었다는 것을 말해주려고 했지.

 그런데 머거트로이드 양은 순식간에 아무 말도 못 하게 되었어. 하지만 그것은 충동적인 행동이었어. 무슨 계획을 꾸미고 할 시간이 없었으니까. 그녀는 가엾은 머거트로이드 양에게 인사까지 하고는 그 자리에서 목을 졸라 죽였지. 그러고는 그때 자기가 아무 데도 나가지 않은 것처럼 보이려고 사람들이 오기 전에 급히 집으로 가서 집안 청소를 해놓고 난롯가에 앉아 있었던 거야.

 그리고 줄리어의 정체가 드러났고 그녀의 진주 목걸이가 끊어졌지. 그때 경위에게서 다른 사람들과 함께 그곳에 가겠다는 전화 연락을 받았어. 그녀는 생각을 정리하고 새로운 계획을 세울 겨를이 없었어. 그녀는 이미 자비로운 죽음을 부여하는 것도, 자기의 앞길을 막은 젊은이를 제거하는 것도 아닌, 살인에 깊이 빠져들게 된 거야. 별 의미가 없는 살인 말이다.

 그녀가 그러고도 안전했을까? 물론 어느 정도는 그랬지. 그러던 중에, 이번에는 그녀가 위험 인물이라고 생각하는 미치가 나타난 거야. 미치를 죽여야겠다. 그녀의 입을 막아야겠어! 그녀는 두려움 때문에 제정신이 아니었어. 이제는 인간이라고 할 수도 없는 단지 위험스러운 야수에 불과했지."

 "그런데 왜 벽장에 들어가 계셨어요, 제인 아주머니? 플레처 경사에게 그 위험스러운 일을 맡기실 수는 없었나요?"

 번치가 물었다.

 "그게 우리 둘에게 안전했거든. 게다가 나는 도라 버너의 목소리를 흉내 낼 수 있었으니까. 샬로트 블랙로크의 마음을 무너뜨릴 수 있는 것은 그것뿐이었거든."

 "그것은 무척 효과가 컸지요!"

 "그래……, 그녀는 완전히 자멸하고 말았어."

 그때를 회상하는 동안 긴 침묵이 흘렀다.

 한참 뒤에 줄리어가 분위기를 바꾸려는 듯이 명랑한 목소리로 말했다.

 "그 사건 덕에 미치는 멋진 변화를 갖게 되었어요. 어제 사우샘프턴에서 일자리를 구했다고 제게 말하더군요."

 줄리어는 미치의 억양을 흉내 내어 말했다.

"나는 그곳에 가서, 만일 그들이 내게 자기들의 동료가 되어 달라고 하면 나는 이렇게 말할 거예요. '그러죠, 손을 잡겠습니다! 경찰은 저를 알아주고, 저는 경찰을 도와드리지요! 제가 없는 한, 경찰에서는 어떤 위험한 범인도 잡을 수 없을 거예요. 저는 위험을 무릅쓰죠. 왜냐하면 제가 용감하기 때문이에요. 사자처럼 용감하니까요. 위험 같은 것에는 신경을 쓰지 않아요.' 그러면 그들은 '미치, 당신은 영웅이오. 훌륭하오.'라고 하겠지요. 그러면 저는 '뭐 아무 것도 아닌 일인걸요.'라고 하겠어요."

줄리어는 말을 멈추었다.

"그 밖에도 굉장히 많은 이야기를 했어요."

그녀는 덧붙였다.

"나는 미치가 수백 가지 사건에서 경찰을 도울 것이라고 생각해요!"

에드먼드가 말했다.

"미치는 제게 친절히 대해 주었어요."

필리파가 말했다.

"그녀는 제 결혼 선물로 달콤한 죽음을 만드는 법을 가르쳐 주었지요. 그러면서 줄리어에게는 그 비법을 가르쳐 주어서는 안 된다는 거였어요. 줄리어가 자기 오믈렛 팬을 망쳐 놓았다나요."

"루커스 부인도 필리파와는 이제 끝이로군요."

에드먼드가 말했다.

"벨 고들러가 죽었으니 필리파와 줄리어가 고들러의 재산을 물려받게 되었잖아요. 그녀는 우리에게 결혼 선물로 아스파라거스 모양의 은젓가락을 주시더군요. 나는 정말이지 그녀가 우리 결혼식에 오지 않았으면 좋겠습니다!"

"그들은 행복한 부부가 될 겁니다."

패트릭이 말했다.

"에드먼드와 필리파 그리고 줄리어와 패트릭?"

그는 머뭇거리며 덧붙였다.

"당신이야말로 내가 없이는 행복할 수 없을 거예요."

줄리어가 말했다.

"크래독 경위님이 에드먼드에 대해 꾸며냈던 이야기는 당신에게 꼭 맞는 것이더군요. 당신은 부유한 아내를 얻고 싶어 하는 그런 사람이에요!"

"당신에게 감사하고 있소. 결국 나는 모두 당신을 위해서 한 일이었어."

패트릭이 말했다.

"나는 살인자로 몰려 감옥에 들어갈 뻔했지요. 당신의 건망증 덕분에 말이에요. 나는 당신 누나에게서 편지가 왔던 그날 저녁을 잊을 수가 없어요. 나는 꼼짝 없이 걸려서 빠져나올 방법이 없었어요. 일이 그 지경이 되었으니……."

줄리어가 말했다. 그러고는 생각에 잠긴 듯이 덧붙였다.

"무대에 나갈까 생각도 해보았어요."

"뭐야, 당신도?"

패트릭이 신음하듯이 소리쳤다.

"그래요. 퍼스로 가서 그 극단에 줄리어가 나온 빈자리가 있나 보려고 했어요. 연기를 배우고 나서는 극단을 경영해보자고 생각했지요. 그렇게 되면 아마 에드먼드의 작품을 공연할 거예요."

"당신은 소설을 쓰는 줄 알았는데요."

줄리언 하몬이 말했다.

"그랬었지요."

에드먼드가 말했다.

"나는 소설을 쓰기 시작했습니다. 괜찮은 편이었지요. 수염을 깎지 않은 한 남자가 침대에서 일어나 무엇인가 냄새를 맡는다. 잿빛 거리. 수전증이 있는 끔찍한 노부인과 고개를 떨어뜨린 사악한 매춘부. 그들은 세계의 상황에 대해 이야기하며 자신들이 아직도 살아 있는 것에 대해 경이로움을 느낀다고 하는 거였습니다. 그런데 갑자기 나는 경이로운 생각이 들었습니다. 우스꽝스러운 생각이 머리에 떠올랐단 말입니다. 나는 그것을 써나갔습니다. 한 장(章)을 훌륭하게 완성했지요. 아주 흥미로운 내용이었습니다. 그런데 내가 무엇을 쓰고 있는지 알기도 전에 벌써 3막의 떠들썩한 소극이 끝나더군요."

"제목이 뭡니까? '집사는 무엇을 보았나?'인가요?"

패트릭이 물었다.

"나는 '코끼리는 잊는다.'라고 했습니다. 이미 평가가 끝나서 곧 출판될 겁니다."

"코끼리는 잊는다……."

번치가 중얼거렸다.

"그렇지 않은 것 같은데요?"

줄리언 하몬 목사가 미안하다는 듯이 말했다.

"오! 나는 재미있었습니다. 내 설교는……."

"또 탐정 이야기로군요. 이번에는 실제 생활에 대해서 말씀 좀 해보세요."

번치가 말했다.

"'살인을 하지 말지어다.'라는 설교는 어떻습니까?"

패트릭이 물었다.

"안 돼요. 그 이야기는 넣지 않겠소."

줄리언 하몬이 재빨리 말했다.

"그래요, 안 돼요."

번치가 말했다.

"당신이 옳아요, 줄리언. 그보다 훌륭한 설교가 많이 있잖아요. 행복한 이야기들 말이에요."

그녀는 맑은 목소리로 성경을 인용했다.

"'보라, 봄은 왔도다. 거북의 소리가 대지에 울려 퍼지도다.' 잘 기억이 안 나는군요. 하지만 당신은 제가 무슨 이야기를 하려는지 아실 거예요. 거북이 왜 나왔는지는 생각이 잘 나지 않는군요. 거북은 좋은 목소리를 갖지 않았을 텐데요."

"거북이라는 말은 당신이 잘못 해석한 거요."

줄리언 하몬 목사가 설명했다.

"그것은 거북이 아니고 산비둘기를 의미한 거요. 헤브루어로 된 원서를 보면……."

번치는 그를 끌어안으며 말했다.

"저는 말이에요, 한 가지는 알고 있어요. 당신은 성경에 나오는 아하수에루스 대왕이 아르탁세르크세스 2세라고 생각하고 있지요? 하지만 당신과 저 사이에서는 그건 아르탁세르크세스 3세예요."

줄리언 하몬은 아내가 왜 그 이야기를 그렇게 우스워하는지 이해가 안 갔다.

"티글래트필레세르는 당신을 돕고 싶어 해요. 정말 훌륭한 고양이예요. 우리에게 어떻게 불이 나갔는지 보여 주었으니까요."

번치가 말했다.

에필로그

"신문 몇 가지를 배달해 달라고 해야겠어."
신혼여행을 마치고 치핑 클래그혼에 돌아온 에드먼드가 필리파에게 말했다.
"토트먼 씨 가게에 갑시다."
숨을 가쁘게 몰아쉬고 행동이 몹시 느린 토트먼은 공손히 그들을 맞았다.
"돌아오셔서 반갑습니다, 선생, 그리고 부인."
"신문 몇 가지를 주문하려고요."
"그러지요. 어머니는 잘 계신가요? 본머스에 완전히 정착하신 겁니까?"
"어머니는 그곳을 좋아하세요."
에드먼드는 그런지 안 그런지 알 수 없지만 이렇게 대답했다.
사람들이란 자기가 좋아하는 것과 함께 있으면 모두 다 잘 지내고 있는 것으로 생각한다. 그리고 부모란 가끔 귀찮은 존재이기도 했다.
"그렇습니다. 대단히 멋진 곳이지요. 작년 휴가를 그곳에서 보냈는데, 우리 어머니도 무척 즐거워하시더군요."
"그러셨다니 기쁩니다. 우리가 원하는 신문은……."
"런던에서 당신 작품이 공연되고 있다고 들었는데, 무척 재미있다고 합디다."
"예, 잘되어 가는 모양입니다."
"'코끼리는 잊는다.'라고 하더군요. 실례가 될지 모르지만, 나는 그렇지 않다고 생각합니다. 그 '잊는다.'라는 것 말입니다."
"예, 예, 무슨 말인지 알겠습니다. 나는 그게 내 실수가 아닌가하고 생각하고 있습니다. 사람들이 모두 내가 무슨 말을 하려는 건지 모르겠다더군요."
"그것은 일종의 동물학에 대한 것이 아닌가요?"

"예, 예, 훌륭한 어머니들이 되는 집게벌레 같은 것이지요."
"그렇습니까? 그것은 모르던 사실이군요."
"신문은……."
"타임스겠지요?"
토트먼이 펜을 들며 말했다.
"데일리 워커를 넣어주십시오."
에드먼드가 딱딱하게 말했다.
"데일리 텔레그래프도요." 필리파가 덧붙였다.
"그리고 뉴 스테이츠맨도요." 에드먼드가 말했다.
"라디오 타임스도 넣어주세요." 필리파가 말했다.
"스펙테이터도 부탁합니다." 에드먼드가 말했다.
"가드너스 크로니클도요." 필리파가 말했다.
두 사람은 말을 멈추고 숨을 크게 내쉬었다.
"감사합니다. 가제트는요?"
토트먼이 물었다.
"싫습니다." 에드먼드가 말했다.
"싫어요." 필리파가 말했다.
"가제트는 넣지 말라는 말이죠?"
"그렇습니다."
"그래요."
토트먼은 분명하게 해두고 싶었다.
"그러니까, 가제트는 싫다고 하셨습니다!"
"그렇습니다."
"그래요."
"노드 벤햄 뉴스 앤드 치핑 클래그혼 가제트는 넣지 말라고 하셨습니다."
"그렇다니까요."
"매주 그것을 배달해 드리는 게 싫다는 겁니까?"
"그래요." 에드먼드가 덧붙였다.

"이제 됐습니까?"

"아, 예, 예."

에드먼드와 필리파가 나가자 토트먼은 거실로 터벅터벅 들어갔다.

"어머니, 연필 있으세요? 제 펜이 망가졌어요."

"여기 있다."

토트먼 부인이 주문 장부를 집으며 말했다.

"내가 써넣을 테니 불러라."

"데일리 워커, 데일리 텔레그래프, 라디오 타임스, 뉴 스테이츠맨, 스펙테이터, 가만있자, 가드너스 크로니클이에요."

"가드너스 크로니클."

토트먼 부인은 따라 읽으면서 바삐 써 나갔다.

"그리고 가제트."

"가제트는 아니에요."

"뭐라고?"

"가제트는 넣지 말라고 했어요."

"무슨 소리야."

토트먼 부인이 말했다.

"네가 잘못 들었겠지. 그들도 가제트를 원할 거야. 모두가 가제트를 다 보는데, 안 그러면 이 마을에서 일어나는 일들을 도대체 어떻게 알겠다는 거니?"

<끝>

■ 작품 해설 ■

애거서 크리스티(Agatha Christie, 영국 1890~1976)가 창조한 탐정으로는 에르큘 포와로가 가장 유명하다는 것은 추리소설 독자라면 모두 잘 아는 사실이지만, 제인 마플도 포와로에 못지않은 탐정이나 그리 알려지지는 않았다.

마플 양은 장편 《목사관 살인사건(The Murder at the Vicarage, 1930)》에서 처음 등장했으며, 크리스티의 대표작 중 하나인 《예고 살인(A Murder is Announced, 1950)》에서도 그녀가 뛰어난 탐정임을 여지없이 보여 준다.

이 《예고 살인》은 크리스티의 50번째 출판 기념 작품인 만큼 초판 발행 부수가 5만 부였으며, 크리스티 여사가 각별히 힘들인 작품이라고 한다. 이 작품은 크리스티 여사의 40번째 장편이며, 52번째 추리소설이다.

이 작품을 쓸 때 크리스티 여사는 이미 예순 살의 원숙한 노작가였기 때문에, 따라서 《예고 살인》은 거의 완숙된 작품이라고 할 수 있을 것이다.

크리스티는 마플 양의 모델로서 자기 할머니를 묘사했다고 하지만, 이 팔십 세에 가까운 노처녀는 미스터리의 여왕 크리스티의 분신으로 보인다.

낡은 의자에 앉아 뜨개질을 하면서 살인범을 찾아내는 마플 양의 진면목은 단편집 《화요일 클럽의 살인(The Tuesday Club Murders, 1932)》에서 잘 나타나 있다. 그중 한 편인 《친구(The Companion)》가 장편 《예고 살인》으로 발전된 것이다.